KERSTIN PFLIEGER

Solange die Nacht uns trennt

Buch

Seit Lilly der Sternenseele Raphael begegnet ist, hat sich ihr Leben von einem Tag auf den anderen verändert. Sie hat sich in ihn verliebt und ist so glücklich wie nie zuvor. Raphael wurde von einem Stern auserwählt, gegen die gefährlichen Sternenbestien zu kämpfen, und zeigt erst in der Nacht sein wahres Gesicht. Aber Lilly weiß, dass er der Richtige für sie ist. Doch plötzlich wird sie von einer Sternenbestie angegriffen und hat keine Chance, sich zu wehren. Sie stirbt und wird selbst zur Sternenseele. Verwirrt, aber glücklich, ihrem Geliebten endlich wirklich nahe sein zu können, sucht sie diesen auf, nur um festzustellen, dass sie sich plötzlich zu jemand anders hingezogen fühlt. Tatsächlich ist ihr in ihrem neuen Leben eine andere Sternenseele als Seelenverwandter bestimmt. Sie liebt Raphael noch immer, nur wie soll sie mit den neuen Gefühlen für Mikael umgehen?

Weitere Informationen zu Kerstin Pflieger
sowie zu lieferbaren Titeln der Autorin
finden Sie am Ende des Buches.

Kerstin Pflieger
Solange die Nacht uns trennt

Sternenseelen
Band 2

Roman

GOLDMANN

Dieses Buch ist auch als E-Book erhältlich.

Verlagsgruppe Random House FSC® N001967
Das FSC®-zertifizierte Papier *Super Snowbright* für dieses Buch
liefert Hellefoss AS, Hokksund, Norwegen.

1. Auflage
Originalausgabe Dezember 2013
Copyright © 2013 Kerstin Pflieger
Copyright © dieser Ausgabe 2013
Wilhelm Goldmann Verlag, München,
in der Verlagsgruppe Random House GmbH
Dieses Werk wurde vermittelt durch die
Literarische Agentur Thomas Schlück GmbH,
30827 Garbsen.
Umschlaggestaltung: UNO Werbeagentur, München
Umschlagmotiv: FinePic®, München
NG · Herstellung: Str.
Satz: DTP Service Apel, Hannover
Druck und Bindung: GGP Media GmbH, Pößneck
Printed in Germany
ISBN: 978-3-442-47706-7
www.goldmann-verlag.de

Besuchen Sie den Goldmann Verlag im Netz

Ich wartete des Guten,
und es kommt das Böse;
ich hoffte aufs Licht,
und es kommt Finsternis.

Das Buch HIOB

Prolog

Jeder hat Wünsche. Man wünscht sich, dass einen der Junge, den man schon so lange anhimmelt, endlich küsst; dass man in der nächsten Matheklausur eine gute Note schreibt oder dass die Eltern aufhören, sich zu streiten.

Selten denkt man darüber nach, welche Konsequenzen es haben könnte, wenn diese Wünsche in Erfüllung gehen.

All meine Träume schienen wahr zu werden, doch dann verwandelten sie sich in einen einzigen finsteren Albtraum, aus dem ich nicht erwache.

1

Wer bin ich? Eine einfache Frage, trotzdem kannte sie deren Antwort nicht.

Sie erinnerte sich an eine verschneite Winternacht, an Wolfsgeheul und das Lärmen von Schüssen, gefolgt vom Geschmack heißen Blutes, das über ihre Lippen quoll. Doch handelte es sich dabei um ihre eigenen Erinnerungen?

Sie wusste es nicht. Sie wusste gar nichts. Frustriert biss sie sich auf die Unterlippe. Bilder prasselten auf sie ein, während sie ihr Gedächtnis nach der Lösung durchforstete und sie nicht fand.

Sie lebte wie ein Tier, angetrieben von Instinkten und den Befehlen ihrer Herrin. Lange Zeit hatte ihr das genügt, inzwischen jedoch durchbrachen immer mehr Fragen ihren Panzer aus Gleichgültigkeit, rüttelten ihre dumpfe Existenz auf und brachten sie in Gefahr. Wie ein Wolf, der das Nahen eines Unwetters spürte, rollte sie sich zusammen, zog die Decke enger um sich. Es war so kalt. Das Zittern ihrer Glieder wollte nicht aufhören. Wie sehr wünschte sie sich ein wenig Wärme, aber das Haus, in dem sie sich befand, war nicht ihr eigenes. Die Familie, der es gehörte, war verreist, vielleicht ein netter Skiurlaub oder eine Flucht in tropisches Klima. Wenn sie wiederkamen, würden sie sich über das Verschwinden von ein paar Fertiggerichten wundern, und womöglich würde ihnen auffallen, dass manche Dinge nicht an ihrem althergebrachten Platz standen, aber mehr als ein überraschtes Kopfschütteln würde es nicht auslösen.

Zumindest war das der Plan, dennoch wagte sie es nicht, im Kamin ein Feuer zu entzünden. Zu viele neugierige Nachbarn. Und von den modernen Heizungsanlagen verstand sie nicht genug, um sich an diese heranzutrauen. Was für seltsame Zeiten es doch waren, in denen man kein Holz mehr hackte, sondern nur noch ein paar Knöpfe drückte, damit man im Winter nicht erfror. Wie hatte dieser Wandel so unbemerkt an ihr vorbeiziehen können?

Die Kälte mochte sie zwar nicht töten, trotzdem litt sie, versuchte, sich Wärme in ihre tauben Finger zu reiben. Wie sie es hasste zu frieren.

Sie lauschte in sich hinein. Da war es wieder. Dieses unbändige Verlangen nach Blut, Tod und Vernichtung. Als hätte es ihr Interesse bemerkt, schwappte es gierig in ihr hoch, bemühte sich, die Kontrolle über ihre Gedanken zu erlangen. Früher hatte es ihr Dasein bestimmt, inzwischen fühlte es sich wie ein Fremdkörper an, der sich in ihre Seele gebohrt hatte. Als müsste sie über all das Leid weinen, das sie verursacht hatte, anstatt sich darin zu suhlen.

Aurinsbach. Ihr nächstes Ziel. Instinktiv fletschte sie die Zähne. Der Anflug von klarem Verstand wurde von mächtigeren Trieben zurückgedrängt. Bald würde Blut fließen, und ihre Zweifel würden verfliegen.

2

»Ich atme den Tod und sehe das nahende Ende, wann immer ich in Torges Armen liege.« Lea hob ihre linke Hand, sodass sich milchiges Mondlicht über ihre Haut ergoss. Sie streckte ihre andere Hand aus und fuhr durch den schimmernden Sternenstaub, der in feinen Schwaden dem Himmel entgegenstrebte, woraufhin das zarte Gespinst ihre Finger in weichen Wogen umspielte. »Das willst du nicht.«

Lilly senkte den Kopf. »Alles ist besser als das Wissen, dass er mich bald verlassen wird.«

Im selben Moment, in dem sie die Worte aussprach, wurde ihr bewusst, wie taktlos es war, so etwas Lea gegenüber zu sagen, doch es war zu spät. Das Mädchen, das sie so sehr an eine junge Ausgabe von Angelina Jolie erinnerte, drehte sich abrupt zu ihr um. »Hältst du mein Schicksal tatsächlich für so erstrebenswert? Würdest du es vorziehen, deinen Liebsten sterben zu sehen?«

»Natürlich nicht.« Sie trat einen kleinen Stein zur Seite und fluchte unterdrückt. Lea war eine Sternenseele, ein Mensch, der im Augenblick seines Todes von einem Stern auserwählt wurde, um die Menschheit fortan zu beschützen. Zu diesem Zweck wurde sie geheilt, ihr Leben verlängert – aber nur für so lange, wie das Licht ihres Sterns bis zur Erde benötigte. Das konnten Jahrhunderte sein oder, wie in Leas Fall, nur ein paar Jahre. Das Schlimmste für sie war allerdings, dass ihrem sogenannten Zwillingsstern, dem Jungen, der für sie bestimmt war, noch weniger Zeit blieb und sie nun jeden Tag fürchtete, dass er beginnen könnte zu altern und damit sein unabwendbares Ende bevorstand. »Das ist so verdammt unfair. Wir sollten in die Schule gehen, Partys feiern, herumknutschen und nicht über die Endlichkeit unseres Lebens nachdenken.«

»Wenn du klug bist, verlässt du ihn. Du kannst alldem entkommen.« Lea sah sie an. »Du hast diese Möglichkeit.«

»Raphael verlassen?«, keuchte Lilly, und der Schmerz, der sie allein bei dem Gedanken daran durchfuhr, überraschte selbst sie in seiner Intensität. »Niemals.«

»Es ist schrecklich, so etwas zu sagen. Ich weiß.« Sie senkte den Kopf. »Doch ihr habt keine Zukunft. Seine Liebe zu dir wird von Tag zu Tag stärker werden, und auch wenn du bereit bist, mit einem Mann zusammen zu sein, der so viel jünger aussieht als du, wirst du eines Tages sterben.«

Gleich einem dunklen Omen schob sich eine Wolke vor den Mond und hüllte den Wald in trübe Finsternis. Lilly hatte schon unzählige Male über das vor ihr liegende Schicksal nachgedacht, aber es so nüchtern aus dem Mund einer Freundin zu hören wandelte es von einer diffusen Bedrohung ihres Glücks zu einer erschreckend realen. Raphael war eine Sternenseele und würde noch Jahrhunderte leben, ohne zu altern, während sie ein gewöhnliches Mädchen war.

»Das wird er nicht überstehen«, fuhr Lea fort. »Obwohl Amadeas Tod so lange Zeit zurückliegt, war er noch von Trauer zerfressen, als ich ihn kennenlernte. Erst du gabst ihm seine Lebensfreude zurück.«

Amadea. Der Name hallte in ihren Gedanken nach wie das dröhnende Echo einer todbringenden Lawine. Sie war Raphaels Zwillingsstern. Das Mädchen, das eigentlich für ihn bestimmt war, bis der Tod sie ihm entrissen hatte. »Glaubst du, sie wird eines Tages wiedergeboren werden?«

»Das halte ich für ausgeschlossen.« Lea schüttelte den Kopf. »An deiner Stelle würde ich mich um real existierende Probleme sorgen.« Sie legte einen Arm um ihre Schulter. »Sorry, wenn ich so hart klinge. Ich will nur nicht, dass einer von euch verletzt wird.«

»Dafür ist es bereits zu spät«, flüsterte Lilly. Schweigend gingen sie Arm in Arm weiter, während die vereisten Blätter unter ihren Schuhen knirschten. Sie schlang ihren Wollschal enger um den Hals und wünschte sich eine Tasse heißen Kakao herbei. Es war so unglaublich kalt, dass es sie wunderte, dass ihre Atemwolken nicht zu Eis gefroren. Sie vermisste Raphael schon jetzt und wäre gerne länger bei ihm geblieben, aber er musste weitertrainieren und sie zumindest einige Stunden schlafen, wenn sie sich nicht noch mehr Ärger mit ihrer Mutter einhandeln wollte. »Fehlt dir deine Familie?«

»Sehr.« Ihre Stimme zitterte, als sie fortfuhr: »Und ich sehe sie so gut wie nie. Sie finden mein Verhalten zu seltsam, und wenn ich wieder verschwinde, stellen sie zu viele Fragen. Das ist das Schlimmste, weißt du? Zu wissen, dass sie sich für den Rest des Lebens sorgen werden, was aus mir wurde. Ich wünschte, ich könnte ihnen sagen, dass ich sie niemals freiwillig verlassen habe und dass mir nichts Schreckliches geschehen ist.«

Das Schimmern der Straßenlaternen war bereits durch die Bäume hindurch zu erkennen. Bald wäre Lilly zu Hause. »Das ist grausam.«

»Nur leider kann ich nichts dagegen machen. Wir dürfen nicht gegen die Regeln verstoßen.«

»Aber wer gibt ihnen das Recht, so über euch zu bestimmen?«

Lea sah sie verwundert an. »Wer gibt denn der Regierung das Recht, über euch Menschen zu urteilen? Das Zusammenleben erfordert Gesetze, denen man sich beugen muss.«

Lilly seufzte. »Es ist so unfair.«

»Wann geht es schon gerecht zu? War es fair, dass ich so jung starb? Oder Torge, Raphael, Felias?« Sie deutete auf den schmalen Pfad, der auf die Wiese, die zwischen Wald und Ortschaft lag, hinausführte. »Wir sind da. Ich darf nicht näher an dein Haus. Wenn mich jemand sieht, würde es zu viele Fragen aufwerfen. Aber ich werde dich im Auge behalten, bis du im Haus bist.«

»Danke.« Sie umarmten sich zum Abschied, und Lilly ging nachdenklich die letzten Meter bis zur Haustür. Irgendwie glaubte man immer, dass alle Sorgen verschwinden würden, wenn man nur ein bestimmtes Ziel erreicht hatte, nur um festzustellen, dass sich dahinter ein neuer Berg Probleme auftürmte.

Sie schlich in ihr Zimmer hinauf, zog ihren blauen Pullover aus, bevor sie ihre Jeans abstreifte und sich nur in Unterwäsche bekleidet im Spiegel betrachtete. Sie sah ein mageres, langbeiniges Mädchen mit langen dunklen Haaren und fragte sich, wie sie wohl in fünf oder gar zehn Jahren aussehen mochte. Würde sie dann noch immer anziehend auf Raphael wirken? Ihr Herz wurde kalt und schwer, wenn sie an den Tag dachte, an dem sie die erste Falte in ihrem Gesicht entdecken würde, während seine Haut noch immer so makellos wäre wie jetzt. Seine Schönheit, neben der sie sich so unscheinbar vorkam, schüchterte sie schon jetzt ein. Wie würde es erst dann sein? Liebe mit einem Verfallsdatum.

Sie zog BH und Slip aus, hüllte sich in ihren blassrosa Bademantel und ging in das kleine Bad, das sich ihre gesamte Familie teilte. Sie drehte die Dusche so heiß auf, dass dichte Dampfschwaden aus ihr emporstiegen, stellte sich unter den Strahl und hoffte, dass das Wasser einen Teil ihrer Sorgen mit sich nehmen würde. Sie hatte sich die Liebe so einfach vorgestellt. Natürlich gäbe es Streitereien, womöglich würde es sogar wie bei ihren Eltern mit dem Tod enden, einem banalen Unfall, der ihren Vater aus dem Leben gerissen hatte, aber mit jedem neuen Tag standen alle Möglichkeiten offen. Sie hingegen fühlte sich, als wäre sie jeglicher Optionen beraubt. Es gab nur noch das Ende, auf das sie unaufhaltsam zusteuerte.

Tränen traten in ihre Augen. Sie lehnte ihren Kopf gegen die gekachelte Wand und ließ den Wasserstrahl auf ihren Nacken herabprasseln, während sie die Rinnsale, die ihre Beine entlangliefen, beobachtete. Ein bitteres Auflachen stahl sich über ihre bebenden Lippen. Lea machte sich Sorgen um Raphael. Wie er ihren Tod überstehen würde. Dabei war es doch viel wahrscheinlicher, dass er sie verlassen würde, und wie sie das verkraften sollte, wusste sie nicht.

Ihre Mutter wäre am Tod ihres Vaters beinahe zugrunde gegangen. Nur die Tatsache, dass sie noch ein Kind hatte, zwang sie dazu weiterzuleben. Lilly würde ganz allein sein.

3

Wie jeden Morgen verbrachte Lilly einige Zeit vor dem Spiegel, um ihre dunklen Augenringe mit Concealer zu verbergen. Trotzdem beäugte ihre Mutter sie kritisch, als sie nach unten in die Küche ging. Ihre plötzliche Vorliebe für Make-up war ihr nicht entgangen, schließlich wusste sie genau, dass ihre Tochter eine makellose Haut hatte und dass dies eigentlich nicht nötig war.

»Kaffee ist in der Thermoskanne«, sagte sie, nachdem sie ihr knapp zugenickt hatte.

»Danke«, murmelte Lilly, schnappte sich eine Jumbotasse und schenkte sich ein. Mittlerweile verzichtete sie auf Zucker und Milch. Sie brauchte Koffein pur, um am Morgen in die Gänge zu kommen. Eine weitere Veränderung, die Moni mit stummer Missbilligung zur Kenntnis nahm.

Sie atmete erleichtert auf, als Thomas mit einem fröhlichen Morgengruß den Raum betrat und sich zu ihnen an den Tisch setzte. Für ihn stand Moni auf, goss ihm Kaffee ein und gab ihm einen flüchtigen Kuss. Wie sich die Zeiten änderten. Lilly schlug die Augen nieder und schluckte trocken. Ihre Mutter, die Freundschaft, die sie einst verbunden hatte, fehlten ihr so sehr.

Nachdem auch ihr Stiefbruder Samuel endlich bereit zum Aufbruch war, ging sie in die Diele, um ihren alten Armeemantel – eines der wenigen Dinge, die ihr von ihrem Vater geblieben waren – und schwere Winterstiefel anzuziehen.

Ein flauschiger Schal rundete das Ganze ab, sodass sie hoffte, auf dem Weg zur Schule nicht zu erfrieren. Kälte und Schlafmangel. Ein guter Start in den Tag. Sie beäugte Samuel von der Seite, als dieser sich ebenfalls anzog. Er sah noch schlechter aus als sie. Dunkle Ringe umschatteten seine einst so fröhlichen braunen Augen, und seine Wangen wirkten eingefallen. Nur sein blonder Haarschopf erinnerte nach wie vor an den muskulösen Surferboy, den die Mädchen umschwärmten. Schuldbewusst biss sie sich auf die Unterlippe. Wann hatte sie das letzte Mal unter vier Augen mit ihm gesprochen? Sie wusste es nicht. Als sie nach draußen gingen und sich in Thomas' immerhin schon vorgeheiztes Auto quetschten, nahm sie sich fest vor, wieder mehr Zeit mit ihm zu verbringen. Während der Fahrt sah sie aus dem Fenster und bewunderte den Schnee auf den Dächern, der nicht an eine feine Schicht aus Puderzucker erinnerte, sondern schwer und sirupartig wie Zuckerguss auf den Schindeln lag.

Trotz der Kälte konnte sie es nicht erwarten auszusteigen und verabschiedete sich hastig, sobald Thomas den Motor ausgeschaltet hatte. Dann eilte sie, so schnell es der glatte Boden erlaubte, durch einen schmalen Tunnel in der Mauer, die nahtlos in das aus Fachwerk errichtete Schloss überging. Die Gebäude erinnerten an zahllose ineinander verschachtelte Hexenhäuschen, die eine Orientierung zwar erschwerten, aber dafür auch halb im Verborgenen liegende Gassen, Balkone und Pfade boten. Der Durchgang war nur einige Meter lang und führte in eine der drei Parkanlagen, die das Internat umgaben. Sie lief eine niedrige Steinmauer entlang, auf der sich im Sommer die Eidechsen sonnten, bis sie am Fuß einer Tanne, deren Äste unter der Last des Schnees tief hingen, stehen blieb. Suchend fuhr sie mit ihren Fingern über die vereisten Steine, wobei sie sich im Geiste verfluchte, ihre Handschuhe vergessen zu haben. Die Kälte biss schmerzhaft in ihre schutzlose Haut und vertrieb auch die letzte Illusion von Wärme. Endlich fand sie die gesuchte Stelle und hob den lockeren Stein an, um den darunter verborgenen Zettel herauszuholen. Sanft schüttelte sie den Schnee ab und errötete vor Freude, als sie die vertraute, elegante Handschrift sah.

Tausende Küsse schicke ich dir!
Für jede Sekunde, die ich nicht bei dir bin, einen!
    In ewiger Liebe, Raphael

Sie las die Zeilen noch zwei Mal, bevor sie den Brief sorgfältig faltete und in ihrer Tasche verstaute. Am Abend würde sie ihn zu den anderen in ein schwarzes Notizbuch, auf dem goldene Blätter rankten, kleben. Es war eine lieb gewonnene Tradition, dass er ihr jeden Morgen, kurz vor Sonnenaufgang, eine Nachricht hinterließ. Nur so überstand sie den Tag, wenn die Kraft seines Sterns ihn verließ und er sich in einen gefühllosen Zombie verwandelte.

Sie ging zurück zum Weg und schlitterte zum Hintereingang. In den Parkanlagen sparten sie mit Salz und Sand, um die Blumen und Bäume nicht zu schädigen, wodurch jeder Besuch drohte, sich in eine Rutschpartie zu verwandeln.

Sie atmete erleichtert auf, als sie ihre Hand auf den gusseisernen Türknauf legte, nur um sogleich erschrocken aufzuschreien, als sie mit einem Ruck aufschwang und sie mit dem Kopf gegen das Holz prallte. Sie stolperte zurück, rutschte auf dem Eis aus und fiel unsanft hin. »Was zur Hölle …?«, fluchte sie und sah auf. Ihr Blick traf auf einen unverschämt gut aussehenden Jungen, dessen fast schulterlange maronenfarbene Haare sein halbes Gesicht verbargen. Trotzdem kam er ihr seltsam bekannt vor. Sie konnte nur nicht einordnen, wo sie ihn zuvor schon einmal gesehen hatte. Er war ganz in Schwarz gekleidet, wobei der oberste Knopf seines Hemds offen stand und ein Stück schneeweißer Haut offenbarte. Wären nicht die unzähligen Silberringe und -ketten gewesen, hätte er vollkommen normal gewirkt. Zumindest dachte sie das, bis sie sein Gesicht sah. Kantige Züge und hohe Wangenknochen verliehen ihm eine Härte, die nur durch seine strahlend limonengrünen Augen, umrandet mit dunklem Kajal, abgemindert wurde. Wow, dachte sie unwillkürlich. Michelle würde ausrasten, wenn sie den Jungen sehen würde.

Ihre Blicke trafen sich, und sie bemerkte, wie er einen Moment zögerte, als würde er auf eine Reaktion von ihr warten. Sie riss sich von seinem Anblick los und versuchte aufzustehen. Anscheinend brach das den Bann, unter dem der Junge zu stehen schien. Er reichte ihr seine Hand und zog sie auf die Beine.

»Alles okay?«

Sie nickte und klopfte sich Schnee und Eiskristalle von ihrem Mantel.

»Das wird eine ganz schöne Beule geben.« Er deutete auf ihre Stirn, und erst da bemerkte sie, dass die Stelle, an der sie die Tür getroffen hatte, gewaltig schmerzte.

Sie unterdrückte einen Fluch. Sie konnte schon jetzt Calistas spitze Bemerkungen hören. Sie war zwar deutlich netter geworden, aber die Zicke steckte einfach zu tief in ihr. »Wahre Schönheit kann nichts entstellen«, sagte sie mit einem schiefen Grinsen und hoffte, dass er sie nun nicht für vollkommen verrückt hielt.

»Stimmt.« Er lächelte und zeigte dabei zwei Reihen strahlend weißer Zähne. »Ich bin Mikael.«

»Mein Name ist Lilly. Du musst neu auf dem Internat sein.«

Er nickte. »Ich wollte einen Moment Ruhe haben, bevor ich mich der ersten Schulstunde stelle.«

»Die Lehrer sind in Ordnung, und die Schüler unterscheiden sich nicht großartig von denen an anderen Schulen.«

»Du klingst, als hättest du viel Erfahrung damit.« Neugierig betrachtete er sie, als wäre sie erst nun wirklich interessant für ihn und als müsste er sich jedes Detail einprägen.

»Meine Mutter und ich sind ständig umgezogen. Ich bin erst seit einem halben Jahr hier.« Aber was das für Monate gewesen waren! Ihr ganzes Leben hatte sich in der kurzen Zeit vollkommen verändert. Zum Guten und zum Schlechten.

»Dann bist du so wurzellos wie ich. Ich habe noch kein Schuljahr an derselben Schule beendet, an der ich es angefangen habe.«

»Wo warst du denn zuletzt?«

»Auf einem Internat in Mailand.«

Lilly lachte auf, bevor er weitersprechen konnte. Sie vergaß zu oft, wie unglaublich reich die Familien der meisten Schüler hier waren. Ihre Mutter hätte sich das Schulgeld niemals leisten können, wenn mit ihrer Anstellung als Sekretärin nicht auch ein Stipendium für ihre Tochter einhergegangen wäre. »Ich bin noch nie außerhalb Deutschlands gewesen. Meine Mutter arbeitet an der Schule, deshalb bin ich hier gelandet.« Sie ärgerte sich, dass sie so defensiv klang. Als ob mangelnder Reichtum etwas wäre, für das man sich schämen musste.

»Geld allein macht nicht glücklich. Ich würde gerne darauf verzichten, wenn ich dafür ein normales Leben führen könnte.«

Einen Moment herrschte befangene Stille.

»Ich muss gehen. Freunde warten auf mich«, sagte Lilly schließlich. »Vielleicht sehen wir uns ja in dem einen oder anderen Kurs.«

Er lächelte und hielt ihr die Tür auf. »Ich genieße noch einen Augenblick die Ruhe.«

Sie nickte und ging an ihm vorbei. Als sie ihn passierte, umwehte sie ein schwacher Duft nach Zimt und Sandelholz.

»Lilly.«

Sie drehte sich um und sah ihn an.

»Es war nett, dich kennengelernt zu haben.«

»Ebenfalls!« Sie winkte ihm zum Abschied, bevor sie den holzgetäfelten Korridor entlangschritt. Wieso kam er ihr nur so bekannt vor?

4

»Lilly«, rief Michelle und kam über den vereisten Hof angeschlittert, als diese sich auf der Suche nach ihrer Freundin durch die aufgeregte Ansammlung Schüler quetschte. Das Mädchen trug einen grünen knielangen Rock mit weißem Webpelzbesatz, eine kurze dunkelrote Jacke und eine dicke Wollmütze, die ihr feuerrotes Haar verbarg. Lachend fiel sie ihr in die Arme. »Hast du schon die Neuigkeiten gehört? Das wird ein supertolles Schuljahr!« In dem gleißenden Licht der Wintersonne leuchteten ihre Augen in einem hellen Grün, das in einem atemberaubenden Kontrast zu ihrer cappuccinofarbenen Haut stand.

»Nein«, antwortete sie und schlang ihre Arme um den Körper. Von dem alten Armeemantel forderten die Jahre ihren Preis, sodass der einst so dicke Stoff inzwischen dünn und an manchen Stellen abgewetzt war. »Lass uns reingehen.«

Michelle hüpfte vor Aufregung neben ihr her. »Ich bin so unglaublich aufgeregt! Das ist unfassbar!«

Lilly wusste, dass ihre Freundin nicht mit dem Reden aufhören würde, bis sie ihr nicht die entscheidende Frage stellte. »Nun erzähl schon, was ist denn so toll?«

Das Mädchen blieb stehen und sah sie mit dramatischer Miene an, während Lilly sich nichts sehnlicher wünschte, als in die Wärme des Internats zu gelangen. »Die Stargazer werden ihren Abschluss bei uns an der Schule machen!«

»Ach.« Die Stargazer waren eine Rockband, für die die

meisten Mädchen schwärmten. Sie fand die Musik zwar ganz gut, aber die Jungs waren ihr ziemlich gleichgültig. Vor allem seit sie mit Raphael zusammen war. Dann setzte ihr Herzschlag vor Überraschung einen Moment aus. Deshalb war ihr der Junge so bekannt vorgekommen! Mikael war der Sänger der Gruppe! Ihr Mund klaffte auf, und ihr wurden nachträglich die Knie weich. Sie hatte gerade mit einem Rockstar geredet! »O Mann, der muss mich für total unterbelichtet halten.«

Ihre Freundin blickte sie bei dieser seltsamen Reaktion verwirrt an. »Wer?«

Sie starrte verlegen auf ihre Stiefel herab und trat eine kleine Eisscholle zur Seite. Ihre Freundin würde sie gleich für vollkommen verrückt halten und vermutlich vor Neid platzen. »Ich bin Mikael eben am Hintereingang begegnet. Na ja, genau genommen hat er mich mit der Tür umgenietet.«

»Und das sagst du erst jetzt?« Michelles Stimme erreichte ungeahnte Höhen. »Du musst mir alles erzählen!« Dann runzelte sie misstrauisch die Stirn. »Du bist doch noch mit Raphael zusammen, oder?«

Lilly lachte. »Keine Sorge, du kannst ihn haben. Er muss mich ohnehin für einen Trottel halten, da ich ihn gar nicht erkannt habe.«

»Das ist nicht dein Ernst! Wie kann Mikael, der Gott des Rock 'n' Roll, vor einem stehen, ohne dass man ihn erkennt?«

»Du weißt, dass ich mich nicht so für diese Band begeistere.«

Michelle schüttelte den Kopf. »Man muss schon im Wald leben, um sein Gesicht nicht jeden Tag in den Medien zu sehen.«

Wenn du wüsstest, wie recht du damit hast, dachte Lilly und zog ihre Freundin weiter, um endlich der Kälte zu entkommen.

Michelle seufzte. »Bin ich froh, keinen festen Freund zu haben, wenn ich mir dich so anschaue. Zeit, dass Amy wiederkommt, sie wird mich verstehen.«

»Wo ist sie denn?«

»Steckt irgendwo in den Rocky Mountains. Ihre Brüder haben sie zu einer Snowboardtour mitgenommen, und nun sind sie eingeschneit. Wahrscheinlich kommt sie erst in zwei Tagen.«

»Ich möchte nicht in der Haut ihrer Brüder stecken«, lachte Lilly. Amy galt als Streberin, die niemals eine Stunde schwänzte, war aber zugleich so lieb und hilfsbereit, dass die meisten über ihre Begeisterung fürs Lernen hinwegsahen. »Vermutlich reißt sie ihnen jedes Haar einzeln aus.«

Michelle kicherte. »Da hätten sie aber noch Glück. Ihr fallen sicher noch schlimmere Gemeinheiten ein.« Sie drückte die Eingangstür auf, zog die Mütze aus und schüttelte ihren Kopf, sodass ihre Locken wild um sie herumflogen. »Ich bin so aufgeregt, vielleicht habe ich sogar einen Kurs mit Mikael zusammen! Du musst ihn mir unbedingt vorstellen!«

Sie gingen die breite Wendeltreppe hinauf zum Speisesaal, in dem das Neujahrsfrühstück stattfand und an dessen Glasfront die neuen Kurspläne für das zweite Halbjahr aushingen.

An ihrem Stammplatz saßen bereits Samuel, Nick und Calista, sodass sie sich noch zwei Stühle holen mussten und es mit ihren Tabletts sehr eng wurde. Obwohl ihr Stiefbruder wie der wandelnde Tod aussah, schenkte er ihr ein strahlendes Lächeln, als sie ihn in die Seite knuffte und sich neben ihn setzte.

»Womit haben wir das nur verdient?«, stöhnte Nick.

»Was denn?«, fragte Michelle.

»Na, diese Möchtegernrockstars. Den ganzen Morgen muss ich mir schon anhören, wie toll sie doch sind.«

»Hat da jemand Angst, dass für dich keine mehr übrig bleibt?«, spöttelte Calista und strich sich geziert durch ihr rabenschwarzes langes Haar.

Es war einfach unfair, dass so eine Zicke wie die kleine Schwester von Megan Fox aussah, dachte Lilly wie so oft. Innere Schönheit hin oder her – für ihre Kurven und dichten Wimpern hätte sie viel gegeben.

»Mach dir keine Sorgen. Sie werden nur Augen für mich haben«, fuhr sie fort. »Die unreifen Schulmädchen hier interessieren Jungs wie sie ohnehin nicht.« Sie riss in gespielter Unschuld die Augen auf. »Anwesende natürlich ausgenommen.«

Michelle lehnte sich genüsslich zurück. »Lilly kennt Mikael. Sie haben sich heute Morgen unterhalten. Wie nahe bist du ihm denn bereits gekommen?«

Für einen Moment zeigte sich ehrliche Überraschung auf Calistas Gesicht, bevor sie von einem höhnischen Grinsen verdrängt wurde. »Mit so einer Beule war sie wohl nicht zu übersehen. Wer würde da kein Mitleid haben?«

Verlegen fuhr sich Lilly über ihre Stirn und spürte tatsächlich eine Schwellung, die schmerzhaft unter ihren Fingern pulsierte.

»Autsch«, sagte Michelle. »Die ist mir noch gar nicht aufgefallen. Wie ist das denn passiert?«

»Ich habe eine Tür an den Kopf bekommen.« Sie würde mit Sicherheit nicht in Calistas Gegenwart erzählen, dass es Mikael war, dem sie so begegnet war. Sollte sie doch grübeln, woher sie ihn kannte.

»Die Favelkap scheint jedenfalls nicht so begeistert über die Stargazer zu sein«, mischte sich Nick ein, den das Interesse an Mikael offensichtlich tierisch nervte. »Die waren schon über eine Stunde in ihrem Büro. Vermutlich ein Befehl von ganz oben.«

Lilly konnte sich gut vorstellen, dass ihre Rektorin über die Anwesenheit der Band nicht erfreut war. Sie war eine Sternenhüterin, die ihr Leben der Aufgabe widmete, den Sternenseelen am Tag, wenn sie sich nicht mehr an ihre wahre Identität erinnerten, zu helfen. Da konnte sie den Rummel, den es um die Stargazer geben würde, nicht brauchen. Vor allem, da sie Gerüchte in die Welt gesetzt hatte, dass Schüler, die gegen die Regeln verstießen, plötzlich verschwanden. Wenn das an die Presse geriet, wäre hier die Hölle los.

»Da ist dein Freund«, Calista deutete auf Raphael, der zusammen mit Anni den Speisesaal betrat und sich an einen Tisch auf der gegenüberliegenden Seite setzte. Wie immer verschlug ihr seine Schönheit den Atem, und sie wünschte sich nichts mehr, als seine weichen Lippen auf den ihren zu spüren und sich an seine feste Brust zu schmiegen, aber im Sonnenlicht verließ seine Seele den Körper und ließ nur eine Hülle zurück.

Sie lächelte, als er sich eine Strähne seines schwarzen Haars, die ihm ins Gesicht hing, nach hinten strich. Zumindest diese kleine Geste war am Tag und in der Nacht dieselbe.

»Übel, wenn sich der Freund so sehr für einen schämt, dass er sich nicht mit einem sehen lassen will«, stichelte Calista.

Lilly ballte die Fäuste und setzte zu einer bissigen Antwort an, als Michelle dazwischenfuhr: »Zumindest hat sie einen. Mit dir hält es ja keiner aus.« Sie stupste Lilly an. »Lass uns einen Muffin und eine Tasse Kaffee holen.«

»Danke«, flüsterte Lilly, während sie auf die Theke, auf der neben diversen Muffins, Obstsalat, Rührei ern sowie Sandwiches auch Wackelpudding und Torten standen, zugingen.

»Kein Problem, aber findest du nicht auch, dass Raphael sich seltsam benimmt?«

Dessen war sie sich zwar bewusst, doch was sollte sie erwidern? Sie hatte versprochen, das Geheimnis der Sternenseelen nicht zu lüften, und so gab es keine ehrliche Erklärung, die sie ihr anbieten konnte. »Seinen Eltern ist es wichtig, dass er früh lernt, Privates und Geschäftliches zu trennen.«

»Wir sind in der Schule, und er vergnügt sich hier nicht mit seiner Sekretärin.« Lilly kicherte über Michelles bayerischen Dialekt, der mit ihrem französischen Akzent herrlich schräg klang und jedes Mal zum Vorschein kam, wenn sie sich aufregte.

Ihre Freundin schnappte sich einen Schokomuffin, ein Schälchen Wackelpudding und eine große Tasse Kaffee. »Klar, er sieht gut aus, doch das entschuldigt nicht alles.«

Lilly nahm sich nur Obstsalat und Tee. »Du hast recht, aber davon abgesehen ist er ein toller Freund, da muss ich das einfach akzeptieren.«

Die Rothaarige zuckte mit den Achseln. »Wenn du meinst. Ich finde es jedenfalls nicht richtig, wie er dich behandelt.«

»Ach, und wenn Mikael sich unsterblich in dich verlieben würde, aber eure Beziehung wegen der Fans geheim halten müsste, würdest du ihn dann abweisen?«

»Das ist etwas ganz anderes«, grinste ihre Freundin. »Mikael ist supersüß, reich und berühmt.«

»Wie gut, dass du nicht käuflich bist.«

5

Die ersten Schulstunden vergingen schnell. Es wurden neue Bücher ausgeteilt, die Lehrpläne besprochen und die vorläufigen Klausurtermine bekannt gegeben. Lilly konnte sich kaum konzentrieren, da ihre Gedanken immer wieder zu Raphael abschweiften. Sie hatte sich an die Trennung am Tag gewöhnt, sehnte jedoch die Nächte deshalb nur umso mehr herbei. Alles, was normale Paare am Tag taten – lachen, reden, streiten –, mussten sie auf die Dunkelheit verschieben. Im Winter war es leichter, da die Tage kurz waren, doch sie fürchtete den Sommer mit seinen kurzen Nächten. Immerhin hatte ihre Mutter Raphael inzwischen zähneknirschend als ihren Freund akzeptiert.

Endlich wurde das Ende des Schultags eingeläutet, und sie lief mit Samuel den Hügel hinunter zu ihrem Haus im Tal. Zumindest versuchten sie zu laufen, aber der Schneefall hatte wieder eingesetzt, sodass sie mehr schlitterten, während sie die Hände schützend hoben, um den Schneebällen der unteren Klassenstufen zu entgehen.

Als Samuel von einem Schneeball mitten ins Gesicht getroffen wurde, lachte Lilly auf.

»Na warte«, brummte er und bückte sich, um etwas Schnee zu sammeln.

Sie kreischte auf, rannte hinter ein Auto in Deckung und begann ebenfalls einen Ball zu formen. Vorsichtig streckte sie den Kopf empor, nur um ihn schell wieder einzuziehen, als ihr das erste Geschoss entgegengeflogen kam. Dann sprang sie auf, warf blind in seine Richtung und ließ sich wieder fallen. Als sie sein Fluchen hörte, musste sie grinsen. Volltreffer!

Sie vergrub ihre steif gefrorenen Finger im Schnee, um einen neuen Schneeball vorzubereiten, da rannte er plötzlich um das Auto herum, umschlang ihre Taille und stopfte ihr eine Hand voll Schnee in den Kragen. »Aufhören«, keuchte sie lachend, während das Eis auf ihrer Haut schmolz und in einem Rinnsal zu ihrem Bauch hinunterlief. »Ich ergebe mich.«

»Sieger!«, rief er stolz und warf sich neben ihr in den Schnee. Seine Augen leuchteten zum ersten Mal seit Tagen glücklich.

»Angeber«, schnaubte sie und schüttelte sich den Schnee aus den Haaren.

»Ich hätte nie gedacht, dass ich es mal toll finden würde, eine kleine Schwester zu haben.«

»Klein! Ich bin gerade mal ein Jahr jünger«, stellte Lilly fest, wobei sie sich insgeheim über seine Worte freute. »Aber du bist als Bruder auch zu gebrauchen.« Sie überlegte kurz, ihn auf seine schlechte Verfassung in den letzten Wochen anzusprechen, aber beim Anblick seines offenen Lachens brachte sie es nicht fertig, diesen schönen Moment zu zerstören.

Stattdessen half er ihr auf, und sie eilten die letzten Meter mit geröteten Wangen nach Hause.

Nachdem sie sich mit einer Tasse heiße Schokolade aufgewärmt und Don, Samuels riesiger, gutmütiger Hündin, einen Hundekuchen gegeben hatte, klingelte es auch schon. Raphael! Sie stürmte die Treppe hinunter, riss die Tür auf und fiel ihm um den Hals. »Du hast mir gefehlt«, flüsterte sie.

»Jetzt bin ich ja da.« Er gab ihr einen sanften Kuss.

Sie musterte ihn misstrauisch, als er sich die Schuhe auszog. Er wirkte ungewohnt ernst und geistesabwesend. »Ist alles in Ordnung?«

»Nicht hier.«

In Lillys Magen bildete sich ein eisiger Klumpen. Sie hatte immer gewusst, dass es nicht ewig friedlich bleiben würde. Die Sternenbestien waren auf sie aufmerksam geworden, und diese Kreaturen würden nicht ruhen, bis sie nicht auch die letzte Sternenseele vernichtet hatten. Trotzdem hatte sie gehofft, dass ihnen mehr Zeit blieb.

Sie gingen in ihr Zimmer hinauf und legten sich auf das Bett. Raphael bedeckte ihr Gesicht mit kleinen Küssen und sah sie immer wieder an, als wollte er sich vergewissern, dass sie noch da war. Sie schlang ihre Beine um seine und strich über seinen Rücken. »Können wir nun reden?«

»Ich will dich nicht in unsere Angelegenheiten verstricken.«

»Aber solange ich mit dir zusammen bin, betrifft es auch mich«, wandte Lilly genervt ein. Sie hatten diese Diskussion bereits viel zu oft geführt.

Er löste sich von ihr, setzte sich auf und lehnte sich an die Wand. »Genau darin liegt das Problem. Ich bringe dich in Gefahr.«

»Müssen wir das schon wieder besprechen?«, fragte sie.

»Ich habe mich entschieden. Lieber sterbe ich, als dass ich dich aufgebe.« Sie schob sich auf seinen Schoß und schlang ihre Arme um seinen Nacken. »Ich kann nicht ohne dich sein. Vielleicht sollte ich mich umbringen und hoffen, eine Sternenseele zu werden, dann wären wir ewig vereint, und du könntest mich nicht mehr ausschließen.«

Er starrte sie entsetzt an und packte sie an den Schultern. »So etwas darfst du nicht mal denken! Du musst leben!«

»Aber ich will für immer mit dir zusammen sein!«

»Du kannst nicht kontrollieren, ob du eine Sternenseele wirst. Niemand weiß, wie die Sterne jemanden auserwählen. Du würdest vermutlich einfach nur sterben.«

»Es muss doch einen Grund geben, dass wir zueinandergefunden haben. Ich kann nicht glauben, dass wir all das überstanden haben, nur um wieder getrennt zu werden.«

»Ich werde für den Rest deines Lebens an deiner Seite sein. Solange du es zulässt.« Er fuhr mit seinen Fingern ihre Wangenknochen entlang. »Ich will nicht, dass deine Seele in den Weiten des Alls verloren geht, wenn du eines Tages stirbst. Niemand weiß, was mit uns Sternenseelen nach dem Tod geschieht, ob wir wirklich zu unseren Sternen zurückkehren. Du hast etwas Besseres verdient.«

»Meine Seele kann haben, wer will, wenn ich nur mit dir zusammen sein darf.«

»Aber du *bist* mit mir zusammen. Du wirst mich nicht verlieren.« Er strich ihr über die Haare und gab ihr einen sanften Kuss.

»Das sagst du jetzt. Doch was ist in zwei Jahren, dann werde ich älter sein als du?«

»Du wirst immer jünger sein. Ich lebe seit Jahrhunderten, und wenn es mich nicht stört, dass du im Vergleich zu meiner Erfahrung ein Kleinkind bist …«

Lilly funkelte ihn empört an.

Raphael lachte. »Nicht dass ich dich körperlich für ein Kleinkind halte.« Dann wurde er wieder ernst. »Aber hältst du mich wirklich für so oberflächlich, dass ich dich nur wegen deines Äußeren liebe?«

»Was ist mit den anderen Menschen? Irgendwann wird es auffallen. Sie werden uns anstarren, hinter unserem Rücken tuscheln.«

»Ist es dir wichtig, was andere von uns denken?« Er runzelte die Stirn. »Für mich zählst nur du, und für alle Probleme, die auf uns zukommen, werden wir eine Lösung finden.«

Doch Lilly ließ sich nicht überzeugen. Zu sehr erschreckte sie der Gedanke zu altern, während Raphael immer so jung und wunderschön bleiben würde. Was sollte sie tun, wenn er seine Meinung änderte und sie plötzlich nicht mehr wollte? Zu dem Zeitpunkt wäre sie vielleicht schon eine alte Frau, und es wäre zu spät, um etwas zu ändern.

Raphael schien ihre Gedanken zu lesen und packte sie grob am Arm. »Du wirst leben. Ich werde nicht zulassen, dass dir etwas geschieht. Ich werde dich nicht verlieren.«

Sie sah ihm fest in die Augen. »Wenn ich mein Leben riskieren muss, um mit dir zusammen zu sein, werde ich es tun. Ich liebe dich viel zu sehr.«

»Wenn du mich liebst, dann versprich mir, nichts Unüberlegtes zu tun.«

Lilly schlang ihre Arme wieder um seinen Nacken und gab ihm einen Kuss. »Das ist allein meine Entscheidung.«

»Wenn du stirbst, werde ich dir folgen. Ich will nicht mehr ohne dich leben. Denk daran, bevor du eine Dummheit begehst. Mein Leben liegt in deiner Hand.«

Sie rollte sich von ihm hinunter, kuschelte sich in seine Armbeuge und schloss die Augen. »Es wäre leichter, wenn du mir die Wahrheit sagst, mich nicht ausschließt aus deinem Leben.«

Er seufzte. »Das ist Erpressung. Aber gut. Hast du von der Band gehört, die auf dem Internat ihren Abschluss macht?«

»Ja, die Stargazer. Michelle ist furchtbar aufgeregt deswegen.«

»Sie soll sich keine falschen Hoffnungen machen. Es sind Sternenseelen.«

Lilly richtete sich abrupt auf. »Wirklich?« Das konnte sie nicht glauben. Mikael hatte völlig normal gewirkt und so gar nicht wie ein Zombie – im Gegensatz zu Raphael. Aber auch Felias merkte man tagsüber kaum etwas an. Bisher hatte sie sich nie viele Gedanken darüber gemacht, warum Raphael im Gegensatz zu seinem Freund solche Schwierigkeiten hatte. Nur am Alter konnte es nicht liegen, denn Felias war fast ein Jahrhundert jünger. »Was wollen sie hier?«

»Sie sind Sternenjäger.«

Sie runzelte die Stirn. Den Begriff kannte sie nicht. Sie wusste ohnehin sehr wenig über das Leben der Sternenseelen. Raphael gelang es immer wieder, sie abzulenken, wenn sie ihn danach fragte. Sie sah ihn fragend an, woraufhin er ergeben seufzte.

»Während unsere Gruppe an einem Ort lebt, um eine Aufgabe zu erfüllen, reisen andere Sternenseelen durch die Welt und töten Sternenbestien.«

»Das bedeutet, dass wieder eines dieser Monster an unsere Schule kommen wird«, hauchte Lilly, und ihre Nackenhaare stellten sich vor Angst auf.

Er nickte. »Uns steht ein neuer Kampf bevor.«

In ihr zog sich alles zusammen. »Kann ich dich irgendwie davon überzeugen, dich aus der Auseinandersetzung herauszuhalten?«

Er schüttelte den Kopf. »Es ist meine Pflicht, und wenn wir uns ihnen nicht in den Weg stellen, wer soll es dann tun? Die Menschen sind auf unseren Schutz angewiesen.«

»Ich ertrage nur den Gedanken nicht, dich zu verlieren«, flüsterte sie.

»Das wirst du nicht.« Er küsste sie sanft, und sie ließ sich vollkommen in seine Liebkosung fallen, seufzte auf, als seine Finger über ihren Nacken strichen und dann ihren Rücken hinunterglitten. Seine Berührungen wurden leidenschaftlicher, während seine Zunge tief in ihren Mund eintauchte und sie in ein kunstvolles Spiel verstrickte. Seine linke Hand wanderte unter ihren Pullover, streichelte ihren flachen Bauch und die Senke zwischen ihren Brüsten. Ein Schauer überlief sie, und sie lehnte sich nach hinten, um sich ihm ohne die geringste Scheu darzubieten. Ihr Atem beschleunigte sich, als er sich vorbeugte und zärtlich an ihrem Kinn knabberte. Hastig zog sie ihm sein Shirt über den Kopf und strich ehrfurchtsvoll über seine muskulösen Schultern, küsste seinen Nacken. Er war viel zu schön, um wahr zu sein. Gott, wie sehr sie ihn liebte!

Ihr rasendes Herz gab den Rhythmus vor, während sie sich gegenseitig auszogen, die Nähe des anderen suchten und ihre nackten Leiber aneinanderpressten. Sie stöhnte auf, als er in sie eindrang, dann verschwamm alles in einem Nebel reinster Lust.

Erst viel später lagen sie erschöpft unter der Decke, und sie schlief wie fast jede Nacht in seinen Armen ein. Später würde er sich offiziell bei ihrer Mutter verabschieden, nur um sich daraufhin in ihr Zimmer zu schleichen und über ihren Schlaf zu wachen.

6

Am nächsten Morgen wurde Lilly noch vor Beginn der ersten Stunde zur Rektorin zitiert. Mit einem mulmigen Gefühl betrat sie das dämmrige Büro, während sie den Zettel mit einem alten Liebesgedicht, den sie heute Morgen in dem Versteck gefunden hatte, umklammerte.

> *Mein Herz kann nimmer schlagen*
> *Als nur für dich allein.*
> *Ich bin so ganz dein Eigen,*
> *So ganz auf immer dein.*

Die Rektorin hatte nie ein Geheimnis daraus gemacht, dass sie es nicht guthieß, dass Raphael sich mit Lilly eingelassen hatte. Sie war eine harte Frau, die nur dafür lebte, die Sternenseelen zu schützen, und sie umgab eine Furcht einflößende Aura. Etwas wand sich schlangengleich unter ihrer Haut, schien immer kurz davor zu sein herauszubrechen. Eine Erinnerung an die schrecklichen Experimente, die ihr ehemaliger Verlobter mit ihr durchführte, als eine Sternenbestie Besitz von ihm ergriff.

»Setzen Sie sich«, sagte Madame Favelkap mit einem verkrampften Lachen. »Wir müssen etwas besprechen.« Wie üblich trug sie ihr zimtfarbenes Haar streng nach hinten gebunden, und ihre feinen Augenbrauen waren kaum zu erkennen.

»Ich habe gegen keine Ihrer Regeln verstoßen und niemandem etwas verraten«, sagte Lilly, während sie sich auf einen gepolsterten Stuhl fallen ließ. »Warum haben Sie mich also rufen lassen?«

»Es sind Komplikationen aufgetreten.«

»Die Stargazer.«

Ihr Gegenüber nickte. »Ich sehe, Raphael hat Sie informiert.«

»Dann gibt es also wieder eine Sternenbestie an der Schule?«

Madame Favelkap goss sich eine Tasse Tee ein und bot ihr ebenfalls eine an. »Das weiß ich noch nicht, außerdem sollte es Sie auch nicht kümmern. Allerdings gibt es durch ihre Anwesenheit Schwierigkeiten.«

»Wegen der vermehrten Aufmerksamkeit der Medien?«

»Lassen Sie mich einfach ausreden«, fuhr die Rektorin sie an, und die erzwungene Freundlichkeit bröckelte von ihr ab. »Das habe ich im Griff, aber die Neuankömmlinge waren alles andere als erfreut darüber, dass ein gewöhnlicher Mensch in unsere Geheimnisse eingeweiht wurde.«

»Aber ich habe niemanden verraten.«

»Es verstößt trotzdem gegen die Regeln.«

»Und jetzt?«, fragte Lilly. »Wollen Sie mich töten?«

»Auch wenn ich manches Mal durchaus Lust dazu hätte, hatte ich eine andere Lösung vorgesehen.« Sie legte eine kurze Pause ein, um ihren Worten mehr Gewicht zu verleihen. »Ich werde Sie zur Sternenhüterin ausbilden.«

Lilly nahm einen Schluck Tee, um sich ihre Überraschung nicht anmerken zu lassen. »Geht das so einfach?«

»Eigentlich nicht, doch Ihre Einmischung hat uns keine Wahl gelassen.«

»Worin liegt denn der Unterschied, ob ich mich von Ihnen ausbilden lasse oder nicht? Ich werde dadurch doch nicht zu einem anderen Menschen. Ich könnte Sie immer noch verraten.«

»Ich bin dann durch meinen Eid gebunden, Sie zu töten, und sollte ich dies nicht tun, wird man mich töten.«

»Nett«, murmelte Lilly.

»Wir befinden uns in einem Krieg – da ist kein Platz für Nettigkeiten.«

Diese Einstellung der Rektorin war nicht zu übersehen, dachte sie. Trotzdem gefiel ihr der Gedanke ausgesprochen gut. Sie würde endlich alles erfahren, und Raphael hätte keinen Grund mehr, irgendwelche Geheimnisse vor ihr zu verbergen. Sie wollte Madame Favelkap allerdings nicht ihre aufkommende Begeisterung spüren lassen, weshalb sie sich bemühte, möglichst gleichgültig zu klingen, als sie ihre nächsten Worte formulierte. »Und wie geht es jetzt weiter? Gibt es ein Arbeitsbuch für angehende Sternenhüter?«

Zorn blitzte in den Augen der Rektorin auf. »Machen Sie sich nicht darüber lustig. Das ist eine ehrenvolle Aufgabe, die Ihre völlige Hingabe verlangt.«

Lilly nickte stumm. Auf der einen Seite bewunderte sie die alte Sternenhüterin dafür, dass sie sich entschlossen hatte, ihr ganzes Leben dem Schutz der Sternenseelen zu widmen. Auf der anderen Seite jedoch erzürnten sie ihre herrische Art und ihr Bestreben, alles zu kontrollieren und keine menschlichen Gefühle zuzulassen.

»Zuerst steht das körperliche Training auf dem Programm. Sie müssen kämpfen lernen.«

»Kämpfen?« Die Idee erschien ihr im ersten Augenblick ganz und gar absurd. Sie war Balletttänzerin und keine Kämpferin! Dann erinnerte sie sich, wie machtlos sie sich gegenüber den Sternenbestien gefühlt hatte und wie schrecklich es war, wenn man Menschen, die man liebte, in Gefahr sah und nicht eingreifen konnte.

»Mit einer guten Ausbildung können selbst Menschen gegen unerfahrene Sternenbestien bestehen, und es ist unsere Aufgabe, die Sternenseelen am Tag zu beschützen.«

»Ich verstehe.« Noch vor einem halben Jahr war sie ein normales Mädchen gewesen, und nun sollte sie eine Kampfausbildung erhalten. Sie schüttelte den Kopf. Das war verrückt.

Die Rektorin deutete ihre Reaktion falsch. »Ich habe Sie gewarnt. Doch Sie mussten sich in unsere Angelegenheiten einmischen.«

»Ich muss mich nur an den Gedanken gewöhnen«, verteidigte sie sich. »Ich habe irgendwie nie darüber nachgedacht, dass ich selbst kämpfen könnte.«

Madame Favelkap sah sie einen Moment schweigend an, während das Etwas sich unter ihrer Haut wand, dann stand sie auf und ging zu einer Vitrine, aus der sie eine Schatulle holte. Sie reichte sie Lilly, die sie öffnete und darin eine Kette mit einer Eule aus schwarzem Hämatit als Anhänger entdeckte.

»Die Eule ist das Wappen der Sternenhüter. Da Sie nun eine von uns sind, lassen Sie uns von vorn anfangen.« Die Rektorin lächelte sie gezwungen an. »Wir müssen einen Weg finden, miteinander zu arbeiten.«

Sie war einen Moment sprachlos, dann legte sie sich die Kette um den Hals und verbarg den Anhänger unter ihrer Bluse. »Danke. Ich werde mich bemühen.«

»Das müssen Sie. Irgendwann wird von Ihnen womöglich das Leben anderer abhängen.« Sie blickte auf die altmodische Uhr mit Ziffernblatt, die gegenüber von ihrem Schreibtisch hing. »Sie müssen zum Unterricht. Wir treffen uns morgen nach Ihrer letzten Stunde bei mir im Büro. Seien Sie pünktlich.«

Lilly verabschiedete sich mit gemischten Gefühlen. Der

Gedanke, endlich mehr über die Natur der Sternenseelen zu erfahren und kämpfen zu lernen, war unglaublich aufregend. Trotzdem fühlte sie Angst in sich aufsteigen. Sie hatte die Macht der Sternenbestien gesehen. Wie sollte sie gegen so eine Kreatur bestehen? Würde sie jemals den Mut haben, sich einem derartigen Wesen im Zweikampf entgegenzustellen?

7

Die morgendlichen Schulstunden verliefen ohne Besonderheiten. In Englisch saß sie wie immer neben Raphael, aber außer ein wenig Small Talk wechselten sie nicht viele Worte miteinander. Er war zwar in der Lage, sich Gefühle und Gedanken einzuprägen, sodass etwas von ihnen auch am Tag sein Verhalten beherrschte, aber als er versucht hatte, sich daran zu erinnern, dass er Lilly liebte, hatte es zu den absurdesten Situationen geführt. Das eine Mal wusste er nicht mehr, dass sie bereits ein Paar waren, und hatte sie total süß und schüchtern um eine Verabredung gebeten. Michelle und Amy hatten das gehört und ihn für verrückt erklärt. Am nächsten Tag hatte das Einprägen wieder nicht funktioniert. Er hatte sie gleichgültig behandelt, nur um am nächsten Tag keine Minute von ihrer Seite zu weichen. Am Ende hatte Lilly entnervt aufgegeben. Es war einfacher und weniger verletzend für sie, wenn sie sich am Tag distanziert verhielten.

Dafür verbrachte sie viel Zeit damit, ihre Lehrer misstrauisch zu mustern. Verbarg sich hinter ihrer ständig lachenden Biologielehrerin eine Sternenbestie? Plante Herr Teptoe, sie alle zu töten? Zu wissen, dass eines dieser Monster womöglich sein Unwesen an der Schule trieb, war schlimm genug, aber nicht zu wissen, wer es war, war unerträglich.

Als sie zur Mittagspause in Richtung Speisesaal lief, herrschten dichtes Gedränge und lautes Getuschel auf dem

Gang. Lilly entdeckte Katie, eine Schülerin aus der Unterstufe, die mit Michelle befreundet war. »Was ist denn hier los?«

»Die Stargazer. Angeblich werden sie heute mit uns essen.« Sie stellte sich auf die Zehenspitzen, um besser sehen zu können.

Endlich bewegte sich die Schlange weiter, und sie konnten bis zur Essensausgabe, an der nur drei sehr genervt aussehende Jungs standen, gehen. Der Rest, vor allem die Mädchen, saß an ihren Plätzen oder lungerte am Eingang herum, um einen einzelnen Tisch im hintersten Eck des Speisesaals zu beobachten.

»Da sind sie!«, rief Katie.

Umgeben von drei schwarz gekleideten Männern saßen die Musiker und schienen von dem Chaos, das sie verursachten, vollkommen unbeeindruckt zu sein. Lilly hatte noch nie verstanden, was alle Mädchen so toll an ihnen fanden. Klar, Mikael sah gut aus, auch wenn er für ihren Geschmack viel zu hager war, aber ohne sein Rockstar-Image, die schwarze Kleidung und seine zahlreichen Silberketten und -ringe hätten ihn die anderen Mädchen sicher nicht weiter beachtet. Er wäre nur ein schlaksiger Nerd von vielen gewesen.

»Erwischt!« Michelle legte von hinten einen Arm um sie. »Du bist doch nicht so uninteressiert, wie du immer tust.«

»Das wird das beste Schuljahr meines Lebens«, schwärmte Katie. »Tausende Mädchen träumen davon, sie nur einmal sehen zu dürfen, und wir wohnen mit ihnen im selben Haus!«

Sie holten sich einen Salat und setzten sich an ihren gewohnten Platz. »Meinst du, ich soll zu ihnen rübergehen?«, fragte die Rothaarige ungewohnt schüchtern.

Lilly schüttelte den Kopf. »Sieh doch.« Eine Gruppe kichernder Mädchen näherte sich den Jungs, aber bevor sie auch nur in ihre Nähe kamen, bauten sich die Bodyguards demonstrativ vor ihnen auf. »Du hast keine Chance.«

»Die halten sich für etwas Besseres«, schnaubte Nick und knallte sein Tablett mit einem Berg Spaghetti auf den Tisch. »Mit uns Normalos wollen die nichts zu tun haben.«

»Sagt der Erbe einer Spielzeugfirma«, frotzelte Lilly. Es war ein offenes Geheimnis, dass Nick als einziger Sohn irgendwann eine millionenschwere Firma übernehmen würde.

»Im Unterricht haben sie ihre Wachhunde nicht dabei«, sagte Calista und grinste dabei überheblich. »Mikael und ich haben uns sehr gut unterhalten. Macht euch also keine Hoffnungen. Er ist mir schon längst verfallen.«

»Und warum sitzt du dann bei uns und nicht bei ihm?«, giftete Michelle.

»Ich habe ihn natürlich abblitzen lassen. Wenn man es ihnen zu leicht macht, verlieren sie das Interesse. Aber das muss man sich leisten können. Du solltest dich weiterhin jedem Kerl an den Hals werfen. Vielleicht bleibt mal einer hängen.«

»Schickt jemand Amy ihren Kursplan?«, fragte Lilly und lenkte das Gespräch damit in ungefährliche Bahnen, bevor der Streit eskalieren konnte.

Michelle seufzte theatralisch. »Ich musste ihr sogar versprechen, ihr die Hausaufgaben zu mailen. Die hat wirklich einen Knall. Anstatt sich über die zusätzlichen freien Tage zu freuen, dreht sie am Rad, weil sie ein bisschen Unterricht verpasst.«

Die letzte Stunde des Tages fand am frühen Abend statt, sodass es bereits dunkel war, als ihr Kunstlehrer in Begleitung der Stargazer den Raum betrat. Die Leibwächter positionierten sich so unauffällig, wie es solchen Hünen möglich war, an der Tür. Sofort erklangen leises Gekicher und Getuschel unter den Schülern.

Lilly starrte die vier Jungen überrascht an. Sternenseelen waren zwar in der Lage, das Schimmern des Sternenstaubs bis zu einem gewissen Grad zu kontrollieren, außerdem bot Kleidung einen weiteren Schutz, trotzdem hatten sich Raphael und die anderen dagegen entschieden, abends die Schule zu besuchen. Eine unbedachte Bewegung konnte ihr Geheimnis lüften oder zumindest zu einer ganzen Reihe unliebsamer Fragen führen.

Nun, da die Sternenseele in ihnen erwacht war, verstand Lilly die Begeisterung der Mädchen zum ersten Mal. Selbst der rothaarige Bassist, Lukel, mit dem hageren Gesicht strahlte eine Selbstsicherheit aus und bewegte sich mit solch einer Anmut, dass sie nicht anders konnte, als ihn anzustarren. Ihr Blick wanderte weiter zu Mikael und blieb bei ihm hängen. Er sah wirklich gut aus, aber irgendwie konnte sie sich ihn nicht als Krieger vorstellen. Er wirkte viel zu schmal und affektiert, um sich gegen so grausame Kreaturen wie die Sternenbestien behaupten zu können. Ganz im Gegenteil zu Fynn, dem Gitarristen, der seinen leicht schräg stehenden blauschwarzen Augen zufolge asiatische Wurzeln haben musste. Er war klein und etwas untersetzt, aber seine katzenhaften Bewegungen und wie er den Raum grimmig nach möglichen Gefahren absuchte, verrieten den Kämpfer in ihm.

»Trotz eurer neuen, prominenten Mitschüler erwarte ich volle Konzentration auf den Unterricht«, verkündete ihr Lehrer und sah sie mahnend der Reihe nach an, dann wandte er sich an die Stargazer. »Ich möchte nicht, dass ihr zusammensitzt. Je eher ihr euch anpasst, desto schneller ist der Rummel vorbei, und wir können uns auf den Stoff konzentrieren.«

Lilly schloss die Augen. Normalerweise saß Amy neben ihr, aber nun war ihr Platz frei. Sie betete, dass keiner der

Bandmitglieder sich neben ihr niederlassen würde. Auf die daraus resultierenden Anfeindungen der anderen Mädchen konnte sie gut verzichten. Fast hätte sie geflucht, als sie das Scharren eines Stuhls neben sich hörte. »So schnell sieht man sich wieder«, erklang eine Stimme zu ihrer Rechten. Sie öffnete die Augen und sah, dass Mikael ihr eine schmale Hand mit manikürten Fingernägeln und einem halben Dutzend Silberringen reichte. Zögernd ergriff sie sie. Wusste er inzwischen, wer sie war?

Einen Moment starrte er ihre Kette an und runzelte seine Stirn. »Du trägst einen schönen Anhänger.«

Sie sah an sich herunter und stellte fest, dass der oberste Knopf ihrer Bluse offen stand und man deshalb die schwarze Eule sehen konnte.

»Danke.« Sie blickte ihn forschend an. Was dachte er nun? Irgendwie hatte sie sich jemanden, der nur lebte, um zu töten, selbst wenn es Sternenbestien waren, anders vorgestellt. Mikael war weder besonders muskulös, noch wirkte er hart oder brutal, sondern tatsächlich wie ein Künstler, der mehr Zeit mit seinem Aussehen verbrachte als die meisten Mädchen und dabei seinen Gedanken nachhing.

Er beugte sich zu ihr vor und senkte seine Stimme zu einem Flüstern. »Madame Favelkap hat deinen Mut und deine Entschlossenheit in den höchsten Tönen gelobt.«

Sie sah ihn überrascht an. Es fiel ihr schwer zu glauben, dass die Rektorin auch nur ein gutes Haar an ihr gelassen hatte. »Ich versuche nur, das Richtige zu tun.«

»Tun wir das nicht alle?« Er sah sie traurig an.

»Vermutlich, aber ob wir dieselben Ansichten teilen, wird sich erst noch zeigen. Euretwegen muss ich nun eine Sternenhüterin werden.«

»Ist das so schlimm?« Ihre Blicke trafen sich, und sie konnte den silbernen Stern, der eine erwachte Sternenseele kennzeichnete, um die Pupillen seiner limonengrünen Augen schimmern sehen.

»Ich bin keine Kriegerin. Ich weiß nicht, ob ich das kann.«

»Wenn nur die Hälfte von dem wahr ist, was ich über dich gehört habe, dann wirst du es schaffen.« Er lächelte sie an. »Du warst unglaublich mutig.«

Verlegen senkte sie den Kopf. Den Rest der Stunde hatten sie keine Gelegenheit, sich weiter zu unterhalten. Dafür spürte sie die neidischen Blicke der anderen Mädchen, und sobald es klingelte, stürzten diese wie eine Meute ausgehungerter Hunde an die Tische, an denen die Bandmitglieder saßen. Lilly packte ihre Sachen, während sie Mikael beobachtete, wie er Autogramme gab und entspannt mit seinen Fans plauderte. Er wirkte so weich und sonnte sich in der Bewunderung der Mädchen. Das sollte ein Jäger sein?

8

Auch wenn sie sich nichts sehnlicher wünschte, als nach Hause zu gehen, begab sie sich am Ende des langen Schultages in den Turm, in dem der Tanzsaal des Internats lag, um zu trainieren. Eine schmale Wendeltreppe aus alter Eiche, auf der die Jahre und Hände unzähliger Schüler ihre Spuren hinterlassen hatten, führte nach oben. Kaum hatte sie die ersten Schritte getan, hörte sie Stimmen im Flur hinter sich näher kommen, und kurz darauf traten Calista und Evann in ihr Sichtfeld. Die beiden lachten ausgelassen, und zum ersten Mal sah sie eine andere, entspannte und offene Seite an dem Mädchen, das sie nur als schreckliche Zicke kannte. Nachdem sie vor einigen Wochen Calistas Geheimnis entdeckt hatte, dass ihre Eltern aufgrund der Wirtschaftskrise verarmt waren und sie nur aus Mitleid ein Stipendium erhalten hatte, hatte sie sie damit gezwungen, sich bei Evann für ihre gemeinen Streiche zu entschuldigen. Seither entwickelte sich zu ihrer Überraschung eine Freundschaft zwischen den beiden, die sie zwar versuchten geheim zu halten, die aber nichtsdestoweniger zu viel Gerede geführt hatte.

Frau Magret begrüßte sie mit einem freundlichen Lächeln, begann dann aber sofort mit dem Training. Man merkte ihr die Aufregung vor der bevorstehenden Aufführung an, und Lilly musste zugeben, dass sie ihre Nervosität verstand. Ihnen fehlten noch die schwierigsten Teile der Choreografie, und einige Mädchen hatten Probleme mit den Drehungen. Schließlich bat die Lehrerin Calista, eine Passage vorzutanzen, von der geplant war, sie an diesem Abend einzustudieren. Mit einem überheblichen Lächeln trat die Schwarzhaarige in die Mitte und führte die Übung vor. Es wunderte Lilly nicht, dass sie genau das beinhaltete, womit die anderen zu kämpfen hatten: einen Sprung, auf den direkt ein Abschnitt mit zahlreichen Pirouetten folgte. Es sah ihr ähnlich, dass sie eine Choreografie wählte, bei der sie glänzen konnte, während alle anderen in ihre Schranken verwiesen oder gar gedemütigt wurden. Für solche Spielchen hatte Lilly keinen Nerv.

»Ich finde den Übergang etwas zu hart. Wäre es nicht möglich, ihn ein wenig zu variieren?«, fragte sie.

Gespannte Stille trat ein. Bisher hatte niemand gewagt, öffentlich Kritik an Calistas Vorgaben zu üben. Frau Magret sah sie nachdenklich an. »Hast du etwas Bestimmtes im Kopf?«

Lilly nickte und tanzte den Abschnitt nahezu perfekt nach, wobei sie einen verstohlenen Blick zu ihrer Konkurrentin wagte, in deren Gesicht ihr Ärger abzulesen war. Nachdem sie auch den Sprung geschafft hatte, veränderte sie die Schrittfolge so, dass sie etwas mehr Raum hatten, um sich zu fangen, bevor sie in den Wechsel aus langsamen Elementen und Drehungen übergingen. Ein wenig außer Atem kam sie schließlich zum Stehen und wurde mit dem Applaus der Schülerinnen belohnt, nur Calista stand mit verschlossener Miene abseits.

»Dein Vorschlag kommt offensichtlich gut an. Dann machen wir es so.«

Den Rest der Stunde sonnte sich Lilly ein wenig in der Anerkennung der anderen Tänzerinnen, vor allem da sie sich keine Sorgen machen musste, dass Calista sich an ihr rächen würde. Solange nur sie ihr Geheimnis kannte, war sie in Sicherheit.

Nachdem sie mit dem Einstudieren der neuen Choreografie fertig waren, duschte sie heiß und rieb sich die schmerzenden Muskeln mit einer Kräuterlotion ein. Sie freute sich auf ihr Bett, in das sie für zumindest zwei Stunden fallen würde, um sich ein wenig zu erholen, bevor Raphael vorbeikommen würde. Am folgenden Abend würden sie sich nicht sehen. Er hatte darauf bestanden, dass sie zwei Nächte die Woche zu Hause blieb und schlief, damit ihre Mutter nicht vollkommen ausrastete.

Beim Verlassen des Umkleideraums stieß sie beinahe mit Frau Magret zusammen und ging gemeinsam mit ihr die Treppe hinunter. In diesem Teil des Internats herrschte um die Uhrzeit eine gespenstische Stille. Die Schüler befanden sich in den Gemeinschaftsräumen oder trieben Sport, die meisten Lehrer hatten sich bereits in ihren Wohntrakt zurückgezogen.

»Deine Vorschläge für die Choreografie waren sehr hilfreich. Vor allem, da du die Fähigkeiten deiner Gruppe berücksichtigt hast. Du hast Talent. Kennst du den Jeanne-d'Arc-Preis für junge Künstlerinnen?«

Lilly schüttelte den Kopf. Tanzen war für sie immer nur ein Hobby gewesen, seit sie feststellen musste, dass sie zu groß für eine Profikarriere war, und daran, als Choreografin zu arbeiten, hatte sie nie gedacht.

»Er wird alle drei Jahre in Straßburg an deutsche und französische Nachwuchstalente verliehen. Die Gewinner erhalten Stipendien, die es ihnen ermöglichen, sich ein Jahr ganz der Kunst zu widmen. Du und Calista, ihr solltet euch bewerben.«

»Wirklich?« Die Idee gefiel ihr gar nicht schlecht. Sie war zwar gut in Physik und Mathematik, aber es war nur etwas, für das sie zufällig Talent hatte. Echte Begeisterung empfand sie keine. Die letzten Wochen hatte sie kaum mehr einen Gedanken an ihre berufliche Zukunft verschwendet. Wäre ein Leben als Choreografin vielleicht etwas für sie? Immerhin hatte sie viel Erfahrung, und die Arbeitszeiten wären wohl auch recht flexibel, was ihrer Beziehung mit Raphael zugutekam. Moni wäre davon allerdings alles andere als begeistert. Sie wollte sich die endlosen Diskussionen nicht ausmalen, die auf sie zukommen würden. Zumindest hätten sie so ein neues Thema, um zu streiten, und es ginge nicht nur um Raphael und ihre Beziehung zu ihm. Sie lächelte Frau Magret an. »Das klingt sehr interessant. Vielen Dank für den Hinweis. Ich werde heute Abend darüber im Netz recherchieren.«

Sie erreichten die Tür zum Hof, die um diese Zeit nur noch von innen oder mit einem Schlüssel zu öffnen war. »Sehr schön. Wie wäre es, wenn du dir ein paar Gedanken machst und wir in einer Woche noch einmal reden? Vielleicht möchtest du auch mit Calista zusammenarbeiten? Ihr habt beide großes Talent.«

Lilly verzog das Gesicht. »Eher nicht. Ich arbeite lieber allein.«

Die Lehrerin lächelte mild. »Sei nicht so hart zu ihr. Ich weiß, dass sie schwierig ist, aber sie hat es nicht einfach. Ich war früher ganz ähnlich.«

»Sie?« Lillys Augen weiteten sich. »Das kann ich mir nicht vorstellen.«

»Das ist zwar lieb von dir, doch ich war früher ein totales Miststück und hielt mich für etwas Besseres, nur weil ich ein Talent und den passenden Körper hatte. Aber es gab in meinem Leben Menschen, die an mich geglaubt haben und mir den richtigen Weg zeigten. Um Calista kümmert sich niemand.«

»Ich werde darüber nachdenken.« Mehr wollte sie der Tanzlehrerin nicht versprechen. Die Vorstellung, mehr Zeit mit dieser Zicke zu verbringen, als unbedingt notwendig war, empfand sie nicht gerade als Verlockung. Bevor die Lehrerin weiter auf sie einreden konnte, verabschiedete sie sich und schlüpfte durch die Tür nach draußen.

Auf dem Weg nach Hause dachte sie jedoch über mögliche Schrittkombinationen und Figuren nach. Sie wusste zwar nicht, wie sie das auch noch in ihren Zeitplan quetschen sollte, aber die Idee, eine eigene Choreografie zu entwerfen, ließ sie nicht mehr los.

9

Er sah sie an und fühlte sich wie ein Versager oder schlimmer noch – wie ein Verräter. Er blickte auf sie hinab, sah ihre leicht geöffneten, bebenden Lippen, atmete ihren zarten Duft ein und strich durch ihr wunderbar weiches Haar. Seine widerstreitenden Gefühle zerrissen ihn innerlich. Er wünschte sie fort von hier, wohlbehalten an einem sicheren Ort, während ihn der Gedanke, sie nicht jeden Tag sehen zu können, am Sinn seines Lebens zweifeln ließ. Das Glück, das er verspürte, wenn er sie in seinen Armen hielt, füllte ihn ganz und gar aus. In all den Jahrhunderten, die geprägt von Tod und Elend an ihm vorbeigestrichen waren, hatte er es nicht für möglich gehalten, jemals diese grenzenlose Liebe erfahren zu dürfen.

Sie war so jung, so unverdorben. Und er? Er war ein Monster. An seinen Händen klebte das Blut unzähliger Menschen, auch unschuldiger, die wie Kornblumen dem Schnitter zum Opfer gefallen waren. Er hatte sie nicht verdient. Er brachte sie sogar in Gefahr, raubte ihr das Leben, das ihr zustand, nur weil er nicht wusste, wie er ohne sie existieren sollte.

Er lachte bitter, woraufhin sie ihn verwundert ansah. »Ich musste nur an etwas denken«, beschwichtigte er sie.

Sie schenkte ihm ein Lächeln, hauchte einen Kuss auf sein Kinn und schmiegte sich an seine Brust.

Schwach. Das war er schon immer gewesen. Schwach und selbstsüchtig.

Er küsste sie auf ihren Scheitel, wobei er sich darum bemühte, seine Fassung zurückzuerlangen. Als hätte sie seine Unsicherheit gespürt, sah sie mit leuchtenden Augen zu ihm auf. Er konnte der Versuchung nicht widerstehen, beugte sich vor und presste seinen Mund auf den ihren. Er schmeckte ihre Süße, die überlagert wurde von der Schärfe ihres Halsbonbons, das sie wegen der Halsschmerzen, die sie seit ein paar Tagen plagten, lutschte. So etwas Banales und Alltägliches für einen Menschen, und ihm war es fremd. Wann immer sie hustete, wusste er nicht, ob sie ernsthaft erkrankt war, und kam fast um vor Sorge, während alle anderen es nicht weiter beachteten. Manchmal hatte er sich auch um Gelassenheit bemüht und ihr Klagen über Kopfschmerzen nicht kommentiert, woraufhin sie ihm Ignoranz vorgeworfen hatte. Seine letzte Krankheit lag etwa zweihundert Jahre zurück – bis er Lilly begegnet war, hatte er sich über Derartiges keine Gedanken mehr gemacht, und nun merkte er, wie entrückt er dem normalen menschlichen Dasein war.

Wie sollte ihre Beziehung nur auf Dauer funktionieren? Er würde sie immer lieben, ganz gleich, wie sie sich im Lauf der Zeit veränderte. Aber zugleich zerfraß ihn die Angst vor dem Tag, an dem sie sterben würde. Er mochte für einen Menschen in weiter Ferne liegen, für ihn jedoch schien der Zeitpunkt in riesigen Schritten näher zu kommen. Er glaubte nicht, dass er dann noch die Kraft hätte weiterzuleben, doch hatte er eine Wahl? Durfte er Antares' Geschenk leichtfertig zurückweisen, indem er seiner Existenz ein Ende setzte? Seine Freunde und seine Aufgabe verraten? Er unterdrückte einen Seufzer. Die trüben Wintermonate schlugen ihm aufs Gemüt. Er sollte den Augenblick genießen, anstatt sich über die Zukunft zu sorgen, und endlich seine düsteren Vorahnungen abschütteln. Er ergriff ihre Hand. »Folge mir, ich habe eine Überraschung für dich.«

Sofort strahlte sie ihn in kindlicher Vorfreude an. »Was ist es?«, flüsterte sie aufgeregt.

»Warte ab. Ich möchte dein Gesicht sehen, wenn ich es dir zeige.«

Sie hüpfte ausgelassen auf der Stelle. »Was stehen wir dann noch hier herum?«

Mit einem Lachen führte er sie den Pfad, der die Ortschaft am Waldrand entlang umrandete, weiter ins Tal hinunter. Wieso war er nur so schwach?, fragte er sich erneut, während er gedankenverloren auf den Weg starrte, dessen feine Eisschicht im Mondlicht wie Kristallstaub schimmerte. Genügte es nicht, dass Samuel und Ansgar sie beinahe getötet hatten? Wie konnte er nur so selbstsüchtig sein, sie in Gefahr zu bringen? Er spürte doch, dass sich ihnen etwas Böses näherte.

Sie gingen zu einem alten Häuschen, das abseits des Dorfes stand, umgeben von einem verwilderten Garten, den eine hohe Hecke vor neugierigen Blicken schützte. Sein Besitzer suchte bereits seit einem halben Jahr nach einem neuen Mieter, aber die abgeschiedene Lage und die altertümliche Aufteilung mit zahlreichen kleinen Räumen und nur einem Holzofen als Heizung schreckten die meisten Menschen ab. Deshalb hatte er nicht viele Fragen gestellt, als Ras es in Raphaels Auftrag gemietet hatte. Die Tatsache, dass er für sechs Monate bar im Voraus bezahlt hatte, hatte sein Übriges getan.

Als sie vor dem hohen schmiedeeisernen Tor stehen blieben, sah Lilly ihn fragend an. »Besuchen wir jemanden?«

»Geduld.« Er hätte nie gedacht, dass es ihm so viel Vergnügen bereiten würde, jemandem eine Freude zu machen, aber ihre vor Aufregung geröteten Wangen und ihr glückliches Lächeln zerstreuten seine finsteren Gedanken.

»Du machst es ja ganz schön spannend«, murrte sie und knuffte ihn liebevoll in die Seite.

Raphael holte einen Schlüsselbund hervor, an dem über ein Dutzend Schlüssel baumelten, sperrte das Tor auf und verbeugte sich theatralisch. »Hereinspaziert.«

Hand in Hand gingen sie den schmalen Pfad entlang, den er kurz nach Sonnenuntergang freigeschaufelt hatte. Zu ihrer Linken wuchs eine riesige Weide, deren peitschenähnliche Äste langsam im Wind wiegten und liebkosend über ihre Köpfe strichen. Aus dem Schornstein stieg eine Rauchsäule empor und trug den Geruch eines Holzfeuers zu ihnen.

»Das sieht wie ein Hexenhäuschen aus«, murmelte Lilly und packte seine Hand etwas fester.

Durch ein Loch im Vordach rieselten bei jedem Windstoß einige Schneeflocken auf die Fußmatte, die vor der dunklen Haustür lag. Sie wirkte morsch, und dunkelgrünes Moos wucherte auf ihrer Oberfläche. Mit einem weiteren Schlüssel öffnete er sie und führte Lilly in das warme Innere, das von unzähligen Teelichtern erhellt wurde. Er hauchte ihr einen Kuss in den Nacken, nachdem sie sich von Schal und Mütze befreit hatte und er ihr den Mantel abnahm.

»Das ist wunderschön.« Ihre Finger fuhren über ein zierliches Schuhregal aus schwarzem Eisen, das auf der Rückseite zu einem Blumengeflecht auslief.

»Folge mir.« Er führte sie den schmalen Flur entlang, von dem Küche, Wohnzimmer und Toilette abzweigten, zu einer Holztreppe, die unter ihren Schritten laut knarrte. Auch hier hatte er Kerzen aufgestellt, und die Freude in ihren Augen war ihm Lohn genug für seine Mühen. Wenn sie nur immer so fröhlich wie in diesem Augenblick sein könnte. Nichts wünschte er sich mehr, als sie vor allem Leid zu bewahren. Im oberen Stockwerk gab es nur ein Bad mit braunen Kacheln, die an manchen Stellen zersplittert waren, und zwei Räume. Das Schlafzimmer hatte er neu eingerichtet mit einem schlichten Tisch, der unter dem einzigen Fenster stand, einem alten Eichenschrank, den er im Internet ersteigert hatte, und einem großen Bett, auf dem er Rosenblätter verstreut hatte. »Ich dachte, es wäre schön, wenn wir einen Ort hätten, an den wir uns zurückziehen könnten«, versuchte er eine Erklärung und spürte zu seiner eigenen Verwunderung, wie seine Wangen sich rot färbten.

Statt einer Antwort drehte sie sich zu ihm um, schlang ihre Arme um seinen Hals und küsste ihn heiß und innig. Ganz in der Gegenwart des anderen versunken stolperten sie zum Bett, fielen auf die weiche Matratze. Er rollte sie unter sich, umfasste ihr Gesicht und bedeckte es mit unzähligen Küssen. »Ich liebe dich so sehr«, wisperte er.

Ihre eiskalten Finger fuhren unter seinen Pullover, sandten Schauer der Lust durch seinen Körper, als sie über seine nackte Haut strichen. »Du kannst dir nicht vorstellen, wie glücklich du mich machst.«

Bei ihren Worten durchfluteten ihn erneut seine wirren Gefühle: bedingungslose Liebe gemischt mit Angst und Zorn auf sich selbst. Sie bemerkte, wie er sich für einen kurzen Moment versteifte. »Was ist los? Du wirkst heute so düster.«

Raphael setzte sich auf und umfasste mit einer Bewegung den Raum. »Ich wollte dir eine Freude machen. Ist mir das nicht gelungen?«

»Natürlich.« Sie legte ihm eine Hand auf den Oberschenkel. »Es ist wunderschön, aber etwas beschäftigt dich doch.«

»Du kennst mich zu gut«, seufzte er. »Ich mache mir Sorgen um dich.«

»Wegen dieser Sternenbestie, die eventuell hier ist? Wir haben die letzten beiden besiegt, da werden wir auch mit dieser fertig.«

»Die Jäger wären nicht hier, wenn die Lage nicht ernst wäre.«

»Was soll sie uns schon anhaben können? Ihr seid so viele, und sie ist allein.«

»Du weißt nicht, zu was sie alles fähig ist und ob sie wirklich allein ist. Und wie ist es? Wirst du dieses Mal damit klarkommen, dass wir einen unschuldigen Wirt töten müssen?«

Lilly zuckte zusammen.

Das hatte er geahnt. Ihre Schwäche. Es war ihr gelungen, ihren Stiefbruder zu retten, als er von einer Sternenbestie in Besitz genommen wurde, und sie hatte eine andere erlöst, auch wenn der Körper dabei den Tod fand. Sie war nicht bereit für die Härten des Krieges, den die Sternenseelen seit Jahrtausenden führten.

»Ich glaube nicht, dass ich mich jemals mit dem Töten abfinden kann, und werde immer nach einem anderen Weg suchen, aber Ansgar hat mir gezeigt, wie schrecklich sie sein können.«

Er hätte sie damals beschützen müssen und hatte kläglich versagt. »Ich bin zu schwach«, flüsterte er.

Sie sah ihn ungläubig an. Eigentlich sollte ihn das blinde Vertrauen, das sie ihm schenkte, schmeicheln, aber es versetzte ihn nur noch mehr in Angst. Wie sollte er diesen Erwartungen gerecht werden?

»Mir fallen viele Worte für dich ein. Loyal. Mutig.« Sie streichelte seinen Brustkorb. »Du hast ein aufrichtiges Herz, und wenn du eines nicht bist, dann schwach.«

»Ich habe dich vor Ansgar und Samuel nicht beschützen können. Das Tageslicht, es schwächt mich zu sehr.«

»Ich bin keine zerbrechliche Puppe, die in Watte gepackt werden muss.« Sie runzelte die Stirn. »Und die anderen verlieren sich doch ebenfalls am Tag.«

Er schüttelte den Kopf. Es fiel ihm so schwer, ihr seine Schwäche zu gestehen, fürchtete, nie wieder das grenzenlose

Vertrauen in ihren Augen zu sehen. »Es ist meine Schwachstelle. Nach all den Jahren sollte ich viel besser damit zurechtkommen. Felias erinnert sich an fast alles, was am Tag geschieht, hat sich viel besser unter Kontrolle. Selbst Anni übertrifft mich mittlerweile, dabei ist sie so viel jünger.«

Sie lachte und sah ihn erleichtert an. »Das beschäftigt dich so? Ich liebe dich doch nicht wegen deiner besonderen Fähigkeiten. Du könntest ein ganz normaler Junge sein, und das würde nichts an meinen Gefühlen für dich ändern. Niemand ist perfekt, und ich finde es gut, dass auch du deine Fehler hast. Dann fühle ich mich nicht mehr so unzureichend.«

Raphael legte seinen Kopf verwundert schief. »Wie kommst du darauf?«

»Ist das nicht offensichtlich? Du siehst unglaublich gut aus, bist für meine Begriffe nahezu unsterblich, wahnsinnig erfahren, stark, mutig und einfach nur umwerfend. Wie sollte ich mich als gewöhnliches Mädchen neben dir nicht wie eine graue Maus fühlen?«

Nun war es an ihm zu lachen, nur um sogleich wieder ernst zu werden. »In meinen Augen bist du vollkommen.«

Ihre Wangen färbten sich rot, verlegen senkte sie den Blick.

»Ich meine das ernst. Du bist alles, was ich mir gewünscht habe, und ich würde es niemals ertragen, dich zu verlieren. Ich sollte dich von hier wegschicken, damit ich dich nicht weiter in Gefahr bringe.«

Sie sprang auf, die Augen vor aufrichtigem Zorn blitzend. »Ich bin kein kleines Kind und kann auf mich selbst aufpassen. Komm ja nicht auf die Idee, dich aus dem Staub zu machen oder mich von hier wegzulotsen. Was auch immer auf uns zukommt, wir werden es zusammen durchstehen.«

Wie sie so vor ihm dastand, konnte er sein Glück wieder einmal nicht fassen. »Du bist unglaublich.«

»Du meinst wohl, unglaublich wütend.«
Er lachte.
»Versprich mir, dass du mich nicht wegschickst und nicht verschwindest.« Tränen glitzerten in ihren Augen. »Lieber sterbe ich, als ohne dich zu sein.«

Der Schmerz, der sich auf ihrem Gesicht abzeichnete, versetzte ihm einen Stich. Er stand auf und zog sie in seine Arme, strich ihr sanft über das Haar. »Versprochen.« Er nickte zum Kamin, der in der gegenüberliegenden Wand eingelassen war. »Ich mache uns ein Feuer, und dann vergessen wir die Sorgen für den Abend.«

Sie schenkte ihm ein kleines Lächeln und setzte sich auf das Bett, während er dünne Äste über etwas Papier aufschichtete und entzündete.

10

Solange Raphael vor dem Kamin kniend darauf wartete, dass es ausreichend brannte, um größere Scheite aufzulegen, durchkämmte Lilly im Schneidersitz ihre zerzausten Haare mit den Fingern. Dabei beobachtete sie ihn nachdenklich. Wie konnte er sich nur für schwach und unzureichend halten? Sie konnte den Blick nicht von ihm abwenden. Seine Silhouette zeichnete sich vor dem Feuer ab, tauchte sein blasses, schönes Gesicht in goldenes Licht. Sie bewunderte seine breiten Schultern, die durch den Wollpullover noch viel deutlicher zum Vorschein traten und ihm eine unglaublich männliche Ausstrahlung verliehen. Ihr stockte der Atem, und sie spürte ein sehnsuchtsvolles Ziehen in sich aufsteigen. Als hätte er ihre Gedanken erahnt, wandte er sich zu ihr um, und ihre Blicke trafen sich, woraufhin sie errötete. Mit einem Mal flammte auch in seinen Augen die Leidenschaft auf, er legte ein Holzscheit auf, kam zu ihr ins Bett und presste seine Lippen in einem feurigen Kuss auf die ihren. Sie fühlte eine warme Hand, die sich unter ihren Pulli schob, sich zu ihrer Brust vorwagte und zart über die empfindsame Haut strich.

Sie warf den Kopf seufzend nach hinten, was er als Einladung auffasste, sanft an ihrem Kinn zu knabbern, während seine Hand weiter heiße Schauer der Erregung durch ihren Körper jagte. Sie legte ihre bebende Hand auf seinen muskulösen Brustkorb, um etwas Abstand zu gewinnen, und zog sich mit einer raschen Bewegung den Pullover über den Kopf. Dann setzte sie sich auf seinen Schoß, und ihre Lippen trafen sich erneut. Während die Welt in einem Taumel der Lust versank, zogen sie sich gegenseitig aus, flüsterten sich Liebesschwüre zu und versicherten sich immer wieder der Liebe des anderen.

Irgendwann lagen sie nackt nebeneinander, eines ihrer Beine über seine Hüfte geschoben. Sie erzitterte, als sein Daumen über ihre Brustspitzen strich und sie die Hitze seines Körpers spürte, seinen beschleunigten Atem, der seine Leidenschaft verriet. Schließlich hielt sie es nicht länger aus, schob sich über ihn und stöhnte vor Glückseligkeit auf, als sie sich vereinigten. Sie hob das Gesicht in Ekstase und genoss in der Stille, die nur vom Knistern des Kaminfeuers unterbrochen wurde, das Gefühl, mit ihm verbunden zu sein. Sie spürte seine schmalen Hände auf ihrem nackten Körper, hörte sein Keuchen und gab sich ganz ihrer Lust hin, bis alles in einem Funkenregen von Myriaden Lichtern explodierte.

Nur langsam fand sie in die Wirklichkeit zurück. Sie lagen dicht aneinandergeschmiegt, sein Kopf in der Flut ihrer dunklen Haare verborgen.

»Ich will für immer hierbleiben«, flüsterte sie.

Zärtlich fuhren seine Finger über ihren Rücken. »Wir können so oft hierherkommen, wie wir wollen.«

Ihre Augen weiteten sich vor Überraschung. »Hat denn der Besitzer nichts dagegen?«

»Ich habe es gemietet. Ich dachte, es wäre schön, einen Ort nur für uns zu haben. Auf dem Dach ist es um diese Jahreszeit so schrecklich ungemütlich.«

»Gemietet?« Die Vorstellung, dass ein Junge einfach so ein Haus mietete, hatte in ihren Augen etwas Absurdes, auch wenn sie wusste, dass er viel älter war.

»Offiziell war es Ras. Er wirkt erwachsener, aber das ist jetzt unser Zufluchtsort.«

Nun sah sie den Raum mit ganz anderen Augen. Hatte sie ihn vorher schon als gemütlich empfunden, so erschien es ihr nun als der wundervollste Ort auf Erden. »Das hast du alles für mich getan?«, fragte sie und spürte eine Träne über ihre Wange rinnen.

»Es gibt nichts, das ich nicht für dich tun würde. Aber das ist doch kein Grund zu weinen.«

Verlegen wischte sie die Träne weg. »Ich bin nur so glücklich.«

Sanft küsste er ihre Schulter.

Sie blieben noch lange in dem kleinen Hexenhäuschen, genossen die Zeit, die sie nur für sich hatten, ohne die sorgenvollen Blicke ihrer Mutter oder dem ständigen Kommen und Gehen, das an der Ruine herrschte, auch wenn sie sich sorgte, dass Moni ihr Fehlen bemerken würde.

Es war schon spät in der Nacht, als sie die Lichter löschten und er sie nach Hause begleitete. Der Wind hatte sich gelegt, sodass die Welt in der Kälte erstarrt zu sein schien und die eisige Luft in ihrer Lunge brannte.

Hand in Hand schlenderten sie den Waldweg entlang, während der Sternenstaub in silbrigen Schwaden von seiner Haut aufstieg und ihn in ein atemberaubendes magisches Wesen verwandelte. Sie fuhr mit dem Daumen durch eines der Wölkchen und ließ es um ihren Finger wirbeln. »Ich könnte dich ewig im Sternenlicht ansehen.«

Er blieb stehen und zog sie in seine Arme. »Und ich möchte keinen Schritt weitergehen. Dich heute Abend zu verlassen fällt mir unglaublich schwer.«

Auf einmal versteifte er sich in ihren Armen, starrte mit aufgerissenen Augen auf eine Stelle hinter ihr.

Sie wandte den Kopf. »Was ist?«, fragte sie.

Raphael stand wie versteinert da, die Hände in ihrem Rücken zu Fäusten geballt, doch Lilly konnte nichts anderes ausmachen als die dunkle Reihe der Bäume. Sie betrachtete sein blasses Gesicht, das noch immer makellos und schön erschien, nun aber von Entsetzen gezeichnet war. Sah seine Schlagader am Hals heftig pulsieren. »Du wirkst, als hättest du einen Geist gesehen.«

Er schüttelte sich. »Vielleicht habe ich das«, sagte er heiser. »Ich muss mich getäuscht haben.« Er gab ihr einen Kuss auf die Wange, ergriff ihre Hand und zog sie weiter. Doch irgendetwas beschäftigte ihn. Seine Antworten auf ihre Fragen waren einsilbig, sein Abschied vor ihrer Haustür hastig. Sie hatte den Eindruck, dass er nicht schnell genug von ihr wegkommen konnte.

11

Rasch zog sie sich tiefer in die Schatten zurück. Er hatte sie gesehen. Sie war unvorsichtig gewesen. Verdammt. So ein Anfängerfehler war ihr seit – ja, seit wann eigentlich? – nicht mehr geschehen. Sie versuchte, sich zu erinnern. Wie alt war sie? Wo kam sie her? In all den Jahren war ihr kein anderes Wesen begegnet, das ebenso wie sie die Antworten auf diese elementaren Fragen zur eigenen Identität nicht kannte. Wie alles verschwammen auch diese Erinnerungen zu einem Wirrwarr aus Sinneseindrücken, Bildern und Gefühlen, die sie nicht einordnen konnte.

Behutsam tastete sie nach dem Buch, das sie in ihrer Manteltasche trug. Vor einem Jahrzehnt hatte sie begonnen aufzuschreiben, was sie dachte, tat und empfand. Was für einen Menschen ein normales Tagebuch gewesen wäre, war für sie ein wichtiges Instrument, um eines Tages die Lücken in ihrem Leben zu füllen. Doch statt ihr zu helfen, brachte es ihr ein neues Ausmaß an Verzweiflung. Wenn sie ihre Aufzeichnungen las, hatte sie bei allem, das länger als zwei Jahre zurücklag, den Eindruck, dass es sich um die Gedanken einer fremden Person handelte und nicht um ihre.

Niemand vermochte ihr zu sagen, woran es lag oder was für ein Geschöpf sie war. Zumindest wollte man es nicht. Alle ihre Fragen prallten an einer Mauer des Schweigens ab oder wurden schmerzhaft bestraft, falls sie als lästig empfunden wurden.

Sie beobachtete, wie Raphael – seinen Namen herauszufinden war ein Leichtes gewesen – mit diesem Menschenmädchen die Straße entlangging. Verächtlich schürzte sie die Lippen. Wie konnte er sich nur an ein so schwaches Wesen binden? Er, eine Sternenseele. Kein Wunder, dass sie ihnen so unterlegen waren. Sie hatte bereits zwei weitere entdeckt, aber sie zu töten war nicht ihre Aufgabe. Später vielleicht. Sie hoffte darauf, wünschte sich, das Chaos in ihrem Kopf für einige Augenblicke im Blutrausch zu vergessen. Die einzigen Momente, in denen sie die quälenden Fragen losließen. Doch ihre Herrin hatte andere Pläne, und sie musste ihr gehorchen. Sie war diejenige, die den Schlüssel zu ihrer Vergangenheit trug.

Ihr Auftrag lautete herauszufinden, warum sie hier lebten. Sie wusste, dass ihre Herrin eine Ahnung hatte, es aber nicht für nötig befand, ihr den Grund zu nennen. Ebenso wenig wie man einem Hund erläuterte, warum er den verlorenen Schlüssel suchen sollte.

Er legte einen Arm um ihre Schulter, spielte liebevoll mit einer Strähne des Mädchens. Dann neigte er sich vor, küsste ihren Nacken und flüsterte ihr etwas ins Ohr, das sie zum Erröten und Kichern brachte. Ein schmerzhaftes Sehnen durchflutete sie. Fast wünschte sie sich, sie wäre an ihrer Stelle. Glaubte gar, sie sollte es sein und nicht das Menschenmädchen, dem er sein Herz schenkte. Erschrocken zuckte sie zusammen. Woher kam dieser Gedanke? Liebe? Eine Schwäche, die sie niemals zulassen würde. Aber sie hatte nun seinen wunden Punkt gefunden, und sie würde ihn ohne Zögern ausnutzen. Er bot ihr die Möglichkeit, ihn zu verletzen und von den anderen zu trennen. Als Gruppe waren sie durchaus eine Gefahr, aber nicht, wenn es ihr gelang, sie zu entzweien. Dann würde sie sie einzeln töten, sobald ihre Herrin es gestattete. Und das würde sie. Schon bald.

Insgeheim musste sie sich jedoch eingestehen, dass es nicht nur die Vorstellung, das Mädchen zu beseitigen, war, die sie in Vorfreude erzittern ließ. Es war ein Gefühl, für das sie keinen Namen hatte. Etwas, das sie nie zuvor verspürt hatte. Zumindest nicht, soweit sie sich erinnern konnte. Es erweckte in ihr den Wunsch, sie aus seinen Armen zu reißen, sie zu vernichten und jeden Gedanken an sie auszulöschen. Etwas Unbegreifliches zog sie magisch zu ihm hin, verlangte ihn ganz für sich.

Woher kam dieser Drang? Er war der Feind, der ihr Blut zum Kochen vor Hass bringen sollte. Sie war sich nicht sicher, ob sie froh darüber war, etwas Neues an sich entdeckt zu haben. Er roch zu sehr nach Schwäche, und sie durfte nicht wagen, es ihrer Herrin zu offenbaren. Sie zweifelte keinen Augenblick daran, dass sie ihren letzten Atemzug tun würde, sollte sie in ihren Augen nicht mehr ein nützliches Werkzeug sein, und sie bewunderte sie für diese Stärke.

Sie umklammerte das Klappmesser, das sie verborgen mit sich führte. Es war an der Zeit, sich für den Krieg zu rüsten. Die Vorfreude auf das Blut, das fließen würde, schwemmte alle Zweifel fort.

12

Mit vor Freude zitternden Fingern holte sie den Zettel aus seinem Versteck im Mauerwerk. Trotz des überhasteten Abschieds in der letzten Nacht schwebte sie immer noch auf Wolken reinster Glückseligkeit und konnte es kaum erwarten, die Nachricht zu lesen, die ihr den Tag versüßen und über die Zeit hinweghelfen sollte, die er im Bann des Lichtes nicht mit ihr verbringen konnte.

Sie entfaltete das Papier und starrte die Worte einen Moment verwirrt an, bis ihr ein kalter Schauer über den Rücken lief.

Komm heute Abend an die Ruine.
Ich liebe dich.

Irgendetwas musste passiert sein. Sie waren nicht verabredet, außerdem nahm Raphael ihr Schlafbedürfnis viel ernster als sie. Wenn er sie also zu der Hütte im Wald rief und sie nicht einmal selbst abholte, musste es etwas Schlimmes sein. Hing es womöglich mit dem zusammen, was er letzte Nacht gesehen hatte? Worüber er nicht mit ihr sprechen wollte? Nachdenklich ging sie zum Unterricht, der an ihr ebenso wie das Gequatsche ihrer Freundinnen vorbeizog, bis es Zeit für ihre erste Stunde in der Ausbildung zur Sternenhüterin war.

Wie so oft zuvor öffnete Lilly die Tür zum Büro der Rektorin, nachdem sie sich vergewissert hatte, dass sie dabei von niemandem beobachtet wurde. Sie musste vermeiden, dass Gerüchte über ihre ständigen Besuche bei Madame Favelkap aufkamen. Ihre Mutter war schon aufgebracht genug, da mussten ihr nicht noch Vermutungen über einen bevorstehenden Schulverweis zu Ohren kommen.

Die Rektorin erwartete sie bereits und starrte sie mit durchdringendem Blick an. Hatte Lilly das letzte Mal den Eindruck gehabt, dass sich das Verhältnis zwischen ihnen entspannt hatte, so wurde sie nun eines Besseren belehrt. Die Frau erschien strenger denn je und bedeutete ihr ohne jegliche Begrüßung mit einer knappen Handbewegung, sich zu setzen. »Bevor wir beginnen, müssen Sie einen Eid ablegen.«

»Ernsthaft?« In Lillys Augen wirkten Eide völlig veraltet, ein Relikt aus längst vergangenen Tagen, über das sie selbst bei den billigen Gerichtsshows immer den Kopf schüttelte, wenn jemand vereidigt wurde.

»Natürlich. Erwarten Sie, dass ich Ihnen einfach so unsere Geheimnisse anvertraue?«

»Was sagt Ihnen, dass ich meinen Eid nicht brechen werde?«

»Sind Sie so ein Mensch? Eine Person, die leichtfertig ein Versprechen oder gar einen Eid ignorieren würde?« Ihr stechender Blick schien Lilly zu durchbohren.

»Nein«, sie zögerte. »Aber das können Sie doch nicht wissen.«

Madame Favelkap hob eine Braue. »Nicht mit Sicherheit, aber wenn ich Ihnen nicht vertrauen würde, hätte ich niemals zugestimmt, Sie auszubilden. Eher hätte ich Sie getötet.«

Lilly schluckte. Wenn so das Vertrauen der Rektorin aussah, wollte sie nicht wissen, wie sie ihre Feinde behandelte.

Aber vermutlich war das der Sinn hinter ihrem Verhalten. Nur Härte, keine Schwachstellen zeigen.

»Nun zum Eid. Es geht darum, dass Sie mir versichern, alles, was Sie im Unterricht von mir erfahren, für sich zu behalten und nicht an Unbeteiligte weiterzugeben – auch nicht an die Sternenseelen.«

Zuerst dachte Lilly, die Sternenhüterin hätte sich nur versprochen, dann erfasste sie jedoch, dass sie es ernst meinte. »Warum soll ich etwas vor ihnen verbergen? Ich denke, unsere Aufgabe ist es, sie zu schützen.«

Da lächelte Madame Favelkap zum ersten Mal, doch es war kein gutes Lächeln. »Das stimmt, aber auch die Menschheit. Es gibt Dinge, die zu wissen mehr Schaden anrichten können als Gutes.«

Lilly runzelte die Stirn. Das gefiel ihr nicht. Sie wollte keine Geheimnisse vor Raphael haben.

Die Rektorin erkannte ihre Zweifel und setzte zu einer Erläuterung an. »Glauben Sie, dass es ihr Leben verbessert, wenn sie wüssten, dass auf jede vernichtete Sternenbestie vier tote Sternenseelen kommen? Sie ahnen es, aber wir haben die Fakten. Welche Auswirkung hätte es auf viele von ihnen? Würden sie sich noch immer so bereitwillig in den Kampf stürzen, wenn sie um das wahre Ausmaß der Gefahr wüssten? Oder fehlte ihnen im entscheidenden Moment der Mut? Würden sie eventuell einen Augenblick zu lange zögern und dadurch ihren eigenen Tod herbeiführen? Die Menschen brauchen sie.«

»Dann opfern wir sie einfach?«

»Im Grunde, ja.«

»Aber warum sagen wir den Menschen nicht, was los ist?«

»Vertrauen Sie ihnen genug, um das zu tun? Was, wenn sie die Sternenseelen und Bestien in Labors stecken? Wollen Sie das? Könnte dabei etwas Gutes herauskommen?«

Lilly wurde es ganz kalt bei der Vorstellung, Raphael könnte wie ein Tier in einem Käfig gehalten werden, Opfer von grausamen Experimenten sein.

»Es könnte noch schlimmer kommen«, fuhr die Rektorin fort. »Wer regiert große Teile der Welt? Die guten und mitfühlenden Seelen? Nein, es sind zu oft rücksichtslose Konzernchefs und Politiker, die Kinder für sich arbeiten lassen, Menschen ausbeuten, bis sie in ihren Minen und Fabriken tot umfallen, während sie unseren Planeten vernichten. Wie erfolgreich könnten da die Sternenbestien agieren, wenn sie sich nicht mehr im Verborgenen halten müssten?«

»Wenn dem so ist, warum verkünden die Bestien nicht, wer sie sind? Was haben sie zu verlieren?«

»Vermutlich aus denselben Gründen wie wir. Sie fürchten genau das Gegenteil. Dass die Menschen sich angesichts solch einer Bedrohung besinnen und sich für das Gute entscheiden. Es ist ein Risiko, das sie nicht bereit sind einzugehen, solange sie auch im Geheimen ihre Ziele erreichen und ihre Triebe befriedigen können.«

Lilly nickte und dachte an Ansgar. Es traf zwar zu, dass sie nur Splitter eines größeren, für sie unbegreiflichen Wesens waren und auch in ihren irdischen Körpern miteinander in Verbindung standen, aber nicht alle waren damit glücklich. Ansgars einziger Wunsch war gewesen, dem endlosen Zyklus aus Wiedergeburt und Schwärze zu entrinnen. Trotzdem stimmte sie der Rektorin zu.

»Bevor Sie Ihren Eid sprechen, muss ich Sie noch über die Konsequenzen eines Eidbruchs informieren. Alle Sternenhüter werden über den Beginn Ihrer Ausbildung in Kenntnis gesetzt. Sollten Sie gegen unsere Regeln verstoßen, wird Ihr Name auf eine Todesliste gesetzt werden, womit jeder Sternenhüter und jede Sternenseele nur noch ein Ziel kennt: Sie zu töten.«

So schockierend diese Worte auch klangen, blieb Lilly doch erstaunlich ruhig. Im Grunde änderte sich an ihrer Situation nichts. Diese Todesdrohung hatte sie bereits zuvor erhalten, und nur die Tatsache, dass es erneut laut ausgesprochen wurde, hinterließ ein leicht mulmiges Gefühl bei ihr.

13

Madame Favelkap sah sie prüfend an, als Lilly jedoch keine Reaktion zeigte, seufzte sie leise. »Gut, dann sprechen Sie mir nach. *Hiermit gelobe ich, eher zu sterben, als das Geheimnis um die Sternenseelen zu lüften, und mit niemandem außerhalb des Kreises der Eingeweihten über das zu sprechen, was ich gelehrt werde.*«

Ohne Zögern sprach Lilly die Formel nach, wobei sie etwas Enttäuschung über deren Schlichtheit empfand.

Daraufhin glätteten sich die Gesichtszüge der Sternenhüterin etwas, und ihre Strenge wurde durch ein mildes Lächeln abgemildert. »Der Unterricht ist hart, vor allem, da ich nicht zulassen werde, dass Sie deshalb Ihre schulischen Leistungen vernachlässigen. Für uns ist es nur von Vorteil, wenn wir in hohe Positionen aufsteigen und dadurch mehr Einfluss nehmen können.«

»Sind Sie aus diesem Grund Rektorin geworden?«

»Ist das nicht offensichtlich? Aber zurück zu Ihnen. Sie werden alles, was ich Ihnen sage, auswendig lernen. Sie dürfen dabei Aufzeichnungen machen, die Sie aber sorgfältig hüten und spätestens nach einer Woche vernichten müssen. Niedergeschriebene Texte sind eine Gefahr. Zu leicht können sie gestohlen werden.«

Das war zwar verständlich, aber die Vorstellung, alles auswendig zu lernen, klang nicht sehr vielversprechend. Einer der Gründe, warum sie Mathematik und Physik so mochte, war, dass es dabei in erster Linie um das Verständnis und nicht das Herunterbeten von Fakten ging.

»Zum einen werden wir uns mit der Geschichte der Sternenseelen und -hüter befassen«, fuhr Madame Favelkap fort. »Angesichts Ihrer unzureichenden Noten in Geschichte wird das für Sie vermutlich ein unliebsamer Aspekt der Ausbildung sein. Trotzdem ist dies von besonderer Wichtigkeit. Sollten Sie es jemals bis zur fertigen Sternenhüterin bringen, wird eines Tages vielleicht Ihnen die Aufgabe zukommen, jemanden auszubilden. Alles, was Sie dann vergessen haben, wird womöglich für immer in Vergessenheit geraten.«

Lilly schluckte. So hatte sie das noch nicht betrachtet. In der heutigen Zeit empfand sie das stumpfe Auswendiglernen von Fakten oft als Zeitverschwendung. Wozu sich das Gehirn mit Jahreszahlen vollstopfen, wenn man mit einem Klick im Internet alle benötigten Informationen fand? In diesem Fall war es jedoch anders.

Der vertraute Ton, der den Eingang einer E-Mail verkündete und in diesem Moment von dem PC auf dem Schreibtisch der Rektorin ausging, stand im krassen Gegensatz zu der altertümlichen Art der Überlieferung des Wissens der Sternenhüter. »Werden Sie mich prüfen? Und wie soll ich erkennen, ob ich nicht etwas vergessen habe?«

Madame Favelkap stand auf, ging zu einem schmalen Beistelltisch an der Wand und schaltete den dort befindlichen Wasserkocher an. Mit dem Rücken zu ihr antwortete sie: »Ich werde Sie vor Beginn jeder Stunde abfragen – und zwar Ihr gesamtes Wissen. Am Ende werden Sie selbst im Schlaf noch die Fakten herunterbeten, und ich garantiere Ihnen, dass Sie es, selbst wenn Sie wollten, niemals aus Ihrem Gedächtnis verlieren werden.« Sie wartete, bis das Wasser kochte, gab in der Zwischenzeit etwas Tee in eine Kanne, den sie schließlich mit dem sprudelnden Wasser übergoss, bevor sie an ihren Platz zurückkehrte.

Lilly genoss derweil die Pause. Sie hatte sich die Ausbildung leichter vorgestellt, wie etwas, das man so nebenbei erledigte wie die Erste-Hilfe-Prüfung für den Führerschein, den sie endlich machen wollte. Was ihr die Sternenhüterin da schilderte, war dagegen extrem hart.

»Weitere Themen werden die Biologie der Sternenseelen und -bestien sein, ihre Stärken und Schwächen, Taktiken, die im Kampf verwendet werden können, Strategien, um sie zu entdecken, und natürlich werden Sie lernen, wie man die Sternenseelen am besten am Tag unterstützt, damit sie unbehelligt in der Gesellschaft leben können. Zudem habe ich mit Torge gesprochen, und er hat sich bereit erklärt, Sie im Kampf auszubilden.«

Ausgerechnet Torge? Sie dachte an den bärenhaften Jungen und stellte sich schaudernd vor, wie sie versuchte, sich gegen ihn zur Wehr zu setzen. »Warum nicht Raphael?«, fragte sie. »Wir verbringen ohnehin viel Zeit miteinander.«

»Weil er Sie niemals hart genug anfassen würde. Ein Aufschrei von Ihnen, und er würde vor Sorge von Ihnen ablassen. Torge wird nicht so viel Mitleid haben, ebenso wenig wie eine Sternenbestie, der Sie eventuell eines Tages im Zweikampf gegenübertreten müssen.«

»Als ob ich da eine Chance hätte«, murmelte Lilly. Sie hatte zu oft gesehen, wie stark und schnell sie waren. Dass sie die Begegnungen überlebt hatte, erschien ihr noch immer wie ein Wunder.

»Es gibt immer Hoffnung, und selbst wenn Sie sterben, können Sie vielleicht eine Bestie lange genug aufhalten, um ein anderes Leben zu retten.«

Sie sahen einander in die Augen, und mit einem Mal verstand sie die erfahrene Sternenhüterin, akzeptierte ihre Härte und Unnachgiebigkeit. Früher hatte sie es als leeres Gerede abgetan, wenn sie von der Bereitschaft sprach, sein Leben einzig in den Dienst der Sternenseelen zu stellen, aber nun erkannte sie, dass sie es vollkommen ernst meinte. Die Rektorin würde keinen Moment zögern, um sich zu opfern, wenn sie sich dadurch einen Vorteil versprach. Wer bereit war, so weit zu gehen, erwartete auch von anderen nicht weniger.

Würde sie jemals diesen Mut haben?, fragte sich Lilly. Wirklich zu kämpfen, Blut zu vergießen? Sie konnte es sich nicht vorstellen.

»Heute möchte ich Ihnen jedoch die Gelegenheit geben, mir ein paar Fragen zu stellen, die ich Ihnen nach Möglichkeit beantworte.«

Lilly riss erfreut die Augen auf. Raphael war oft genervt, wenn sie ihn mit Fragen löcherte. Sie hatte den Eindruck, dass er sich schämte, wenn er auf eine keine Antwort wusste, und ab und an weigerte er sich auch einfach, ihr zu antworten, was dann wie ein dunkler Graben zwischen ihnen stand. Es war schwierig, mit jemandem zusammen zu sein, der so vieles vor einem geheim hielt. Nur wo sollte sie anfangen? Die großen Zusammenhänge würden ihr ohnehin im Unterricht erläutert werden, also konzentrierte sie sich auf die banaleren Dinge. »Was hat es mit diesem Sternenstaub auf sich, und warum umgibt er die Sternenseelen nicht immer?«

»Keine schlechte Frage.« Sie goss sich von ihrem Tee ein, rührte etwas braunen Zucker ein und holte einen Keks aus der Dose. »Möchten Sie auch eine Tasse Kräutertee?«

Lilly lehnte dankend ab. Sie war kein großer Fan von Tee. Wenn schon ein Getränk, an dem man sich den Mund verbrennen konnte, dann doch Kaffee – der machte wenigstens wach.

»Diese Erscheinung stellt uns vor ein Rätsel. Mittlerweile

vermuten unsere Forscher, dass es sich um fremdartige Partikel handelt, die mit einer bestimmten Strahlung, die von Sternen ausgeht, reagiert und dabei Energie in Form von Licht freisetzt.«

»Also eine weitere Art von Materie oder Energie, die ebenso wenig nachgewiesen ist wie die Existenz von Dunkler Energie und Materie«, sagte Lilly nachdenklich.

»So könnten Sie es sich vorstellen. Wenn Ihr Interesse in diesem Bereich stark ausgeprägt ist, können Sie im späteren Verlauf Ihrer Ausbildung einem unserer Wissenschaftler zugeteilt werden. Auch wir spezialisieren uns. Mein Aufgabenbereich liegt mehr in praktischen Dingen, und mein Lehrer war Historiker, aber Ihnen steht es frei, Ihren eigenen Weg zu gehen.«

Lillys Augen leuchteten auf. Im Gegensatz zum Kampftraining und dem Auswendiglernen von Fakten klang das nach etwas, das ihr Spaß machen könnte.

»Doch zurück zu Ihrer Ausgangsfrage. Offensichtlich ähnelt es optisch dem, was die Sternenseelen für die Seele halten, die sie beim Tod eines Lebewesens sehen.«

»Dann strahlen sie ihre Seele ab?«

Die Rektorin wiegte den Kopf. »Vielleicht. Stellen Sie sich die Sterne als gewaltiges Reservoir an Seelen vor, die im Grunde nichts anderes als eine weitere Art von Energie oder Materie sind. Für die Dauer unseres Lebens leihen wir uns etwas davon und kehren mit dem Tod zu unserer Sonne zurück. In den Sternenseelen müssen aber doch zwei Seelen stecken. Zum einen die, mit denen ihre Körper geboren wurden, und dann die Energie, die ihnen von ihrem Stern geschenkt wurde. Womöglich kann ein menschlicher Körper dies nicht fassen, oder es führt zu unbekannten Reaktionen, sodass wir diese Partikel sehen. Warum sie das allerdings bis zu einem bestimmten Grad zu kontrollieren vermögen und warum es nur im Sternenlicht auftritt, können wir nicht sagen.«

Lilly nickte nachdenklich. Es war aufregend zu hören, dass etwas, das manche als Magie abgetan hätten, zumindest teilweise wissenschaftlich erklärbar war. Früher war die Welt ihr regelrecht langweilig erschienen. Der Mensch hatte nahezu jeden Fleck der Erde erkundet, nur selten entdeckte man noch neue Tierarten, man verstand, wie Elektrizität funktionierte, konnte fliegen ... Man musste sich schon mit den Tiefen der Physik und Biologie auseinandersetzen, um auf größere Rätsel zu stoßen. Dass etwas vor ihren Augen existierte, was noch nicht völlig verstanden wurde, aber greifbar war, hatte etwas unglaublich Faszinierendes.

Madame Favelkap nippte an ihrem Tee, wobei die seltsamen, schlangenartigen Schatten unter ihrer Haut sich an den Stellen sammelten, an denen sie der Tasse am nächsten waren, als würden sie von der Wärme angezogen werden. »Haben Sie noch eine Frage?«

Lilly nickte. »Raphael erwähnte, dass manche Sternenseelen vom Tag kaum beeinträchtigt werden.«

»Da hat er übertrieben, aber ein Funken Wahrheit liegt darin. Je älter sie werden, desto besser können sie sich an die Ereignisse erinnern, die tagsüber geschehen, und sie lernen, leichter zwischen der Realität zu unterscheiden und dem, was sie sich eingeprägt haben. Zudem können sie sich mehr Dinge merken, die ihr Verhalten am Tag bestimmen sollen. Während eine junge Sternenseele oft nur zu einem blassen Abbild ihres einstigen menschlichen Daseins wird, das kaum Gefühle verspürt und sich höchstens einen Fakt wie das Meiden einer bestimmten Person einprägen kann, studieren ältere zum Teil komplexe Verhaltensmuster ein, die sie dann zuverlässig befolgen. Aber, und darin hat Raphael recht, die Fähigkeiten sind unterschiedlich stark ausgeprägt.

So gibt es Sternenseelen, die sich bei ihrer Geburt schon sicher am Tag bewegen können, während andere es auch nach Jahrhunderten nicht lernen. Eine Erklärung haben wir dafür nicht. Ich halte es einfach für eine Frage des Talents. Nicht jeder kann so gut tanzen wie Sie, hat aber womöglich ein fotografisches Gedächtnis.« Sie trank noch einen Schluck Tee, als ihre Stimme kratzig wurde, bevor sie fortfuhr: »Ich weiß, dass Raphael sich für schwach hält, aber das liegt nur daran, dass er hauptsächlich Umgang mit Sternenseelen hat, deren Fähigkeiten in diesem Bereich besonders ausgeprägt sind. Im Vergleich zu den anderen liegt er im Durchschnitt.«

Lilly nickte. Sie hatte sich etwas Derartiges gedacht. »Aber warum leben sie alle hier? Warum sind sie sesshaft geworden und setzen sich damit dem Risiko aus, entdeckt zu werden?«

Madame Favelkap schüttelte bedauernd den Kopf. »Das ist eines der Dinge, die ich Ihnen noch nicht sagen darf. Es betrifft eines unserer höchsten Geheimnisse, deshalb bitte ich Sie, nicht weiter danach zu forschen, auch wenn ich weiß, dass die Neugier Sie quält.«

Lilly ärgerte sich zwar über das mangelnde Vertrauen, aber sie wusste auch, dass in diesem Punkt eine Diskussion aussichtslos war. Zudem hätte sie sich als undankbar empfunden. Sie hatte heute viel gelernt, über das sie nachdenken musste. Der Rest konnte warten.

Da Lilly keine weiteren Fragen einfielen, gingen sie dazu über, dass nun die Rektorin Fragen stellte, um zu überprüfen, was ihre Schülerin wusste und was nicht. So vergingen die zwei Stunden, die sie eingeplant hatten, wie im Flug, sodass Lilly überrascht zusammenzuckte, als die Sternenhüterin das Ende ihrer Zeit verkündete.

14

»Lilly?«, rief Moni aus der Küche, wo sie gerade das Abendessen – Nudeln mit selbst gemachter Tomatensoße – vorbereitete, als sie das Haus betrat.

»Nein, der Weihnachtsmann!«, antwortete Lilly und zog ihre nassen Schuhe und den Mantel aus. Sie wollte in ihr Zimmer, um bis zum Einbruch der Nacht zu schlafen und ein bisschen Ordnung in ihre Gedanken zu bekommen. Kampfausbildung, Sternenbestien … Wie sollte man sich da auf ein normales Leben konzentrieren? Vor allem nagte noch die Frage an ihr, warum Raphael sie heute so dringend sehen wollte.

»Kein Grund, frech zu werden. Ich habe Marmorkuchen gebacken. Er ist noch warm.«

Sie seufzte. Wenn ihre Mutter buk, bedeutete es, dass sie mit ihr reden wollte, und die letzten Wochen gab es da nur ein Thema: Raphael. Sie nahm sich eine Tasse Kaffee, einen Teller und setzte sich an den breiten Küchentisch. Im Sommer hatten ihr die hellen Vorhänge und die gelben Schränke in der Küche noch gefallen, aber jetzt in der düsteren Jahreszeit wirkten sie so fehl am Platz wie ein Mädchen im Minirock im Tiefschnee. »Wann gibt es Abendessen?«, fragte sie und schnitt sich ein Stück von dem Marmorkuchen ab.

»Thomas kommt in einer Stunde, und Samuel ist bereits da.«

»So bald schon? Da kannst du mich später die Treppe hinaufrollen.«

»Du bist dürr genug.« Moni nahm sich ebenfalls eine Tasse und nahm neben ihr Platz, während die Soße vor sich hin köchelte. »Wir müssen reden.«

»Dachte ich es mir doch.«

»Ich habe in den Ferien akzeptiert, dass du nachmittags geschlafen hast, um dich später mit Raphael zu treffen, aber das muss aufhören. Er kann nicht von dir verlangen, dass du dein ganzes Leben nach ihm ausrichtest.«

»Das tut er nicht.«

»Ich weiß, dass du in ihn verliebt bist, aber du bist zu jung, um alles andere zu vernachlässigen. Du triffst dich kaum noch mit Freunden, schläfst zu wenig, deine Noten waren auch schon besser.«

Lilly zuckte zusammen. In der Schule hatte sie tatsächlich nachgelassen. Nicht nur dass der Unterricht am Internat anspruchsvoller als an einer normalen Schule war, aber es war schwierig, sich ausreichend aufs Lernen zu konzentrieren, wenn sie nur die Nächte mit ihrem Freund verbringen konnte.

»Und was ist mit dem Tanzen? Es hat dir doch immer so viel Freude gemacht. Nun habe ich jedoch den Eindruck, dass es für dich zur lästigen Pflicht geworden ist.«

Sie stopfte sich ein Stück Kuchen in den Mund, und ihre Mutter schaute sie ungeduldig an, während sie kaute. Das Spiel spielten sie seit der Grundschule, und Lilly liebte es, Moni auf diese harmlose Weise zur Weißglut zu bringen. »Warum kannst du ihn nicht einfach als meinen Freund akzeptieren?«

»Süße, ich akzeptiere ihn, aber ich kann nicht zulassen, dass sich dein ganzes Leben nur noch um ihn dreht.«

»War es bei Dad und dir denn anders?«, fragte sie und

spielte mit dem schmalen Silberring an ihrer Hand. Er war der Verlobungsring ihrer Eltern gewesen.

»Trotz unserer Liebe hatten wir beide unser eigenes Leben. Dennoch hat mich sein Tod beinahe umgebracht.« Sie strich ihr über die Hand. »Ich möchte nicht, dass du das auch erleben musst.«

»Du kannst mich nicht vor allem beschützen.«

Moni lachte unsicher. »Ich kann es zumindest versuchen.«

Lilly umarmte ihre Mutter. »Ich liebe dich, aber lass mich meine eigenen Erfahrungen sammeln. Bitte.«

»Ich dich auch«, antwortete Moni und wischte sich eine Träne aus den Augen.

»Können wir das Thema für heute lassen?«, bat ich sie. »Es war ein anstrengender Tag.«

Moni ging zurück zum Herd und rührte erneut in dem Topf. »In Ordnung, aber du musst wissen, dass ich nicht glücklich damit bin.«

Als ob mir das entgangen wäre, dachte Lilly. Trotzdem genoss sie den Rest des Abends, an dem sie fast so entspannt wie früher mit ihrer Mutter plaudern konnte.

Lilly saß, eingewickelt in eine Decke und mit einer Wärmflasche unter dem Pulli, auf einer Bank am Rand der Lichtung. Dort stand die Hütte, die den Sternenseelen, die nicht das Internat besuchten, als Zuhause diente. Raphael hatte sie doch noch abgeholt, und sie waren Hand in Hand zur Ruine gewandert, nachdem sie sich heimlich nach draußen geschlichen hatte. Zuerst hatte er sie jedoch beruhigen müssen. Es war nichts Schlimmes passiert. Die Gruppe Sternenjäger um Mikael hatte sich nur für den Abend angekündigt, und er wollte sie gerne dabeihaben. Madame Favelkap war offensichtlich einverstanden gewesen und erwartete am nächsten Tag einen Bericht, da sie selbst verhindert war.

Neben ihr schnürte sich Lea ihre schwarzen Stiefel, während sich auf der Wiese Raphael und Torge umkreisten. Sie trainierten fast jeden Tag, mal mit Waffen, mal ohne, und Lilly genoss den Anblick ihrer eleganten, kraftvollen Bewegungen, bei denen sie silbrige Schlieren aus Sternenstaub in der Luft hinterließen. Torge erinnerte in seiner Größe und Statur an einen Wikinger aus längst vergangenen Tagen, trotzdem war der Kampf zwischen ihm und Raphael, der dafür schneller und wendiger war, ausgeglichen.

»Dir liegt doch etwas auf dem Herzen?« Lea sah sie mit ihren mandelförmigen Augen an. Zwischen ihnen war eine Art Freundschaft entstanden. Während Shiori an nichts anderes als an Kampf dachte und Ras zu beschäftigt mit seiner Rolle als Anführer war, kümmerte sie sich um Lilly. Zudem waren sie etwa gleichaltrig.

»Ich musste daran denken, dass sich vielleicht wieder eine Sternenbestie an der Schule verbirgt. Wie kannst du mit dem Wissen leben, dass es Wesen gibt, die dir nach dem Leben trachten?«

Lea lehnte sich zurück und schürzte ihre Lippen. »Es gehört einfach dazu. Du könntest jederzeit von einem Auto überfahren werden, ein Einbrecher könnte bei euch eindringen, oder du könntest eine Krankheit bekommen. Trotzdem lebst du, ohne dir ständig Sorgen zu machen.«

»Aber das sind Dinge, bei denen wir keine Wahl haben. Du und Torge, ihr könntet davonlaufen und eure Zeit miteinander verbringen, statt euch mit Kampftraining, Waffen und Taktiken auseinanderzusetzen.«

»Wir haben darüber nachgedacht, aber es wäre Verrat. Wir haben es unseren Sternen zu verdanken, dass wir überhaupt leben und uns gefunden haben. Zudem bleibt uns nicht genug Zeit, um gemeinsam etwas aufzubauen. Bis wir Fuß gefasst haben, ist einer von uns tot.«

Lilly zuckte bei der Nüchternheit der Worte zusammen. Sie konnte sich immer noch nicht vorstellen, wie es sein musste, mit dem Wissen zu leben, dass man in wenigen Monaten sterben würde. »Aber gerade deshalb solltet ihr doch eure verbleibende Zeit genießen.«

Lea schüttelte den Kopf. »Wir haben nicht mehr viel zu verlieren. Wenn Felias, Ras oder Anni sterben, werden ihnen Jahrhunderte geraubt. Was sind dagegen schon ein paar Monate oder Jahre? Manchmal wünschte ich mir, dass mich die nächste Sternenbestie tötet, damit ich nicht erleben muss …« Ihre Stimme brach.

»… wie Torge stirbt«, beendete Lilly den Satz für sie. Wie schrecklich musste es sein, wenn man den Todestag des Liebsten kannte?

»Gibt es keine Möglichkeit herauszufinden, wer die Sternenbestie ist?«

Lea wischte sich über die Augen. »Vielleicht wissen die Jäger etwas, aber bis heute haben sie keinen Kontakt zu uns aufgenommen.«

»Warum seid ihr nicht zu ihnen gegangen?«

»Das Verhältnis zu den Jagdgruppen ist etwas angespannt. Sie halten uns für feige, weil wir nicht aktiv nach Sternenbestien suchen. Dabei ist unsere Aufgabe nicht weniger wichtig.«

Lilly dachte an Mikael. Auf sie hatte er überhaupt nicht wie eine arrogante Tötungsmaschine gewirkt.

Sie sah zu den Kontrahenten hinüber. Der Kampf war inzwischen heftiger geworden. Raphael sprang vor und attackierte Torge mit einer Reihe schneller Schläge auf sein Brustbein, doch der bärenartige Junge lachte nur, packte ihn an den Schultern und schleuderte ihn über die Wiese. Lilly hielt die Luft an. Sooft sie diese Kämpfe auch gesehen hatte, sie fürchtete trotzdem jedes Mal, dass Raphael verletzt werden könnte. Doch er drehte sich in der Luft und landete elegant auf den Füßen, wobei er, um den Sprung abzufedern, leicht in die Knie ging.

Auf einmal legte Lea den Kopf schief und schloss die Augen, als würde sie auf eine Stimme in ihrem Kopf lauschen. »Wir bekommen Besuch.« Sie sprang auf und rannte auf die Wiese, wobei sie Lilly mit sich zog.

In dem Moment traten die Stargazer zwischen den Bäumen hervor. Im hellen Mondlicht, das vom weißen Schnee zurückgeworfen wurde, und eingehüllt in den glitzernden Sternenstaub sahen sie wie magische Wesen aus einem kitschigen Hollywoodfilm aus. Das rote Haar des Bassisten, Lukel, ließ dessen Kopf aussehen, als stünde er in Flammen.

»Wir kommen in friedlichen Absichten.« Mikael trat vor und hob seine Hände über den Kopf.

In dem Moment kam Ras aus der Hütte und lächelte sie freundlich an. »Schön, dass ihr den Weg zu uns gefunden habt. Lasst uns reingehen und reden.«

Drinnen warteten bereits Anni, Felias und Shiori auf sie. Auch wenn sie versuchten, sich entspannt zu geben, war die Anspannung, die herrschte, deutlich zu spüren. Lea holte aus einem Schrank Gläser und stellte Getränke auf den Tisch. Lilly setzte sich neben Raphael und ergriff seine Hand. Er lächelte sie beruhigend an und streichelte über ihren Handrücken.

Nachdem alle Platz genommen hatten, eröffnete Ras das Wort und stellte alle außer Lilly mit ihrem Sternennamen und Alter vor.

Mikael stand auf. »Ich bin Arkab, zweihundertvierunddreißig Jahre alt.« Er ging zu dem rothaarigen Bassisten. »Acrux, zweihundertzehn.« Als Nächstes folgte der Schlagzeuger, Phil, dessen braunes Haar in krausen Locken vom Kopf abstand. »Scheat, unser Jüngster mit einhundertzwanzig Jahren, und das ist Menkib, geschätzte achthundert.«

Der Gitarrist, Fynn, mit der dunkelbraunen Haut und den tiefschwarzen, schräg stehenden Augen grinste und entblößte dabei die Zähne. »Damals waren die Kalender nicht so genau.«

Lilly musterte ihn eindringlich. Was musste er bereits alles erlebt haben? Wie konnte er trotzdem wie ein normaler Mensch wirken? Selbst in Shioris Augen blitzte so etwas wie Respekt auf.

»Es freut mich, euch kennenzulernen«, sagte Ras.

»Arbeitet …« Lilly stockte. Das Jagen von Sternenbestien als Arbeit zu bezeichnen klang absurd. »Kämpft ihr schon lange zusammen?«

Der Rothaarige fuhr zu ihr herum und sah sie so entgeistert an, als hätte sie vor seinen Augen ein kleines Kind ermordet. »Wie kannst du es wagen, uns anzusprechen?«

Sie starrte ihn fassungslos an. »Was sollte mich davon abhalten?«

»Sie hat ihre Ausbildung doch gerade erst begonnen. Sie kennt die Regeln noch nicht«, erklärte Raphael und drückte ihre Hand.

»Was für Regeln?«

»Sternenhüter haben nicht das Wort zu ergreifen, wenn Sternenseelen diskutieren«, antwortete Fynn.

»Das kann nicht euer Ernst sein?« Lilly sah fragend in die Runde, doch niemand sprang zu ihrer Verteidigung ein. Lea und Torge sahen betreten zur Seite, in Shioris Augen schimmerte Belustigung.

»Er hat recht«, sagte Raphael leise.

»Die Gründe dafür liegen auf der Hand«, erläuterte Fynn. »Im Vergleich zu mir bist du nicht mehr als ein Baby, das gerade lernt zu krabbeln. Menschen sind zu eingeschränkt in ihrer Wahrnehmung.«

Lilly wollte das nicht akzeptieren, aber Raphael drückte

erneut beschwichtigend ihre Hand. »Wir sprechen später darüber.«

Ras seufzte. »Ich vermute, der Anlass eures Besuchs ist kein erfreulicher. Ihr verfolgt eine Sternenbestie, nehme ich an?«

Mikael legte seine Hände auf Fynns Schultern, als wollte er ihn daran hindern aufzuspringen. Dabei wirkte dieser nun wieder vollkommen entspannt, fast schon uninteressiert. »Es gibt Anzeichen, dass sich eine in eurem Gebiet verbirgt.«

»Wahrscheinlich schon seit Jahren«, sagte Fynn. »Was uns zu der Frage führt, wie euch das entgehen konnte.«

»Ausgeschlossen«, brauste Shiori auf. »Wir haben zwei Bestien vernichtet, und es gab keine Hinweise auf die Existenz einer weiteren.«

»Wir sprechen hier nicht von irgendeinem dieser Ungeheuer«, Mikael hob beschwichtigend die Hände, wobei die Ketten um sein Handgelenk klimperten, »sondern von Lucretia d'Avieles.«

Die darauf eintretende Stille beunruhigte Lilly mehr als alle Worte. Selbst auf Felias' und Shioris Gesichtern zeichnete sich Entsetzen ab.

»Das ist nicht gut«, sagte Ras mit sorgenzerfurchter Stirn.

Plötzlich brach ein Gewirr an Stimmen los. Anni verlangte zu wissen, welche Beweise es für ihre Anwesenheit gab. Shiori wollte am liebsten sofort jeden einzelnen Menschen töten, wenn sie dabei auch die Sternenbestie erwischte, und Felias fing einen Streit mit Fynn an.

In dem Chaos beugte sich Raphael vor und flüsterte Lilly ins Ohr: »Lucretia ist die älteste bekannte Sternenbestie. Sie hat unzählige Menschen und Sternenseelen vernichtet, bevor sie vor einem halben Jahrhundert von der Bildfläche verschwand. Seither ist die Frage, was sie ausheckt, eine der größten Sorgen, die uns verfolgt. Sollte sie tatsächlich hier sein, befinden wir uns in höchster Gefahr.« Er sah ihr in die Augen, abwägend, was er als Nächstes sagen sollte.

»Vergiss es«, antwortete sie nicht ganz so leise. »Ich verlasse dich nicht, was auch immer passiert.«

»Das habe ich befürchtet.« Er schüttelte den Kopf. »Du machst es mir nicht leicht.«

Plötzlich donnerte Ras' Faust auf den Tisch und verlangte lautstark um Ruhe. Wieder einmal konnte Lilly nicht anders, als seine eindrucksvolle Ausstrahlung zu bewundern, während sein herrischer Blick über sie hinwegglitt.

»Ihre Anwesenheit bedeutet nichts Gutes. Ich glaube an keinen Zufall.«

Fynn nickte ihm zu. »Da braut sich etwas zusammen. Wir sind hier, um dieses Problem ein für alle Mal zu beseitigen.«

Begierig beugte sich Shiori vor. Ein Lächeln spielte um ihre Lippen. Lilly fragte sich, warum sie sich nicht ebenfalls einer Jagdgruppe angeschlossen hatte. Das Mädchen war hart und liebte es zu kämpfen. Felias war hier wegen Raphael, das verstand sie. Aber Shiori?

»Habt ihr einen Plan?«, fragte die Asiatin.

»Zuerst müssen wir sie aufspüren.«

»Das sollte doch ein Leichtes sein. Ich glaube nicht an eure Theorie, dass sie sich schon lange hier aufhält, also muss es ein Neuankömmling sein.«

»Mir macht Sorgen«, mischte sich Lukel in die Diskussion ein, »dass sie bisher niemandem aufgefallen ist. Selbst euch dürfte nicht entgehen, wenn sie offen auftritt. Irgendeinen Grund muss es ja geben, dass ihr dazu bestimmt wurdet, diesen Ort zu schützen.«

»Danke für das Kompliment«, erwiderte Ras trocken. »Entweder lebt sie seit so vielen Jahren getarnt hier, dass keiner mehr Verdacht schöpft, oder sie hält sich im Verborgenen. In beiden Fällen wird es schwer für uns werden, sie aufzuspüren.«

»Und sie zu töten ebenfalls. Womit ich bei meinem eigentlichen Anliegen bin, dem Grund, weshalb ich um das Treffen gebeten habe.« Fynn sah sie herausfordernd an. »Solltet ihr Lucretia aufspüren, möchte ich, dass ihr die Finger von ihr lasst.«

Shiori kniff die Augen zusammen. »Seit ihr so auf den Ruhm versessen?«

»Wir trainieren seit Jahrzehnten für diesen Kampf. Ihr hättet keine Chance gegen sie. Vergesst nicht, mit wem wir es zu tun haben.«

Shiori schnaubte verächtlich, doch Ras gebot ihr mit einer herrischen Handbewegung zu schweigen, als sie zu einer schnippischen Antwort ansetzte. »Gerade weil sie so mächtig ist, solltet ihr unsere Hilfe nicht leichtfertig ausschlagen.«

»Ich weiß, was ich tue. Ihr würdet uns nur behindern. Helft uns, sie zu suchen, oder lasst es, aber ganz gleich, wofür ihr euch entscheidet, steht uns nicht im Weg.«

Lilly sog bei diesen harschen Worten scharf die Luft ein und wagte einen verstohlenen Blick zu den anderen Jägern. Lukel und Phil schienen ihrem Anführer vollkommen zuzustimmen, nur Mikael wirkte, als sei ihm die ganze Situation unangenehm.

»Ich denke, wir haben für heute genug gehört«, meinte Ras. »Lasst uns bitte allein. Wir haben noch einiges zu bereden.«

»Selbstverständlich.« Fynn nickte und lächelte, doch die Höflichkeit war nur aufgesetzt. Seine Augen waren weiterhin kalt und berechnend, so ganz anders als die von Mikael, der sich mit einem bedauernden Lächeln verabschiedete und die Hütte als Erster verließ.

15

Kaum hatte sich die Tür hinter den Jägern geschlossen, brach eine lautstarke Diskussion aus. Felias und Torge empörten sich über die Verachtung ihnen gegenüber, die aus jedem Wort von Fynn und Lukel getroffen war. Vor allem Felias fühlte sich offensichtlich sehr in seinem Stolz gekränkt. »Phil ist sogar jünger als ich. Sie haben kein Recht, uns so zu behandeln.«

Shiori hatte sich ebenso wie Ras bis dahin zurückgehalten, aber nun stand sie auf und ging unruhig im Raum auf und ab, die Hände zu Fäusten geballt und ihre sonst so glatte Stirn in grimmige Falten gelegt. »Ich würde uns auch nicht dabeihaben wollen. Seht uns doch an! Ein Menschenmädchen sitzt bei uns am Tisch, und die letzten beiden Sternenbestien wurden von uns nicht kurzerhand getötet. Nein! Wir haben uns alle in Gefahr gebracht, nur um den Wirt zu retten und das Mädchen glücklich zu machen. Und nun scheint es, als wäre uns die größte Bedrohung vollkommen entgangen. Wir haben versagt. So sieht es aus.« Sie sah herausfordernd in die Runde, doch Ras ließ sich nicht beeindrucken.

»Über Vergangenes zu diskutieren ändert an der Gegenwart nichts. Wir müssen nach vorn schauen.«

»Wenn wir nichts daraus lernen, dann schon. Wir sind weich geworden!«

Raphael schüttelte den Kopf. »Wir sind nicht wie sie. Das ist alles. Wir beschützen, sie töten.«

Lilly musterte die anderen. Hatten sie ebenfalls sein kurzes Zögern bemerkt, das Zittern seiner Stimme, als sei er selbst seiner Worte nicht sicher? Es bestürzte sie, den Streit unter den Sternenseelen zu sehen. Sie waren in zwei Lager gespalten. Felias bezog ganz klar Stellung zu Shiori, stellte sich dicht neben sie, während Anni bei deren kurzer Rede den Kopf geschüttelt hatte. Nur aus Ras wurde sie nicht schlau. Er beobachtete von seinem Platz mit undurchdringlicher Miene das Schauspiel, das sich ihm da bot.

»Wie kann man jemanden besser beschützen, als wenn man alle seine Feinde tötet?«, fragte Felias.

»Töten ist niemals eine Lösung«, widersprach Anni ihm. Unbewusst strich sie über die eintätowierte Nummer an ihrem Handgelenk – ein Mal, das sie für immer an die schreckliche Zeit im KZ erinnern würde, wo ihre geistig verwirrte Mutter vergast wurde und sie selbst beim Todesmarsch kurz vor der Befreiung starb. Sie war bei ihrem Tod erst zwölf Jahre alt gewesen, aber das Leid hatte sie stark gezeichnet, sodass sie sich mit etwas Schminke als Oberstufenschülerin ausgeben konnte. »Das Sternenlied lehrte mich zu verzeihen. Im Moment meines Todes war ich voller Verzweiflung. Das Einzige, das mich so lange hatte überleben lassen, war der Wunsch nach Rache, und dann schien mir diese Möglichkeit genommen worden zu sein. Doch schließlich hörte ich zum ersten Mal den Gesang der Sterne, der den gesamten Kosmos erfüllt, und jeglicher Schmerz wurde davongespült. Es ist reinste Liebe, und wann immer ich die Augen schließe, kann ich es hören. Das größte Geschenk der Sterne war mein Frieden mit der Welt. Hass führt zu nichts.«

Lilly bewunderte sie für ihre Stärke, die es ihr ermöglichte, trotz ihres furchtbaren Schicksals die Ausgeglichenste von ihnen zu sein.

»Wenn ich eine Möglichkeit sähe, alle Sternenbestien zu vernichten, würde ich sie ohne Zögern ergreifen.« Ras' tiefe Stimme füllte den ganzen Raum aus, obwohl er leise sprach. »Solange dem nicht so ist, sind wir nicht als Krieger hier, sondern um sie zu schützen. Wenn wir alle in den Kampf ziehen und unterliegen, wer bleibt dann noch?«

Von wem sprach er da? War das der Auftrag, der die Sternenseelen an diesen Ort band? Das, worüber ihr Madame Favelkap nichts erzählen wollte? Lilly kaute auf ihrer Unterlippe. Sollte sie fragen? Aber die Missachtung durch die Jäger hatte ihr deutlich gezeigt, wie wenig sie in den Augen der Sternenseelen wert war. Shiori ließ ja auch keine Gelegenheit ungenützt verstreichen, ohne ihr zu sagen, wie wenig sie von ihr hielt. Erst als sich ihr die Köpfe zuwandten, bemerkte sie, dass sie die Frage laut gestellt hatte. *Mist.* Ras schien erst jetzt ihre Anwesenheit bewusst wahrzunehmen.

»Tut mir leid, Lilly. Das darf ich dir nicht sagen. Diese Entscheidung liegt bei Madame Favelkap.«

Na toll, da konnte sie ewig warten. Sie warf einen verstohlenen Blick zu Raphael, aber er schüttelte unmerklich den Kopf.

»Es ist schon spät. Raphael, bringst du sie bitte nach Hause?«

Das hatte sie nun davon, dass sie den Mund nicht gehalten hatte. Sie wurde nach draußen befördert, dabei würde es sie brennend interessieren, wie es weiterging. »Vertraut ihr mir immer noch so wenig?«, hörte sie sich fragen und wunderte sich dabei, was heute mit ihr los war. Das zweite Mal, dass sie ohne bewusste Absicht drauflosredete.

»So ist es nicht.« Anni legte ihr beschwichtigend eine Hand auf den Arm. »Doch je weniger von einem Geheimnis wissen, desto sicherer ist es. Zudem ist es zu deinem eigenen Schutz. Sollte Lucretia den Verdacht haben, dass du etwas Wichtiges weißt, wird sie alles daransetzen, es aus dir herauszupressen. Alles.«

Lilly schluckte. Sie hatte für einige Augenblicke eine geistige Verbindung zu Ansgar gehabt und so all die Grausamkeit gesehen, zu der die Sternenbestien fähig waren. Sie hegte keinen Zweifel, dass sie dem nicht standhalten konnte.

»Ich habe schon einmal helfen können.« So leicht wollte sie nicht aufgeben. Solange man mit ihr darüber diskutierte, gab es vielleicht noch eine Chance, mehr herauszufinden.

»Hilfe nennst du das?«, schnaubte Shiori. »Du hast uns alle in Gefahr gebracht.«

»Du stehst noch recht lebendig vor mir«, fauchte Lilly zurück. Die ständigen Anfeindungen der Asiatin gingen ihr gewaltig auf die Nerven.

»Wie auch immer. Es liegt in den Händen der Sternenhüterin. Außerdem haben wir kein Recht, uns in deine Ausbildung einzumischen, und solange die Jäger jeden unserer Schritte beobachten, werde ich auch keine leichtfertigen Regelverstöße gestatten.« Ras sah Raphael ernst an, der daraufhin den Blick senkte. »Wir haben bereits genug Probleme. Deshalb würde ich es begrüßen, wenn du dich dieses Mal fügst. Einverstanden?«

Was sollte sie dazu schon sagen? Sie konnte sich schlecht weigern. Vor allem jetzt, da sie wusste, dass sie mit der Zeit in alles eingeweiht werden würde. Sie seufzte und stimmte zu, woraufhin Anni ihren Mantel brachte und Raphael sie an der Hand nach draußen führte.

Zuerst schwiegen sie, während sie dem schmalen Pfad folgten, der sie nach Hause bringen würde. Das Eis knirschte unter ihren Schuhen, und ab und an mussten sie sich bücken, um tief hängende Äste zu passieren. Diese Route war noch neu. Alle paar Wochen suchte Torge einen neuen Weg für sie, damit nicht die Anzeichen einer häufigen Nutzung irgendwelche Fremden zu ihnen führten. Zudem hatte er in einigen Bäumen versteckte Kameras angebracht, um zu kontrollieren, wer sich alles im Wald herumtrieb.

»Der Streit klang gar nicht gut«, durchbrach sie schließlich die unbehagliche Stille.

»Shiori ist schon lange nicht mehr glücklich mit unserer Aufgabe. Sie hätte uns niemals zugeteilt werden sollen. Sie ist die geborene Jägerin.«

»Warum geht sie dann nicht?«

»Das ist nicht so einfach. Der Rat tagt nur ein Mal pro Jahrzehnt, um nicht zu angreifbar zu werden. Alles andere erfolgt über Briefe oder Mails. Sie wurde mit uns hiergeschickt, da ihre Fähigkeiten im Kampf legendär sind, und diese Aufgabe kann sie nicht ohne Weiteres niederlegen.«

»Was soll denn sonst geschehen?«

»Hat dir Madame Favelkap erläutert, was passiert, wenn du deinen Eid brichst?«

»Sie wird mich töten«, antwortete Lilly leise und wunderte sich erneut über diese fremdartige Welt, in der sie nun lebte. Todesdrohungen, Kämpfe um das nackte Überleben, an Magie anmutende Fähigkeiten ... Wie hatte sich ihr Leben nur so plötzlich verändern können? »Aber sie werden sie doch nicht gleich umbringen, nur weil sie ihren Auftrag nicht erfüllt.«

»In diesem speziellen Fall schon. Wenn sie uns verlässt, bleibt eine Lücke in unseren Reihen. Wer soll sie schließen? Es ist nicht so einfach, eine neue Sternenseele zu finden. Nicht für diese Aufgabe.«

»Dass ich nicht weiß, um was es geht, macht es nicht leichter zu verstehen«, seufzte Lilly.

»Bitte, dränge mich nicht, es dir zu verraten«, bat Raphael sie in fast schon flehendem Tonfall.

»Das hatte ich nicht vor.« Zumindest vorerst nicht. »Was

ist an dieser Lucretia so besonders, dass ihr sie so sehr fürchtet?«

Sie bogen auf den breiten Waldweg ein, auf dem zahlreiche Spaziergänger mit ihren Hunden Spuren hinterlassen hatten. Ab und an kreuzten die Fährten von Rehen und Wildschweinen den Weg, oft gefolgt von den kleinen Tatzen findiger Füchse.

»Sie stammt aus Italien und lebte bereits zu Zeiten des Römischen Reichs. Man munkelt, dass sie ihre Hände im Spiel hatte, als Nero durchdrehte.«

»Und in all den Jahren konntet ihr sie nicht vernichten?«

»Sie ist gerissen, hält sich meist im Hintergrund und wird von Jahr zu Jahr mächtiger. Fynn ist ein Narr, wenn er glaubt, sie allein besiegen zu können. Solche Selbstüberschätzung führt bei Gegnern wie ihr unweigerlich zum Tod. Ich habe gehofft, nicht mehr zu leben, wenn sie erneut auftaucht«, flüsterte er. »Ein feiger Wunsch, aber dass sie so lange verschwunden war, kann nichts Gutes bedeuten.«

»Vielleicht hatte sie einfach die Nase voll? Sternenseelen ziehen sich doch auch ab und an zurück, oder?«

»Hoffen wir es, aber ich habe meine Zweifel.«

Ein grauer Schemen lenkte Lillys Blick auf einen kleinen Körper, der neben einem Busch lag. Sie kniete daneben nieder, um ihn im schwachen Mondlicht besser sehen zu können, aber es war nur eine erfrorene Waldmaus, deren schwarze Knopfaugen gebrochen in die Finsternis starrten, als würde sie selbst im Tod noch furchtsam nach Jägern Ausschau halten. Traurig stand Lilly auf. Diesen Gegner hatte das zierliche Geschöpf nicht kommen sehen und hatte ihm nichts entgegenzusetzen gehabt. Hoffentlich erging es ihnen nicht ebenso. »Wie sollen wir sie dann erkennen? Wir wissen doch praktisch gar nichts über sie.«

»Wenn wir das wüssten, wären wir einen Schritt weiter.

Mit den heutigen Mitteln der Schönheitsoperationen und den Fähigkeiten zur Selbstheilung, die sie sich angeeignet hat, könnte sie jeder sein.«

»Vor allem, wenn sie schon lange hier lebt.«

»Das glaube ich nicht.« Raphael schüttelte den Kopf. »Shiori hat recht. Wir waren unvorsichtig. Ansgar und Samuel sind uns viel zu nahe gekommen. Warum hätte sie sich diese Gelegenheit entgehen lassen sollen?«

»Wer weiß, was sie ausheckt? Aber selbst wenn wir es so weit eingrenzen, hilft das kaum weiter. Wir können das Internat im Auge behalten, aber was ist mit all den anderen Bewohnern des Ortes? Selbst wenn ich mithelfe, sind wir zu wenige, um jeden zu überwachen. Vielleicht lebt sie auch wie ihr im Wald.«

»Ich weiß, und das macht mir Sorgen.« Sie traten auf die Wiese, die den Wald von Lillys Haus trennte. An der Tanne, unter der er sich immer von ihr verabschiedete, drehte er sie mit sanftem Druck zu sich um. »Was muss ich tun, damit du von hier weggehst? Nur bis wir das Problem mit Lucretia gelöst haben.«

»Ich werde dich nicht im Stich lassen. Nicht, wenn ich dir vielleicht helfen kann.«

Er zog sie in seine Arme, vergrub seinen Kopf in ihren Haaren, drückte sie voller Verzweiflung an sich. »Ich würde es nicht ertragen, wenn dir etwas zustößt.«

Sie umfasste sein Gesicht mit beiden Händen, erschüttert von der Angst, die in seiner Stimme mitschwang, der bedingungslosen Liebe, die in seinen Augen lag. »Ich kann auf mich aufpassen. Das habe ich mehrfach bewiesen. Lass dich nicht von mir ablenken. Konzentrier dich ganz auf deine Aufgabe.« Sie presste ihre Lippen auf seine. »Ich liebe dich.«

In dieser Nacht fiel ihnen die Trennung schwerer als je zuvor. Sie klammerten sich wie Ertrinkende in einem Ozean der Einsamkeit und Sehnsucht aneinander, gaben einander den Halt, den sie in der Härte der Welt verloren hatten.

Viel später, als Lilly im Bett lag, vergrub sie ihre Nase in dem Pulli, den sie getragen hatte, roch seinen Duft, der daran hängen geblieben war, und ließ sich davon in eine Traumwelt führen, in der sie ohne Sorgen in seinen Armen liegen durfte.

16

So geht es wirklich nicht weiter. Ich wollte niemals eine Mutter sein, die ständig Regeln aufstellt oder Hausarrest verteilt, aber du lässt mir keine andere Wahl.« Moni verschränkte ihre Hände vor der Brust, nur um sie sogleich wieder kraftlos herabfallen zu lassen. »Wir waren doch früher ein so gutes Team.«

Lilly musste erst mal tief Luft holen. Sie hatte kaum das Haus betreten, da hatte Moni sie regelrecht überfallen, nachdem sie sich am Morgen nur wenige Minuten gesehen hatten. In der Küche herrschte das dazu passende Chaos. Sämtliche Schränke waren ausgeräumt, ein Putzeimer mit Lappen stand daneben. Offenbar hatte ihre Mutter eine Ausrede gesucht, um sich in der Küche aufhalten zu können, da dort das einzige Fenster war, aus dem man direkt auf die Straße sehen konnte. Dass Moni plötzlich der Putzwahn gepackt hatte, konnte sie sich nicht vorstellen – selbst der klassische Frühjahrsputz war bei ihnen regelmäßig ausgefallen, weil sie selten lang genug in einer Wohnung gelebt hatten, als dass sie wirklich hatte dreckig werden können.

Nun sah sie Moni an und entdeckte in ihrem Gesicht tiefe Falten, die vor einigen Wochen noch nicht da gewesen waren. Die Sorge, schuld an ihrer zunehmenden Entfremdung zu sein, setzte ihr zu. Am liebsten hätte Lilly sie umarmt und in alles eingeweiht. Sie vermisste ihre verrückte Mutter – all die Jahre war sie ihre beste Freundin gewesen, und nun war sie gezwungen, sie immer mehr auf Distanz zu halten. Vor einer guten Woche hatte sie ein Gespräch zwischen ihr und Thomas belauscht, in dem sie erneut ihre Besorgnis äußerte, dass ihre Liebesbeziehung die Ursache für die Probleme sei. Sie befürchtete, dass Lilly nicht mit der Tatsache zurechtkam, dass nun ein neuer Mann in ihrem Leben existierte und nicht nur eine harmlose Affäre, wie sie Moni all die Jahre davor hatte.

Wie gerne hätte Lilly ihr gesagt, dass es nicht daran lag, dass sie froh war, dass sie endlich einen festen Platz gefunden hatten und nicht mehr ständig umziehen mussten. Sie genoss die neue Beständigkeit und die Gewissheit, dass da jemand war, der sich um ihre Mutter kümmerte.

»Sind meine Noten nicht in Ordnung?«, fragte sie und hasste sich für den patzigen Unterton. Nachdem sie den ganzen Tag über in der Schule alle Lehrer und Schüler misstrauisch beobachtet hatte, voller Angst, ohne es zu wissen, mit der geheimnisvollen Lucretia zu sprechen, fühlte sie sich seelisch ausgelaugt. Ihr fehlte die Kraft für eine neuerliche Auseinandersetzung mit ihrer Mutter.

»Darum geht es doch nicht. Sieh dich an! Du bist müde, hast Ränder unter den Augen und torkelst morgens regelrecht aus dem Haus.«

»Ich bin jung. Willst du mir erzählen, dass du früher nicht ausgegangen bist?«

»Ehrlich gesagt bin ich das tatsächlich nicht. Damals waren es andere Zeiten. Aber ich bin nicht das Thema. Du kannst nicht mittags schlafen und die Nächte durchtanzen.« Sie sah sie beschwörend an. »Ich sehe dich so wenig, und du fehlst mir«, fügte sie leise hinzu.

»Es ist mein Leben, und außerdem bin ich kein kleines Kind mehr.«

»Stellst du dir so das Leben eines Erwachsenen vor? Sich

durch die Schule durchmogeln, während man die Nacht zum Tag macht?«

»Das ist unfair, und das weißt du auch«, erwiderte Lilly.

»Mag sein, aber ich mache mir Sorgen. Wenn du jetzt schon so außer Kontrolle gerätst, wie soll es dann erst werden, wenn du studierst? Oder gar arbeitest?«

Lilly zuckte zusammen. Das war einer der Aspekte, an die sie gar nicht denken wollte. Wie sollte ihre Zukunft mit Raphael aussehen, wenn sie den ganzen Tag in einem Büro verbrachte? Nicht jetzt, sagte sie sich. Es gab genug andere Probleme, auf die sie sich konzentrieren musste. Sie schüttelte den Kopf. »Solange ich mit Raphael zusammen bin, werde ich alles schaffen.« Voller Schreck bemerkte sie, dass sie die Worte laut ausgesprochen hatte.

»Raphael?« Ihre Mutter spuckte den Namen regelrecht aus. Sie hatte ihm von Anfang an mit Ablehnung gegenübergestanden, gab ihm die Schuld an vielem, was sich verändert hatte, und Lilly konnte das nicht wirklich abstreiten. Zwar hatte alles mit Samuels Unfall angefangen, aber zu Raphael hatte sie sich schon vorher hingezogen gefühlt.

»Wie kann man sich so von einer anderen Person abhängig machen? Das ist nicht gut für dich.«

»Du hast Vater auch geliebt!«, fauchte Lilly sie an.

»Und wie ist es mir damit ergangen? Als er starb, wollte ich nichts lieber, als ihm in den Tod zu folgen. Und dabei hatte ich mich nie so abhängig von ihm gemacht, mein Leben nie so sehr von ihm beeinflussen lassen, wie du es bei diesem Raphael tust. Du bist jung, dir stehen alle Wege offen.«

»Es ist meine Entscheidung«, beharrte Lilly. »Er macht mich glücklich, und das sollte dir genügen.«

Für einen Moment dachte Moni nach. »Was ist das überhaupt für ein Junge, der dich nur nachts sehen will? Das ist doch nicht normal.«

»Weißt du was?«, fuhr Lilly sie an. Die Erschöpfung brach sich in Gereiztheit Bahn. »Mir reicht es. Hast du dich jemals gefragt, wie es mir dabei geht, wenn du dich ständig zwischen mich und Raphael stellst? Früher hättest du dich für mich gefreut.«

Getroffen sah Moni sie an, hob schwach die Hand, aber Lilly wandte sich einfach ab und ging die Treppe hinauf. Scheiße, dachte sie, und in dem Moment war es ihr völlig gleichgültig, dass sie eigentlich nicht mehr fluchen wollte.

Ein betretenes Husten ließ sie aufblicken. Samuel lehnte am Treppengeländer und sah sie mit einer süßen Mischung aus Verlegenheit und dem Versuch, ein aufmunterndes Lächeln auf seine Lippen zu zwingen, an.

17

»Hey«, sagte er unsicher. »Ich habe euren Streit angehört. Selbst durch die geschlossene Zimmertür war es nicht zu überhören. Es tut mir leid, dass ihr solchen Stress habt.«

Noch immer wütend schnaubte Lilly: »Sie soll sich nicht so anstellen.« In diesem Augenblick war es ihr völlig egal, dass ihre Mutter vermutlich jedes Wort mitbekam. »Sie benimmt sich, als wäre sie niemals jung gewesen.«

»Also ganz ehrlich.« Samuel schluckte. »Du verhältst dich wirklich seltsam. Wer schläft schon aus freien Stücken um die Mittagszeit? Das Mädchen, das ich vor ein paar Monaten kennengelernt habe, sicher nicht. Und du siehst schlecht aus.«

»Du doch auch.«

Er nickte. »Ich weiß, aber jedenfalls tue ich mir das nicht freiwillig an. Keine Ahnung, was mit mir los ist.«

Sie sah ihn besorgt an, ihre Wut war mit einem Mal verflogen, ebenso wie die Müdigkeit. Ihre Hoffnung, dass alles gut sein würde, sobald sie ihn von der Sternenbestie befreit hatte, zerstob, als sie ihn genauer musterte, die tiefen Augenringe, glanzlosen Haare und sogar eine Stirnfalte bei ihm entdeckte. Für einige Wochen hatte es ja tatsächlich so gewirkt, doch nun holten ihn die Ereignisse offensichtlich wieder ein. »Was ist denn los?«

»Ich ... Ach, vergiss es. Du wirst mich für verrückt halten.«

»Das würde ich niemals.« Sie wünschte sich, ihm alles erzählen zu können, ihm so zu beweisen, dass sie ihn niemals aufgegeben hatte und es niemals tun würde. Dass er ihr wirklich vertrauen konnte. Sie hatte ihn in seinen schlimmsten Momenten erlebt, auch wenn er sich nicht mehr daran erinnerte. »Sollen wir uns in das neue Café setzen, das vor ein paar Tagen aufgemacht hat? Ich war noch nie dort, und wir können ungestört reden.«

Er zögerte einen Moment, dann nickte er zustimmend, und wenig später schlenderten sie die Dorfstraße entlang, während sie über belanglose Dinge sprachen. Die Sonne stand zwar schon tief am Himmel, trotzdem tauchten ihre Strahlen die von frischem Schnee bedeckten Häuser, Gärten und Bäume in einen schimmernden Glanz. Nur die Straße und der Gehsteig waren mit Salz gestreut, sodass sie durch eine dicke Schicht braunen Matsch stapften, der in kürzester Zeit ihre Schuhe durchweichte. Das neue Café Zum Posthorn lag genau zwischen dem Internat und dem Sportplatz. Ein raffinierter Schachzug, zog es doch viele Schüler regelrecht magisch an. Dass der Eigentümer es vor allem auf die Internatsbesucher abgesehen hatte, zeigten auch die speziellen Angebote für Schüler wie die »Große Pause«, eine große Tasse Milchkaffee oder heiße Schokolade und ein Stück Blechkuchen zu einem unschlagbaren Preis.

Zu ihrem Glück waren nur einige Schüler aus der Unterstufe und ein turtelndes Paar aus der Mittelstufe da, sodass sie sich unbehelligt an einen kleinen Tisch in einer Nische zurückziehen konnten. Weiße Tischdecken, Blumengestecke und Kerzen verliehen zusammen mit den weinroten Vorhängen dem Café eine gemütliche Atmosphäre. Nachdem sie bestellt hatten, beschloss Lilly, dass es an der Zeit war, mehr über Samuels Probleme zu erfahren. »Was ist also los mit dir?«

»Wie soll ich das sagen?« Er holte tief Luft und sah sie unsicher an. »Seit dem Unfall, seit ich diesen Schlag auf den Kopf bekommen habe, sehe ich ständig Bilder vor meinen Augen, und meine Erinnerungen kehren einfach nicht zurück, obwohl sie es mir versprochen hatten. Nicht mal das kleinste Fitzelchen ist zurückgekehrt.«

»So genau können die Ärzte das sicher nicht vorhersagen.« Sie versuchte zu lächeln, aber es gelang ihr nur halbherzig. »Andere wären froh, wenn sie manche Dinge aus ihrem Gedächtnis streichen könnten.«

»Vielleicht wäre ich das auch oder könnte mich zumindest damit abfinden, doch …« Er brach ab.

Lilly ergriff über den Tisch hinweg seine Hand und drückte sie sanft. »Du kannst mir vertrauen.«

»Ich träume davon, wie ich ein Reh töte und sogar Hunde und Katzen. Wenn ich Don ansehe, tauchen Bilder vor meinen Augen auf, wie sie sich mit eingekniffenem Schwanz vor mir versteckt.« Er holte tief Luft. »Ich habe sogar davon geträumt, wie ich dich jage und alles in mir danach schreit, dich aufzuschlitzen.« Er seufzte. »Du musst mich für vollkommen durchgeknallt halten.«

Bevor sie antworten konnte, brachte die Kellnerin ihnen zwei Stücke Streuselkuchen und ihren Kaffee. Lilly wartete, bis sie außer Hörweite war, ehe sie Samuels Hand, die sie keinen Augenblick losgelassen hatte, erneut drückte. Sie versuchte, sich nicht anmerken zu lassen, wie sehr es sie erschütterte, dass seine Erinnerungen offensichtlich wiederkehrten. Madame Favelkap und die Sternenseelen wären alles andere als begeistert, wenn sie davon erfahren würden.

»Solche verrückten Träume hat doch jeder manchmal, und nach so einer Kopfverletzung sollte es dich nicht überraschen. Zudem sind wir fast so etwas wie Geschwister. Da ist es normal, dass man einander umbringen will.«

»Mag sein, aber sie tun es nicht!«

»Du doch auch nicht«, lachte sie. »Ich sitze hier unverletzt vor dir.«

»Wenn es nur so einfach wäre. Erinnerst du dich an Mabou?«

Ihr Herzschlag setzte einen Moment aus. »Ich denke, nicht«, log sie unbeholfen.

»Das war ein süßer Labradorrüde, mit dem Don gerne gespielt hat. Er ist verschwunden, und ich könnte schwören, dass ich ihn umgebracht habe.«

»In unseren Träumen verarbeiten wir Dinge, die wir tagsüber erleben. Vermutlich hast du nur davon gehört, dass sie ihn suchen.« Es tat Lilly weh, Samuel so leiden zu sehen und ihn immer weiter anzulügen. Sie musste dringend mit Raphael darüber sprechen.

»Ich bin zu der Stelle gegangen, von der ich träumte, dass er dort verscharrt wurde.«

»Das ist nicht dein Ernst«, hauchte sie.

Er nickte düster. »Ich habe dort die Überreste eines großen Hundes gefunden, und nun sag mir nicht, dass das ein Zufall ist.«

Sie schwieg, wusste nicht, was sie erwidern sollte. »Das muss aber nicht bedeuten, dass du daran Schuld trägst. Vielleicht hast du es nur gesehen oder einen Gesprächsfetzen aufgeschnappt.«

»Dann hast du keine Angst vor mir?« Das hoffnungsvolle Vertrauen in seinen Augen versetzte ihr einen Stich.

»Natürlich nicht.« Sie war kurz davor, ihm einfach die Wahrheit zu sagen, aber die Gewissheit, dass die Rektorin nicht gelogen hatte, hielt sie zurück. Die Sternenhüterin würde sie ohne Zögern töten, sollte sie jemals ihr Geheimnis verraten.

Draußen wurde es allmählich dunkel, und die Straßenlaternen gingen an, wodurch es im kerzenerleuchteten Inneren des Cafés noch heimeliger wurde. Die Kellnerin entzündete sogar ein Kaminfeuer, das munter prasselnd Wärme verbreitete. »Mach dir nicht zu viele Gedanken. Du bist ein guter Kerl und würdest niemals einer Fliege etwas zuleide tun. Dein Gehirn versucht sicherlich nur, mit irgendwelchen seltsamen Konstrukten die Lücken zu füllen.«

Ein Funken Hoffnung leuchtete in seinem Gesicht auf. »Vielleicht hast du recht. Ich sollte mir nicht zu viele Sorgen machen. Danke!« Er lächelte sie an. »Es tut gut, mit jemandem darüber zu sprechen.«

Lilly rührte beschämt in ihrer Tasse. Wenn er nur wüsste. Sie fühlte sich schäbig, ihn glauben zu lassen, dass sie ihm geholfen hatte, während sie die wahre Ursache seiner Probleme vor ihm geheim hielt.

Sie blieben noch eine Weile sitzen und redeten über die Schule, bevor er sie gähnend darum bat, nach Hause zu gehen. Am Abend wurde ein Fußballspiel übertragen, das er gerne mit seinem Vater anschauen wollte.

18

Torge trat mit einem milden Lächeln aus dem Haus, kaum dass Lilly bei der Ruine angekommen war. Raphael hatte sie kurz vor der Hütte verlassen, um sich gemeinsam mit Ras auf die Jagd nach Felias zu machen, der mit einem Vorsprung von einer halben Stunde Richtung Heidelberg aufgebrochen war. Das Ziel war es, dass er die Stadt nicht erreichte. Eines der Ergebnisse aus der Diskussion, die die Jäger ausgelöst hatten, war ein noch härteres Trainingspensum.

»Hast du deine Turnschuhe mitgebracht?«

Sie nickte.

»Aber du hast nicht vor, in dieser engen Jeans Sport zu treiben, oder?«

»Wieso Sport? Ich dachte, wir kämpfen?«

Der bärenhafte Junge lachte. »Schon mal etwas von dem Begriff Kampfsport gehört?«

Sie runzelte verärgert die Stirn. Sie mochte es nicht, wenn man sie wie ein kleines Kind behandelte. »Sicher, aber ihr trainiert auch in Straßenkleidung.«

»Wir sind keine Anfänger und müssen lernen, uns auch mit hinderlicher Kleidung zu verteidigen. Du hingegen, meine Süße, gehst dich jetzt brav umziehen.« Torge genoss offensichtlich seine Rolle als Lehrer und grinste sie von oben herab an. »Lea hat in unserem Zimmer ein paar Sachen für dich vorbereitet.«

Sie seufzte und ging in die Hütte. Irgendwie hatte sie sich das Ganze etwas cooler vorgestellt. Klar, dass sie nicht nach ein paar Stunden bereits so durch die Gegend wirbelte wie Shiori oder so geschickt wie Ras war, aber Turnschuhe und Sportkleidung erinnerten sie zu sehr an die Schule.

Nach einem Klopfen öffnete sie vorsichtig die Tür zum Schlafzimmer des Pärchens, doch der Raum war leer. Nur auf dem breiten Bett, das von einer limettenfarbenen Tagesdecke mit hellblauen Streifen bedeckt wurde, lagen schwarze Leggings mit einem langärmeligen Shirt und einer Kapuzenjacke aus Sweatstoff.

Während sie sich umzog, blickte sie sich im Zimmer um. Man sah eindeutig Leas Handschrift darin. Sie bezweifelte, dass Torge viel für zarte Blumenvasen, in denen bunte Kunstblumen steckten, oder Spitzendeckchen übrighatte. Sie bekam den Eindruck, dass Lea durch die betonte Weichheit und Heimeligkeit in diesem Raum ihren grausamen Alltag aussperren wollte.

Torge erwartete sie draußen mit einem breiten Grinsen. Er trug nun ebenfalls ein paar Sportschuhe. »Besser, wir laufen zuerst eine Runde. Ich will sehen, wie fit du bist.«

»Joggen? Ich trainiere fast jeden Tag. Ich bin sicher fit genug, um direkt anzufangen.« Auch wenn sie sich als sportlich einschätzte, hatte Rennen noch nie zu ihren Stärken gehört. Genau genommen verabscheute sie es von ganzem Herzen.

»Weniger meckern, mehr Sport«, rief Torge in oberlehrerhaftem Tonfall und setzte sich in Bewegung. »Konditionstraining hat noch nie jemandem geschadet.«

Sie stöhnte auf, folgte ihm dann aber unter leisem Murren. Zu ihrer Überraschung stellte sie nach kurzer Zeit fest, dass ihr die kalte Luft guttat und ihre Lebensgeister belebte. Der bärenhafte Junge passte sein Tempo dem ihren an und musterte sie regelmäßig von der Seite, um ihre Atmung zu überprüfen. Nach und nach verschärfte er die Geschwindigkeit, bis sie an ihre Grenze kam. Frustriert bemerkte sie, dass auf seiner Stirn nicht eine Schweißperle zu sehen war. So sportlich war sie dann auch nicht, dass sie mit einem magischen Wesen mithalten konnte. »Übertreib es nicht«, keuchte sie.

Er lachte, drosselte aber sofort das Tempo, bis sie einen Rhythmus fanden, der Lilly zwar forderte, jedoch nicht überanstrengte. Gleichmäßig trabten sie einen breiten Waldweg entlang, den Torge für sie mit einer Taschenlampe, die er vorsorglich mitgenommen hatte, ausleuchtete. Je tiefer sie in den Wald vordrangen, desto feuchter wurde die Luft, legte sich wie ein nasser Film über ihre Gesichter und durchweichte ihre Kleider. Schließlich kamen sie von der anderen Seite zur Hütte zurück. Lilly fiel keuchend und abgekämpft auf die Bank, die unter dem Vordach stand.

»Keine gute Idee«, brummte Torge und zog sie auf die Beine. »Zieh dich um, sonst holst du dir noch den Tod. Für heute reicht deine Straßenkleidung. Nächstes Mal solltest du jedoch besser vorbereitet sein.«

Sie war zu erschöpft, um sich auf eine Diskussion mit ihm einzulassen, sondern befolgte einfach seine Anweisung. Wie sehr sie sich jetzt ein schönes, heißes Bad im Schein ihrer Vanilleduftkerzen wünschte.

»In fünf Minuten bist du zurück. Wir haben noch einiges vor.«

»Das kann nicht dein Ernst sein«, murmelte sie.

Das Training wurde stressiger, als sie erwartet hatte, und sie musste dringend im Internet nach ein paar billigen Sportsachen suchen. Ihre Trainingsoutfits fürs Tanzen waren für das, was Torge mit ihr vorhatte, offensichtlich nicht geeignet.

Nachdem sie sich umgezogen hatte, hielt er einen langen Holzstab in den Händen, den er ihr sogleich weiterreichte. »Deine Waffe.«

»Und was nimmst du?«, fragte Lilly.

»Sollte ich jemals eine Waffe benötigen, wenn ich dir gegenübertrete, habe ich meine Sache mehr als gut gemacht.« Er lächelte sie übertrieben selbstbewusst an und forderte sie auf, ihn anzugreifen.

Zaghaft hob sie den Stab, überlegte, wo sie am besten hinschlagen sollte, um ihn nicht aus Versehen zu verletzen. Doch so weit kam es gar nicht, denn bevor sie mit dem Stab auch nur in Torges Nähe kam, spürte sie einen Ruck, und er wurde ihr aus den Händen gerissen. Wütend funkelte sie den Jungen an, während sie ihre Waffe mit schmerzenden Händen aufhob.

»Kein Zögern. Sobald du dich entscheidest anzugreifen, musst du es durchziehen. Mit allen Konsequenzen.«

Plötzlich sprang Raphael von hinten auf Torge zu und schmetterte einen faustdicken Ast auf dessen Rücken. Ein lautes Krachen erklang, dann flogen die Holzsplitter durch die Luft.

»Hast du einen Knall?« Torge fuhr herum, packte Raphael mit einer Hand und hob ihn in die Luft.

Der lachte nur. »Ich wollte ihr nur zeigen, dass sie sich keine Sorgen um dich machen muss. Du bist der reinste Felsklotz.«

»Hm«, brummte Torge und ließ ihn wieder runter. »Dann hoffen wir, dass dein Mädchen das kapiert hat.«

Lilly sah sich um. Die Sternenseelen waren zurückgekehrt und umringten sie neugierig. Nach Felias' zerrupftem Äußeren zu schließen, war er nicht weit gekommen. Das geschah ihm recht, dachte sie. Einen Dämpfer für seine Überheblichkeit konnte er brauchen. »Ich bin doch keine Zirkusattraktion.« Auf Zuschauer konnte sie bei ihren kläglichen Versuchen gerne verzichten. »Lasst uns allein.«

»Im Kampf darfst du dich auch nicht ablenken lassen«, wandte Felias grinsend ein. »Und ein wenig Abwechslung tut uns ebenfalls gut.«

»Ein anderes Mal«, schnaubte Torge. »Seht zu, dass ihr Land gewinnt.« Als sie sich immer noch nicht regten, machte er ein paar schnelle Schritte auf sie zu. »Na los.«

Widerwillig drehten sie ab und gingen in die Hütte.

»Du auch, Antares. Ich will nicht, dass sie sich mehr Gedanken darüber macht, wie sie aussieht, als wie sie überlebt.«

»So oberflächlich bin ich auch nicht«, murrte Lilly.

»Deswegen schaust du auch ständig zu ihm hinüber?«

Sie lief rot an. Manchmal wünschte sie sich, schlagfertiger zu sein und vor allem nicht so leicht durchschaubar.

Raphael gab ihr einen flüchtigen Kuss auf die Wange, bevor er ebenfalls ins Haus ging. »Nimm sie nicht zu hart ran.«

»Wenn sie eine Sternenhüterin werden will, muss sie es lernen, oder sie stirbt schneller, als dir lieb sein wird. Glaub mir, ich weiß, wovon ich rede.« Damit spielte Torge auf die kurze Lebenserwartung seiner Freundin an. Zwar würde er vor ihr sterben, aber das Wissen, sie allein zu lassen, quälte ihn.

Die folgenden beiden Stunden zwang Torge sie, ihn immer wieder und wieder anzugreifen, bis ihre Arme und Beine so sehr zitterten, dass sie den Stab kaum noch halten konnte. Nachdem er ihn ihr erneut aus den Händen gerissen hatte, beugte sie sich keuchend vor. Punkte tanzten einen wilden Reigen vor ihren Augen, und sie war kurz davor, einfach in den zertrampelten Schnee zu fallen. Da spürte sie eine prankenartige und dennoch sanfte Hand auf ihrem Rücken. »Ich denke, es reicht für heute.« Plötzlich brüllte Torge in ohrenbetäubender Lautstärke nach Raphael, der auch sofort aus der Hütte geeilt kam. »Bring sie nach Hause.«

Sorgenvoll musterte Raphael sie. »Du solltest sie nicht so überanstrengen.«

»Willst du, dass sie sich verteidigen kann, oder nicht?«

»Im Moment ist selbst ein neugeborenes Kätzchen wehrhafter als sie.«

»Dann bring sie sicher ins Bett und lass mich meine Arbeit machen.« Torge zwinkerte ihr aufmunternd zu, klopfte Raphael freundschaftlich auf die Schulter und ließ sie allein. Die harschen Worte seines Freundes waren einfach an ihm abgeperlt. Wenn jemand verstand, was es bedeutete, sich Sorgen um den Menschen, den man liebte, zu machen, dann er.

Raphael hob sie hoch und setzte sich mit ihr in den Armen in Bewegung. Zuerst wollte sie protestieren, aber sie fühlte sich zu schwach und war sich nicht sicher, ob sie überhaupt in der Lage wäre, den Heimweg zu Fuß zurückzulegen. So schmiegte sie ihren Kopf an seine Schulter und genoss das sanfte Wiegen seiner Schritte, bis sie in Halbschlaf versank.

Am nächsten Tag sollte sie sich nicht mehr daran erinnern, wie sie es ins Bett geschafft hatte. Die Tatsache, dass sie noch immer ihre verdreckte Jeans trug und selbst die feuchten Socken nicht gewechselt hatte, sodass ihr Schnupfen erneut schlimmer wurde, sprach allerdings Bände über den Grad ihrer Erschöpfung.

19

Wer konnte es nur sein?, fragte Lilly sich ein ums andere Mal, während sie den menschenleeren Gang entlangeilte. Sie hatte bereits einen langen Schultag hinter sich, und noch war er nicht zu Ende. Der heftige Muskelkater, der sie plagte, machte es auch nicht besser.

Wie sollte sie darauf eine Antwort finden? Immerhin gab es keine Gewissheit, dass Lucretia sich tatsächlich an der Schule befand oder sich nur im Ort verbarg. Und falls sie hier war, handelte es sich bei ihr um einen Schüler oder Lehrer? Mann oder Frau? Wonach sollte sie Ausschau halten? Sie wollte kein Leben führen, in dem sie alle in ihrer Umgebung misstrauisch beäugte, trotzdem merkte sie, wie sie sich unbewusst verkrampfte und für einen Angriff wappnete, als ihr ein schmal gebauter, sommersprossiger Unterstufenschüler entgegenkam. Torge wäre höchst erfreut gewesen, wenn er gesehen hätte, wie sie darauf achtete, beim Laufen nicht aus dem Gleichgewicht zu geraten und bereit zu sein, sich in eine stabile Ausgangsposition zu bringen.

Nachdem der Junge sie mit einem flüchtigen Gruß passiert hatte, atmete sie erleichtert aus und beschloss, da sie eine Freistunde hatte, in den Park hinauszugehen. Der Schnee glitzerte hell im Sonnenlicht, und ein Schwarm Vögel stritt sich um die Meisenknödel, Apfelstücke und Nussbeutel, die von der Naturschutz-AG in den Bäumen aufgehängt worden waren. Sie setzte sich ihnen gegenüber auf eine Bank, vergrub ihre Hände in den Taschen und sah dem lautstarken Treiben der kleinen Tiere zu. Dabei durchforstete sie ihr Gedächtnis nach irgendwelchen Hinweisen, ob sich jemand plötzlich seltsam verhielt. Calista vielleicht? Oder Michelle? Beide interessierten sich auffällig stark für die Stargazer. *Wie die Hälfte aller Mädchen im Internat* verwarf sie den Gedanken gleich wieder. Es half auch nicht, dass sie keinen Anhaltspunkt hatten, wie lange sie schon hier lebte. Dadurch konnte sie praktisch keinen Schüler und kaum einen Lehrer ausschließen. Sie seufzte. Auch an Samuel oder Ansgar war niemandem etwas aufgefallen. Diese Kreaturen waren gut darin, sich zu verbergen. Selbst die Unerfahrensten unter ihnen. Eine alte Bestie wie Lucretia musste mit ihrem gewaltigen Erfahrungsschatz nahezu unauffindbar sein.

Eine Amsel vertrieb die Meisen von ihrem Meisenknödel und pickte an dem Futter. Lilly wünschte sich, ebenfalls ein Vogel zu sein und frei von allen Sorgen über die Wälder hinwegfliegen zu können. Sie schloss die Augen und gab sich der Vorstellung hin, schüttelte den Gedanken an die Gefahr, in der sie alle schwebten, ab. Sie brauchte diese Ruhepause, ansonsten würde sie verrückt werden oder einfach eines Tages zusammenbrechen. Vielleicht sollte sie den Wunsch, eine Sternenseele zu werden, aufgeben. Offensichtlich war sie nicht in der Lage, mit dem Druck umzugehen, unter dem diese ständig lebten. Zum ersten Mal verstand sie, warum es Soldaten oft so schwerfiel, sich nach einem Krieg wieder in die Gesellschaft einzuleben. Die stetige Angst, das Gefühl der Bedrohung ließen irgendwann einfach nicht mehr nach.

Als ihr kalt wurde, stand sie auf und wanderte den Weg weiter entlang. Die Bewegung wärmte sie langsam auf, und ihre Lebensgeister kehrten allmählich zurück. Das war auf jeden Fall besser, als in einem der überheizten Arbeitsräume zu sitzen. Sie übertreiben es auf dem Internat mit der Heizung, als fürchteten sie, von empörten Eltern verklagt zu werden, sollte nur einer ihrer geliebten Sprösslinge einen Schnupfen davontragen, weil er sich zu fein war, mehr als ein Hemd zu tragen.

Irgendwann fand sie sich unter der alten Eiche wieder, unter der Raphael jeden Morgen seine Nachrichten für sie verbarg. Sie lächelte leise. Selbst wenn sie versuchte, an nichts zu denken, führte ihr Unterbewusstsein sie immer wieder zurück zu ihm. Sie waren füreinander bestimmt. Daran hegte sie keinen Zweifel. Sie umrundete den Baum, dann ging sie wieder in das Gebäude hinein, denn bald würde die nächste Stunde beginnen.

Mit geschlossenen Augen döste sie an ihrem Platz vor sich hin. Amy war noch nicht zurück, sodass sie die Bank ganz für sich allein hatte. Eine Stimme direkt vor ihr riss sie aus ihren Gedanken. »Darf ich mich heute zu dir setzen?« Sie sah auf und blickte Mikael direkt ins Gesicht. Draußen war bereits die Sonne untergegangen, sodass sie als Eingeweihte die verräterischen Zeichen der Sternenseelen erkannte. Seine Haut schimmerte leicht silbrig, um seine Pupillen leuchtete der helle Stern, und er wirkte noch wacher, als es bei ihm tagsüber ohnehin der Fall war.

Ihre Augen weiteten sich. »Zu mir? Aber ... normalerweise ... Ihr wart doch immer ...« Sie bemerkte, dass sie stotterte und errötete. Dann atmete sie tief durch und antwortete ihm mit deutlich festerer Stimme: »Klar, der Platz ist noch frei.« Sie strich sich mit den Händen durch ihre zerzausten Haare, die der Wind draußen durcheinandergewirbelt hatte. Sie dachte an ihre Augen, die vor Müdigkeit sicherlich von dunklen Schatten umrandet wurden, an ihr blasses Gesicht, das sicher die Zeichen tiefer Erschöpfung zeigte. Nicht unbedingt das Aussehen, das Madame Favelkap von einer zukünftigen Sternenhüterin erwartete.

»Wir Jäger verbringen seit Jahren mehr Zeit miteinander, als man sollte. Da ist es angenehm, wenn man sich mal mit jemand anders unterhalten kann.«

Lilly wunderte sich, dass er mitten in einer Klasse so offen sprach, und sah sich unauffällig um. Er bemerkte ihren Blick und lächelte. »Keine Angst. Es ist laut genug, dass niemand mehr als ein paar ungefährliche Bruchstücke verstehen kann.«

Sie nickte, beschloss aber trotzdem, ihre Worte sorgfältig zu wählen. Schließlich bestand immer noch der Verdacht, dass einer ihrer Mitschüler diese Lucretia war. »So habt ihr euch aber nicht gegenüber Madame Favelkap geäußert.« Sie ärgerte sich weiterhin darüber, dass sie sich über sie beschwert hatten. Die Ausbildung zur Sternenhüterin war zwar interessant, aber was wäre mit ihr geschehen, wenn die Rektorin abgelehnt hätte, sie zu unterrichten? Hätte Mikael dann schulterzuckend danebengestanden, wenn man sie getötet hätte?

»Wir haben Regeln, die zu unserem Schutz dienen. Wenn du wie wir in einer ewigen Schlacht kämpfst, wirst du erkennen, wie wichtig es ist, dass sie eingehalten werden, auch wenn es bedeutet, dass manchmal Opfer gebracht werden müssen.« Er legte den Kopf schief und musterte sie. »Fynn nimmt es allerdings ab und an zu genau. Er ist zu alt.«

»Das lässt sich leicht sagen, wenn man selbst nicht zu den Opfern gehört.«

»Als was würdest du denn unsere Art zu leben bezeichnen? Im Gegensatz zu deinem Raphael können wir es uns nicht leisten, an einem Ort zu bleiben, Beziehungen zu führen oder auch nur Freundschaften zu Menschen aufzubauen. Bei jeder Begegnung mit anderen Sternenseelen erfahren wir von alten Gefährten, die gefallen sind. Ist das kein Opfer?«

Sie senkte den Blick. »Es tut mir leid. Ich kann mich einfach nicht an das Ganze gewöhnen.«

Er lächelte mild. »Du bist noch so jung, warte einige Jahre, dann wirst du uns besser verstehen. Madame Favelkap ist eine unserer Besten. Du kannst dich geehrt fühlen, dass sie dich unterrichtet. Jedenfalls ist es schön für mich, ein etwas normaleres Leben zu führen. Wenn auch nur für kurze Zeit.«

»An einem Internat für reiche Kids? Völlig normal«, schnaubte sie lachend.

»Es ist die gewöhnlichste Art zu leben, die für uns erreichbar ist.«

»Es muss hart sein.«

Er zuckte mit den Schultern. »Manchmal. Es ist ja nicht nur das Fehlen eines Privatlebens, das ständige Reisen, sondern auch dass wir nie ohne Vorsicht mit einfachen Menschen sprechen können.«

Sie sah ihn prüfend an. Sprachen sie nun von seinem Dasein als Sternenseele oder dem als Rockstar? Vermutlich verschlimmerte diese Kombination die Probleme um ein Vielfaches, auch wenn es eine hervorragende Tarnung war, die es ermöglichte, unauffällig zahlreiche Orte zu bereisen. Zudem ließen sich das seltsame Verhalten am Tag und ein auffälliges Erscheinungsbild viel leichter erklären.

»Du scheinst kaum Schwierigkeiten mit dem Wechsel von Tag und Nacht zu haben.«

»Du bist ganz schön direkt. Das gefällt mir. Wir haben alle unsere Stärken und Schwächen. Zu meinen gehört, dass mein Verstand am Tag nicht vollständig benebelt ist und ich mir mehr Dinge in der Morgendämmerung einprägen kann. Fast alle Jäger haben diese Gabe, ansonsten wäre unsere Aufgabe zu gefährlich. Schließlich suchen wir die direkte Konfrontation mit den Bestien – da dürfen wir ihnen tagsüber nicht vollkommen ausgeliefert sein.«

Lilly schluckte. Bisher hatte sie Raphael für nahezu perfekt gehalten, und nun bekam sie drastisch vor Augen geführt, wie gefährlich seine Schwäche für ihn sein könnte. Es in der Theorie zu wissen war eine Sache, es zu sehen eine ganz andere. Aber machte es ihn nicht etwas menschlicher?

In dem Moment schlich Katie mit kirschrotem Kopf und hektischem Blick in das Klassenzimmer. Sie huschte zu ihnen hinüber und kramte aus ihrem Rucksack die aktuelle CD der Stargazer, die sie Mikael verlegen hinhielt. »Kannst du mir die bitte signieren? Ich bin ein großer Fan von euch!«

»Gönn ihm doch einen Augenblick Ruhe«, sagte Lilly unwillig über die Störung.

Beschämt senkte das Mädchen den Kopf, woraufhin ihr die Worte sofort leidtaten. Bevor sie jedoch etwas sagen konnte, um sie abzuschwächen, lächelte Mikael sie dankbar an, ergriff dann aber die CD und holte einen Stift aus seiner Jackentasche. »Ist schon in Ordnung. Für wen soll ich denn signieren?«

Katie stotterte mit leuchtenden Augen ihren Namen und sah gebannt zu, wie er mit schwungvoller Handschrift einen Gruß und seine Initialen schrieb. »Schöner Name.« Er drückte ihr die CD wieder in die Hand, woraufhin sie sich bedankte und aus dem Zimmer stürmte, um dem nahenden Lehrer nicht in die Arme zu laufen.

Ihnen sollte jedoch keine Erholung gegönnt sein, denn sogleich betrat Calista den Raum, verscheuchte den Jungen, der sich gerade vor sie setzen wollte, und platzierte sich selbst rittlings auf dessen Stuhl. »Mischst du dich auch mal unter das Volk?«, fragte sie mit einem verführerischen Lächeln, das ihre perfekten Zähne entblößte, während sie sich so weit vorbeugte, dass Mikael ein tiefer Einblick in ihr üppiges Dekolleté ermöglicht wurde. »Du kannst dich auch gerne neben mich setzen.«

»Ich fühle mich hier sehr wohl, aber danke für das Angebot.«

Lilly unterdrückte ein Kichern, als Calistas Augen bei der Abfuhr vor Wut aufblitzten. Diese Zicke war viel zu oberflächlich. Doch so leicht gab sich diese nicht geschlagen.

»Findest du es hier nicht schrecklich langweilig? Also mir fehlt das aufregende Großstadtleben – die Partys, Klubs und angesagten Leute. Ich könnte die ganze Nacht durchtanzen.«

»Irgendwann wird auch das eintönig.«

»Mit mir nicht.« Sie lächelte ihn unzweideutig an.

Lilly fragte sich, ob sie sich einmischen sollte. Sie musterte Mikael. Er schien sich zu amüsieren. Stand er etwa auf solche leichtfertigen Mädchen? Nun, warum auch nicht? Er hatte selbst gesagt, dass er keine ernsthafte Beziehung führen konnte. Vielleicht waren da Mädchen wie Calista genau das Richtige für ihn. Trotzdem gefiel ihr der Gedanke nicht, und sie musste sich beherrschen, als die Schwarzhaarige ihren Stuhl noch dichter an ihn heranschob. Er hatte etwas Besseres verdient als so eine hinterhältige und gemeine Person. Oder steckte womöglich mehr hinter alldem? Immerhin verbarg sich eine Sternenbestie an der Schule. War es eventuell Calista? Wollte sie sie ausspionieren? Und ließ Mikael ihre Annäherungsversuche nur zu, um mehr über sie zu erfahren?

Sie schüttelte unmerklich den Kopf. Es brachte nichts, wenn sie jeden in ihrer Umgebung verdächtigte. Es konnte jeder sein. Die Einzige, die sie ausschließen konnte, war Amy, und die war noch nicht zurück.

Zum Glück kam da der Lehrer und unterband jeden weiteren Flirtversuch von Calista.

20

Sie saßen auf dem Bett ihres neuen Zufluchtsorts, dem kleinen Häuschen am Ortsrand, und hatten sich gemeinsam unter eine Decke gekuschelt, wobei sich Lilly eng an seine breite Brust schmiegte und dem Knistern des Feuers im Kamin lauschte. Doch während sie entspannt und schläfrig war, wirkte Raphael unruhig. Ständig wickelte er Strähnen ihres Haars um seine Finger und rutschte hin und her.

»An was denkst du?«

Er seufzte. »Hat dir noch nie jemand gesagt, dass das eine blöde Frage ist?«

Sie zuckte mit den Schultern. »Und wenn es mich interessiert?«

»Ich spüre es schon seit Tagen. Ein Geräusch in meinen Gedanken wie das Summen einer weit entfernten Biene, die nur ich hören kann. Zu leise, um bemerkt zu werden, doch jetzt ist es lauter. Viel lauter.«

»Was meinst du?«

»Es wird eine neue Sternenseele geboren werden. Schon bald und ganz in der Nähe.«

»So fühlt sich das an? Wie ein Tinnitus?«

Er lachte. »So könnte man es sagen.«

»Das muss ätzend sein, aber davon mal abgesehen, warum beunruhigt dich das so sehr? Das ist doch nichts Schlimmes.«

»Findest du?« Er ergriff ihre Hand, hob sie gegen den

Feuerschein. »Ein junger Mensch wird sterben, womöglich einen brutalen, qualvollen Tod. Und dann wird er aus seinem Leben gerissen. Nichts wird mehr sein wie zuvor. Und seine Familie? Vergiss nicht, sie werden ihn für tot halten.«

»Dafür wird er oder sie sehr lange leben dürfen.«

»So wie Lea und Torge?«

Lilly zuckte schuldbewusst zusammen.

»Und selbst wenn«, fuhr er fort. »Was bedeutet schon die Ewigkeit, wenn man alle, die man liebt, verliert? Wenn man machtlos gegen ihr Altern und Vergehen ist?« Er zog ihre Hand an seinen Mund und drückte einen Kuss in die Innenseite. »Verdammt, ewig zu kämpfen mit dem Wissen um deinen Todestag.«

»Aber gibt es denn keine Sternenseelen, die nicht kämpfen?« Sie lehnte sich in seinen Armen zurück und blickte zur holzgetäfelten Zimmerdecke empor. Sie wünschte sich nichts mehr, als zu einer Sternenseele zu werden, um mit ihm für immer zusammen sein zu dürfen. Der Gedanke, ihre Freunde zu verlieren und womöglich ihre Mutter, war schmerzhaft, aber die Vorstellung, dafür mit dem Jungen ihrer Träume verbringen zu können, wog schwerer. Wie lange würden sie noch haben, wenn sie ein Mensch blieb? Er mochte sie ewig lieben, aber beim Gedanken daran, wie sie ihn als Vierzigjährige küsste, während er noch immer wie achtzehn aussah, ließ sie sich angeekelt schütteln. Das ging doch gar nicht.

»Manche versuchen, sich von den Kämpfen fernzuhalten, doch früher oder später spüren die Bestien sie auf. Dann sind sie nicht vorbereitet und werden getötet, bevor sie wissen, wie ihnen geschieht. Es ist nicht möglich, sich da herauszuhalten, wenn man nicht früh sterben will. Zumindest bis auf wenige Ausnahmen, die uralten Wanderer, Sternenseelen, die seit Tausenden von Jahren auf der Erde leben. Sie kommen und gehen, kämpfen nur in seltenen Fällen. Sie sind der Welt entrückt, trotzdem bemühen sie sich, uns und den Menschen zu helfen.«

»Aber Madame Favelkap sagte, dass es keine Alten mehr gibt.«

»Da täuscht sie sich – vielleicht will sie es nicht glauben, da sie nie eine sah, oder sie wollte dir nicht die Wahrheit sagen.«

»Muss es denn immer Kampf geben? Warum versucht ihr nicht, Frieden zu schließen?«

»Sie haben so viele meiner Freunde getötet, so viele Unschuldige. Wenn ich eine sehe, empfinde ich nichts als Hass.«

»Auch jetzt noch, obwohl Ansgar bewiesen hat, dass sie sich ändern können?«

»Das war eine Ausnahme. Er hatte dich.« Er drückte ihr einen warmen Kuss auf die Lippen. »Das Glück haben nicht alle Sternenbestien.«

»Trotzdem finde ich den Gedanken nicht schlimm, dass eine weitere Sternenseele geboren wird. Vielleicht kann sie euch helfen, den Kampf zu gewinnen.«

»Junge Sternenseelen sind für gewöhnlich viel zu verwirrt, um von Nutzen zu sein. Und wer weiß, unter Umständen ist es auch der Zwillingsstern von jemandem und muss seinem Ruf folgen?«

Lillys Herz setzte einen Schlag aus. Daran hatte sie gar nicht mehr gedacht. »Und wenn es dein Zwillingsstern ist?«, fragte sie und unterdrückte das Zittern in ihrer Stimme. Was würde aus ihnen werden, wenn sein Gegenstück wiedergeboren wurde? Sie kannte die Antwort: Er würde sie verlassen. Und auch wenn sie es zu gerne verdrängt hätte, fragte sie sich, ob es Zufall sein konnte, dass in seiner Nähe nun bald eine Sternenseele geboren werden würde.

Raphael schüttelte den Kopf. »Unwahrscheinlich. Das

kommt nur selten vor, dass ein Zwillingsstern wiedergeboren wird.«

»Aber es könnte passieren«, flüsterte sie.

Er zog sie dichter an sich. »Mach dir keine Sorgen. Ich werde dich nie verlassen.«

Doch Lilly konnte nicht anders. Die Vorstellung, dass eine andere für ihn bestimmt war, nagte an ihrem Herz. War es selbstsüchtig, dass sie sich nicht ausmalen wollte, wie er mit einer anderen sein Glück fand? So perfekt es auch sein mochte? Ihr wurde immer stärker bewusst, dass sie nur von geborgter Zeit lebten. Entweder alterte sie, oder seine vorbestimmte Partnerin würde wiedergeboren werden. So oder so – viel Zeit blieb ihnen nicht.

Wie es für ihn sein mochte zu wissen, dass er sie irgendwann zu Grabe tragen musste? Mit einem Mal verstand sie seine Worte über den Verlust der Freunde viel besser. »Wie war sie?«

»Sie starb, bevor ich sie richtig kennengelernt habe. Das ist das Schlimmste. Du weißt, dass da jemand ist, der für dich bestimmt ist, und dann gelingt es dir nicht, sie zu beschützen. Ich erinnere mich nur noch an ihr Gesicht und an ihre Augen. Sie waren von tiefstem Moosgrün mit braunen Sprenkeln.« Er küsste sie in die Nackenbeuge, fuhr mit seinen Lippen bis zu ihrem Schlüsselbein entlang. »Aber alles wendet sich dann doch irgendwann zum Guten. Nur so konnte ich dir begegnen.«

Hoffentlich, dachte Lilly, bevor sie alle negativen Gedanken verdrängte und sich nur noch auf Raphael, seine weichen Lippen und sanften Hände, konzentrierte. Solange sie ihn noch hatte, wollte sie jede Minute mit ihm auskosten.

21

Vom gegenüberliegenden Hausdach aus beobachtete sie die Umrisse der Schülerinnen, die die Treppen des Tanzsaals hinuntereilten. Sie massierte ihre Finger, die von der Kälte steif und unbeweglich waren, und sehnte den Sommer herbei.

Sie zog sich oft an diesen Platz zurück, um den Tänzerinnen zuzusehen. Sie mochte die Anmut ihrer Bewegungen und die schlichte Eleganz, die sie ausstrahlten. War sie einst auch so gewesen? Sie sah an sich hinab auf die zweckdienlichen, dicken Stiefel, die ihre schmalen Füße verbargen, die doppelte Schicht Wollstrumpfhosen, die ihre ohnehin kräftigen Waden noch viel massiver wirken ließen. Nein, eine Tänzerin war sie bestimmt nie gewesen.

Aber warum war sie so anders, lebte mehr wie ein Tier als ein menschliches Wesen? Wann immer sie ihre Herrin fragte, verweigerte diese die Antwort. »Du bist, was du bist. Lebe damit.«

Trotzdem ließ ihr das Thema keine Ruhe. Konnte man ihre Existenz tatsächlich als Leben bezeichnen? Für sie fühlte es sich nicht so an. Selbst ein Tier existierte nicht nur, um seinem Herrn zu dienen, sondern spielte, freute sich oder gab sich seinen Trieben hin. Das alles war ihr verwehrt. Sie konnte dem Treiben lediglich von außen zusehen wie eine Puppe im Theater, die nur zum Leben erweckt wurde, wenn jemand an ihren Fäden zog.

Seit zehn Jahren versuchte sie nun schon, sich an ihre Vergangenheit zu erinnern, irgendeinen Hinweis zu finden, doch ohne Erfolg – bis jetzt. Zum ersten Mal verspürte sie Hass – zumindest kam ihr dieser Begriff sofort in den Sinn, wenn sie daran dachte. Hass auf diese Lilly. Es musste einen Grund geben, warum sie so empfand, und sie hoffte, dass er in ihrer Vergangenheit lag.

Bei dem Gedanken an das Mädchen tauchten Bilder in ihrem Kopf auf, wie sie schreiend starb, ihre Augen blicklos zum Himmel starrten. Sie mochte dieses Gefühl. Hass war besser als diese unbestimmte Trauer und Sehnsucht, die sie sonst fühlte. Das Gefühl war greifbarer und leichter zu befriedigen.

Sie wusste, dass keiner ihrer Beschützer mehr an der Schule war. Sie kannte inzwischen fast alle und hatte sogar ihr Versteck entdeckt. Sie waren vorsichtig, aber das half ihnen nicht gegen ihre jahrelange Erfahrung im Aufspüren und Ausspionieren von Sternenseelen. Leider war das nicht ihre Aufgabe – ihren Unterschlupf zu finden und sie zu vernichten. Mit solch einfachen Aufträgen wurde sie nur selten betraut. Nein, sie sollte ihnen ihr Geheimnis entlocken. Den Grund, der sie dazu veranlasste, sich an diesem Ort zu sammeln. Dazu musste sie Aufruhr in ihre Reihen bringen, sie schwächen und, wenn sie am wehrlosesten waren, zuschlagen.

Lange Zeit kauerte sie auf dem Hausdach und hing ihren Gedanken nach. Geduld war eine ihrer Stärken. Was kümmerte einen schon die Zeit, wenn einem unbegrenzt viel zur Verfügung stand und man doch nicht wusste, was man mit ihr anfangen sollte? Schließlich endete die Tanzstunde, die Mädchen zogen sich um und verstreuten sich im Gebäude. Sie spannte sich an, als Lilly in ihren Mantel und einen dicken Schal gehüllt das Internat verließ. Mit Genugtuung registrierte sie, dass das Mädchen erschöpft wirkte, auch wenn es die ohnehin schon leichte Jagd erleichterte. Lautlos kroch sie über das Dach, hangelte sich von Fenstersims zu Fenstersims, bis sie mit der Wendigkeit einer Schlange zu Boden sprang. Sie duckte sich in den Schatten, nutzte jedes Auto und Schild als Deckung, um sich einen Vorsprung vor ihrem Opfer zu verschaffen.

Liebe! Sie zischte. Das machte die Sternenseelen so angreifbar. Kaum raubte man ihnen ihre Liebsten, so geriet ihre Welt aus der Bahn, die in einem wilden Taumel ihre ganze Gruppe mit sich reißen konnte. Mit diesem Argument hatte sie sich die Erlaubnis ihrer Herrin zu dieser Tat eingeholt. Dass sie dabei Freude und Genugtuung verspürte, war ein Bonus, von dem sie nichts zu wissen brauchte. Wobei sie befürchtete, dass es ihr nicht verborgen geblieben war. Der Herrin entging nichts.

Sie drückte sich in die Nische des Torbogens und wartete geduldig auf ihre Beute. Heute würde der erste Schlag erfolgen.

22

Die Kräuterlotion hinterließ ein prickelndes Gefühl auf ihrer Haut, das ihre Lebensgeister weckte. Das Training war hart, aber erfüllend gewesen, und die Ideen für ihre eigene Choreografie nahmen allmählich Gestalt an. Trotzdem litten ihre Muskeln unter der harten Belastung durch die Sondertrainingseinheiten, die sie als Vorbereitung auf die Vorführung einlegten, und die Kampfübungen mit Torge. Sie freute sich auf zu Hause und darauf, endlich ohne Ärger mit ihrer Mutter ausgehen zu können. Immerhin war Samstag. Sie fragte sich, ob sie Raphael bitten sollte, mit ihr ins Madjane zu gehen. Sie wollte mal wieder feiern, zu moderner Musik tanzen und mit ihren Freundinnen außerhalb der Schule quatschen. Sie verbrachte nicht mehr genug Zeit mit ihnen, sodass sie das Gefühl hatte, sich ihnen zu entfremden. Soweit das bei Freundschaften, die erst seit wenigen Monaten bestanden, möglich war. Beim Gedanken an eine durchtanzte Nacht musste sie jedoch gähnen. In Raphaels Arme gekuschelt einzuschlafen hätte auch etwas.

Heute nicht, beschloss sie. Heute würde sie sich mal wieder wie eine normale Jugendliche benehmen und Spaß haben. Sie ging zum Waschbecken und spritzte sich kaltes Wasser ins Gesicht. Dadurch fühlte sie sich zwar hellwach, fröstelte aber auch. Rasch zog sie ihren Mantel an und wickelte sich ihren Schal eng um den Hals, bevor sie ihre Sportsachen in die Tasche stopfte.

Sie musste nicht mehr lange durchhalten, sagte sie sich. Bald wäre sie mit der Schule fertig und könnte ihr Leben endlich so gestalten, wie sie wollte. Gut, der Gedanke hatte etwas Erschreckendes, doch das Verlockende überwog. Wie auch immer, so jedenfalls konnte es nicht weitergehen. Vor ihrer Mutter wollte sie es nicht zugeben, aber selbst sie erschreckte sich, wenn sie sich im Spiegel sah. Sie war seit ihrer Kindheit mager, inzwischen jedoch standen ihre Schlüsselbeine spitz hervor, und ihre Finger erinnerten an die eines Skeletts, vor allem, da ihre Haut durch das fehlende Sonnenlicht so schrecklich blass war. Selbst Frau Magret hatte sie vor einem knappen Monat zur Seite genommen, um über ihre Essgewohnheiten zu sprechen, und machte regelmäßig Andeutungen. Nur die letzte Woche hielt sie sich zurück. Vermutlich machte sich bei ihr der Stress vor der Aufführung bemerkbar. Zumindest war Lilly jetzt nicht mehr gezwungen, ihr irgendwelche Lügen oder ausweichenden Antworten aufzutischen. Dass es nicht an einem Wachstumsschub lag, war nur zu offensichtlich. Gott sei Dank. Sie war ohnehin viel zu groß, und als sie jünger war, hatte sie damit schwer zu kämpfen gehabt. Inzwischen waren ihr diese Probleme vollkommen gleichgültig. Sie hatte Raphael. Der Gedanke an ihn brachte sie zum Lächeln.

Bevor sie nach draußen ging, stapfte sie noch am Kaffeeautomaten vorbei und holte sich einen doppelten Espresso. Sie umfasste den Pappbecher und genoss die Wärme, die durch ihre Handschuhe drang, bevor sie einen Schluck nahm, woraufhin sie das Gesicht verzog. Viel zu bitter. Aber er machte wach. Mehr Schlaf und wieder Milchkaffee – zwei Ziele für die nahe Zukunft.

Sofort sprangen ihre Gedanken zu dem neuen Thema. Zukunft. Altern. Raphael.

Natürlich war es Unsinn, einen Selbstmord auch nur zu

erwägen. Die Wahrscheinlichkeit, eine Sternenseele zu werden, war gering. Es wäre nur ein feiger Ausweg, um den Problemen, mit denen sie eines Tages konfrontiert werden würden, auszuweichen.

Trotzdem wünschte sie sich insgeheim, dass sie die Sternenseele sein würde, deren nahende Geburt Raphael spürte. An den Prozess des Sterbens wollte sie dabei nicht genauer denken.

Bevor sie das Gebäude verließ, sammelte sie sich, um der Kälte nicht unvorbereitet gegenüberzutreten. Sie seufzte. Ein heißes Bad, wenn auch nur für zwanzig Minuten, das würde sie sich heute gönnen.

Den Becher in der einen Hand stieß sie die Eingangstür mit der Schulter auf. Kaum war sie draußen, presste sie den Becher an ihre Brust und wünschte sich zum ersten Mal einen anderen Mantel herbei und nicht den alten Armeemantel ihres Vaters, den sie seit dessen Tod trug. Er war im Lauf der Zeit zu dünn geworden und ohnehin nie für eisige Winternächte gedacht.

Seit sie mit Raphael zusammen war, dachte sie nicht mehr so oft an ihren Vater. Nicht dass sie ihn vergessen würde, doch der konstante Schmerz, der über Jahre an ihr genagt hatte, verblasste. Sie sprachen viel über ihn, und er verstand sie im Gegensatz zu den anderen in ihrem Alter, die noch niemanden verloren hatten. Sie war Raphael dankbar, dass er, obwohl er während seines langen Lebens so viel mehr Menschen verloren hatte als sie, ihre Trauer dennoch ernst nahm.

Zudem half ihr das Wissen, dass ihr Vater nicht einfach fort war. Wie viele Stunden hatte sie früher damit verbracht, sich zu fragen, was der Tod bedeutete? Hörten sie einfach auf zu existieren? Waren sie wirklich nicht mehr als die Summe chemischer Reaktionen, die ihre Körper ausmachten?

Ein reines Zufallsprodukt in den Weiten des Kosmos? Nun, da sie wusste, dass es tatsächlich Seelen gab, die zur Sonne zurückkehrten und auf den Zeitpunkt ihrer Wiedergeburt warteten, fühlte sie sich nicht mehr so schrecklich verlassen. Die Vorstellung, dass er über sie wachte, sie sich eines Tages wiedersehen würden, war tröstlich. »Ich vermisse dich«, murmelte sie, während sie den Springbrunnen passierte. Sie sah zum Sternenhimmel hinauf, fragte sich, wie viele dieser Sterne ihren Planeten Leben schenkten und ob vielleicht in diesem Moment ein anderes, fremdartiges Wesen ebenfalls den Nachthimmel bewunderte. Dadurch bemerkte sie nicht, dass ein Mädchen mit dicken rotblonden Locken, hohen Wangenknochen und leicht schräg stehenden tiefschwarzen Augen ihr im Torbogen entgegentrat. Sie trug einen kurzen schwarzen Rock über einer grauen Wollstrumpfhose, Stulpen und Stiefel. Eine Lederjacke, aus dem ein Rollkragen hervorstach, verlieh ihr ein verwegenes Aussehen, das zu den entschlossenen Schritten passte, mit denen sie auf Lilly zuging. Sie bemerkte sie erst, als sie vor ihr stand und ihr mit einer Kraft, die dieser kleinen Person kaum zuzutrauen war, in den Bauch boxte.

Lilly keuchte erschrocken auf, sank in die Knie. Der Kaffeebecher entglitt ihrer Hand, prallte auf den Boden und spritzte seinen Inhalt auf Lillys neue Hose, die sie gerade erst im Internet ersteigert hatte. Was für ein absurder Gedanke, dachte sie, während sie das Mädchen fassungslos und von Schmerzen benebelt anstarrte. Sollte es so enden? War das die Sternenbestie, die alle so sehr fürchteten? Hatten sie am falschen Ort gesucht? Hatte die Bestie sich gar nicht in das Internat eingeschlichen? Aber warum griff sie sie an?

Egal. Sie musste hier weg. Zurück in die Schule. Doch als sie einen Fuß aufstellte, durchflutete sie eine neue Welle des Schmerzes, und sie schloss stöhnend die Augen. Als sie sie wieder öffnete, war das Mädchen verschwunden. Erneut probierte sie, sich aufzurichten, und dieses Mal gelang es ihr. Taumelnd machte sie einen Schritt vorwärts, sah sich dabei nach ihrer Gegnerin um und entdeckte sie ein paar Meter abseits des Weges direkt neben dem Torbogen, wie sie sie mit schief gelegtem Kopf beobachtete. Lilly verdrängte das Wissen, dass sie keine Chance gegen solch eine Kreatur hatte, ignorierte die lähmende Angst, die sich in ihr ausbreitete, als sie den starren Blick erwiderte. Sie versuchte zu schreien, aber mehr als ein Krächzen kam nicht über ihre Lippen. Noch immer war ihr ganzer Körper verkrampft.

Sie war keine Kämpferin. Ihre einzige Hoffnung bestand darin, davonzurennen und sich vor dem Mädchen zu verbergen. Wesen wie sie spielten mit ihren Opfern, quälten sie möglichst lange. Das war ihre Chance.

So schnell sie ihre zitternden Beine trugen, rannte sie zurück zur Schule, nur um zu ihrer Verzweiflung festzustellen, dass die Eingangstür bereits vom hausinternen System verriegelt worden war. Sie wollte fluchen, aber noch immer brachte sie keinen Laut hervor, und ihr Rütteln an der Tür blieb unbeachtet. Vermutlich saßen sie alle in ihren Wohnflügeln in den oberen Stockwerken, hörten laute Musik und achteten nicht auf die Welt vor den dicken Mauern der alten Festung.

Sie drehte sich um, sah das Mädchen mit einem bösartigen Lächeln auf sie zukommen. Sie spielt tatsächlich mit mir – wie die Katze mit der Maus, bevor sie sie tötet. Sollte sie sich darauf einlassen oder sich dem Kampf stellen und auf ein Wunder oder zumindest auf ein schnelles Ende hoffen? Das Zittern ihrer Beine war die Antwort. Sie hatte nicht den Mut dazu, war keine Kämpferin. Zu sehr fürchtete sie die Schmerzen. Was für ein Feigling du bist, dachte sie voller Verachtung, als sie sich abwandte und stolpernd davoneilte.

Mit jedem Schritt merkte sie, wie sich ihre Lunge ein wenig mehr mit Luft füllte, ihre verkrampfte Muskulatur sich lockerte. Neue Hoffnung durchströmte sie, bis sie einen heftigen Schlag in den Rücken bekam und mit einem lauten Aufschrei in den Schnee stürzte. Ihre Nase prallte auf einen Stein, sie hörte ein Knirschen, dann schoss ein stechender Schmerz direkt in ihr Gehirn. Sie rollte sich auf den Rücken, die Hände abwehrend erhoben, aber ihre Verfolgerin war erneut verschwunden. Heiß und klebrig floss das Blut aus ihrer Nase. Sie zwang sich, wieder aufzustehen, weiterzurennen, um ein Versteck zu finden oder einen Bogen zu schlagen und so ins Dorf flüchten zu können.

23

Eine Wendeltreppe führte in den Tanzsaal hinauf, vorbei an zahlreichen Fenstern, die im dicken Mauerwerk eingelassen worden waren. Das unterste befand sich am Fuß der Treppe, gut verborgen hinter einem schweren Vorhang aus dunkelblauem Brokat, der nun Calista als Versteck diente. Sie saß auf der breiten Fensterbank, die Knie dicht an den Körper gezogen, und sah in die Dunkelheit hinaus. Als die letzte Gruppe Mädchen an ihr vorbeieilte, drückte sie sich noch tiefer in die Schatten, um von keinem flüchtigen Blick entdeckt zu werden. Es war ihre geheime Zuflucht, in die sie sich immer zurückzog, wenn sie es mit den anderen nicht mehr aushielt. Heute wollte sie nicht in ihr Zimmer zurückkehren, zu Isabel, die vermutlich ihren halben Kleiderschrank auf dem Bett ausgebreitet hatte und trotz der Dutzenden Kleider, Tops, Röcke und Jeans von Gucci, Boss, Ed Hardy und wie sie alle hießen darüber jammerte, dass sie nichts anzuziehen hatte.

Allmählich fiel es auch Isabel auf, dass etwas nicht mit ihr stimmte. Sie konnte sich noch so viel Mühe geben und ihren billigen Nagellack in die leeren Fläschchen teurer Marken umfüllen, manche Kleidungsstücke über Wochen nicht mehr tragen oder gar umnähen, um sie dann als neu auszugeben, oder sogar Etiketten von ihren alten Designerklamotten in neue Billigware einnähen. Selbst ihren Handyvertrag hatte sie gekündigt und nutzte es nur noch mit einer Prepaidkarte. Trotzdem ließ sie es regelmäßig in ihrem Zimmer liegen, gab vor, es zu vergessen, damit sie nicht ständig auf Anrufe und SMS antworten musste.

Bald würden die Gerüchte um den finanziellen Ruin ihrer Eltern auch hier die Runde machen und sie zur Geächteten werden. Sie wusste nicht, was sie mehr fürchtete. Die mitleidigen Blicke und das heimliche Getuschel hinter ihrem Rücken oder die Rache all derer, die nun ihre Chance witterten, ihr eins auszuwischen. Freunde, musste sie sich eingestehen, hatte sie kaum welche. Sie schloss die Augen. Was sollte sie nun mit sich anfangen? Vor wenigen Monaten war ihr Weg klar vorgezeichnet gewesen. Sie würde studieren – vielleicht Modedesign – und mit dem Vermögen ihrer Eltern im Rücken ein sorgloses Leben führen, bis sie einen Mann fand, der bereit war, ihr luxuriöses Dasein weiter zu finanzieren. Mit ihrer Abstammung, den Genen und ihrem Aussehen stand ihr in ihren Augen auch nicht weniger zu. Und nun? Sie würde arbeiten müssen. Ein erschreckender Gedanke. Zudem flüsterte ihr eine leise Stimme ein, dass sie es ohnehin zu nichts bringen würde. Für ein Model hatte sie zu viele Kurven, mit Menschen konnte sie nicht umgehen, und für alles andere ließen entweder ihre Noten zu wünschen übrig, oder sie hatte einfach kein Talent dafür. Sie presste die Lippen aufeinander. So leicht wollte sie nicht aufgeben. Bisher hatte sie sich auf nichts Ernsthaftes mit den Jungs auf dem Internat eingelassen. Sie bevorzugte reifere Männer, aber besser ein steinreicher Jüngling als niemand oder gar einen armen Schlucker. Wenn sie sich so das Leben ermöglichen konnte, das ihr zustand, wäre sie zu diesem Opfer bereit. Nur wen sollte sie wählen?

Sie war so in Gedanken versunken, dass sie den Schrei zuerst gar nicht wahrnahm. Erst als er abrupt endete und die Stille zurückkehrte, bemerkte sie, dass etwas nicht stimmte. Sie sah in den Park hinunter, den vereinzelte Laternen in ein düsteres Zwielicht tauchten, und entdeckte zwei schattenhafte Umrisse. Eine Gestalt lag auf dem Boden, eine weitere sprang in beunruhigender Geschwindigkeit davon, verschwand im Schatten eines Baumes. Allmählich gewöhnten sich ihre Augen an die Finsternis, und sie erkannte das am Boden liegende Mädchen an ihrem hässlichen Mantel. Lilly. Mit einem Anflug von Erleichterung, der sie selbst überraschte, registrierte sie, dass sie sich regte und auf den Rücken drehte. Ihr Gesicht war blutverschmiert. Entsetzt beobachtete sie, wie Lilly vergeblich versuchte, sich aufzurichten.

Was sollte sie nur machen? Das Geschehen ignorieren? Das brachte sie nicht fertig. Noch nicht. Irgendwann hoffte sie, diese Abgebrühtheit an den Tag legen zu können. Aber sie wollte auch nicht nach Hilfe rufen oder einen Lehrer um Verstärkung bitten. Wenn bekannt wurde, dass sie Lilly geholfen hatte, bekäme ihr Ruf einen gewaltigen Knacks. Sie hörte jetzt schon Isabels Stimme. *Wie kannst du dich nur mit so einer einlassen? Das sind ihre Probleme und nicht unsere.* Und was würde erst passieren, wenn ihre eigene Situation zum Gesprächsthema wurde? *Das hätten wir uns denken müssen. Erinnert ihr euch, wie sie sich um diese Lilly gekümmert hat? Die unteren Schichten fühlen sich doch immer zueinander hingezogen.*

Nein, das war auf keinen Fall eine Option. Ihre Treffen mit Evann, so heimlich sie sie auch gestaltete, sorgten schon für genug Tratsch und ungläubige Blicke. Aber das war eine ganz andere Geschichte. Sie musste sich selbst um Lilly kümmern. Das Mädchen irgendwie ungesehen nach Hause bringen und sich dann zurück ins Internat stehlen. Immerhin war Samstag – da kamen sie mit ihrem Schlüssel bis ein Uhr nachts in das Gebäude hinein, ohne einem Lehrer Rede und Antwort stehen zu müssen.

Kurz entschlossen stand sie auf und eilte den Gang hinunter, bis sie den Seiteneingang erreichte, der direkt in den Park mündete. Sie hatte schnell gelernt, sich in diesem Chaos aus ineinander verschachtelten Räumen, Fluren und Treppen zu orientieren, nachdem sie ständig auf der Suche nach einem Ort war, an dem sie sich ungestört mit einem Jungen zurückziehen konnte. Zumindest früher, als sie noch nicht zu den Ältesten gehört hatte. Sie wusste, dass man sie hinter vorgehaltener Hand ein Flittchen nannte, aber das war ihr reichlich egal. Sie lebten im einundzwanzigsten Jahrhundert. Wenn ein Mädchen selbst jetzt nicht ihren Spaß haben durfte, wann denn bitte dann?

Kaum stand sie in der eisigen Kälte, bereute sie ihre Entscheidung auch schon wieder. Außer ihren Sportsachen und ihrer Handtasche von Dolce & Gabbana hatte sie nichts dabei, sodass sie ohne Jacke, Schal und Handschuhe erbärmlich fror. Dafür ist sie mir etwas schuldig, dachte Calista, während sie den rutschigen Weg entlanglief. Was hatte Lilly nur angestellt, dass jemand sie so zusammenschlug? Mit ihren Pumps kam sie nicht gut voran und wäre beinahe gestürzt, doch schließlich trennte sie nur noch eine Baumreihe von dem Ort, an dem sie Lilly gesehen hatte. Erst jetzt wurde ihr bewusst, dass sie sich womöglich selbst in Gefahr brachte, beruhigte sich jedoch sofort wieder. Was sollte ihr schon an der Schule geschehen? Trotzdem tastete sie nach dem Pfefferspray, das sie immer in ihrer Handtasche bei sich trug.

Endlich erreichte sie die Stelle, doch außer aufgewühltem Schnee und einigen Blutflecken entdeckte sie niemanden. Anscheinend hat sie sich schnell erholt, dachte Calista erleichtert und wollte sich gerade umdrehen, da sah sie, dass die Blutspuren weg vom Internat, tiefer in die Parkanlage führten. Hin- und hergerissen stand sie einen Augenblick still. Selbst Isabels Gesellschaft erschien ihr nun verlockend, aber zugleich nagte die Ahnung an ihr, dass hier etwas nicht stimmte. Vielleicht hatte Lilly einen Schlag auf den Kopf bekommen und irrte nun orientierungslos durch die Kälte. Bis man sie vermisste, wäre sie unter Umständen erfroren. »Verdammte Scheiße«, fluchte sie und begann den Spuren zu folgen. In diesem Bereich war nicht geräumt worden, sodass es einfach war, den Fußabdrücken und Blutsprenkeln hinterherzugehen.

Jeder Schritt brachte sie weiter weg vom Internat und tiefer in die urwüchsigeren Ecken des Parks hinein. Ein Gefühl der Beklemmung breitete sich in ihr aus, als der harzige Geruch der immer dichter stehenden Bäume an ihre Nase drang und das Platschen von herunterfallenden Schneebrocken zum einzigen Geräusch neben dem Knirschen ihrer Schritte wurde. Sie war kein Naturmensch. War es nie gewesen. Schon als kleines Kind hatte sie nicht nur beim Anblick von Spinnen und Käfern so heftig schreien müssen, dass es in atemloses Schluchzen überging, nein, selbst Tiere, für die andere Mädchen schwärmten, wie Hunde, Pferde und Rehe, erfüllten sie mit Widerwillen. Sie war sicherlich nicht die Richtige, um eine nächtliche Suchaktion zu starten. Sie war kurz davor umzukehren, da hörte sie nicht weit von ihr eine Stimme, deren Ursprung von den tief herabhängenden Ästen verborgen war. Sie rannte los, geriet ins Stolpern und musste sich an einem schartigen Baumstamm festhalten, um nicht zu fallen. Langsam, ermahnte sie sich, während die Wut in ihr hochkochte. Da stapfte sie allein durch die Kälte, obwohl Lilly anscheinend gar nicht in Gefahr war. Vermutlich spielte sie nur irgendein abartiges Spiel mit ihrem Raphael. Dennoch ging sie weiter, fröstelnd im scharfen, kalten Nordwind, der hier in der Nähe des Abhangs an Stärke zunahm. Obwohl sie am liebsten die Arme fest um ihren Körper geschlungen hätte, um jeden Funken Wärme zu speichern, wagte sie es nicht, um sich im Notfall noch rechtzeitig abfangen zu können. Was trieben sie nur so tief im Park? Endlich konnte sie an der letzten Baumreihe vorbei zwei einander gegenüberstehende Gestalten sehen. Mittlerweile befand sie sich auf der Seite der Anlage, die dem Ort abgewandt war und an deren Ende sich eine Steilwand auftat. Bei schönem Wetter konnte man von hier aus über das gesamte Tal blicken, doch in dem Zwielicht gähnte ihr nur Schwärze entgegen. Ein leichter Schneefall hatte eingesetzt, sodass ihre Sicht durch die Flocken verschwommen war. Trotzdem glaubte sie Lilly zu erkennen, die mit dem Rücken zu der niedrigen Steinmauer stand, die sich als Einziges zwischen ihr und dem dahinterliegenden Abgrund befand. Ein Mädchen, das sie nie zuvor gesehen hatte – an diese Locken hätte sie sich bestimmt erinnert –, schritt langsam auf sie zu. Sie wollte ihnen gerade etwas zurufen, ihren Frust entladen, da stürmte das Mädchen nach vorn und versetzte Lilly einen so heftigen Stoß, dass sie rückwärts über das Geländer kippte und mit einem verzweifelten Aufschrei, der Calista für immer verfolgen würde, in den Abgrund stürzte.

»Was zur Hölle …?« Ohne nachzudenken, rannte sie auf die Stelle zu, an der Lilly verschwunden war. Das fremde Mädchen fuhr herum, als es ihre Schritte hörte, bleckte wie ein wildes Tier die Zähne. Abrupt blieb Calista stehen. Wurde sich zum ersten Mal der Gefahr bewusst, in die sie sich gebracht hatte. »Das wagst du nicht«, murmelte sie, war sich ihrer Worte aber noch nie so wenig sicher gewesen. Etwas in der ausdruckslosen Miene dieses Mädchens jagte ihr kalte Schauer über den Rücken. Zitternd trat sie zurück, wäre beinahe gestolpert, als ihre Absätze an einem vom Schnee verborgenen Stein abrutschten.

»Nicht heute«, sagte das Mädchen mit einer tiefen, gutturalen Stimme und einem Akzent, den Calista nicht einordnen konnte. Dann packte sie das Geländer, schwang sich mit einem eleganten Sprung hinüber und verschwand ebenfalls im Abgrund, nur dass dieses Mal kein Schrei erklang. Dafür stöhnte Calista vor Entsetzen auf, stürzte nach vorn und sah nach unten, doch der in etwa fünfzig Meter Tiefe liegende Wald versperrte ihr die Sicht. Nur einige Äste stachen schwarz hervor, an den Stellen, an denen Lilly aufgeprallt sein musste und den Schnee mit sich gerissen hatte.

Sie fluchte laut und ausgiebig. Was sollte sie jetzt tun? Sich in Sicherheit bringen? Hilfe holen oder selbst nach Lilly sehen? Und was war mit diesem Rotschopf? Hatte sie tatsächlich vor ihren Augen Selbstmord begangen? Das Adrenalin rauschte durch ihre Adern, drängte jedes Gefühl der Angst zurück. Zuerst wollte sie zum Internat laufen, doch dann brachte sie es nicht fertig, Lilly zurückzulassen. Vielleicht lebte sie noch, und wenn nicht, dann musste sie Gewissheit haben.

24

Einige Meter entfernt gab es eine schmale Treppe, die sich den Abhang entlang nach unten wand. Sie ging auf die Stelle zu, schluckte aber beim Anblick der kleinen, von Eis überzogenen Stufen. Sich am Geländer festklammernd, wobei die Kälte in ihre ungeschützten Hände biss, hangelte sie sich mühsam nach unten. Dort stolperte sie durch den tiefen Schnee zu der Stelle, von der sie vermutete, dass Lilly und das Mädchen aufgeschlagen sein mussten. Das Erste, das sie bemerkte, war der metallische Geruch nach Blut, den der Wind mit sich trug. Lilly hingegen entdeckte sie erst, als sie kurz vor ihr stand, woraufhin sie zur Seite taumelte und sich würgend in eine Schneewehe erbrach. Sie schloss die Augen, holte Luft und sammelte sich, bevor sie sich bereit fühlte, sich dem grauenhaften Anblick zu stellen. Lilly lag wie eine zerbrochene Puppe im Schnee, in dem Äste und Nadeln, die bei ihrem Sturz abgebrochen waren, ein wildes Muster zeichneten. Schneeflocken setzten sich auf ihr Gesicht, umkränzten ihre Wimpern mit einem weißen Schleier, während ein Strom von Blut aus einer tiefen Wunde am Bauch floss. Ein Bein lag in einem unnatürlichen Winkel, der in Calista einen neuerlichen Würgereiz hervorrief. Wie versteinert stand sie still, versuchte sich zu überreden, sie zu berühren, sich von dem zu überzeugen, was sie schon längst wusste: Lilly war tot.

Endlich tat sie den ersten Schritt, sank in die Knie und legte einen Finger an die Halsschlagader, wobei sie sich bemühte, nicht auf die unzähligen Schürfwunden und zerrissenen Kleider zu achten. Da schlug Lilly die Augen auf, holte keuchend Luft, während blutiger Schaum auf ihre Lippen trat.

»Nein«, wisperte Calista voller Entsetzen. Wie konnte man mit solchen Verletzungen noch leben? Am liebsten wäre sie davongerannt, hätte sich nie mehr umgedreht, aber sie brachte es nicht fertig. Das war kein Spiel, sondern bitterer Ernst, wurde ihr bewusst.

Ihre Blicke trafen sich, und die unbeschreibliche Angst, die sie in Lillys weit aufgerissenen Augen sah, erschütterte Calista.

»Ist sie weg?«, keuchte Lilly unter sichtlichen Schmerzen.

Calista nickte, während sie überlegte, was sie tun sollte. Sie wünschte, sie hätte ihr Handy dabei, doch so blieb ihr nur die Möglichkeit, das Mädchen zurückzulassen, um Hilfe zu holen. »Ich komme wieder. Halt durch!«, flüsterte sie der Schwerverletzten zu.

»Bleib bei mir«, flehte Lilly mit krächzender Stimme, ihre Hand zuckte wie ein auf dem Trockenen liegender Fisch.

»Ich muss Hilfe holen.«

»Zu spät. Ich sterbe.« Sie hustete blutige Blasen.

»Red keinen Unsinn.« Calista bemühte sich, entschieden zu klingen, aber es gelang ihr nicht. Da war zu viel Blut. Viel zu viel. Niemals würde sie lange genug durchhalten. Trotzdem wollte Calista davonrennen, vorgeben, sie retten zu wollen, während sie doch nur die Flucht ergriff.

»Bitte«, flüsterte Lilly. »Wir waren nie Freundinnen, aber ich will nicht allein sterben.«

Calista nickte, hob vorsichtig Lillys Kopf an, wobei sie einen tiefen Schnitt an der Schläfe entdeckte, und bettete ihn in ihrem Schoß. Die Kälte nahm sie gar nicht mehr wahr. Wie absurd, dass ausgerechnet sie hier war, dachte sie. Man sollte im Kreis der Familie und Freunde sterben und nicht in den Armen eines Mädchens, das einem das Leben schwer gemacht hatte. Sie zwang sich zu einem ermutigenden Lächeln. »Ich habe Hilfe gerufen. Bald werden sie da sein.« Die Lüge ging ihr leicht von den Lippen.

»Sag Raphael, dass ich ihn liebe, aber sag es ihm, wenn es Nacht ist.«

»Du wirst es ihm selbst sagen.«

»Versprich es. Nicht tagsüber.«

Calista nickte. Der Sturz musste sie verwirrt haben.

»Und meiner Mutter …« Ihre Stimme wurde schwächer, versiegte wie ein Rinnsal in der Wüste. Sie schloss die Augen.

Tränen rannen über Calistas Wangen, tropften in das blutverschmierte Haar des Mädchens.

Noch einmal öffnete Lilly die Augen. »Mutter …«, wisperte sie, dann wurde ihr Blick starr, die Augen brachen.

»Nein!«, rief Calista, rüttelte an ihrer Schulter. Dann sank sie schluchzend über ihr zusammen.

25

»Sie wird zur Gefahr für uns«, stellte Ras fest. »Deshalb habe ich dich um dieses Gespräch gebeten.«

Sie saßen in der Krone der Tanne, die die Ruine überschattete, derweil die anderen auf der Wiese vor der Hütte ihre Kampfübungen exerzierten. Tsih oder Shiori, wie sie sich den Menschen gegenüber vorstellte, wirbelte ihr Manriki Gusari – eine lange Kette, die auf beiden Seiten in massiven Drachenschädeln mündete – um sich herum. Während der Schule trug sie ihre Waffe als Gürtel getarnt um die Hüfte geschlungen, in der Nacht hingegen offenbarte sie ihre tödliche Kraft. Ihr gegenüber stand Nunki – Anni – scheinbar unbewaffnet, aber wenn man genauer hinsah, konnte man die Schlagringe an ihren Fingern funkeln sehen. Außerdem wusste Raphael, dass sie immer ein Messer verborgen im Stiefel trug. Ihre Stärke war ihre Unberechenbarkeit – bisher war es niemandem gelungen, ihren nächsten Zug vorherzusehen. Er vermutete, dass sie während ihrer Zeit im KZ gelernt hatte, nur noch von einem Tag zum nächsten zu leben und nicht mehr für die Zukunft zu planen. Das musste sich irgendwie auf ihre Kampftechnik übertragen haben. Nun, da sie unter sich waren, hatte sie auch ihren Schal abgelegt, der eine breite Narbe an ihrem Hals verbarg – einst der Schnitt, an dem sie verblutet war und den selbst die Macht der Sterne nicht vollständig hatte heilen können. Wieder einer der Gründe, warum Sternenhüterin Favelkap so wichtig für sie war. Kein anderer Lehrer hätte akzeptiert, dass sie selbst im Sportunterricht ein Tuch um den Hals trug.

»Sie hat ihre Ausbildung begonnen, den Eid abgelegt. Was erwartest du denn noch von ihr?« Er spürte Ärger in sich aufsteigen. Er war es leid, sich ständig für ihre Beziehung rechtfertigen zu müssen. Keiner von ihnen war perfekt – in seinen Augen stand es den anderen nicht zu, ihn wegen seiner Gefühle zu tadeln.

»Darum geht es nicht. Sie lenkt dich ab, und ich bin mir nicht sicher, ob du im Ernstfall noch die richtige Entscheidung treffen würdest.«

»Du meinst, sie einfach sterben zu lassen?«

»Wenn es die einzige Möglichkeit ist, unsere Aufgabe zu erfüllen.«

»Warum redest du mit mir darüber? Was ist mit Lea und Torge? Würden sie den anderen opfern?«

»Das wurde von Anfang an berücksichtigt. Sie wurden nicht wegen ihrer kämpferischen Fähigkeiten auserwählt, sondern wegen ihrer Jugend, weil sie uns das moderne Leben näherbringen können. Von dir jedoch wird ein kühler Kopf erwartet.«

Raphael riss einen Zweig ab und begann, ihn in kleine Stücke zu zerrupfen. »Ich habe es versucht. Sie weigert sich, an einen sicheren Ort zu gehen.«

»Du musst dich von ihr trennen.«

»Ausgerechnet du sagst das?« Raphael sah ihn enttäuscht an. »Gerade von dir hätte ich Verständnis erwartet.«

Ras schloss die Augen und lehnte seinen Kopf gegen den harzigen Baumstamm. »Genau deshalb. Ich habe all das, was du gerade durchmachst, bereits hinter mir. Ihr habt keine Zukunft. Du bringst sie um ihr menschliches Leben mit Kindern, Familie, einem Mann, mit dem sie alt werden kann. Sie ist so jung, sie weiß noch nicht, was der Verzicht darauf bedeutet. Und wie wird es enden? Ihr ist jetzt schon durch die Ausbildung zur Sternenhüterin der Weg zu einem normalen Leben versperrt, aber vielleicht lernt sie irgendwann einen anderen Mann kennen und verlässt dich für ihn. Oder sie altert und stirbt. So oder so – du wirst allein zurückbleiben und für immer von den Erinnerungen an sie verfolgt werden.«

»War es so mit Katinka?«

Ras kniff seine Augen zusammen. Für einen Moment verzerrte Schmerz sein Gesicht. »Sie starb jung, bevor ich mit ansehen musste, wie sie im Alter langsam verfällt. Doch an ihren Augen habe ich bereits gesehen, dass sie sich von mir trennen wollte. Sie ertrug es nicht mehr, mit einem Mann zusammen zu sein, der keinen Tag älter wurde, und wann immer sie ihre gleichaltrigen Freundinnen mit ihren Kindern sah, brach sie in Tränen aus. Ich war grausam. Ich habe sie um ihr Glück gebracht.«

»Sie hat dich geliebt«, wandte Raphael ein.

»Wie hätte sie auch anders gekonnt?« Ras sah ihn ernst an. »Was ich dir jetzt sage, bleibt unter uns.«

Raphael nickte. Es war ungewöhnlich, dass Ras etwas vor den anderen verbarg. Er bestand für gewöhnlich auf absoluter Offenheit und bemühte sich stets, mit bestem Beispiel voranzugehen.

»Als ich sie das erste Mal sah mit ihrem rabenschwarzen Haar und den kleinen Grübchen, wusste ich, dass ich sie haben musste. Sie war einem anderen versprochen. Ein anständiger junger Mann, der einen kleinen Hof von seinem Vater hätte übernehmen können. In Russland war er zur damaligen Zeit dadurch regelrecht reich – zumindest für ein Mädchen wie Katinka. Aber wie sollte er mit einem magischen Wesen mithalten? Es war ein Leichtes für mich, sie zu verführen und dazu zu bringen, mit mir davonzulaufen.«

Erschüttert sah Raphael ihn an. »Das hätte sie nie getan, wenn sie den Jungen geliebt hätte.«

»Bist du dir da so sicher? Sie war jung, voller Träume, und dann komme ich mit der Erfahrung von Jahrhunderten im Körper eines jungen Mannes – was hatte sie dem schon entgegenzusetzen?«

»Es war trotzdem ihre Entscheidung. Sie hätte gehen können, ist aber geblieben.«

»Ich bin mir da nicht sicher. Ich bin in ihre Welt eingedrungen – eine Welt, mit der ich vor langer Zeit gebrochen hatte. Und was hat es mir eingebracht? Schuldgefühle und die niemals erlöschende Sehnsucht nach ihr. Ich möchte dir das ersparen.«

»Dafür ist es zu spät«, flüsterte Raphael.

Ras seufzte. »Ich will dir da keinen Befehl geben, aber vergiss bei allem, was geschieht, unseren Auftrag nicht. Tsih und Saiph sind vollkommen von dem Gedanken an Kampf besessen. Sie ist ein Kriegsstern und hätte uns niemals zugeteilt werden sollen. Und die Alphas …« Er seufzte erneut und schloss die Augen. Selbst bei einer Sternenseele konnten Sorgen ihre Spuren hinterlassen, und bei ihm waren sie deutlich zu sehen. »Die beiden wollen uns verlassen.«

Raphael hätte vor Überraschung beinahe das Gleichgewicht verloren. Er hatte Shioris Verhalten mit wachsender Besorgnis beobachtet, ebenso wie die Tatsache, dass Felias sich immer mehr mit ihr anfreundete, während ihre eigene Freundschaft langsam abkühlte. An das Alpha-Pärchen, wie sie Lea und Torge nach ihren Zwillingssternen Alpha Centauri A und B nannten, hatte er keinen Gedanken verschwendet. »Haben sie dir das gesagt?«

Er schüttelte den Kopf, wobei ihm eine Strähne seines Haars in die Augen fiel. »Das war nicht notwendig. Ich erkenne die Anzeichen. Ihm bleiben vielleicht ein paar Wochen, bis er anfängt zu altern. Kann man es ihnen verdenken, dass sie die Zeit lieber gemeinsam verbringen möchten statt in dieser ständigen Bedrohung?«

»Dann wirst du sie gehen lassen?« Mit Sorge dachte Raphael an die Lücke, die sie hinterlassen würden. Sie mochten jung und unerfahren sein, aber Torge war ein herausragender Kämpfer, und auch Lea durfte man nicht unterschätzen.

»Ich hoffe, dass sie mich nicht vor die Wahl stellen. Wir brauchen sie – mehr als je zuvor.«

»Und was ist mit ihrem Glück?«, fragte Raphael leise.

Ras antwortete ihm nicht. Das war nicht notwendig. Sie kannten beide die Antwort. Das persönliche Glück musste im Angesicht ihres Auftrags zurückstehen. Wie bei ihm und Lilly. Da riss auf einmal Ras die erdfarbenen Augen weit auf, und im selben Augenblick spürte es auch Raphael: Eine neue Sternenseele erhob ihre Stimme im Chorus des Sternengesangs.

26

Für einen Moment glaubte Lilly, sie sei tot. Der Anblick, der sich ihr bot, war viel zu schön, um wahr zu sein. Kein Maler, kein Künstler könnte sich jemals etwas so Wunderbares ausdenken. Die ganze Welt wurde von einem silbrigen Nebel umgeben, der in feinen Schwaden dem Himmel entgegenstrebte. Das, was sie früher als Sternenstaub bezeichnet hatte, bedeckte jedes Geschöpf, und als sie ihre Hände hob, schimmerte es auch um sie.

Sie sah besser als je zuvor, sodass sie sogar die gespinstartigen Silberschatten von Würmern und Insekten erkennen konnte, die nach oben schwebten. Das mussten die Seelen sein, von denen Raphael gesprochen hatte. Sie kehrten wie die Seele eines jeden Wesens – ob Bakterium, Hund oder Mensch – zu ihrem Ursprung zurück, zur Sonne, dem Gestirn, das ihnen das Leben geschenkt hatte. Sie weinte vor Glück und Ehrfurcht, etwas Derartiges erleben zu dürfen, und fühlte sich seltsam geborgen bei dem Gedanken, dass sie nur ein Teil eines viel größeren Kreislaufs war, in den sie ebenfalls eingebunden war. Auch wenn Raphael Zweifel am Schicksal der Sternenseelen nach ihrem Tod hatte, glaubte Lilly nicht, dass sie verloren gehen könnten. Es gab einen Platz für sie alle.

»Wunderschön«, flüsterte sie ehrfurchtsvoll. Dann wurde ihr bewusst, was das bedeutete: Sie war eine Sternenseele.

In dem Moment der Erkenntnis hörte sie es zum ersten

Mal: das Sternenlied. Nichts anderes konnte es sein. Und sie verstand, warum Raphael es nie in Worte hatte fassen können. Sie erkannte zwar einzelne Töne, die sie wohlig umhüllten wie die Laute des Wiegenlieds, das ihre Mutter früher für sie gesungen hatte, so kuschelig warm wie eine Decke im Winter. Aber es war viel mehr als das. Es war, als wäre sie selbst das Instrument und ihre Gefühle die Töne. Dabei überwältigte sie ihre Vielfalt, die sich zu einem einzigen Klangmuster der Emotionen verwob. Am hellsten und klarsten jedoch hörte sie eine einzige Melodie, von der sie instinktiv wusste, dass sie zu ihrem Stern gehörte. Sie sandte ihren Geist ihm entgegen, spürte die reine Liebe, die von ihm ausging. Und dann erblickte sie ihn: Gleißend hell erstrahlte sein Licht gegen die Finsternis und Einsamkeit des Alls, umhüllt von einer silbernen Korona, die die Planeten, die ihn umgaben, einhüllte. Doch er war nicht allein, während sich ihr Blickfeld vergrößerte, sah sie funkelnde Strahlen von ihm ausgehen, die unzähligen leuchtenden Punkten entgegenstrebten. So entstand ein glitzerndes, feines Netz aus Licht und Lauten, das alles miteinander verband.

»Wir sind nicht allein«, flüsterte sie.

Wie oft hatten sich die Menschen gefragt, ob sie die einzigen Lebewesen im Kosmos waren, Gottes Ebenbilder, wenn man der christlichen Kirche Glauben schenkte. Nun hatte sie die Antwort. Aber es war viel mehr als das. Sie erinnerte sich an einen Urlaub an der Nordsee, den sie vor Jahren mit ihrer Mutter verbracht hatte. Sie waren mit einem kleinen Schiff auf das Meer hinausgefahren, immer weiter, bis das Festland im Dunst verschwand und nur das gleichmäßige Schwappen der Wellen gegen den Bug die Stille durchbrach. Sogar die Möwen hatten sich mit einem letzten gekreischten Gruß von ihnen verabschiedet und waren in flachere Gewässer zurückgekehrt. In diesem Augenblick war Lilly sich bewusst geworden, wie klein und unbedeutend sie doch war. Ein einzelner Mensch. Was war sie schon im Vergleich zu den gewaltigen Tiefen des Meeres, den Kräften, die ein Sturm ihr entgegenwerfen konnte, oder der Freiheit, die die Seevögel erlebten? Und jetzt verspürte sie es erneut, nur dass sie dieses Mal die Menschheit mit einbezog. Sie nahmen sich so wichtig, dabei waren sie nicht einmal ein Funken in der Gesamtheit der Schöpfung.

Tränen liefen ihr über das Gesicht. Wenn die Menschen doch nur wüssten ...

Während sie die Eindrücke gierig aufsog, bemerkte sie am Rand ihrer Wahrnehmung, dass da etwas lauerte. Etwas Düsteres, Verschlagenes, von Neid Zerfressenes. Es versuchte, das Funkeln und Glitzern in Schwärze zu ertränken, begehrte alles zu vernichten, was es nicht haben konnte. Der Ursprung der Sternenbestien, ein Spiegelbild des Kampfes, den sie auf der Erde ausfochten.

In diesem Moment zerriss ein markerschütternder Schrei die Stille, und Lilly bemühte sich, ihre Konzentration wieder auf die Realität zu lenken. Da war Calista, die sich die Seele aus dem Leib schrie.

27

Der Wind rupfte an dem Wipfel der Tanne, auf deren obersten Ast sie stand, ließ ihn heftig hin und her schwanken. Sie hatte sich den höchsten Baum der Umgebung ausgesucht, um einen guten Überblick zu haben, auch wenn ihre Sicht durch die Baumkronen eingeschränkt war, bekam sie doch genug mit. Oder zu viel. Die neuen Erkenntnisse brachten sie zum Erbeben. Frustriert stieß sie die Luft zwischen den Zähnen hervor. Das war eine unerwartete Wendung. Wie sollte sie der Herrin erklären, dass mit ihrer Hilfe eine neue Sternenseele geboren worden war? Am liebsten wäre sie nach unten gesprungen und hätte diesem kurzen Aufflackern frischen Lebens ein Ende gesetzt, bevor dieses Mädchen die Möglichkeit bekam, sich zu einer echten Gefahr zu entwickeln, aber sie wagte es nicht. Ihre Anweisungen waren unmissverständlich: Töte keine Sternenseele. Und es war töricht, sich den Befehlen der Herrin zu widersetzen. Ihre Strafen waren hart und schmerzhaft, und sie wusste nie, wann sie ihrer überdrüssig wurde und sie vernichtete, wie ein Schmied kaputte Hufeisen einschmolz. Mehr war sie nicht. Ein Werkzeug, das seinen Zweck erfüllen musste.

Selbst wenn sich im Nachhinein herausstellte, dass ihre eigenmächtige Entscheidung richtig war, dass sie womöglich großen Schaden für ihre Pläne abgewendet hatte, würde es an ihrer Bestrafung nichts ändern. Die Herrin erwartete blinden Gehorsam, bedingungsloses Vertrauen. Trotzdem ärgerte es sie, dass dieses Mädchen nun von der grellen Aura der Sternenseelen eingehüllt wurde. Ausgerechnet sie.

Sie duckte sich bei dem Gedanken an die Reaktion der Herrin auf diese Neuigkeit. Vor allem, da sie ihr zugleich gestehen musste, dass dieses andere Mädchen alles mit angesehen hatte. Kurz hatte sie abgewogen, ob sie die Strafe nicht in Kauf nehmen und sie einfach töten sollte, doch dann hatte ihre Furcht vor den Folgen gewonnen. Zudem würde das Verschwinden von gleich zwei Schülern zu viel Aufmerksamkeit auf sich ziehen.

Die beiden standen auf, und kurz erwog sie, ihnen zu folgen, aber dann entschloss sie sich, lieber der Herrin sofort Bericht zu erstatten. In dieser Nacht würde sich nichts mehr von Interesse ergeben. Die Geburt einer Sternenseele würde in den Reihen ihrer Gegner Chaos auslösen. Vielleicht hatte es auch etwas Gutes, überlegte sie, während sie zum nächsten Baumwipfel sprang, ohne sich dabei zu bemühen, ihre Anwesenheit noch länger geheim zu halten. Sollten sie sie doch sehen und fürchten. Angst in den Herzen der Feinde auszulösen war der halbe Sieg.

Eine junge Sternenseele benötigte viel Aufmerksamkeit, brachte bestehende Gruppen durcheinander, wenn sie ihren eigenen Platz in der fremden Welt suchten. Solch eine Schwäche konnte ihnen zum Verhängnis werden. Und dann war da noch das andere Menschenmädchen, das viele Fragen haben würde. Sie lachte in sich hinein. Je länger sie über die neue Situation nachdachte, desto besser gefiel sie ihr.

Auf der einen Seite wollten die Sternenseelen ihre Geheimnisse für sich behalten, scheuten aber davor zurück, sie mit allen Mitteln zu schützen. Was für Schwierigkeiten die Schwarzhaarige verursachen würde. Herrlich!

Nachdem sie in einem weiten Bogen zur Felswand zurückgekehrt war, sprang sie mit einer katzenhaften Bewegung vom Baumwipfel an den Hang und kletterte ihn zügig hinauf. Der Wind toste um ihre Ohren, raubte ihr den Atem und stahl ihren bloßen Händen die Wärme. Elende Kälte, fluchte sie. Sie war für dieses Klima nicht geschaffen. Sie wünschte sich, irgendwann an einem Ort zu leben, an dem es immer warm war. Während sie den Berghang erklomm, flüchtete sie sich in diesen Traum, ließ die eisige Realität hinter sich und fand so etwas wie Glück. Ein seltenes Geschenk für ein Geschöpf wie sie.

28

Calista hatte zwar aufgehört zu schreien, dafür kauerte sie nun aber am Fuß des Baumes und starrte sie mit weit aufgerissenen Augen an. Von ihrer sonstigen Überheblichkeit war nichts übrig geblieben.

Noch immer verwirrt von den ganzen Eindrücken fiel es Lilly schwer, sich auf das Mädchen zu konzentrieren, aber sie wusste, dass es sein musste. Ein weiterer Mensch, der mehr erfahren hatte, als er sollte. Sie durfte sie unter keinen Umständen gehen lassen. Calista war es zuzutrauen, dass sie nicht so vernünftig war, den Mund zu halten, und ihr hörte man zu. Die meisten würden zwar den Kopf schütteln, aber einige würden Fragen stellen, Lilly genauer beobachten, und das konnte sie momentan gar nicht brauchen. Nicht jetzt, da sie nicht wusste, wie es mit ihr weitergehen würde. Musste sie ihre Mutter verlassen? Auf keinen Fall. Der Gedanke schnürte ihr die Kehle zu. Das konnte sie Moni nicht antun. Beschämt dachte sie daran, wie leichtfertig sie es abgetan hatte, als sie mit Raphael über die Geburt einer Sternenseele gesprochen hatte. Wenn man selbst in dieser Situation steckte, war alles viel schlimmer.

Rasch schob sie diese Überlegungen beiseite. Sie musste erst klären, was mit Calista geschehen sollte, und dazu musste sie zu den anderen Sternenseelen. Sollten diese nicht spüren, dass sie zu einer von ihnen geworden war? Suchten sie womöglich schon nach ihr?

Wie Raphael wohl reagieren würde? Ihr Herz machte einen freudigen Hüpfer bei der Vorstellung, nun für immer mit ihm zusammen sein zu können. Nichts würde sie mehr trennen. Sie horchte erneut in sich hinein und spürte auf einmal ein tiefes Sehnen in sich. Jemand wartete auf sie, und sie musste ihn finden. Neben dem gleißenden Licht ihres Sterns funkelte ein weiterer. Sie lagen so dicht beieinander, dass sie kaum zu trennen waren, sangen ein gemeinsames Lied. Hatte sie etwa einen Zwillingsstern?

Es gab nur einen Weg, es herauszufinden: Sie musste zu dieser Person, die sich ganz in der Nähe aufhielt. Raphael. Sie lachte, woraufhin Calista sie verstört ansah.

Konnte sie so viel Glück haben? Da sorgte sie sich um die Wiedergeburt von seinem Zwillingsstern – und dann war sie es? Sie wusste, dass Ras zu einem einzelnen Stern gehörte, ebenso wie Felias und Shiori. Anni schied aus, hoffte sie zumindest, und Lea und Torge hatten einander.

Sie hüpfte vor Freude in die Luft und konnte es plötzlich nicht mehr erwarten, in seine Arme zu fallen. Alles, was sie sich gewünscht hatte, war wahr geworden. Sie war eine Sternenseele und für ihn bestimmt.

»Komm mit mir«, forderte sie Calista auf. Sie wollte nicht länger darauf warten, dass man sie fand, und sie konnte das Mädchen nicht einfach zurücklassen. Ob sie ihr nun auch den Weg zur Ruine zeigte, spielte in ihren Augen kaum eine Rolle. Mit einem Schaudern erinnerte sie sich an Shioris und Felias' Reaktion, als sie es damals war, die ihr Versteck entdeckte. Sie hatten sie töten wollen, und nur Raphael war es zu verdanken, dass sie noch lebte. Was würden sie mit Calista machen? Wer würde für diese Zicke einstehen? Sie wollte nicht, dass ihr jemand Leid zufügte, aber wie weit war sie bereit zu gehen? Samuel war ihr Stiefbruder, das Schicksal ihrer Familie hatte auf dem Spiel gestanden. Calista war ein

Miststück, das ihr das Leben zur Hölle gemacht hatte, bis sie einen Weg gefunden hatte, sie sich vom Leib zu halten. Würde der leichte Anflug von Mitleid, den sie bei ihrem verheulten, verquollenen Gesicht und dem Schuldgefühl, das sie empfand, ausreichen? Immerhin war das Mädchen nur in diese Situation geraten, weil sie ihr helfen wollte, eine Tatsache, die Lilly immer noch nicht fassen konnte. Sie bezweifelte es, doch die Vorfreude auf Raphael und das Wissen, dass sie nun durch nichts mehr getrennt werden konnten, trieben diese Fragen in den Hintergrund.

So einfach machte es Calista ihr jedoch nicht, sondern presste sich noch enger mit dem Rücken gegen den Baum, einen Ast als armselige Waffe in der Hand. »Du müsstest tot sein. Glaubst du ernsthaft, dass ich mich freiwillig einem Zombie ausliefere?«

Lilly rollte mit den Augen. Für solche Spielchen hatte sie keine Zeit, zu sehr drängte es sie, nach ihrem Zwillingsstern zu suchen. »Das war keine Bitte. Nun komm.«

»Und wenn ich das nicht tue?« Die Schwarzhaarige reckte trotzig ihr Kinn vor.

Lilly konnte nicht anders, als sie für ihren Mut zu bewundern. Solche Entschlossenheit hatte sie bei dem verwöhnten Mädchen nicht erwartet.

»Bringst du mich dann um?«, fuhr sie fort. »Verscharrst meine Leiche im Wald?«

»Willst du das wirklich herausfinden?« Lilly versuchte, sich bedrohlich aufzurichten, und ging langsam auf sie zu, war sich ihrer Wirkung aber nicht sicher, bis sie sah, wie sich die Augen des Mädchens weiteten. Fast wäre sie zurückgezuckt bei der Erkenntnis, dass sie tatsächlich Angst vor ihr hatte. »Wenn ich dich töten wollte, könnte ich es ebenso gut hier erledigen«, probierte sie es mit Logik. »Also, was ist dir lieber? Allein im Wald zu sein, nicht wissend, was ich mit dir vorhabe, wo dieses andere Mädchen ist, oder mit mir gehen und mich dabei im Auge behalten?«

In Calistas Gesicht spiegelten sich ihre widerstreitenden Gefühle wider, schließlich packte sie ihren Stock fester und trat einen Schritt vor. »Das ist wie die Wahl zwischen Pest und Cholera oder Mathe und Physik. Ich komme mit, aber versuch keinen deiner abgefahrenen Tricks bei mir.«

Lilly nickte ihr zu, woraufhin sie sich zumindest etwas entspannte, auch wenn sie den Ast weiterhin dicht an ihre Brust presste. Gemeinsam marschierten sie los.

»Verdammt, ist das kalt«, hörte sie Calista hinter sich fluchen und dann einen leisen Aufschrei, als das Mädchen ins Stolpern geriet. Sie drehte sich um, in der Hoffnung, sie noch abfangen zu können, doch ihre Bewegung war so schnell, dass sie ihren Arm zu fassen bekam, bevor sie auch nur ernsthaft ins Trudeln geriet. Verdutzt starrten sie einander an.

»Du bist wirklich wie ein Zombie«, flüsterte die Schwarzhaarige. »Nur viel schneller.«

Lilly war noch zu verblüfft, um ihr eine vernünftige Antwort zu geben, stattdessen bemerkte sie jetzt erst, dass Calista alles andere als passend gekleidet war. Hochhackige Schuhe, in denen ihre Füße mit Sicherheit schon blau angelaufen waren, und dünne Kleidung, in der sie selbst in der Wärme des Internats gefroren hätte. »Hast du keine Jacke? Was machst du überhaupt hier draußen in so einem Aufzug?«

Die Frage brachte das Mädchen offenbar in Verlegenheit. Beschämt senkte sie den Blick. »Sag das ja niemandem. Ich habe deinen Schrei gehört und sah, wie dich jemand verfolgte.«

»Willst du mir ernsthaft erzählen, dass du mir helfen wolltest?«

»Scheint so.« Sie wollte das Thema offensichtlich nicht weiter vertiefen, und Lilly beabsichtigte auch nicht weiter zu ergründen, wie viel Dank sie dem Mädchen tatsächlich schuldete. Nachher musste sie noch feststellen, dass sie nicht ganz so schrecklich war, wie sie sich gab, und dieser Tag hatte ihr bereits genug Überraschungen geboten.

»Das war sehr anständig von dir«, sagte sie schlicht.

»Und was hat es mir eingebracht?« Sie hob die Arme theatralisch über den Kopf. »Ich sitze mit einem Zombie im Wald, während irgendein Freak auf uns lauert.«

»So kannst du jedenfalls nicht weitergehen«, stellte Lilly fest, erleichtert, wieder einen Anflug der vertrauten Zicke in ihrem Gegenüber zu erkennen, und sah an sich hinab. Tatsächlich fiel ihr auf, dass sie die Kälte schon lange nicht mehr spürte. Kurz entschlossen zog sie ihren Mantel aus und musterte ihn traurig. Sie würde ihn niemals wieder anziehen können – bei ihrem Sturz hatten Äste und Steine Löcher in ihn gerissen –, nun war er ruiniert. »Zieh ihn an. Er wird dich etwas wärmen.« Sie warf ihn dem Mädchen zu, dann setzte sie sich in den Schnee und schnürte ihre Stiefel auf. »Wir haben ungefähr die gleiche Schuhgröße.«

»Bist du verrückt? Du kannst doch nicht barfuß laufen.«

»Schon vergessen, ich bin ein Zombie.« Lilly verdrehte die Augen. »Nun nimm.«

Widerstrebend zog Calista sich den Mantel über und nahm die Stiefel entgegen. »Du wirst mir wohl nicht verraten, was du bist.«

»Später vielleicht.« Lilly stand auf und vergrub ihre nackten Zehen im Schnee. Es fühlte sich seltsam an, kitzelte etwas, und sie spürte, wie das Blut schneller zirkulierte, nur fror sie nicht oder empfand Schmerzen. »Je schneller wir am Ziel sind, desto schneller bekommst du ein paar Antworten.« Und jede Menge Probleme.

Calista lehnte sich an einen Baumstamm, während sie die Schuhe wechselte und anschließend anklagend ihre Stöckelschuhe in die Luft hielt. »Das waren meine letzten Manolos. Du weißt, was das bedeutet.«

»Dass du in Zukunft ein anderes Paar anziehen musst?«

Zu ihrem Entsetzen bemerkte Lilly, dass trotz der Wut, die in dem Gesicht des Mädchens aufblitzte, ihre Augen feucht schimmerten. Die wird doch nicht wegen eines dämlichen Paars Schuhe anfangen zu heulen, dachte sie entgeistert.

»Das waren meine letzten Designerschuhe«, flüsterte sie. »Du weißt, dass ich mir keine mehr leisten kann. Wenn ich plötzlich dieselben Treter wie du trage, wissen alle gleich, was los ist.«

Lilly überging die darin liegende Beleidigung, vor allem da sie recht hatte. Für Schuhe hatte sie nie viel übriggehabt – im Gegensatz zu ihrer Mutter. »Wäre das so schlimm? Geld ist nicht alles.«

»Das kann auch nur jemand sagen, der nie welches hatte.«

»Mag sein.« Sie zuckte mit den Schultern. »Aber jetzt beeil dich. Wir haben nicht die ganze Nacht Zeit.« Kaum hatte sie die Worte ausgesprochen, blickte Lilly zum Himmel empor, um die Zeit abzuschätzen. Voller Schrecken wurde ihr bewusst, wie wahr ihre Aussage doch war. Sobald es hell wurde, würde sich ihr Verstand umnachten. Sie erinnerte sich an die Zeit, als sie von der Sternenbestie besessen war, dachte voller Grauen an die nächtlichen Kämpfe um ihre Seele. Würde es wieder so werden? Sie biss sich auf die Unterlippe und beschloss, Lea um einige von ihren Schlaftabletten zu bitten. Lieber verschlief sie den ganzen Tag, als sich dem noch einmal auszusetzen.

Calista warf mit einem letzten bedauernden Blick ihre Manolos in einen Busch und stapfte testweise mit den Stiefeln auf. »Ich bin bereit.«

Die Orientierung fiel Lilly nun viel leichter als früher. Sie kannte den Wald ohnehin durch ihre Streifzüge mit Raphael, aber durch das stetige silbrige Schimmern war es taghell. Zudem zog es sie an diesen Ort, an dem sich ihr Zwillingsstern aufhielt, als befände sie sich in einem reißenden Strom, der sie ihrem Liebsten entgegentrieb.

Sie wurden bereits an der Ruine erwartet. Lilly überflog ihre Reihen auf der Suche nach Raphael, aber er war nicht zu sehen. Dafür bemerkte sie die Überraschung und Begeisterung auf Annis Gesicht, die Enttäuschung auf Shioris und Felias', die ausdruckslose Miene von Ras und Lea und Torges aufrichtige Freude. Sie waren auch die Ersten, die auf sie zugingen und in die Arme schlossen. »Ich freue mich so«, flüsterte ihr Lea zu. »Raphael wird es nicht fassen können.«

Damit war das Eis gebrochen, und sie umringten sie, während sie gleichzeitig auf sie einredeten und zu wissen verlangten, was geschehen sei. Calista hingegen wurde weniger freundlich begrüßt. »Was macht sie hier?«, verlangte Felias zu wissen.

»Bald weiß der halbe Ort, wo wir leben«, fluchte Shiori.

Calista wollte protestieren, aber Lilly bedeutete ihr zu schweigen, und zu ihrer Überraschung gehorchte sie ihr. »Sie hat gesehen, wie ich mich gewandelt habe. Ich konnte sie wohl kaum einfach gehen lassen.«

»Du weißt, was zu tun gewesen wäre.«

Lilly schüttelte den Kopf über Shioris Bereitschaft, einfach so ein Leben auszulöschen. »Das hat Zeit. Oder hast du Angst, dass dir ein Menschenmädchen entkommen könnte?« Damit war das Thema für sie vorerst abgeschlossen. Sie hatte nur eines im Sinn: ihren Zwillingsstern. »Wo ist Raphael?«

»Er sucht nach dir. Offenbar in der falschen Richtung«, antwortete Anni fröhlich.

»Aber warum wusste er nicht, wo ich bin? Ich habe es doch deutlich gefühlt. Es hat mich hierhergeführt.«

Als sie die betroffenen Gesichter um sich herum wahrnahm, breitete sich zum ersten Mal seit ihrer Wandlung ein Gefühl der Beklemmung in ihr aus. Irgendetwas stimmte nicht.

»Das war nicht ich, den du gespürt hast.«

Sie drehte sich um und sah Raphael aus dem Wald treten, sein Gesicht bleich wie der Tod. Bei seinem Anblick machte ihr Herz einen freudigen Hüpfer, sie trat vor, um ihm in die Arme zu fallen, da bemerkte sie, dass er recht hatte. Es war nicht er, zu dem es sie hinzog. Verwirrt schüttelte sie den Kopf. »Wie kann das sein?« Wie konnte sie noch immer von Liebe zu ihm erfüllt sein, während es sie mit jeder Faser ihres Körpers zu jemand anders zog? Und vor allem: zu wem?

»Sie hat einen Zwillingsstern?« Annis Augen weiteten sich vor Entsetzen und auch einem Funken Neid, wartete sie doch schon so lange auf ihren eigenen Partner.

»Ich vermute es«, antwortete Raphael mit zitternder Stimme.

»Wenn du es nicht bist, wer dann?« Die wenigen Meter, die sie voneinander trennten, erschienen Lilly auf einmal wie ein unüberwindbarer Abgrund.

In dem Moment öffnete sich die Tür der Hütte, und die Stargazer traten heraus. »Ich«, sagte Mikael, und sein Gesicht zeigte nicht eine einzige Spur von Freude oder Zuneigung. Ganz im Gegenteil. »Wir sind auf ewig aneinandergekettet.«

29

Lilly starrte in Mikaels frustriertes Gesicht, und ihr Verstand weigerte sich, die Situation zu begreifen. Was für ein grausames Spiel trieb das Schicksal mit ihr? Sie konnte doch nicht ernsthaft an ihn gebunden sein. Aber sie spürte es tief in ihrem Inneren. Die Verbundenheit. Das Wissen, füreinander bestimmt zu sein. Es loderte hell in ihr und drohte alles andere zu verzehren.

Keuchend rang sie nach Atem, sank in die Knie und vergrub ihren Kopf zwischen den Armen. Bitte, lass es einen Albtraum sein, flehte sie innerlich.

Raphael kniete sich neben ihr nieder, ihre Blicke trafen sich, doch sie konnte seinem nicht standhalten. Seine Hand verharrte auf halbem Weg zu ihr, bevor er sie zurückzog und ratlos mit den Schultern zuckte.

»Seht ihr denn nicht, dass sie Hilfe braucht?«, fauchte Lea, drängte sich an den anderen vorbei und zog sie auf die Beine. »Im Schnee findest du nicht die Erklärung, nach der es dich verlangt.«

»Ich verstehe nur Bahnhof«, mischte sich Calista ein. Das Aufheben, das um Lilly gemacht wurde, einem Mädchen, das in der Schule kaum beachtet wurde, kratzte an ihrem Ego. »Kann mir endlich jemand mal sagen, was hier vor sich geht?«

Ras ignorierte das aufgebrachte Mädchen, fasste Lilly behutsam unter dem Kinn und sah sie mit ungewohnter Sanftheit an. »Willkommen, kleine Sternenschwester. Ich werde über deine Wege wachen.«

Raphael hatte ihr davon vor einigen Wochen erzählt. Falls bei der Geburt einer Sternenseele oder kurz danach eine andere anwesend war, versprach sie, sie zu beschützen und nicht zu verlassen, bis sie sich in der neuen Welt eingefunden hatte. Standen mehrere zur Verfügung, gab der Anführer oder die älteste Sternenseele dieses Versprechen.

Da trat auch Fynn unter dem Vordach hervor, ging an dem noch immer wie versteinerten Mikael vorbei und stellte sich dicht vor sie. Der silberne Stern um seine Pupillen stach hart aus den blauschwarzen Augen hervor, als er sie musterte. »Willkommen, kleine Sternenschwester«, wiederholte er Ras' Worte und küsste sie leicht auf die Stirn. »Ich werde dich sicher durch die Nacht geleiten.«

Ras sah ihn mit hochgezogenen Brauen an.

»Wir sind zwei Führer, und ich bin die älteste anwesende Sternenseele. Es ist auch meine Aufgabe.«

»So soll es dann sein.« Ras wandte sich erneut Lilly zu, die das Ganze halb betäubt über sich hatte ergehen lassen, ohne wirklich die Konsequenzen daraus zu begreifen. »Ich verstehe, dass dir gerade andere Dinge wichtiger erscheinen, aber verrate mir bitte, warum du diesen Menschen zu unserem Versteck geführt hast.«

»Sie sah, wie ich von diesem Mädchen getötet und zur Sternenseele wurde. Ich wusste nicht, was ich machen sollte.«

»Das war die richtige Entscheidung, obwohl du sie nicht hierher hättest bringen sollen.«

»Liegt euch etwas an ihr?«, fragte Fynn.

»Mir sicher nicht.« Shioris Hand fuhr zu ihrer als Gürtel getarnten Waffe.

»Diese Diskussion habe ich bereits zu oft geführt«, stellte Felias fest. »Macht mit ihr, was ihr wollt.«

Calista wich erschrocken einen Schritt zurück. »Wagt es nicht, mich anzurühren.« Sie sah Lilly an. »Du hast mir versprochen, dass mir nichts geschieht.«

»Das habe ich nicht.« Trotzdem wandte sie sich an Ras. »Bitte, lass nicht zu, dass sie sie töten. Sie ist nur meinetwegen in der Situation. Kann nicht auch sie zur Sternenhüterin werden?«

»Nein, so einfach ist das nicht. Madame Favelkap mochte dich von Anfang an und hielt dich für geeignet, auch wenn sie es dir nie gezeigt hat. Glaubst du, dass dieses Mädchen dieser Aufgabe gewachsen ist? Dass sie bereit ist, ihr Leben dem Dienst an anderen zu widmen?«

»Nein«, flüsterte sie. »Das ist sie nicht. Aber vielleicht ändert sie sich, wenn man ihr die Gelegenheit dazu gibt?«

»Ich will dir für heute nicht noch mehr zumuten. Fürs Erste werden wir sie verschonen.« Er sah Fynn an, während Shiori einen frustrierten Laut von sich gab und Felias einen Stein zur Seite trat. »In Ordnung?«

Der Anführer der Jagdgruppe nickte nur widerstrebend. »Sollte sie Probleme machen, werde ich sie, ohne zu zögern, töten, ebenso wie alle, die ich im Verdacht habe, mehr zu wissen, als sie dürfen, und niemand wird mich aufhalten. Wenn ihr willens seid, dieses Risiko auf euch zu nehmen, dann soll es so sein.«

Calistas Hände zitterten bei seinen Worten, ihre Augen waren in ungläubigem Staunen aufgerissen. Das verwöhnte Mädchen fand sich plötzlich in einer Welt wieder, in der man über ihr Leben verhandelte wie über ein Stück Schlachtvieh. Dafür hielt sie sich allerdings gut, musste Lilly sich eingestehen. Sie hätte erwartet, dass sich das Mädchen mit einer dramatischen Ohnmacht oder Heulkrämpfen in Szene setzen würde, aber offensichtlich wusste sie ihren Hang zur Theatralik zu kontrollieren. Doch dann brach es aus ihr heraus.

»Spinnt ihr? Ist das hier so eine abgefahrene Sekten-Sache? Was wollt ihr schon machen, falls ich euren kleinen Klub hier verrate? Mich töten? Ernsthaft? Damit ruft ihr doch nur noch mehr Aufmerksamkeit herbei.«

Ras wollte erneut zu einer Rede ansetzen, doch Fynn bedeutete ihm mit einer Handbewegung, ihm den Vortritt zu lassen. Er trat dicht an Calista heran, musterte sie mit seinen unheimlich schwarzen Augen. »Und wie soll die Schlagzeile lauten? Alien-Mädchen ermordet? Denn viel mehr wirst du nicht sein, die Verrückte, die statt von Bigfoot, Nessi oder einer Entführung durch Außerirdische von einer anderen Spinnerei berichtete.« Er strich mit einem Finger über ihre Wange, ihren Hals hinunter bis zu ihrem Schlüsselbein, wo er verharrte. Sie zitterte unter seiner Berührung. »Aber damit kann man dich kaum schrecken. Für Menschen wie dich zählen nur die Äußerlichkeiten. Mit Geld kann man sich vieles kaufen. Schicke Kleider. Eine neue Nase. Volle Brüste. Aber all das kann ich dir nehmen. Ein paar Tropfen Säure in deine Tagescreme oder ein Messer in meinen Händen und dein aufreizender Körper, deine verführerischen Lippen sind Vergangenheit. O ja, für die Medien wirst du das gefundene Fressen sein. Sie werden sich auf dich stürzen. Aber willst du das dann noch? Willst du der entstellte Freak sein? Eine von denen, über die du jetzt immer lachst? Nein.« Er schüttelte den Kopf und trat einen Schritt zurück. »Du wirst kein Wort sagen.« Zu Ras gewandt fügte er hinzu: »Ich habe keine weiteren Bedenken.«

»Dann ist das entschieden.« Er sah Calista an. »Alles, was du heute gesehen hast, alles, was du noch hören oder erleben wirst, bleibt ein Geheimnis. Du kennst nun die Konsequenzen für einen Verstoß gegen die Regeln.«

»Ja, aber …«

»Kein Aber«, donnerte er sie an, so laut, dass ein Fuchs

erschrocken unter einem Busch hervorkroch und das Weite suchte.

Das Mädchen zuckte zusammen, schien vor Lillys Augen zu schrumpfen. »Ja«, sagte sie leise.

»Gut. Anni, ich möchte, dass du ihr das Wichtigste erklärst, während du sie zur Schule zurückbringst. Die Probleme mit Lilly sollen sich nicht wiederholen. Wir können kein Menschenmädchen brauchen, das uns heimlich hinterherspioniert.« Mit der Selbstsicherheit eines erfahrenen Anführers gab er weitere Anweisungen. »Lea, Torge, bringt Lilly in euer Zimmer und sorgt dafür, dass sie sich hinlegt. Sie braucht Ruhe, um all das zu verarbeiten. Fynn, kümmere dich bitte um deine Jäger. In zwei Stunden treffen wir uns, um alles Weitere zu besprechen.«

Raphael wartete, bis Ras geendet hatte, bevor er mit einem letzten Blick zu Lilly im Wald verschwand. Er wirkte gebrochen und von tiefer Verzweiflung ergriffen, und sie erfasste das Gefühl, dass er sie aufgegeben hatte. »Er muss nur den Kopf freibekommen. Er kommt wieder«, sagte Lea, die gespürt hatte, wie sie sich verkrampfte.

Lilly sah zu der Stelle hinüber, an der Mikael gestanden hatte, doch da war niemand. Ihr Zwillingsstern hatte sie wortlos verlassen.

30

»Du nimmst das ziemlich gelassen auf«, stellte Anni fest.

Calista zuckte mit den Schultern. »Was bleibt mir auch anderes übrig? Entweder ihr zieht hier eine total abgefahrene Show ab, oder du sagst die Wahrheit.« Sie deutete auf den Schnee, aus dem die dunklen Blutflecken, die von Annis Hand getropft waren, wie schwarze Löcher hervorstachen. Ohne mit der Wimper zu zucken, hatte sie sich ein Messer durch den Handrücken gejagt. Alles nur, um ihre Fähigkeit zur Selbstheilung zu demonstrieren. Calista war noch immer übel von dem Anblick, nur ihr Stolz verbot es ihr zu zeigen, wie schockiert sie wirklich war. »Das war nicht nötig.«

»Das sagst du jetzt, aber morgen beim hellen Tageslicht werden dich Zweifel heimsuchen. Du wirst eine logische Erklärung suchen, den Drang verspüren, mit jemandem über deinen verrückten Traum zu sprechen. Das soll dich davon abhalten. Fynn lügt nicht, weißt du?« Sie sah sie mit ihren großen runden Augen an, in denen eine Weisheit lag, die so gar nicht zu ihrem herzförmigen Gesicht passen wollte. »Ich kenne Menschen wie ihn – er genießt es zu töten, und wenn er eine gute Ausrede hat, schreckt er vor nichts zurück.«

Daran zweifelte Calista nicht einen Augenblick. Sie hatte es in seinen kalten Augen gesehen. Darin lag derselbe Wahnsinn, den sie bei einem Geschäftspartner ihres Vaters gesehen hatte – genau in der Sekunde, in der er den Abzug betätigt hatte, um einer wunderschönen Löwin eine Kugel in den Leib zu jagen. Calista war kurz davor gewesen, ihm das Gewehr aus der Hand zu reißen und ihm den Kopf wegzuschießen, aber der strenge Blick ihres Vaters hatte sie in der Bewegung verharren lassen. Seine Tochter hatte sich zu fügen, hübsch auszusehen und den Mund zu halten, in welche Machenschaften auch immer er verwickelt war. »Ich bin gut darin, Dinge für mich zu behalten.« Geheimnisse. Worte. Abscheu. Traurigkeit. Alles verborgen in den Winkeln ihres Herzens.

Anni schob einen tief hängenden Zweig zur Seite und enthüllte dadurch das märchenhafte Bild der hoch oben auf einem Berg thronenden Festung, deren leuchtende Fenster und helle Scheinwerfer der Dunkelheit trotzten, wie die einsame Kerze im Fenster Wanderern den Weg wies. »Bald hast du es geschafft.« Sie zögerte einen Moment. »Es hat dir, glaube ich, noch niemand dafür gedankt, dass du Lilly geholfen hast. Das war sehr mutig von dir.«

Calista runzelte unwillig die Stirn. Lilly. Ihr hatte sie das ganze Theater zu verdanken. Wobei sie gestehen musste, dass die Geschichte der Sternenseelen und -bestien etwas ungemein Faszinierendes hatte. Und wer weiß, vielleicht ergaben sich hier ganz neue Möglichkeiten für sie? Sie konnte es nicht fassen, dass die Stargazer zu diesen Freaks gehörten, und noch weniger, dass nun auch Mikael irgendwie an diese Lilly gebunden war. Sie biss sich auf die Unterlippe. Das würde sie ändern, nahm sie sich vor. Ihren Plan, einen reichen Freund zu finden, würde sie so schnell nicht aufgeben, und jetzt hatte sie den anderen Mädchen gegenüber immerhin den Vorteil, dass sie ein Geheimnis mit ihnen teilte. Und notfalls blieben ihr noch Lukel und Phil. Fynn hingegen schied aus. So verzweifelt war sie noch nicht, dass sie sich einem Irren an den Hals warf.

Sie gingen über die Wiese, und Calista schwor sich, zuerst ein heißes Bad zu nehmen und ihre schmerzenden Füße in Creme zu ertränken. So wie sie wehtaten, fürchtete sie sich, diese scheußlichen Stiefel auszuziehen. Lilly würde was erleben, sollte sie die nächsten Tage nicht tanzen können. »Wie geht es jetzt weiter? Ihr erwartet doch nicht ernsthaft, dass ich tatenlos herumsitze, während eines dieser Viecher hier umherstreift.«

»Sie verlangen es.«

Calista fiel auf, dass Anni sich dabei nicht einbezog. Also gab es auch in dieser Gruppe Meinungsverschiedenheiten. Gut zu wissen. »Ich habe sie gesehen – was, wenn sie zurückkommt, um mich zu töten?«

»Wenn sie das wollte, hätte sie es vorhin schon erledigt.«

»Da bin ich nicht so sicher.« Sie erinnerte sich an den Gesichtsausdruck des Mädchens, den Widerstreit, der sich darin gezeigt hatte. »Sie war unsicher. Vielleicht ändert sie ihre Meinung?«

»Tagsüber wendest du dich an Madame Favelkap. Sie wird dich beschützen.«

»Sie gehört auch zu euch?« Davon hatten sie ihr bisher nichts erzählt.

»Sie ist ein Mensch, aber sie unterstützt uns. Hast du dein Handy dabei?«

Calista schüttelte den Kopf.

Daraufhin zog Anni einen schwarzen Filzstift aus einer Hosentasche, ergriff Calistas Arm und schrieb auf die zarte Haut des Handgelenks eine Nummer. »Ruf mich an, wenn du in Schwierigkeiten steckst. Der Empfang ist im Wald zwar manchmal gestört, aber ich komme, so schnell ich kann.«

»Schade, dass du kein süßer Junge bist, sonst hätte ich jetzt etwas zum Angeben.«

»Tut mir leid.« Anni zwinkerte ihr zu, woraufhin Calista

beinahe beschämt den Kopf gesenkt hätte, aber sie riss sich gerade noch rechtzeitig zusammen. Miststück hin oder her, doch sie hatte zu oft Witze über Annis Vorliebe für Schals gemacht, um ihr gegenüber unbefangen sein zu können. Witze über ein KZ-Opfer zu machen ging selbst ihr zu weit. Ach, zur Hölle mit den Schuldgefühlen, dachte sie. Wie hätte sie das ahnen können, und für solch eine modische Sünde verdiente man keine andere Behandlung.

Für Tücher hatte sie ohnehin nicht viel übrig – das hatte sie ihrer Mutter zu verdanken. Sie verstand einfach nicht, wie ihre Eltern jemals zueinandergefunden hatten. Ihr Vater erfüllte sämtliche Klischees des skrupellosen Geschäftsmanns, für den eine Familie nur ein weiteres nützliches Accessoire war, aber nichts, dem man sich länger widmete, als notwendig war – ebenso wenig, wie man einen Küchenboden schrubbte, nachdem er bereits sauber war. Ihre Mutter hingegen war ein der Welt entrückter Kolibri. Flatterte von einer Blüte der esoterischen Erkenntnis zur nächsten, um sich anschließend in Träumen voller Geister, Seelen und Aliens wiederzufinden.

Als Kind hatte sie ihre Mutter hingebungsvoll geliebt – sie waren im Frühjahr barfuß über Blumenwiesen gerannt, hatten aneinandergekuschelt Kakao getrunken, während aus den Boxen meditative Musik schallte. Ihre Mutter war Liebe. Reine bedingungslose Liebe.

Dann wurde sie erwachsen, sah die blauen Flecken an ihrem Körper, wann immer Vater zu Besuch war, hörte das Schluchzen tief in der Nacht, roch den Alkohol in ihrem Atem, und die magische Welt, die sie mit Händen und Worten erschaffen hatte, zersprang. Zurück blieb das Bild einer Frau, die sich vor der Realität flüchtete und ihrer Tochter nur die Wahl ließ, ihr zu folgen oder zurückzubleiben.

Trotz allem hatte Calista den Glauben an die Magie, das

Übernatürliche nie ganz verloren. Es war das Einzige, was sie noch mit ihrer Mutter, der einzigen Familie, die sie je hatte, verband. Deshalb gelang es ihr, die Existenz der Sternenseelen zu akzeptieren, als hätte man ihr ein Stück eines Bildes enthüllt, dessen Existenz sie schon immer erahnt hatte.

Anni begleitete sie noch bis zum Schlaftrakt, bevor sie sich unauffällig verabschiedete. Ihnen war beiden klar, dass sie nicht plötzlich als Bekannte oder gar Freundinnen auftreten konnten. Das hätte zu viele Fragen mit sich gebracht, und magisches Wesen hin oder her – Calista wollte nicht auch noch ihren Ruf opfern.

Ihre Mitbewohnerin lag schon im tiefen Schlaf, sodass sie direkt ins Bett gehen konnte, speicherte jedoch vorher Annis Nummer ab und durchsuchte jede Ecke des Zimmers auf unerwünschte Eindringlinge.

31

Das leise Gemurmel, das durch die geschlossene Zimmertür drang, das gelegentliche Scharren von Füßen und der fremde Geruch in der Bettwäsche ließen Lilly nicht zur Ruhe kommen. Dabei wünschte sie sich nichts mehr, als das außer Kontrolle geratene Karussell ihrer Gedanken zum Stillstand zu bringen.

Sie hatte so unendliche Angst – sie fraß sich wie ein Schwarm hungriger Maden in ihre Eingeweide, zerrte an ihren Magenwänden, strich an ihrer Bauchdecke vorbei. Sie fürchtete den Sonnenaufgang, sie fürchtete Raphael zu verlieren – oder hatte sie das schon? –, sie fürchtete das Leben als Sternenseele, den Krieg, in den sie nun unwiederbringlich hineingezogen wurde. Kämpfen oder sterben – unter diesem Motto stand ihr neues Leben. Ein Dasein, dem sie ohne Freund, ohne Familie gegenüberstand.

Was aus Moni werden würde, falls man sie zwang, ihrer Mutter den Tod vorzuspielen? Lilly glaubte nicht, dass sie es verkraften würde, und das bekümmerte sie von allem am meisten.

Sie richtete sich auf. Weiter an die Decke zu starren brachte sie keinen Schritt vorwärts. An ihrer Situation würde sich nichts ändern, wenn sie nichts dafür tat, und zumindest das Recht, weiter bei ihrer Mutter leben zu dürfen, wollte sie sich erstreiten. In einer Ecke stand ein Kanister mit Wasser und eine Schüssel, die sie nahm, um sich die verdreckten Füße zu waschen. Beschämt sah sie auf das beschmutzte Bettlaken, vorhin war sie zu keinem klaren Gedanken mehr fähig gewesen und hatte sich einfach fallen gelassen, sich gewünscht, durch die Matratze in einen Schlund ins Nirgendwo zu stürzen.

Nachdem sie sich ein paar Socken und eine Nummer zu große Schuhe angezogen hatte – ein weiterer Beweis für Leas sorgende, liebevolle Art –, ging sie in den Gemeinschaftsraum, in dem bereits alle bis auf Raphael und Mikael saßen und sich in zwei Lager aufgeteilt flüsternd unterhielten. Bei ihrem Eintreten sahen sie auf und musterten sie von oben bis unten wie ein Stück Vieh, das zum Verkauf stand.

»Fangen wir an«, schlug Ras vor. »Wir haben einiges zu besprechen.« Zum ersten Mal verstand Lilly, warum er der Anführer war. Er sprach, als bestünde für ihn kein Zweifel daran, dass man seinen Vorschlägen Folge leisten würde, und durch seine eigene Selbstsicherheit brachte er Ruhe in die sichtlich nervöse Gruppe.

»Was ist mit Raphael und Mikael?«, wagte Lilly zu fragen, während sie sich einen Stuhl heranzog.

»Wenn sie dazu bereit sind, werden sie zu uns stoßen«, stellte Fynn fest.

»Das bin ich.« Niemand hatte Raphael hereinkommen hören, aber da stand er mit hartem Gesicht, aus dem die vor Zorn und Trauer dunklen Augen hervorstachen.

Ihre Blicke trafen sich kurz, er schien etwas sagen zu wollen, doch dann wandte er sich ab und setzte sich neben Felias, sodass Lilly ihn nicht mehr sehen konnte, ohne sich den Hals zu verrenken. Sie schloss die Augen, als sie merkte, wie sie feucht wurden. Nicht heulen. Nicht jetzt.

»Zuerst müssen wir uns den praktischen Dingen zuwenden«, sagte Ras.

»Mich würde viel mehr interessieren, wie sie gestorben

ist. In Lucretias Gegenwart geschehen solche Dinge nicht ohne Grund«, wandte Fynn ein.

»Später – Lillys weiteres Schicksal muss geklärt werden, wenn wir keine Aufmerksamkeit auf uns ziehen wollen.«

»Sie verschwindet einfach«, sagte Felias. »Hat bei mir auch funktioniert.«

»Das war im neunzehnten Jahrhundert, Idiot«, maulte ihn Shiori an. »Heute werten sie ein Menschenleben viel zu hoch und machen um jeden Einzelnen einen riesigen Aufstand.«

»Kann ich nicht vorerst bei meiner Familie bleiben?«, fragte Lilly. »Ich könnte weiter zur Schule gehen und meine Augen offen halten.«

Ras schüttelte den Kopf. »Zu gefährlich. Wir wissen nicht, wie stark du dich während des Tages veränderst.«

»Wir haben Winter. Es ist nur wenige Stunden hell, und da bin ich in der Schule, wo Madame Favelkap mir helfen kann.«

»Trotzdem«, beharrte Ras.

»Sie hat nicht ganz unrecht«, kam Unterstützung von unerwarteter Seite. Es war das erste Mal, dass Phil vor der Versammlung seine Stimme erhob. Sie klang ruhig und bedächtig, vollkommen anders, als man es bei dem krausköpfigen Schlagzeuger erwartet hätte, und selbst Fynn schien seinen Worten Beachtung zu schenken. »Sie ist ein Siebengestirn – sie wird mit dem Tag nicht solche Schwierigkeiten haben.«

»Und was bedeutet das?« Sie hatte zwar schon von den Plejaden gehört, aber was hatte das mit ihr zu tun?

»Hast du seit deiner Verwandlung zum Himmel hinaufgesehen?«

Sie schüttelte stumm den Kopf.

»Dein Stern ist Alkione – du wirst ihn erkennen. Alkione gehört zum Sternbild Stier und zu den Plejaden.«

»Und was hat das mit Tag und Nacht zu tun?«

»Im Gegensatz zu den Ansichten deiner Freunde hier glauben wir, nein, wir sind der lebende Beweis dafür, dass verschiedene Sterngruppen unterschiedliche Fähigkeiten verleihen. So sind wir Stargazer alle dem Sternbild Stier zugehörig, alle Plejaden und somit wahre Sternengeschwister. Jeder von uns übersteht den Wechsel von Nacht zu Tag weitaus besser als die meisten anderen.«

»Was auch ein reiner Zufall sein könnte«, erwiderte Ras.

»Ebenso wie die unglaubliche Schnelligkeit der Schützen-Zwillinge?«

»Wir sind nicht hier, um den Ursprung unserer Talente zu klären«, warf Fynn ein. »Was auch immer dahintersteckt. Das Mädchen gehört zu uns und teilt somit unsere Fähigkeit.«

Aha, plötzlich erhob er Ansprüche auf sie? Lilly kniff sich in den Oberschenkel, um nicht mit ihrer Wut herauszuplatzen. Wo war denn dann ihr Zwillingsstern? Warum hatte er sie ohne ein Wort im Stich gelassen? Wäre es nicht seine Aufgabe gewesen, ihr das alles zu erklären? Sie wagte es jedoch nicht, diese Fragen in Raphaels Gegenwart zu stellen. Sie wollte ihn nicht kränken, nicht noch mehr verletzen, indem sie Mikaels Namen aussprach.

»Was schlagt ihr also vor?«, wollte Ras wissen.

»Sie bleibt bei ihrer Familie, bis wir Lucretia getötet haben oder sie Verdacht schöpfen«, sagte Phil. »Wir brauchen so viele Augen wie möglich an der Schule und im Ort.«

»Und wie soll sie das alles schaffen, ohne sich zu verraten?«, mischte sich plötzlich Raphael ein. »Ihre Mutter beobachtet schon jetzt jeden ihrer Schritte. Noch mehr Auffälligkeiten, und sie wird ernsthafte Schwierigkeiten machen.«

»Dann werden wir die Konsequenzen daraus ziehen.«

Seine kalte, tonlose Stimme ließ einen eisigen Schauer über Lillys Rücken rinnen. »Ich werde euch mit Sicherheit nicht helfen, wenn meine Familie dadurch in Gefahr gerät.«

»Dir bleibt keine andere Wahl.«

»Und ob. Ich kann fortgehen, selbst wenn es meinen Tod bedeuten mag, aber ich werde nicht zulassen, dass ihnen etwas geschieht. Wie weit ich bereit bin zu gehen, habe ich bei Samuel bewiesen.«

Fynn nickte nachdenklich und nahm einen Schluck Cola. Ein achthundert Jahre altes Wesen, das ein Erfrischungsgetränk trank – wäre die Situation nicht so ernst gewesen, hätte Lilly darüber gelacht. »Davon habe ich gehört. Es gibt trotzdem keine andere Möglichkeit. Wir können nicht ein halbes Dutzend Menschen im Auge behalten.«

»Und wenn es nur ein weiterer wäre?«, fragte Lilly einer plötzlichen Eingebung folgend. »Jemand, der ohnehin schon kurz davor ist, unser Geheimnis zu lüften?«

»Dein Stiefbruder?«

»Ja.«

»Ich dachte, er erinnert sich an nichts.«

»Davon gingen wir aus, aber in seinen Träumen kehren die Erinnerungen zurück, und er quält sich, weil er sie nicht versteht.« Bitte, lass sie darauf eingehen, flehte Lilly innerlich. Sie fühlte sich nicht bereit, ihre Familie zu verlassen, ihrer Mutter neuen Kummer zu machen. Nicht jetzt. Nicht ohne eine Zukunft mit Raphael.

32

Raphael lauschte der Diskussion nur noch mit halbem Ohr, nur am Rand bekam er mit, dass sie schließlich zustimmten, Samuel einzuweihen. Zu sehr schockierte ihn die Tatsache, dass Lilly nun eine Sternenseele war und dass sie einen Zwillingsstern hatte. Mikael. Ausgerechnet er. Stark und mächtig. Genau das Gegenteil von ihm. Wenn ihn nicht die Eifersucht so quälen würde, müsste er sich eingestehen, dass er der perfekte Partner für sie war, viel besser dazu geeignet, sie zu beschützen. Doch das grüne Monster hatte sich bereits zu tief in ihm eingenistet und nagte an ihm. Was würde aus ihrer Beziehung werden? Hatte sie mit ihrer Wiedergeburt geendet? Ein frisches Leben ohne alten Ballast?

Er sah zu Lea und Torge hinüber, die eng umschlungen am Tisch saßen. Aus den verstohlenen Blicken, die sie sich heimlich zuwarfen, sprach bedingungslose Liebe. Selbst in Zeiten wie diesen konnte ihre Bindung nichts erschüttern.

Wie sollte er gegen so ein mächtiges Band ankommen? Fast hätte er gelacht. Da sorgte sich Lilly die ganze Zeit darum, dass Amadea wiedergeboren werden könnte, und dann war sie es, die brutal aus ihrer Beziehung gerissen wurde.

Ihre Augen trafen sich, als er sich zurücklehnte, und er erkannte in ihnen dasselbe Entsetzen, dieselben Fragen, die auch ihn heimsuchten. Er ballte seine Faust, als ihm bewusst wurde, wie viel schlimmer es ihr gehen musste. Sie war gerade gestorben und wieder auferstanden. Er erinnerte sich an seine eigene Verwirrung, als es ihm so ergangen war. Er wusste, dass sie sich nun fragte, was aus ihr werden sollte, ob sie schon bald ihre Mutter verlassen musste, wo sie leben sollte und dass sie den nahenden Tag fürchtete. Sie war für kurze Zeit von dem Splitter einer Sternenbestie besessen gewesen, die sie bei Nacht unter ihr Joch gezwungen hatte. Wie stark musste ihre Angst sein, dass ihr bei Tag Ähnliches widerfuhr? Wie gerne würde er sie in seine Arme nehmen und ihre Befürchtungen zerstreuen.

Normalerweise war es üblich, einer neugeborenen Sternenseele ein herzliches Willkommen zu bieten, sie langsam in ihr neues Leben einzuführen und den Schrecken ihres Todes vergessen zu lassen. Zu viele hatten sie früher verloren, als sie verstört vor ihrer Aufgabe geflohen waren und direkt in die Arme einer Bestie rannten.

Bei Lilly war es jedoch anders. Der Zauber der Unsterblichkeit verblasste angesichts des Schocks über ihren Zwillingsstern. Zu viel wusste sie bereits über die Sternenbestien, kannte die Gefahren und vor allem auch die aktuelle Bedrohung durch Lucretia.

Es brach ihm das Herz, Lilly so niedergeschlagen und verwirrt zu sehen. Er fand sie noch schöner als vor ihrer Verwandlung. Es mochte aussichtslos sein, aber er würde um sie kämpfen. Er war nicht bereit, sie einfach aufzugeben. Erst recht nicht, wenn der Mensch, der ihr nun zur Seite stehen sollte, selbst mit der Situation überfordert zu sein schien. Mikael war in der Zwischenzeit wortlos hereingekommen, saß still und starr auf seinem Stuhl und erweckte nicht den Eindruck, als würde er der Diskussion überhaupt folgen oder sich für Lilly interessieren. Das Mädchen, das er mehr als sein Leben liebte, das ihm geraubt worden war, und der Dieb achtete sie weniger als ein Fisch den Wurm, den er verschlang.

Raphael verstand diesen Jungen nicht. Er wusste, dass

Anni die Frage quälte, warum ihr Zwillingsstern nicht geboren wurde, ob sie ihn womöglich verpasst hatte und er direkt nach seiner Wiedergeburt erneut gestorben war. Sie wagte es nicht, eine andere Beziehung einzugehen, da sie das Gefühl hatte, sonst ihren vorherbestimmten Partner zu betrügen. Ein einsames Leben für eine liebesbedürftige, sanfte Person wie Anni. Warum also freute sich Mikael nicht darüber, endlich seine Sternenseele gefunden zu haben? Er und Raphael kannten einander kaum, sodass es nicht an falscher Loyalität liegen konnte.

Er sah wieder zu Lilly, und sein Herz zog sich vor Angst zusammen. Erwartete Mikael von ihr, ebenfalls zur Jägerin zu werden? Seine zarte Lilly, die bereit gewesen war, alles zu opfern, nur damit ihr von einer Sternenbestie besessener Bruder nicht getötet wurde? Das Mädchen, dem es gelungen war, einer Bestie zu einer Seele zu verhelfen? Er konnte sich niemanden vorstellen, der weniger dazu geeignet war, zur erbarmungslosen Kriegerin zu werden. Nein, das würde er nicht zulassen. Er hatte sein Leben dem Schutz der Hilflosen gewidmet, deshalb lebte er hier und hütete eines der größten Geheimnisse der Sternenseelen. Er war der Richtige für sie und nicht dieser Junge, dessen Existenz nur aus Töten bestand.

»Beschreib uns die Sternenbestie, die dich ermordet hat«, forderte Fynn Lilly in diesem Moment auf.

Ihm war anzusehen, dass ihm die zusätzliche Komplikation, die ihre Wandlung mit sich brachte, nicht behagte. Raphael kannte diese alten Sternenseelen. Im Laufe der Jahrhunderte verloren sie jeglichen Bezug zu menschlichen Gefühlen, gaben sich ganz und gar dem Töten hin, nicht länger um den Erhalt ihres eigenen Lebens besorgt. In seinen dunklen Augen glomm bereits der Wahnsinn, der sie alle irgendwann einholte. Dieses Wesen kannte kein Mitleid.

Lilly sah ihn verwirrt an. Offenbar war sie ihren eigenen Gedanken nachgehangen.

»War es womöglich diese Lucretia? Antworte mir«, forderte Fynn kalt.

»Sie war klein, keine eins sechzig würde ich sagen, und schlank, vielleicht siebzehn Jahre. Dicke rotblonde Locken, leicht schräg stehende Augen.«

Bei der Beschreibung sank Raphael wie betäubt in seinen Stuhl zurück. Konnte das noch Zufall sein?

Fynn schüttelte den Kopf. »Das ist nicht Lucretia. Niemand würde sie für ein Mädchen halten. Sie gehört zu den ältesten Menschen, die jemals gewandelt wurden. Wenn du sie siehst, wirst du sie erkennen. Schmales, hageres Gesicht, braune Augen und einen spindeldürren Körper.«

»So jemand gibt es nicht an unserer Schule.«

»Denk an Schönheitsoperationen, Masken«, sagte Lea. »Ich wollte früher Maskenbildnerin werden, und wenn sie genug Zeit zum Üben hatte, kann sie sich in fast jeden Menschen verwandeln. Vielleicht sogar in einen Mann.«

»Das haben wir auch überlegt«, gestand Lukel und fuhr mit seinen Händen durch sein Haar. »Trotzdem glaube ich nicht, dass sie es war. Die Größe zu verändern wäre selbst für eine Sternenbestie eine extreme Maßnahme.«

»Es ist jedenfalls kein gutes Zeichen, dass ihr mindestens noch eine Bestie in eurem Gebiet habt«, unterbrach Fynn die Grübeleien. »Wie viele treiben hier ihr Unwesen? Es scheint, als würdet ihr zu viel Aufmerksamkeit auf euch ziehen.«

»Jetzt mach dir nicht gleich in die Hose.« Shiori lehnte sich in ihrem Stuhl zurück und verschränkte die Arme hinter dem Kopf. »Wir werden schon fertig mit ihnen.«

Bevor Fynn zu einer harten Antwort ansetzen konnte, fragte Raphael tonlos: »Hatte dieses Mädchen ein Muttermal über der linken Augenbraue?«

Lilly sah ihn mit schräg gelegtem Kopf fragend an. »Das weiß ich nicht, es war dunkel, und ihre Locken verdeckten ihr Gesicht teilweise.«

Er nahm sein Colaglas in die Hand und drehte es zwischen den Fingern, doch sie waren so zittrig, dass es ihm beinahe entglitt.

»Alles in Ordnung?«, fragte Torge.

»Es ist … Ach, vergesst es.« Raphael senkte den Blick. »Das kann nur ein Zufall sein.«

»Es gibt keine Zufälle.« Fynn sah ihn unbarmherzig an. »Was es auch ist, wir müssen es wissen. Ich will keine bösen Überraschungen erleben.«

Raphael holte tief Luft und musste seinen ganzen Mut zusammennehmen, um die folgenden Worte auszusprechen: »Die Beschreibung erinnert mich an Amadea, und vor einigen Tagen glaubte ich, sie zu sehen.« Er vermied jeden Blickkontakt zu Lilly, malte sich nur aus, wie sie ihre Augen aufriss und ihn ungläubig anstarrte. Ja, der Albtraum, in dem sie gefangen waren, konnte noch schlimmer werden.

»Wer ist das?«

»Sein Zwillingsstern«, half Ras aus.

Nun erwachte auch Mikael mit jäher Heftigkeit aus seiner Teilnahmslosigkeit. »Dein Zwillingsstern lebt noch, und du lässt zu, dass sie Lilly, deine Freundin, tötet?«

»Nein«, stammelte Raphael hilflos. »Ich sah sie vor zweihundert Jahren sterben.«

Und so berichtete er ihnen von dem schlimmsten Tag seines Lebens. Dem Tag, an dem Amadea den Tod fand.

33

Damals war ich gerade nach Europa gereist. Nach dem Tod meiner gesamten Familie hielt ich es in Amerika nicht länger aus, also heuerte ich auf einem Schiff an und setzte in die Alte Welt über.

Zumindest dachte ich zu der Zeit, dass dies meine Beweggründe waren. Heute weiß ich, dass mich da bereits der Ruf meines Zwillingssterns ereilt hatte. Die Sternenseelen waren noch nicht so organisiert wie in diesen Tagen. Die modernen Kommunikationswege fehlten, außerdem waren wir zu wenige, um ein stabiles Netzwerk aufzubauen. Das war auch einer der Gründe, warum die Sternenbestien so viele von uns töten konnten. Aber das ist eine andere Geschichte.

Jedenfalls war ich von Europa fasziniert. Aus dem heutigen Maine kannte ich nur Holzhäuser, feuchte Hitze im Sommer und tiefe Wälder, während hier zwar alles beengt wirkte, aber zugleich mit den robusten Steinhäusern, den uralten Gemäuern und langen Ahnentafeln eine Stabilität vermittelte, die ich verzweifelt gesucht hatte. Die engen Gassen, der alles überlagernde Gestank nach Fäkalien und der Aufruhr, in dem die Länder lagen, taten meiner Begeisterung keinen Abbruch. Zudem gab es zu dieser Zeit in Europa weitaus mehr Sternenseelen als in der Neuen Welt, und sie waren nicht so sehr voneinander isoliert. Selbst für uns bedeuteten die Unterschiede in den Hautfarben ein nahezu unüberwindliches Hindernis. Es war undenkbar, als Weißer mit einem Schwarzen oder Indianer zu reisen, ohne viel Aufmerksamkeit auf sich zu ziehen oder Schlimmeres.

So streifte ich ziellos durch die Länder und endete irgendwann im hohen Norden mit seiner eisigen Kälte und harten Bewohnern. Nachdem ich auf eine ebenso junge Sternenseele namens Tykke gestoßen war, setzten wir unseren Weg gemeinsam fort. Er war vor einigen Jahren von einem Baum erschlagen worden und froh, endlich jemanden zu treffen, der wie er war. Wie soll ich ihn beschreiben? Ebenso wie seine roten Haare seinen Kopf in Flammen stehen ließen, brannte auch er. Er war voller Energie, wollte tausend Dinge zur selben Zeit erledigen, nur um sie genauso schnell wieder zu vergessen. Mit Tykke konnte man viel Spaß haben, nur für das Leben als Sternenseele war er nicht geschaffen. Er ertrug den ständigen Kampf nicht, dass alle, die er kannte und liebte, starben, sich die Welt ohne sein Zutun veränderte und er niemals wieder sesshaft werden konnte. Bis heute bin ich der Überzeugung, dass er dem Schwerthieb der Bestie, die ihn Jahre später tötete, hätte ausweichen können, wenn er nur gewollt hätte. Aber er wollte nicht.

Als wir uns kennenlernten, war davon aber noch nichts zu merken. Ich genoss seine Gesellschaft, und seine Fähigkeiten als Dieb bescherten uns die ein oder andere gut gefüllte Börse, sodass wir uns um Geld keine Sorgen machen mussten. Ich führte uns immer weiter in den Norden hinauf, bis wir zu einem heruntergekommenen Ort kamen, der sich im Schutz eines kleinen Wäldchens verbarg. Unerfahren, wie wir waren, bemerkten wir nicht, dass wir nicht allein waren. In düsteren Nächten flüsterten sich die Bauern vor dem Kamin Geschichten über eine Furcht einflößende Frau zu, mehr Dämon als Mensch, die sich von den Schreien ihrer Opfer nährte.

Schüttelt nur den Kopf über so viel Dummheit, aber mehr als Gelächter hatten wir nicht übrig für deren Erzählungen.

Wir kamen in einer Scheune unter und wollten uns nur ein paar Nächte von der Kälte erholen, bevor wir uns nach einem gastlicheren Flecken umsehen wollten. In diesem Ort verrammelten die Bewohner jede Nacht Türen und Fenster, sogar die Schenke schloss bei Sonnenuntergang. Alles dünstete den Geruch von Angst aus, selbst die Hunde zogen es vor, sich zu verkriechen, anstatt ihrer Aufgabe als Wächter nachzukommen.

In unserer zweiten Nacht hörte ich an der Scheune jemanden vorbeieilen. Hinter dem Gebäude lag nur der Wald, sodass mich die Neugierde packte, was einen Dorfbewohner um diese Zeit aus dem Schutz seines Hauses treiben könnte. Ich rüttelte Tykke wach – wir hatten damals noch nicht verstanden, dass wir keinen Schlaf mehr benötigten – und eilte mit ihm nach draußen.

»Was interessiert es mich, was ein Bauer treibt«, murrte Tykke. Der Mangel an Unterhaltung drückte auf seine Laune, und für das Landleben hatte er ohnehin nicht viel übrig.

Im frisch gefallenen Schnee konnte ich deutlich die Spuren eines Menschen ausmachen, die tatsächlich in den Wald führten. Ich zog meinen maulenden Freund hinter mir her, und schnell, wie wir waren, entdeckten wir schon bald die schemenhaften Umrisse einer Person vor uns.

»Das ist ein Mädchen«, flüsterte Tykke mir zu, und ich glaubte ihm sofort. Vertreter des weiblichen Geschlechts erkannte er mit untrüglicher Sicherheit.

Wir teilten uns auf, überholten sie und schlossen an ihre Seite auf. Bevor sie wusste, wie ihr geschah, packte ich sie am Arm und presste eine Hand auf ihre Lippen. Sie starrte mich voll Entsetzen an, während ich unseren Fang musterte. Selbst für diese kalte Gegend war das Mädchen viel zu dick eingepackt. Ich fragte mich, wie sie sich unter all den Fellen und Lagen Stoff noch bewegen konnte. Unter ihrer Pelzmütze quoll ein Wust rotblonder Locken hervor, und ihr spitzes Kinn reckte sie trotz ihrer Furcht trotzig vor. Am eindrucksvollsten fand ich aber ihre etwas schräg stehenden Augen, deren Moosgrün von kräftigen braunen Sprenkeln durchbrochen wurde.

Ich bedeutete ihr, leise zu sein, bevor ich die Hand von ihrem Mund nahm. Wie ein verängstigtes Reh sog sie zittrig Luft ein und sprach dann in der schweren Zunge des Nordens zu mir. »Tötet mich nicht«, bat sie. »Mein Vater wird euch geben, was ihr verlangt, solange ihr mich am Leben lasst. Er hat doch nur noch mich, um meine Geschwister zu versorgen.«

»Was suchst du hier draußen?«, unterbrach Tykke ihren Redeschwall, sichtlich verstimmt, da das Mädchen nur Augen für mich hatte.

»Mein kleiner Bruder hat das Gatter nicht richtig verschlossen, sodass uns ein Schaf entwischt ist. Ich will es finden, bevor Vater es entdeckt und ihn grün und blau schlägt.«

»Du riskierst dein Leben für ein blökendes Tier?« Ich war mir nicht sicher, ob ich sie für ihren Mut bewundern oder über ihren Leichtsinn den Kopf schütteln sollte.

»Ich habe nicht mit Wegelagerern gerechnet«, antwortete sie schnippisch. Offenbar fand sie ihren Mut wieder, und sie richtete sich stolz auf. Falls sie der um uns herum schimmernde Sternenstaub irritierte, ließ sie sich nichts anmerken.

»Wir helfen dir beim Suchen.« Ich wollte das Mädchen nicht allein lassen und mehr über sie erfahren. Sie schien so anders als die restlichen Bewohner dieses trostlosen Flecks zu sein.

»Das ist nicht dein Ernst?«, fragte Tykke mich.

»Sollen wir sie allein durch den Wald irren lassen?«

Er zuckte mit den Schultern und murmelte etwas Unverständliches, aber ich wusste, dass er nicht einfach abhauen würde.

Es dauerte auch nicht lange, dann hatten wir das Schaf gefunden. Das Mädchen, das sich in der Zwischenzeit als Amadea vorgestellt hatte, legte ihm einen Strick um den Hals, und wir machten uns auf den Rückweg. Das Tier schien erleichtert zu sein, dass sein Abenteuer zu Ende war, und trottete uns brav hinterher.

Wir sahen den ersten Rauch aus den Schornsteinen aufsteigen, als sie mir leise einen Dank zuflüsterte. »Ich bin froh, nicht länger durch die Kälte laufen zu müssen. Ich hasse sie.«

»Eine Nordländerin, die nichts für Kälte übrighat?« Ich musste lachen. »Da wurdest du am falschen Ort geboren.«

Sie nickte. »Ich habe gehört, dass es Länder gibt, in denen es niemals friert.«

»Vielleicht kannst du sie eines Tages bereisen.« Ich wusste, dass meine Worte eine Lüge waren. Das Mädchen würde niemals weiter als bis zum Nachbarort kommen, mit einem Jungen, der ihrem Vater gefiel, verheiratet werden und ihm Kinder gebären. Vermutlich tröstete ich mich damit mehr selbst als sie, unterdrückte meine Schuldgefühle, weil ich im Gegensatz zu ihr frei war. Ohne darüber nachzudenken, holte ich einen Anhänger in der Form eines Sterns aus der Tasche. Seit wir in der waldreichen Gegend unterwegs waren, verbrachte ich viel Zeit mit Schnitzen. Es beschäftigte mich, zudem ließ sich manchmal ein Stück verkaufen oder diente zumindest als Dank, wenn man uns aufnahm. Ich nahm ihre Hand und drückte ihn hinein. »Der ist für dich.« Ich wusste nicht, warum ich das tat, aber es fühlte sich richtig an. »Die sternenklaren Nächte sind die kältesten, aber wenn du ihn in Händen hältst, wird es dir nie wieder kalt sein.«

»Und das soll funktionieren?« Sie sah mich skeptisch an.

»Wenn du daran glaubst, ja.«

An der Scheune verabschiedeten wir uns voneinander. Es hätte nur unnötige Fragen hervorgerufen, wenn man uns zu dieser Stunde allein mit ihr gesehen hätte. Als sie mir ein scheues Lächeln zuwarf, wurde mir bewusst, dass sie genau das Mädchen war, von dem ich früher geträumt hatte, es zu heiraten.

Sie wandte sich gerade ab, als die Sternenbestie angriff und sie mit einem einzigen Schlag zur Seite fegte. Dann stürzte sich die Bestie auf uns. Bisher hatte ich nur mit unerfahrenen Sternenbestien zu tun gehabt, und für Tykke war es die erste Begegnung, sodass wir vollkommen überfordert waren. Dass ich heute hier stehe, verdanke ich mehr dem Zufall als meinen Fähigkeiten. Wir trugen keine Waffen bei uns, hatten uns nie Strategien für den Ernstfall überlegt. Die Augen meines Freundes weiteten sich, als er in unserem Gegner eine Frau erkannte mit harten, knochigen Gesichtszügen, die in schlichter Männerkleidung steckte. Sie gab sich gar keine Mühe, sich wie ein Mensch zu geben. Trotz der bitteren Kälte bedeckte nur eine dünne Stoffschicht ihre Haut.

Wie immer, wenn ich einer Bestie gegenüberstehe, bildete sich ein pelziger, übel schmeckender Belag auf meiner Zunge, und das Verlangen, diese Kreatur auszulöschen, wallte heftig in mir auf. Bei meinem ersten Kampf hatte ich gelernt, mich nicht nur von diesem Trieb leiten zu lassen, Tykke hingegen sollte das erst jetzt lernen. Er warf sich mit einem wilden Aufschrei nach vorn, versuchte mit der geballten Faust einen Treffer zu landen, doch die Frau wich mit einer eleganten Bewegung zur Seite aus. Seine Fäuste trafen ins Leere, er geriet ins Torkeln und stürzte, als sie ihm einen Hieb in den Rücken versetzte.

Ich zögerte nicht länger, riss ein Brett aus der Scheunenwand und schmetterte es gegen ihren Rücken, doch sie zuckte nicht mal zusammen. Stattdessen wandte sie sich zu mir um, stieß mir ihre flache Hand gegen den Brustkorb, sodass ich zur Seite geschleudert wurde und die Luft pfeifend aus meiner Lunge entwich. Während sich die Aufmerksamkeit der Sternenbestie mir zuwandte, rappelte sich Tykke auf, ergriff einen langen, spitzen Holzsplitter und rammte ihn von hinten in ihr Fleisch. Sie riss die trockenen Lippen zu einem stummen Schrei auf, krümmte sich, und da erfasste mich eine Art Druckwelle, besser kann ich es nicht beschreiben, die Tykke und mich nach hinten warf. Mein Kopf schlug gegen einen Baumstamm, und mir wurde für einige Sekunden schwarz vor Augen, bis das Sternenlied in neuer Intensität in meinem Kopf erklang. Antares' helle Töne frohlockten, veranlasste die anderen Sterne, in einen Kanon der Glückseligkeit einzustimmen, und dann fiel eine neue Stimme in ihren Gesang ein, heller und schöner als alles, was ich je zuvor gehört hatte. Eine Sternenseele wurde geboren. Mein Zwillingsstern. Die Seele, die von der ersten Sekunde an im Gleichtakt mit meinem Herzen schlug, die ich vor allem anderen beschützen musste.

Ich sah in die Richtung, aus der die Laute kamen, und erblickte Amadea, die in der Luft zu schweben schien. Ein rostiger Haken, mit dem die Bauern halbe Lämmer zum Räuchern über das Feuer hielten, hatte ihren Rücken durchbohrt, ragte vorn aus ihrer Brust heraus und nagelte sie so an der Scheunenwand fest. Blut quoll noch immer über ihre Lippen, tropfte in den unberührten Schnee zu ihren Füßen, während sich ihre Züge wandelten, feiner und blasser wurden und ihr eine ätherische Schönheit verliehen. Plötzlich schlug sie die Augen auf, und unsere Blicke trafen sich. Es war das erste Mal, dass ich in die Augen einer neugeborenen Sternenseele sehen durfte. Die ungläubige Faszination, die sich in ihnen widerspiegelte, sollte sich für immer in mein Gedächtnis einbrennen. Für diesen kostbaren Moment vergaß ich alles andere um mich herum, spürte nur das reine Glücksgefühl, das mich bei ihrem Anblick durchflutete. Nichts hatte mich je glücklicher gemacht als allein ihre Gegenwart, das Wissen, dass sie auf derselben Erde wandelte wie ich. Mein Gegenstück.

Doch meine Reaktion war nicht unbemerkt geblieben. Die Bestie lachte auf, ein Geräusch, wie ich es schrecklicher nie wieder gehört habe, riss sich von Tykke los, dessen Gesicht von Blut bedeckt war, und raste auf das Mädchen zu. Ich sah nur noch, wie sie sie mit einem harten Ruck vom Haken riss, wobei Amadeas Lippen vor Schmerz und Überraschung lautlos aufklafften, und sie zu Boden warf. Dann packte sie in einer fließenden Bewegung den Haken und grub ihn in ihre Kehle. Sofort erlosch der freudige Gesang von Antares, wurde leiser, bis er sich zu einem nahezu unhörbaren Summen wandelte.

In rasendem Zorn stürzte ich mich auf die Bestie, doch die lachte nur, wich jedem meiner unkontrollierten Angriffe aus und grub ihre scharfen Nägel in mein Fleisch. Erst später erfuhr ich, dass Tykke sich von hinten an sie heranschlich und einen weiteren Haken in ihren Kopf rammte. Doch selbst das konnte sie nicht töten. Trotzdem schwächte es sie so sehr, dass sie von uns abließ und sich zurückzog.

Sofort stürzte ich zu Amadea, bettete ihren Kopf in meinem Schoß, während ihr Blut den Schnee färbte und meine Kleider durchtränkte. Fassungslos, wie betäubt blickte ich in ihre brechenden Augen, und die Erkenntnis, dass ich versagt hatte, dass das Einzige, was sich je zu beschützen gelohnt hatte, gerade starb, trübte meinen Verstand.

Mit ihrem letzten Herzschlag starb auch ein Teil von mir, und was dann geschah, wird für mich ewig hinter einem dumpfen Nebel der Verzweiflung liegen. Wir ließen ihre Leiche zurück und flüchteten aus dem Dorf. Sobald man sie fand, würde man Fragen stellen, und als einzige Fremde im Ort wären die Schuldigen rasch gefunden.

So blieb mir für die folgenden Jahrzehnte nur der eine Augenblick, in dem ich in die Augen meines Zwillingssterns, dem Nordmannsmädchen, das keine Kälte mochte, sehen durfte, in dem Wissen, dass ich meinen Seelengefährten gefunden und ebenso schnell wieder verloren hatte.

34

»Zuerst sollten wir uns vergewissern, dass es keine zufällige Ähnlichkeit ist«, durchbrach Ras das Schweigen, das entstanden war, nachdem Raphael geendet hatte. »Lea, recherchiere doch bitte in der Datenbank, ob wir Aufzeichnungen über so eine Sternenbestie haben.«

»Eine Datenbank?« Lilly glaubte, sich verhört zu haben.

»Ganz ohne moderne Technik leben wir auch nicht«, lächelte Lea. »Wenn wir einer neuen Bestie begegnen, werden alle wichtigen Informationen festgehalten, sodass wir ihre Bewegungen verfolgen können und langfristig eine Vorstellung von ihrer Anzahl erhalten.« Sie holte ihren Laptop, steckte einen Internetstick ein und tippte rasend schnell auf der Tastatur. »Das sieht nicht gut aus«, stellte sie nach ein paar Minuten fest. »Es gibt eine Sternenbestie mit ihrer Beschreibung, die in den letzten zehn Jahren an drei Orten aufgetaucht ist. Jedes Mal verschwanden kurz darauf mehrere Menschen, und jede Sternenseele, die ihr im Kampf gegenübertrat, starb unter seltsamen Umständen.«

»Was waren das für Umstände?«, fragte Ras.

»Es gab keine Verletzungen, die ihren Tod erklären könnten, nur einige Kratzer. Zudem fand man Spuren, die auf eine weitere Bestie hindeuteten, doch niemand hat jemals einen Hinweis auf ihre Existenz gefunden.«

»Das ist nicht gut«, sagte Fynn, und zum ersten Mal entdeckte Lilly so etwas wie Sorge in seinen Augen. »Wir sollten davon ausgehen, dass sie mit Lucretia zusammenarbeitet, und das bedeutet zwei Dinge: Zum einen, dass sie auf uns aufmerksam geworden ist. Ich glaube nicht an Zufälle – Lilly ist die Freundin einer Sternenseele. Ihr Tod sollte uns schwächen. Zum anderen, dass sie sich entgegen unserer Hoffnungen nicht zurückgezogen hat, sondern irgendwelche Pläne verfolgt.«

»Ist das nicht zu voreilig?«, warf Ras ein.

»Vielleicht, aber in diesem Fall bin ich lieber auf böse Überraschungen gefasst.«

»Es kann nicht Amadea sein«, sagte Raphael mit brüchiger Stimme, sein Gesicht aschfahl. »Ich sah sie sterben.«

Ihn so niedergeschlagen, so verstört zu sehen, brach Lilly das Herz. Am liebsten wäre sie zu ihm gegangen, hätte ihn umarmt und ihm zugeflüstert, dass alles wieder gut werden würde, doch dieses Versprechen erschien ihr hohl. Wie sollte sich hier etwas zum Guten entwickeln? Selbst wenn es sich nicht um Amadea handelte, standen noch immer Mikael und ihre erzwungenen Gefühle für ihn zwischen ihnen. Vorhin hatte sie vor dem Spiegel in Leas und Torges Schlafzimmer gestanden und sich angesehen. Sie fühlte sich fremd im eigenen Körper, kannte sich selbst nicht mehr. Nicht nur, dass er sich verändert hatte, dass sie Dinge sah und hörte, die ihr zuvor verborgen gewesen waren, nun waren da Empfindungen, die aus dem Nichts aufgetaucht waren. Die Liebe zwischen ihr und Raphael war gewachsen. Zuerst war da nur eine unbegreifliche Anziehungskraft gewesen. Wann immer er den Raum betrat, wanderte ihr Blick zu ihm, nahm jede seiner Eigenarten auf. Dann waren sie sich nähergekommen, und sie hatte sein großes Herz entdeckt, er hörte ihr zu und verstand sie, wenn sie von ihrem Vater und ihren Ängsten sprach. Sein Mut beeindruckte sie, er brachte sie zum Lachen, und sie wusste, dass er immer für sie da sein würde.

Ihre Beziehung fühlte sich echt an, natürlich. Das Band, das sie mit Mikael vereinte, wirkte jedoch wie ein Fremdkörper, etwas, von dem sie sich so schnell wie möglich befreien wollte.

»Vielleicht ist es ein Trick«, überlegte Ras. »Ebenso wie Lucretia sich maskieren kann, kann sie es mit jeder anderen Sternenbestie machen.«

»Aber zu welchem Zweck?«, wandte Fynn ein. »Der ganze Aufwand nur, um eine einzelne Sternenseele zu verstören? Vergesst nicht, dass sie bereits vor zehn Jahren gesehen wurde.«

»Sie hat doch Erfolg«, mischte sich Shiori ein. »Wir vergeuden wertvolle Zeit mit Herumrätseln, dabei ist es momentan nicht von Bedeutung, wer oder was sie ist.«

Fynn nickte. »Mag sein, aber falls wir es mit Amadea zu tun haben, geht hier etwas vor, das mir gar nicht gefällt. Entweder hat sie einen Weg gefunden, eine Sternenseele unter ihre Kontrolle zu bekommen, oder sie hat etwas anderes erschaffen.«

»Vielleicht ist es so ähnlich wie mit dem Amulett, das Ansgar mir gab«, sagte Lilly nachdenklich. »Damit nahm ich einen Teil einer Sternenbestie in mir auf. Wäre so etwas nicht auch mit einer Sternenseele möglich? Eine Art Hybrid?«

Lea wurde kreidebleich, lehnte sich an Torge, der schützend einen Arm um sie legte. »Was für eine schreckliche Vorstellung.«

Das war eine Untertreibung, dachte Lilly. Die kurze Zeit, die sie so gelebt hatte, war schlimm gewesen, aber die Bestie hatte ihren Körper nicht kontrolliert. Trotzdem fiel es ihr schwer, Mitleid mit Amadea zu empfinden. Das Mädchen hatte sie getötet und damit in dieses Chaos gestürzt. Zudem war da noch Raphael, und auch wenn sie zu Beginn dieser Nacht keinerlei Zweifel an seinen Gefühlen für sie gehabt hatte, war sie sich inzwischen nicht mehr sicher, wen er wählen würde, wenn er sich zwischen ihnen beiden entscheiden müsste.

Sie sah auf die Uhr. Drei Stunden bis zum Sonnenaufgang. Sie musste zittern bei der Vorstellung von dem, was sie am Tag erwartete. Ihr Atem beschleunigte sich, während sie zugleich keine Luft mehr bekam. Sie schloss die Augen, um sich zu beruhigen, aber es wurde nicht besser. Ihre Füße fingen an zu kribbeln, und sie fühlte sich schwindelig. Plötzlich spürte sie eine Berührung an ihrem Rücken. »Beug dich vor und halte deine Hand vor den Mund, atme bewusst ein und aus.«

Tatsächlich half es ihr, und nach einigen Minuten war sie wieder in der Lage, sich aufrecht hinzusetzen. Vor lauter Panik hatte sie nicht darauf geachtet, wer zu ihr gesprochen hatte, doch nun sah sie direkt in Mikaels Augen, der sie sorgenvoll ansah. Von der Wut und Frustration ihrer ersten Begegnung als Zwillingssterne war nichts mehr zu sehen. Sie wusste nicht, was sie mehr erschreckte – seine vorherige Reaktion oder die offene Zuneigung, die er ihr nun offenbarte.

»Geht es wieder?«, erkundigte er sich.

Sie nickte zögerlich, suchte den Kontakt mit Raphael, doch der schaute mit zusammengekniffenen Lippen zur Seite. Warum hatte er ihr nicht geholfen? Hatte er sie bereits aufgegeben? So schnell?

»Ich bringe sie nach Hause«, sagte Mikael daraufhin in die Runde. »Wir haben ihr zu viel zugemutet, und sie braucht Zeit, um sich auf den Tag vorzubereiten.«

Zu ihrem Entsetzen musste Lilly feststellen, dass alle ihren Zusammenbruch miterlebt hatten. Was für ein Anfang! Sie mussten sie für eine absolute Versagerin halten.

»Aber was ist mit der Besprechung?«, wandte sie ein. »Wie soll es jetzt weitergehen?«

Fynn zuckte mit den Schultern. »Wir müssen abwarten und die Augen offen halten. Madame Favelkap besorgt uns die Einwohnerliste von Aurinsbach und eine Liste sämtlicher Schüler und Beschäftigter des Internats. Dann sehen wir weiter.«

»Du meinst, dass du warten willst, bis jemand verschwindet ...«, Lilly stockte kurz, »oder stirbt? Das ist unmenschlich.«

»Wir sind keine Menschen. Oder hast du eine bessere Idee? Unseren einzigen Hinweis auf Lucretia verdanken wir der Aussage einer Sternenbestie, die sie so sehr fürchtete, dass sie sich selbst umbrachte, bevor wir mehr Informationen bekommen konnten.«

»Zumindest wissen wir jetzt, wie ihre Komplizin aussieht«, sagte Ras. »Wir werden nach ihr Ausschau halten.«

»Aber wagt es nicht, sie anzurühren«, erwiderte Fynn mit einer Bestimmtheit in seiner Stimme, die keine Widerrede duldete. »Sie ist gefährlich, und wir brauchen sie lebendig.«

Shioris Augen verdunkelten sich. Sie wird ihm nicht gehorchen, dachte Lilly. Sobald sie eine Gelegenheit sieht, Amadea zu töten, wird sie sie ergreifen. Was würde sie an ihrer Stelle machen? Zu ihrem Schrecken musste sie feststellen, dass sie die Antwort darauf nicht wusste.

»Wie auch immer«, Mikael reichte ihr seine Hand, die sie nach einem letzten Blick zu Raphael ergriff. Seine zahlreichen Ringe drückten hart und warm gegen ihre Haut, während sein Griff zugleich stark und sanft war. »Ich bringe sie nach Hause. Ihr könnt uns morgen über alles informieren.«

Uns, dachte Lilly. Sollte das *Uns* nicht Raphael und ihr gelten? Wieso waren Mikael und sie nun dieses *Uns*? Und warum fühlte es sich gleichermaßen richtig und falsch an?

Da endlich reagierte Raphael. »Ich kenne sie besser. Ich begleite sie.« Doch trotz seiner Worte wich er ihrem Blick aus.

»Das mag sein, aber als ihr Zwillingsstern weiß ich am besten, was sie gerade braucht.«

»Und das wiegt die Vergangenheit auf?«

»Nein«, mischte sich Lilly ein. »Ganz sicher nicht.«

»Dann entscheide du«, sagte Mikael tonlos. »Wer soll dir heute Nacht zur Seite stehen?«

Sie zögerte und spürte Wut in sich aufwallen. Wie konnte er sie vor diese Wahl stellen?

35

»Nicht nötig«, meinte Raphael, dann sah er sie zum ersten Mal an, nicht wütend, nein, nur unendlich müde, enttäuscht und … noch immer voller Liebe. »Dein Zögern spricht Bände.« Damit wandte er sich ab und rannte nach draußen. Fort von ihr.

»Warte«, rief sie. »Wir müssen reden.« Sie drehte sich noch einmal zu Mikael um, bevor sie Raphael hinterhereilte. »Ich komme wieder.«

Sie holte ihn im Wald ein, und da standen sie sich schweigend gegenüber, während das silbrige Schimmern der Welt sie umhüllte. Es war nur ein knapper Meter, der sie trennte, doch Lilly erschien er wie ein unüberwindlicher Wall aus Feuer und Rauch.

»Soll es das gewesen sein?«, fragte sie mit brechender Stimme. »Schreibst du uns so schnell ab?«

Ihre Blicke trafen sich, verschmolzen in der eisigen Nachtluft. »Habe ich denn eine Wahl? Du gehörst von nun an zu ihm.«

»Das entscheide ich und nicht irgendein ferner Stern.«

»Willst du leugnen, dass du dich zu ihm hingezogen fühlst?«

Sie holte tief Luft, wollte die nächsten Worte nicht aussprechen, wusste jedoch zugleich, dass hier nur die Wahrheit helfen konnte, sollte sie auch noch so schmerzhaft sein. »Nein, aber ich liebe dich und will mit dir zusammen sein.«

Zum ersten Mal sah sie wieder so etwas wie Hoffnung in seinem Gesicht. »Wirklich?«

Sie trat einen kleinen Schritt auf ihn zu. »Ich will es versuchen. Wir können das überstehen, wenn wir nur an uns glauben.«

»Und was ist mit Mikael?« Die Skepsis war ihm noch immer deutlich anzumerken.

»Ich werde mit ihm reden. Wir müssen lernen, damit umzugehen. Vor allem jetzt, da wir alle an diesen Ort gebunden sind.«

»Du könntest weggehen.«

»Und dich zurücklassen?« Sie schüttelte den Kopf. »Niemals.« *Und ich will dich nicht allein mit IHR wissen.* Kaum war der Gedanke wie eine kleine Maus durch ihren Kopf gehuscht, schämte sie sich auch schon dafür. »Bitte«, sagte sie und streckte ihre Hand nach ihm aus. »Lass es uns wenigstens versuchen.«

Er ergriff ihre Hand und zog sie an sich. Sie schmiegte sich an ihn, schloss die Augen und fühlte sich für einige kostbare Augenblicke geborgen. Sein Herz schlug im Rhythmus mit ihrem, ihre Körper passten sich einander an, als wären sie füreinander geschaffen. Wie konnte das Schicksal sie trennen wollen? Es war so offensichtlich, dass sie füreinander bestimmt waren. »Ich liebe dich so sehr«, murmelte er.

Sie sah auf, und ihre Münder trafen sich, verschmolzen zu einem Kuss, in dem all die Sehnsucht lag, tauschten süße Atemzüge, während sie sich ineinander verloren. Sie strich über seinen Rücken, spürte die vertrauten Wölbungen seiner Muskeln und gab sich ganz ihren Gefühlen hin. Als Sternenseele zu küssen war atemberaubend. All ihre Empfindungen waren geschärft, jede seiner Berührungen jagte Wonneschauder durch ihren Körper, während sie zugleich die auflodernde Leidenschaft zu verbrennen drohte.

Die Sterne waren ein Stück am Himmel weitergewandert, als sie sich widerwillig voneinander lösten. Zu gern hätten sie die Zeit angehalten und alle Schwierigkeiten in ewiger Erstarrung gehalten.

»Ich bringe dich nach Hause«, sagte Raphael.

Und da war sie wieder. Die Beklommenheit, der Wall, der sie trennte. »Mikael«, setzte sie an und verfluchte die Unsicherheit, die in ihrer Stimme lag. »Er sollte mich begleiten, aber du kannst auch mitkommen«, beteuerte sie, doch er schüttelte den Kopf.

Sie ergriff seine Hand, erschrak über ihre eisige Kälte. »Wenn er mir helfen kann, besser am Tag zurechtzukommen, dann muss ich das annehmen, sonst verliere ich meine Familie.«

Er seufzte. »Ich verstehe dich, aber es muss mir nicht gefallen.«

»Vertraust du mir?« Sein Zögern währte nur eine Millisekunde, aber es war lang genug für Lilly, um sich gekränkt zu fühlen. Sie hatte so viel für ihre Beziehung riskiert, den ständigen Streit mit ihrer Mutter in Kauf genommen, sah kaum noch ihre Freundinnen, und da wagte er es, an ihr zu zweifeln? »Und was ist mit Amadea? Alles dreht sich nur um Mikael, dabei hat mich vermutlich dein Zwillingsstern ermordet. Doch das scheint dir egal zu sein.« Sie spürte die Eifersucht in sich hochkochen, die unsägliche Angst, ihn an dieses Mädchen zu verlieren, nur war das Gefühl nun intensiver als je zuvor. Natürlich war es irrational. Sie war sich dessen bewusst, aber es änderte nichts an dem, was sie empfand. Sie ertrug den Gedanken nicht, dass er sie treffen würde, und an der Tatsache, dass er sie suchen würde, hegte sie keinen Zweifel. Sie würde an seiner Stelle nicht anders handeln.

So lange Zeit hatte sie gefürchtet, dass Amadea wiedergeboren werden würde. Seine wahre Liebe. Die, die für ihn bestimmt war. Nun musste sie feststellen, dass sie niemals fort gewesen war, sondern lebte und ihre eigenen Pläne schmiedete.

Sie spürte, wie stark es sie zu Mikael hinzog, wie zerrissen sie sich fühlte, dabei liebte sie Raphael mit jeder Faser ihres Seins. Wie musste es da ihm ergehen? Er hatte sich über Jahrhunderte nach Amadea verzehrt, ihren Tod beklagt, und nun konnte er sie wieder in seine Arme schließen. Was konnte ihm da seine Beziehung zu ihr, die nicht mehr als ein flüchtiger Augenblick in seinem Leben gewährt hatte, schon bedeuten?

Ihr Herz zog sich schmerzhaft zusammen. Er war alles, was sie sich jemals gewünscht hatte. Auch wenn sie sich schäbig vorkam, wollte sie nicht, dass er einen Weg fand, Amadea zu retten. Gegen dieses Band könnte sie nicht bestehen, nicht solange sie mit sich kämpfen musste, sich nicht Mikael hinzugeben.

Raphael würde mit Amadea über längst vergangene Zeiten sprechen können, über Dinge, die Lilly nur aus Geschichtsbüchern kannte, über Einsamkeit und Verluste, die sie noch nicht erlebt hatte. Was war sie schon im Vergleich zu ihnen? Nicht mehr als ein Kleinkind, das gerade zu krabbeln lernte, während alle um sie herum fröhlich herumhüpften. Ihre Augen wurden feucht. Sie ertrug den Gedanken nicht, ihn so zu verlieren.

»Das ist etwas anderes. Sie ist in Not – niemals würde sich eine Sternenseele freiwillig mit einer Bestie einlassen.«

»Das kannst du nicht wissen.«

»Doch, sie ist mein Zwillingsstern. Ich wüsste es.«

»So wie du gewusst hast, dass sie noch lebt?« Kaum hatte sie die Worte ausgesprochen, taten sie ihr leid.

»Das ist nicht fair«, antwortete Raphael. »Ich habe dich immer unterstützt, selbst als du uns alle in Gefahr gebracht hast, weil du Samuel nicht aufgeben wolltest und dich hinter meinem Rücken mit Ansgar getroffen hast. Ist es so viel verlangt, von dir dasselbe zu erwarten?«

Das war es natürlich nicht, dessen war sie sich bewusst, aber es änderte nichts an dem Gefühl, dass ihr die Situation immer mehr entglitt, dass sie kurz davor war, ihn zu verlieren. »Aber du weißt nicht, ob sie es wirklich ist. Was, wenn es ein Trick ist, um dich in eine Falle zu locken und uns auseinanderzubringen?«

»Ich habe Gewissheit, sobald ich sie gesehen habe.« Er streckte die Hand nach ihr aus. »Lass uns einander vertrauen. Das ist das Einzige, was wir tun können, um die kommenden Tage zu überstehen.«

Sie ergriff zwar seine Hand, und seine Finger umschlossen ihre ganz fest, während sie gemeinsam zur Hütte zurückgingen, aber die Zweifel waren immer noch da.

36

Du hast dir den Falschen ausgesucht. Ich bin nicht gut darin, Menschen zu beschützen«, sagte Mikael mit gesenktem Kopf.

Als ob meine Wahl auf ihn gefallen wäre, dachte Lilly, aber diese Tatsache stand ohnehin zwischen ihnen, seit sie die Ruine verlassen hatten. Raphael hatte sie mit einem sanften, irgendwie traurigen Kuss verabschiedet, bevor er wieder im Wald verschwunden war. Er behauptete, um den Kopf freizubekommen – sie befürchtete, um Amadea zu suchen.

»Wurdest du deshalb zum Jäger?«

Er zuckte mit den Schultern. »Es gab nicht viele andere Möglichkeiten. Zumindest damals nicht. Und heute? Ich bin kein Wissenschaftler, und mich vor den Sternenbestien zu verstecken, bis sie mich eines Tages doch finden, liegt mir nicht im Blut. Außerdem ist da immer noch Fynn. Ich verdanke ihm alles. Er hat sich um mich gekümmert, als es mir schlecht ging, mir unzählige Male das Leben gerettet. Manchmal frage ich mich, ob er nicht der Einzige ist, der uns noch vor der Übermacht der Bestien schützt.«

»Ist das nicht die Aufgabe des Rates?«

»Eigentlich ja, aber sie leben seit zu langer Zeit vollkommen zurückgezogen, nur wenige von uns bekommen sie je zu Gesicht. Ich habe meine Zweifel, wie viel Bezug zur Wirklichkeit sie noch haben.«

»Und trotzdem dienst du ihnen.«

»Was sollte ich sonst tun? Unsere Reihen durch einen Aufstand gegen den Rat schwächen? Nein, ich komme mit dem Dasein als Sternenjäger zurecht.«

»Aber bist du glücklich?«

Er drehte sich zu ihr um und ergriff ihre Hand. Bei der Berührung durchfuhr es sie wie ein elektrischer Schlag, und an seinen geweiteten Augen erkannte sie, dass es ihm ebenso erging. Ihre feinen Härchen richteten sich auf, ein sanftes Prickeln breitete sich von der Stelle aus, an der Haut auf Haut traf. Sein Daumen fuhr über ihren Handrücken, und das Kribbeln verstärkte sich, raubte ihr fast den Atem, als teilten selbst ihre Körper ihnen mit, dass sie zusammengehörten. Sie sahen einander an. Der silbrige Stern um seine Pupillen ließ seine Augen im Wechselspiel mit dem Nachthimmel und den Reflexionen vom Schnee in hellem Limonengrün leuchten. Die Gewissheit, dass sie diesem Jungen alles anvertrauen konnte, breitete sich in Lilly aus. Das Band, das sie vereinte, würde für immer bestehen bleiben, er würde sie niemals verlassen. Mikael war für sie bestimmt.

Erst jetzt begriff sie wirklich das Ausmaß ihrer Verbundenheit. Das war nichts, was man einfach so ignorierte. Es war etwas Tiefes, Ursprüngliches, das Tribut verlangte. Sie waren eine Seele in zwei Körpern, die danach strebten, sich erneut zu vereinen.

Da trat er zurück, löste seine Hand von ihrer. »Tut mir leid. Das hätte ich nicht tun sollen.«

»Nein!« Sie sah ihn verwirrt an, wusste das Durcheinander ihrer Gefühle nicht zu ordnen. »Es ist mein Fehler.« Ihre Stimme brach. Sie waren füreinander vorgesehen. Niemals würde er wieder ein anderes Mädchen lieben können. Nicht, solange sie lebte. Und hier stand sie und liebte einen anderen Jungen. »Es tut mir so leid«, flüsterte sie.

Er lächelte traurig. »Das muss es nicht. Wir haben uns unser Schicksal nicht ausgesucht. Du solltest bei Raphael bleiben. Ich bin nicht gut für dich.«

»Sag so etwas nicht.«

»Es ist die Wahrheit. Ich hätte niemals eine Sternenseele werden sollen.« Er sah auf einen unbestimmten Punkt in der Ferne. »Im achtzehnten Jahrhundert lebte ich ein einfaches, aber glückliches Leben im heutigen Schweden. Eines Tages wurde unser winziges Dorf überfallen. Sie hatten es auf das Vieh abgesehen, vielleicht hätten wir es ihnen sogar gegeben, wenn sie uns nur verschont hätten, aber sie waren aufs Töten aus. Ich erinnere mich noch an ihren Anführer – ein Hüne von einem Mann mit zotteligem rotem Haar, in ranzige Pelze gehüllt und einer Ausdünstung nach rohen Zwiebeln, die allein schon genügt hätte, um seine Gegner in Scharen fallen zu lassen. Zuerst trieben sie die Frauen zusammen, um sich später mit ihnen zu vergnügen, dann waren die Jungen dran. Sie schnitten ihnen einfach die Kehlen durch, vor den Augen ihrer Väter, wenn diese nicht ohnehin schon in ihrem eigenen Blut lagen. Als sie zu Jorge, meinem jüngeren Bruder, kamen, gelang es mir, mich loszureißen – bis heute weiß ich nicht, wie. Ich rannte zu ihm, ohne irgendeinen Plan. Ich wusste nur, dass ich seinen Tod verhindern musste. Der Hüne hatte die Klinge bereits über seinem Kopf erhoben, doch statt in seine Kehle stieß er sie nun in meine Brust.« Er holte zittrig Luft. Noch immer schienen ihn seine Erinnerungen gefangen zu halten, quälten ihn mit ihrer Intensität.

Lilly sah die feine Ader an seiner Schläfe pulsieren, hörte das Pochen seines Herzens. Sie hob die Hand, um ihn zu trösten, nur um sie sogleich wieder fallen zu lassen. So würde sie es nur schlimmer machen.

»Wenn man der Theorie Glauben schenkt«, fuhr er fort, »dass ein Mensch zur Sternenseele wird, wenn im Augenblick seines Todes eine energetische Verbindung zu einem

Stern besteht, so wäre es eigentlich mein Bruder gewesen, der nun hier stehen müsste. Ich wollte ihn retten, und doch war ich es, der ihm seine Zukunft nahm. Als ich aufwachte, lag ich neben seiner Leiche.«

»Glaubst du wirklich, dass solche Fehler passieren? Hörst du nicht auch das Singen der Sterne? Bei allem, was ich inzwischen weiß, vertraue ich ihnen, dass sie niemals den Falschen erwählen. Du warst von Anfang an derjenige, den Alkione wollte.«

»Und wenn nicht?« Er zuckte mit den Schultern. »Was auch immer für uns vorgesehen ist – ich glaube an den freien Willen, dass unsere Entscheidungen unser Schicksal beeinflussen. Ich kann und will mich nicht damit herausreden, dass es so vorherbestimmt war. Ich habe meinen Bruder in den Tod geschickt, und seither versuche ich, seinen Platz auszufüllen, und scheitere jeden Tag daran. Er war der Beste von uns allen. So jung und doch so klug, mitfühlend und mit einem Verständnis für die Menschen und Tiere, das seinesgleichen sucht.« Er sah sie direkt an. »Deshalb kann ich dir keinen Vorwurf machen. Er sollte hier stehen, nicht ich.«

»Das hätte auch nichts geändert. Ich liebe Raphael.«

Seine Augen verdunkelten sich bei ihren Worten, aber sie sah keinen Tadel in ihnen, vielmehr Anteilnahme, als verstünde er, wie zerrissen sie sich in diesem Moment fühlte. »Vielleicht hast du recht, vielleicht hat alles einen tieferen Sinn. Ich werde bald sterben, da ist es gut, wenn du jemanden hast.«

»Moment«, sagte Lilly. »Wie weit ist Alkione entfernt?«

»Dreihundertsiebzig Jahre.«

»Und wie alt bist du?«

»Etwa zweihundertdreißig Sternenjahre. Ich weiß es nicht genau.«

»Dann wirst du zwar vor mir sterben, doch nicht so bald,

dass es uns jetzt beschäftigen sollte.« *Nicht jetzt, da so viel Chaos um uns herrscht.* Nicht, solange sie jeden Tag darauf wartete, dass Torge anfing zu altern und sie das Leid in Leas Augen ertragen musste. Hatte Torge heute nicht müder als sonst gewirkt? Waren seine Bewegungen steifer und seine Augen umschattet? Sie schüttelte sich, wollte sich nicht ausmalen, wie es sich anfühlte, wenn man auf die Anzeichen des nahenden Todes wartete.

»Mir wurde der Tod prophezeit. Für dieses Jahr.«

Sie öffnete den Mund, nicht sicher, ob sie lachen sollte oder ob er es tatsächlich ernst meinte. »Eine Prophezeiung? Wie in einem Märchen?«

»Wenn du es so sagst, klingt es absurd, aber bedenke, was für ein Leben wir führen, wer wir sind. Erscheint es da immer noch so abwegig?«

»Vorhin hast du behauptet, nicht ans Schicksal zu glauben.«

»Das ist etwas anderes. Sie sieht Dinge, Muster, die uns verschlossen bleiben. Sie spricht stets die Wahrheit, irrt niemals.«

»Wer ist sie?« Lilly wartete gespannt auf seine Antwort. Welches Wesen vermochte einen erfahrenen Sternenjäger dazu zu bringen, an so ein Hirngespinst zu glauben?

»Andromeda.«

»Ist das nicht eine Galaxis?«

»Ja, sie liegt etwa zwei Millionen Lichtjahre entfernt.«

Es dauerte ein paar Sekunden, bis sie begriff. »O mein Gott, dann ist sie sicherlich uralt.« Die Erinnerungen an Raphaels Erklärungen kehrten zurück. Normalerweise erwählten nur Sterne einen Menschen, doch es kam auch vor, dass die Macht einer gesamten Galaxie sich in einer Person vereinte.

Mikael nickte. »Ich weiß nicht, wie alt genau, aber mindestens dreitausend Jahre, und sie wird vermutlich noch leben, wenn die Menschen längst nicht mehr auf der Erde wandeln. Sie ist so nah an der Unsterblichkeit, wie ein Wesen nur sein kann, und überaus mächtig.«

»Und sie hatte nichts Besseres zu tun, als dir deinen Tod vorherzusagen?«

37

»Mach dich nicht darüber lustig.« Mit einem Mal war alle Freundlichkeit wie weggewischt. Sie hatte einen wunden Punkt getroffen.

»Es tut mir leid, aber das wirkt vollkommen absurd auf mich.«

»Lass uns weitergehen«, sagte er und deutete auf den Weg vor ihnen. »Bald wird es hell.«

Ihr fiel auf, dass er sie nicht wieder berührte, sondern sorgfältig darauf achtete, ihr nicht zu nahe zu kommen. Sie sah zum Himmel auf und stellte fest, dass die Sterne bereits verblassten. In den Büschen raschelten die Tiere, die allmählich aus dem Schlaf erwachten oder zu ihren Höhlen und Bauten zurückkehrten, um den Tag zu verschlafen. Ganz wie sie.

»Ich begegnete Andromeda das erste Mal vor über zweihundert Jahren – damals scharte sie Sternenseelen um sich, um sie vor einer Gruppe von Sternenbestien zu schützen.«

»Starb zu dieser Zeit nicht Centaurus?« Centaurus war eine weitere Galaxie, die vor mehreren Jahrhunderten den Bund der Sternenhüter begründete, da der Kampf gegen die Bestien ohne Hilfe aussichtslos war.

»Madame Favelkap hat dich gut unterrichtet.« Er blickte sie mit einer Mischung aus Stolz und Trauer um eine entgangene Chance an. Fragte er sich womöglich gerade, wie es wäre, wenn sie zusammen wären? »Damals erzitterte die Welt unter einem Ansturm der Sternenbestien. Selbst die

Menschen spürten das Böse auf der Erde wandeln, flüchteten sich in Sagen von Vampiren und anderen Mythengestalten, um das Schreckliche zu erklären. Die Bestien sammelten sich ebenfalls unter einem ihrer Führer, Urban, dem Bruder von Centaurus.«

Lilly glaubte, sich verhört zu haben. »Wie können sie denn Brüder sein? Es sei denn ...« Ihre Augen weiteten sich, als sie begriff.

»Genau. Eine weitere Ironie, die die Sterne für uns bereithielten. Zwillinge, die sich liebten, ihr Leben Seite an Seite verbringen wollten, und dann griff das Schicksal, oder wie auch immer du es nennen willst, ein und verwandelte sie in Todfeinde.«

»Wie schrecklich.«

Mikael nickte. »Es geschah lange vor meiner Geburt, und Centaurus weigerte sich, darüber zu sprechen, aber die Gerüchte kursierten. Jedenfalls kam es zu einer Schlacht, in der es ihm gelang, Urban zu töten. Viel Blut wurde an dem Tag vergossen, aber schließlich wurden die Bestien besiegt. Doch Centaurus konnte nicht mit dem Wissen weiterleben, seinen eigenen Zwilling getötet zu haben, und richtete sich selbst. Seither wacht Andromeda über uns, aber sie ist einsam. Die einzige Uralte, von deren Existenz wir wissen.«

Was für ein grausames Schicksal, dachte Lilly. Seinem einst geliebten Ebenbild gegenüberzustehen, nur um ihm die todbringende Klinge in den Leib zu rammen. Sie hatte lange mit sich gerungen, als Samuel von der Sternenbestie übernommen worden war, und dabei war er nur ihr Stiefbruder, und sie hatte ihn nicht eigenhändig töten müssen. Wie schwer musste Centaurus dieser Schritt gefallen sein?

»Und wo ist Andromeda jetzt? Warum hilft sie uns nicht, wenn sie so mächtig ist?«

»Sie hat sich zur Ruhe begeben. Nach so vielen Jahrtausenden droht sie dem Wahnsinn zu verfallen, wenn sie sich nicht zurückzieht. Das menschliche Gehirn ist mit der Flut an Erinnerungen überfordert. Jede noch so kleine Begebenheit kann einen neuen Sturm von Bildern hervorrufen. Gibt es einen Geruch oder Geräusch, das du mit etwas Positivem verbindest?«

Lilly dachte kurz nach. »Vanille. Wir sind so oft umgezogen, dass ich in jedem neuen Zuhause Vanilleduftkerzen angezündet habe.«

»So geht es uns mit vielen Dingen. Wir sehen einen Hund und denken an das eigene Haustier oder eine Kette, die uns mal jemand schenkte. Bei den Alten sammeln sich diese Verknüpfungen, sodass es immer schwieriger wird, sie von der Realität zu trennen.«

»Dann ist sie also verrückt?«

»Nein, sie erkannte die Zeichen und zog sich zurück, um ihrem Gehirn Ruhe zu gönnen. Wir dürfen sie nur im äußersten Notfall wecken.«

»Und wo ist sie? Und warum hat sie dir den Tod vorhergesagt?«

»Auf die erste Frage darf ich dir keine Antwort geben – nur wenige sind eingeweiht. Und zur zweiten: Nach Centaurus' Tod begab sich Andromeda auf die Jagd, um die zerstreuten Bestien zu vernichten. Nur ein Jagdtrupp durfte sie begleiten.«

»Du und Fynn.«

»Genau. Lukel und Phil waren damals noch nicht bei uns, sondern Electra und Maia.«

»Gehören die beiden nicht ebenfalls zum Sternbild Stier?« Lilly hätte nie gedacht, dass die Begeisterung ihres Vaters für Astronomie sich eines Tages als so nützlich für sie erweisen würde. Sie hatte ihr Teleskop nur behalten, um das Andenken an ihn in Ehren zu halten und sich die Erinnerung an die

Nächte, die sie auf dem Dach ihres Wohnhauses verbracht hatten, zu bewahren.

»Eines der Rätsel, die Fynn umgeben. Ihm gelingt es, alle Plejaden und vor allem sämtliche Sternenseelen des Sternbilds Stier aufzutreiben, und wir alle folgen ihm. In seinen Augen sind wir Sternengeschwister, miteinander verbunden und dazu auserkoren, gemeinsam zu kämpfen.«

»Und zu sterben«, sagte Lilly düster. War das auch ihr Schicksal? Sich ihnen anschließen und ihr neues Leben dem Kampf widmen? Was würde Fynn sagen, wenn sie sich weigerte? Und wollte sie das überhaupt? Die Vorstellung, aktiv zu werden, nicht nur auf die Sternenbestien zu reagieren, sondern sie umgekehrt zu jagen, Böses zu verhindern, übte auf einmal eine große Anziehungskraft auf sie aus. Doch sie war keine Kämpferin. Voller Scham dachte sie an ihr Kampftraining mit Torge, wie sie kläglich gegen Amadea versagt hatte, lieber weggerannt war, statt sich ihr zu stellen. Nein, sie war nicht dafür geeignet.

»Irgendwann wirst du den Tod nicht mehr fürchten. Du musst deine Zeit als Geschenk sehen. Eigentlich wärst du bereits tot.«

»Wie kann man keine Angst vor dem Tod haben? Dich scheint es doch auch zu beschäftigen.«

Er legte seinen Kopf schief, betrachtete sie nachdenklich. »Natürlich lässt mich der Gedanke an meinen baldigen Tod nicht kalt, aber was haben wir noch zu fürchten? Wir wissen, was uns erwartet. Wir wissen um die Sterne, die Seelen. Wir kehren zurück. Da ist nichts Schlimmes daran.«

Wie alt musste man werden, damit man so abgeklärt mit dem Thema umging? »Was genau hat Andromeda gesagt?«

»Im Jahr der Schlange des achtundsiebzigsten Zyklus wird sich entscheiden, wer du bist. Sternenseele oder Brudermörder. Dein Opfer oder mein Tod. Deine Wahl.«

»Sie spricht von dem chinesischen Kalender?«

»Wir vermuten, dass sie dort geboren wurde.«

»Ist es nicht grausam, so etwas zu sagen? Wenn sie weiß, was dir bevorsteht, sie aber nichts daran ändert – warum verschweigt sie es nicht?«

»Sie wird von Visionen heimgesucht und hat dann keine Kontrolle über das, was sie sagt. Zudem glaubt sie ebenso wie ich, dass wir unsere eigenen Entscheidungen treffen.«

»Und du bist bereit, dich zu opfern.«

»Natürlich.«

»Für mich ist das alles andere als verständlich. Indem du dein Leben wegwirfst, ehrst du deinen Bruder nicht – ganz im Gegenteil. Dir wurde dieses Dasein geschenkt, aber nun willst du es einfach so aufgeben.«

»Andromeda ist so viel mächtiger, weiser und wichtiger als ich. Wie könnte ich da anders handeln?«

»Du beschreibst sie als halb Verrückte, die die meiste Zeit schläft. Du bist hier und kämpfst. Tag für Tag. In meinen Augen bist du wertvoller als sie.«

Er lächelte sie von der Seite an. »In dir stecken noch so viel Leben und Leidenschaft. Bewahre dir das. Was auch immer geschieht.«

Sie gingen schweigend weiter, bis sie ihr im Dunkeln liegendes Haus erreichten. Sie würde sich hineinschleichen müssen und hoffen, dass sie keiner bemerkte. Nicht auszudenken, was geschehen würde, wenn ihre Mutter sie am nächsten Tag zur Rede stellte. Was würde sie dann antworten? Behaupten, dass sie geschlafen habe? Moni würde glauben, dass sie sie anlog. *Verdammter Mist. Warum musste alles so kompliziert sein?* »Ich gehe rein und öffne dir die Balkontür. Du musst leise sein – wir dürfen niemanden wecken.«

Während sie nahezu lautlos die Haustür aufschloss, dachte sie darüber nach, dass in wenigen Minuten das erste Mal ein anderer Junge als Raphael – und Samuel, aber Stiefbrüder zählten nicht – ihr Zimmer betreten würde und das auch noch bei Nacht.

Der Flur lag im Dunkeln, dennoch verzichtete sie darauf, ein Licht zu entzünden. Als Sternenseele konnte sie auch im Haus einigermaßen sehen, obwohl das silbrige Schimmern inzwischen viel schwächer geworden war. Als sie an einem Spiegel vorbeikam, blieb sie schockiert stehen. Das sollte sie sein? Dieses Mädchen mit der schneeweißen, schimmernden Haut? Den riesigen Augen mit den endlosen Wimpern und weichen Lippen? Es war nicht so, dass sie sich absolut nicht wiedererkannte. Es war eindeutig ihr Gesicht, nur irgendwie besser. Jeder kleine Makel war verschwunden und nur reinste Perfektion zurückgeblieben. Sie beugte sich vor und betrachtete sich. Auch um ihre Pupillen schimmerte nun ein silberner Stern, der ihre graugrünen Augen wie aus Quecksilber erscheinen ließ. *Ich bin wirklich nicht mehr ich selbst.*

Leise ging sie in ihr Zimmer und öffnete die Balkontür, vor der Mikael bereits wartete. Eine seltsame Anspannung lag im Raum, als sie sich nebeneinander auf das Bett setzten. Ein von den Sternen auserkorenes Liebespaar, trotzdem trennten sie Welten.

»Wann stehen deine Eltern auf?«, fragte er.

»Sonntags gegen sieben Uhr.« Sie verzichtete darauf, ihn darauf hinzuweisen, dass ihr Vater tot war und sie mit dem neuen Freund ihrer Mutter zusammenlebten.

»Gut, dann ist es noch dunkel. Gib vor, dass du krank bist, und verkriech dich in dein Zimmer. Alles andere wäre zu viel für den ersten Tag. Vor allem, solange du deinen Stiefbruder nicht eingeweiht hast.«

»Sagtest du nicht, dass ich besser mit dem Tag zurechtkommen werde?«

»Sicher wissen wir es nicht, und selbst dann ist es nicht einfach. Du wirst es lernen müssen, aber im Gegensatz zu uns kannst du es nicht in Abgeschiedenheit tun. Nur weil Winter ist, hat Fynn überhaupt zugestimmt. Relativ wenige Stunden Tageslicht, in denen dir Fehler unterlaufen können.«

Na toll, dachte Lilly. Dann würden sie bald alle für einen Freak halten. Sie betrachtete sich erneut im Spiegel. Sie würde sich schminken müssen, damit ihre Veränderung nicht zu auffällig wäre. Ein wenig Make-up, und jeder würde ihren neuen Teint dem Schminktopf zuschreiben. Vielleicht sollte sie sich auch ein paar farbige Kontaktlinsen besorgen, damit der Stern um ihre Augen nicht so auffiel. Seit die Stargazer so erfolgreich waren, konnte man sogar welche mit Sternmuster kaufen, in der Annahme, dass die Jungs eben solche trugen. »Was erwartet mich am Tag?«

»Das empfindet jeder anders. Manche versinken in eine Art Schlaf, aus dem sie erst in der nächsten Nacht erwachen. Andere sehen alles wie in einem Film ablaufen, während der Verstand auf Autopilot schaltet. Für mich ist es ähnlich, nur dass ich ab und an für kurze Zeit eingreifen kann und die Beherrschung über meinen Körper zurückgewinne. Kraftsparender sind jedoch Einflüsterungen, mit denen ich mich dazu bewege, bestimmte Dinge zu tun, wie einen Ort aufzusuchen oder mit einer Person zu sprechen.«

»Das klingt schrecklich«, sagte Lilly. Gefangen im eigenen Körper, vielleicht ohne Einfluss darauf nehmen zu können, was mit ihr geschah.

Er legte seine Hand auf ihre, woraufhin ihre Haut erneut zu prickeln begann. »Das ist es nicht. Du weißt jede Sekunde, dass die Sterne über dich wachen, hörst ihren Gesang. Fürchte dich nicht.«

Das war leichter gesagt als getan. Die Angst schnürte ihr

die Kehle zu. Sie wollte nicht wieder von etwas Fremdem übernommen werden, die Kontrolle über sich verlieren.

Mikael sah nach draußen. Das erste Grau zeichnete sich am Horizont ab, die Umrisse der Bäume davor waren schemenhaft zu erkennen. »Ich muss gehen. Ich wünschte, es wäre anders, aber meine Fähigkeiten am Tag sind nicht gut genug, um mich vor deiner Mutter zu verbergen, und ich kann ihr meine Anwesenheit in deinem Schlafzimmer wohl kaum erklären. Aber ich bleibe in der Nähe und komme am Abend sofort wieder. Versprochen.« Er sah sie sorgenvoll an.

»Es wird schon alles gut gehen«, sagte sie mit mehr Zuversicht, als sie verspürte.

Sie standen auf, und plötzlich wünschte Lilly sich, er würde bleiben. Bei ihr sein, wenn sich ihr Verstand umnachtete. Sie hob eine zitternde Hand, um die Balkontür zu öffnen, da fluchte er unterdrückt und zog sie in seine Arme. »Hab keine Angst«, murmelte er in ihr Haar. »Dir wird nichts geschehen.«

Seine Berührung war wie ein elektrischer Schock, der sie durchfuhr und ihre Nervenenden zum Vibrieren brachte. Sie schloss die Augen, um das Gefühl der Geborgenheit zu genießen, das sie in ungeahnter Intensität empfand. An seiner Brust fand sie die Kraft, um die nächsten Stunden zu überstehen. War es das, was einen Zwillingsstern ausmachte? Dass man Stärke aus der Gegenwart des anderen zog?

Sie lösten sich voneinander, und da war sie wieder, die Befangenheit. Verlegen senkte sie den Kopf, dachte an Raphael, und Schuldgefühle durchzuckten sie wie Blitze, die den Nachthimmel spalteten.

Er strich ihr sanft über die Wange, dann war er fort.

38

Ihrer Mutter glaubhaft zu machen, dass sie krank war, erwies sich als einfach. Mit ein wenig weißem Make-up und dunklem Lidschatten unter den Augen sah sie tatsächlich krank aus. Zudem trug sie einen langärmligen Schlafanzug, der das Schimmern des Sternenstaubs, der im Haus ohnehin kaum zu sehen war, überdeckte. Sosehr sich ihr Verhältnis auch verschlechtert hatte, vertraute sie ihr noch genug, um sie ohne Diskussion wieder ins Bett zu lassen. Nur dass es Lilly dadurch noch elender zumute war. Wie sie die ständigen Lügen hasste!

Sie legte sich aufs Bett, wandte den Kopf so, dass sie den heller werdenden Himmel vor Augen hatte, und wartete angespannt auf den Tagesanbruch. Ihre Gedanken wanderten zu Raphael und Mikael, ihren zwiespältigen Gefühlen. Sie erinnerte sich an die Legende von Tristan und Isolde. Die beiden kosteten von einem Liebestrank und waren von da an einander verfallen. Doch das Schicksal meinte es nicht gut mit ihnen, am Ende starben beide. Würde es ihr ebenfalls so ergehen? Was machte wahre Liebe aus? Durfte man das, was Mikael bei ihr auslöste, überhaupt als Liebe bezeichnen? Es war nicht gewachsen, beruhte nicht auf gemeinsamen Erlebnissen, Interessen – es war nur plötzlich da gewesen. Oder gehörte es einfach zu ihr, nun da sie eine Sternenseele war, ebenso wie der Stern um ihre Pupillen und der Sternenstaub? Nur, warum liebte sie dann Raphael noch immer?

Ihre Augen weiteten sich, als zwischen den Baumwipfeln das erste Glitzern der Morgensonne hervorblitzte. Nur noch wenige Sekunden. Ihr Herz klopfte mit aller Macht gegen den Brustkorb, als wollte es sich aus seinem Gefängnis befreien und so seinem Schicksal entrinnen. »O bitte, nein«, flüsterte Lilly. Eine Träne rann in güldenes Licht getaucht über ihre Wange, und als sie die Sonne erblickte, umhüllte sie mit einem Mal tiefste Schwärze. Sie wollte einen Arm heben, um nach ihrem Bett zu tasten, doch da war nichts. Noch schlimmer, sie fühlte ihren Körper nicht mehr. Es war, als schwebte sie körperlos im Nichts. Sie wollte schreien, doch da war kein Mund, der sich öffnete, da waren keine Stimmbänder, die einen Laut hervorbrachten, und keine Ohren, die etwas hörten. Wie hatte Mikael sie nur so anlügen können? Wie konnte er es wagen, das nicht als schrecklich zu bezeichnen? Oder war das nicht so vorgesehen? Hatte vielleicht ein Teil der Sternenbestie, von der Ansgar sie befreit hatte, in ihr überdauert und sie nun in die Schwärze gerissen?

Obwohl sie keinen Körper mehr hatte, fühlte es sich an, als schnürte ihr die Angst die Kehle zu, riss ihre Seele mit unbarmherzigem Griff in einen Strudel der Verzweiflung. Als sie glaubte, es keine Sekunde mehr aushalten zu können, ohne den Verstand zu verlieren, durchbrach ein schwaches Glimmen die Dunkelheit, nicht mehr als Glühwürmchen in einem Ozean der Finsternis, und doch bedeutete es Hoffnung. Es vergrößerte sich, erstrahlte in einem hellen Funkeln. Dann war da noch ein Licht, dann noch eins. Überall um Lilly herum glommen Lichter auf, durch die sie sich mit atemberaubender Geschwindigkeit bewegte. Und während sie allmählich erfasste, was mit ihr geschah, ertönte plötzlich das Sternenlied, nur in einer neuen Art der Reinheit, geprägt von einem warmen Willkommen und Frohlocken über ihre

Anwesenheit. Ihr Geist raste durch das All, beobachtet von Millionen Sternen, ihrem Seelenstern, Alkione, entgegen. Dann tauchte er – oder besser gesagt sie – vor ihr auf. Ein großer und ein kleinerer Stern, die sich in langsamem Tanz umkreisten. Instinktiv wusste Lilly, dass der blaue Stern ihrer war, sie spürte eine Verbundenheit, von der sie gedacht hatte, dass nur Blutsverwandtschaft sie auslösen konnte. Das Gefühl der Zusammengehörigkeit und bedingungslosen Liebe durchflutete sie wie eine Woge, das ihre Seelenwelt von allem Ballast bereinigte.

Sie verlor jegliches Zeitgefühl, trieb im Sternenozean um die Zwillingssterne, bewunderte ihre Schönheit und fühlte, wie ihre seelischen Wunden zwar nicht geheilt waren, aber einen Teil ihres Schmerzes einbüßten.

Dann zog sie sich etwas zurück, sie flog durch den sternenerfüllten Raum, raste an Kometenschwärmen und Sternennebeln vorbei, um sich nur Augenblicke später in ihrem Körper wiederzufinden. Sie benötigte einige Minuten, bis ihre Augen die Umgebung erfassten und sie begriff, dass sie noch immer in ihrem Bett lag. Ihr Wecker klingelte. Zeit aufzustehen. Unbewusst griff sie nach dem lärmenden Ding und sah tatsächlich, wie ihre Hand sich bewegte. Hatte sie doch Kontrolle über ihren Körper? Obwohl sich alles so verschwommen anfühlte, als stünde sie unter einem heftigen Drogencocktail, als befände sie sich halb in ihrem Körper und halb außerhalb? Sie richtete sich auf, zumindest versuchte sie es, aber ihr Körper reagierte nicht, nur ein leichtes Zucken durchlief sie. Sie probierte es erneut – mit dem gleichen Ergebnis.

Da klopfte es an der Tür, und abermals reagierte sie unbewusst, setzte sich auf und bat ihre Mutter herein. War das der Schlüssel? Konnte sie Befehle an ihren Körper geben, wenn sie lernte, es auf einer anderen Ebene zu machen? So wie man normalerweise atmete, ohne darüber nachzudenken, aber dennoch die Luft anhalten konnte, wenn man sich darauf konzentrierte? Nur was kontrollierte ihren Körper gerade? Ein Teil ihres Unterbewusstseins oder doch etwas Fremdes? Die Vorstellung verursachte Übelkeit, alles kreiste vor ihren Augen, verschwamm zu einem fahlen Lichterteppich. Nur langsam beruhigten sich ihre angespannten Nerven, und sie verstand, warum Lea und Torge es vorzogen, tagsüber zu schlafen.

Noch immer mit ihren eigenen Gedanken beschäftigt, hörte sie, wie Moni sich nach ihrem Befinden erkundigte, und zu ihrer Überraschung antwortete sie mit seltsam monotoner und belegter Stimme: »Ich glaube, ich habe Fieber und möchte nur schlafen.«

Ihre Mutter kniete sich vor sie und sah sie an. »Du siehst wirklich schlecht aus. Leg dich wieder hin, und wenn es dir morgen nicht besser geht, fahren wir zu einem Arzt.«

Beklommen bemerkte Lilly, dass sie nickte und sich in ihr Bett fallen ließ, während Moni das Licht ausschaltete und die Tür leise hinter sich schloss. Sie war sich nicht sicher, ob das so viel besser war, als gelähmt im Zweikampf mit einer Sternenbestie zu sein.

Sie lauschte den Geräuschen im Haus, dem Klappern von Geschirr, dem Zischen der Kaffeemaschine, Thomas' schweren Schritten im Duett mit Monis hektischem Getrippel. Gedämpfte Stimmen, um sie nicht zu stören, während sie sich wünschte, die Zeit zurückdrehen zu können und noch einmal das morgendliche Zusammensein zu genießen. Wie konnte es sein, dass ihr Traum, zur Sternenseele zu werden, sich als Albtraum entpuppte?

Nachdem alle das Haus verlassen hatten, kehrte Ruhe ein, und nichts lenkte Lilly mehr von ihren eigenen Gedanken ab. Samuel, Thomas und ihre Mutter würden nun ein

Schloss besichtigen, das nur eine Stunde Autofahrt entfernt war, und dort zu Mittag essen. Tagesausflüge – eine weitere Sache, die ihr von nun an verwehrt bleiben würde.

Die Sonne war inzwischen so hoch gestiegen, dass sie nicht mehr direkt ins Zimmer schien. Ab und an drehte sie sich von einer Seite auf die andere, ohne dass sie auf die Bewegung Einfluss genommen hatte.

Sie beschloss, es erneut zu versuchen, ihrem Körper Befehle zu geben, um sich nicht in Grübeleien zu verlieren. Aber es war schwieriger, als sie es sich vorgestellt hatte. Noch nie zuvor hatte sie sich Gedanken darüber gemacht, wie man im Geiste einer Hand den Befehl gab, sich zu heben oder eine Tasse zu ergreifen. Man tat es einfach, und je mehr sie darüber nachdachte, desto verwirrter wurde sie. Wieso atmete oder blinzelte sie, ohne es wirklich zu bemerken? Und woher wusste ihr Körper, welche Muskeln er anspannen musste, damit sie jemandem sanft über den Kopf streichen konnte, ohne ihm dabei alle Haare auszureißen?

Zuerst bemühte sie sich, die einzelnen Muskelbewegungen zu visualisieren und auf diese Art ihr rechtes Bein anzuheben, doch sooft sie es auch versuchte, es geschah nichts. Selbst als sie sich darauf verlegte, nur die Augen zu schließen, gab es keine Reaktion.

Dann erinnerte sie sich daran, dass sie zu Anfang den Eindruck gehabt hatte, auf unbewusste Gedanken zu reagieren. Also plagte sie sich damit ab, Bilder in ihrem Kopf heraufzubeschwören, die eine bestimmte Handlung erforderten.

Irgendwann gab sie erschöpft auf, hörte, wie ihre Mutter das Haus betrat und die Treppen zu ihr heraufkam. Mit einer Mischung aus Faszination und Schrecken lauschte sie dem kurzen Gespräch, das sie ohne ihr Zutun mit Moni führte und ihr dabei versicherte, dass es ihr schon etwas besser ging. Was auch immer sie steuerte, es wollte ebenso wenig zu einem Arzt gebracht werden wie Lilly.

In den darauf folgenden Stunden versuchte es Lilly immer wieder, aber bis auf ein leichtes Zucken im Fuß, das sie sich auch nur eingebildet haben konnte, blieb ihr ein Erfolg verwehrt.

39

Schmerz war seit Jahrhunderten sein Vertrauter. Es gab den stechenden Schmerz, wenn eine Kugel einen durchbohrte, das Brennen von Feuer und Eis, das dumpfe Pochen nach einer Kopfverletzung oder das widerwärtige Ziehen, wenn eine scharfe Klinge das Fleisch teilte. Er wisperte ihm mal rauschhaft oder betäubend seine Begrüßung ins Ohr, und Raphael empfing ihn wie einen alten Freund. Doch einen Schmerz hatte er nie wieder verspüren wollen: den Verlust eines geliebten Menschen.

Amadea war gestorben. Zumindest hatte er das geglaubt, nur um feststellen zu müssen, dass sie überlebt hatte – denn daran hegte er keinen Zweifel. Nun jagte seine verlorene Liebe die neue. Allein diese Tatsache riss eine tiefe Schlucht in seine Seele, teilte sie in zwei Hälften, die gegeneinander ankämpften. Er sehnte sich so sehr nach Lilly, dass er nicht glaubte, noch einen Atemzug ohne sie machen zu können. So lange hatte er gewartet, aber durfte er deswegen seinen Zwillingsstern im Stich lassen? Es war eine rhetorische Frage. Was auch immer mit Amadea geschehen war – er musste es herausfinden. Alles andere würde er sich nie verzeihen. Nur wie sollte er das Lilly erklären?

Er schloss die Augen, lehnte seinen Kopf gegen eine Fichte und spürte die raue Maserung der Rinde.

Hatte er sie bereits verloren? Er erinnerte sich an seine Gefühle für seinen Zwillingsstern mit einer Eindringlichkeit, als wäre es gestern gewesen. Die Heftigkeit seiner Emotionen war unbeschreiblich – eine Mischung aus bedingungsloser Liebe, Hingabe und der Bereitschaft, alles für den anderen zu opfern. Wie sollte er dagegen ankommen? Er schlug mit der Faust gegen den Baumstamm, hörte Holz bersten. Mikael hatte seinen Platz in Lillys Gedanken verdrängt.

Und das Schlimme war, dass er keinen Groll gegen sie hegen konnte. Sie hatte ebenso wenig eine Wahl gehabt wie er und Amadea. Es war ihr Schicksal. Ein grausames Schicksal, das allem Hohn sprach, für das die Sternenseelen angeblich standen. Wie konnte das Sternenlied so lieblich erschallen, wenn die Sterne solches Leid über ihre Auserwählten brachten? Zum ersten Mal in seinem Dasein nagten Zweifel an Raphael, umschatteten seinen bisher so klar vorgegebenen Weg, bis er nicht mehr sagen konnte, wohin ihn die Zukunft tragen würde.

Er grub seine Hände in das gefrorene Holz, drückte so fest zu, bis Blut aus seinen Fingernägeln quoll, doch auch der Schmerz konnte seine seelischen Qualen nicht lindern. Er liebte sie so sehr.

Auch wenn er wusste, dass sie ihm nur noch mehr wehtun würde, lief er zu ihrem Haus. Es war ihr erster Tag als Sternenseele, und sie brauchte Unterstützung. Wie sollte er sich ihr da verweigern? Sollte ihn ihr Glück nicht ebenfalls glücklich machen? Warum fühlte es sich dann so an, als würde er entzweigerissen?

Er rannte so schnell, wie er nur konnte, fegte mit gewaltigen Schritten über den schneebedeckten Boden, sprang auf Bäume, wenn stacheliges Brombeerdickicht seinen Weg versperrte, und stand so wenige Minuten später vor dem Rankgitter unter ihrem Balkon. Leichtfüßig kletterte er an ihm empor und sprang lautlos auf die Holzplanken, nur um sogleich zu erstarren, als er Lilly und Mikael sich leise unterhaltend nebeneinander auf ihrem Bett sitzen sah. Auch wenn sie sich nicht berührten, ja nicht einmal ansahen, war ihre Verbundenheit nicht zu übersehen. Leicht neigten sich ihre Körper einander zu, ihre Hände wanderten zielstrebig zum anderen hinüber, nur um sogleich wieder erschrocken zurückgezogen zu werden.

Er warf einen letzten Blick auf sie, während das Gefühl des Verlusts durch seine Brust toste, dann wandte er sich ab, verschwand im Wald und wusste nicht, ob er jemals zurückkehren würde.

40

Mit jeder Minute, die sie mit Mikael sprach, wurde sie trauriger. Kurz nach Sonnenuntergang hatte er vor ihrer Balkontür gestanden und sie besorgt angesehen. Erst nachdem sie ihm versichert hatte, dass es ihr gut ginge, hatte er sich etwas entspannt und ihr die Gelegenheit gegeben, ihn mit Fragen zu löchern. Viel mehr hatte sie dadurch allerdings auch nicht erfahren. Nur seine Überraschung, dass sie überhaupt in der Lage war, einen klaren Gedanken zu fassen, und am Abend nicht völlig verwirrt war, machte ihr Hoffnung, eines Tages ebenso viel Kontrolle über sich zu haben wie er. Immerhin befand sie sich auf dem richtigen Weg. Mikael erklärte ihr, dass er am Anfang auch mit Gedankenbildern und ganzen Szenen gearbeitet hatte, um seinen Körper zu einer Reaktion zu zwingen.

Doch trotz dieser Nachricht und der Erleichterung, endlich wieder Herr über sich zu sein, kämpfte sie mit den Tränen. Warum war Raphael nicht gekommen? Hatte er sie so einfach aufgegeben? War seine Liebe zu ihr nicht so stark, wie sie geglaubt hatte?

Sie sah zu Mikael hinüber und spürte erneut die Anziehungskraft, die er auf sie ausübte. Sie wollte sich gegen seine Brust lehnen, seine sehnigen Arme um sich spüren und die Welt um sich herum vergessen.

Wie kann man nur so verdreht sein, fragte sie sich. Ein unentwirrbares Knäuel aus Schuldgefühlen, Trauer, Frustration und der Liebe zu zwei Jungen durchzog ihr Innerstes. Verwirrt und überwältigt von ihren Gefühlen und den Eindrücken der letzten Stunde stand sie abrupt auf. »Ich sollte jetzt mit Samuel sprechen – sonst wird es zu spät, und ich ziehe noch mehr Aufmerksamkeit auf mich.«

Ihr Zwillingsstern richtete sich ebenfalls auf, legte den Kopf schräg und strich ihr liebevoll über die Wange, wobei Trauer seine Augen umschattete.

Er weiß es. Er sieht in mich hinein, als wäre meine Seele aus Glas. Mit einem Mal fühlte sich Lilly noch elender. Sie tat allen weh. Raphael, Mikael, Samuel, ihrer Mutter …

»Nimm dir alle Zeit, die du benötigst«, sagte er leise.

Sie sah ihm nach, während er lautlos die Balkontür öffnete und in der Dunkelheit verschwand. Für einen Moment tanzte der Sternenstaub in der klaren Nachtluft, erinnerte an seine Gegenwart, bevor auch er verblasste.

Sie sammelte sich, richtete schnell ihr Haar, dann ging sie zum Zimmer ihres Halbbruders und klopfte an die Tür. Sie hoffte, dass er da war. Sie war die letzten Stunden so konzentriert auf ihre Übungen gewesen, dass sie nicht darauf geachtet hatte, was im Haus geschah. Zu ihrer Erleichterung rief er mit der ihr inzwischen so vertrauten Stimme »Herein«, woraufhin sie die Tür einen Spalt öffnete.

»Ich muss mit dir reden.« Ihr Blick streifte durch den chaotischen Raum mit den grellgrünen Vorhängen und Bettwäsche, blieb an ihm hängen. Er sah müde aus, dunkle Ringe umgaben seine Augen, seine einst so kraftvollen Schultern hingen lahm herab. Konnte sie denn niemals siegen? Da hatte sie so um sein Leben gekämpft, nur um sein Leiden mit ansehen zu müssen.

Samuel blickte überrascht auf. »So ernst? Was hast du verbrochen? Heimlich Fahren geübt und eine Delle in den Passat deiner Mutter geschrammt?«

Lilly lachte gezwungen. »Als ob da eine Beule mehr auffallen würde. Es geht um das, was du mir erzählt hast. Diese seltsamen Träume.«

Seine Heiterkeit verflog so schnell wie eine Wolke am sturmgepeitschten Himmel. »Ich wusste, dass ich es dir nicht hätte erzählen sollen.«

Sie setzte sich vor ihm auf den Boden und legte ihre Hand auf seine. »Nein«, beteuerte sie. »Ganz im Gegenteil. Ich kann es erklären.«

»Machst du jetzt einen auf Seelenklempner und willst mir etwas von einem Trauma anvertrauen, weil meine Mutter mich verlassen hat?«

Schön wäre es, dachte sie. Entweder denkt er gleich, dass ich einen Psychiater viel nötiger habe als er, oder er ist stinkwütend, weil ich ihn in dem Glauben gelassen habe, dass etwas nicht mit ihm stimmt. Keine Win-win-Situation, sondern eine Lose-lose. »Ich muss dir etwas erzählen.« Und dann berichtete sie ihm von all den Ereignissen der letzten Monate, während seine Augen sich weiteten, bis sie beinahe aus ihren Höhlen zu treten schienen. Nur ihre Zerrissenheit zwischen Raphael und Mikael ließ sie aus.

»Du meinst das wirklich ernst«, stellte er fest, nachdem sie geendet hatte, dabei sah er sie an, als wäre sie eine gefährliche Irre. Damit hatte sie gerechnet, aber zu so drastischen Maßnahmen wie Raphael, der sich einfach in die Hand geschnitten hatte, um seine Selbstheilungsfähigkeiten zu demonstrieren, war sie nicht bereit. Stattdessen zog sie ihren Stiefbruder auf die Beine und ging mit ihm auf ihren Balkon. Sie spürte, dass er sich in ihrer Gegenwart nicht mehr wohlfühlte. Kein Wunder, er musste sie für komplett durchgeknallt halten, wobei er ihr zugleich sicherlich Glauben schenken wollte. Die Existenz von blutrünstigen Bestien und Sternenseelen akzeptieren – im Gegenzug für das

Wissen um die eigene geistige Gesundheit. Eine schwierige Wahl.

Sie stellte sich ins Mondlicht, das durch einen milchigen Dunstschleier die Nacht erhellte, und konzentrierte sich auf das Sternenlied. Sie spürte seine Macht in sich aufwallen, öffnete die Augen und sah die silbrigen Schwaden von ihrer Haut aufsteigen. »Wie erklärst du das?«

Samuel starrte sie fassungslos an. »Das ist ein Trick.« Er umkreiste sie wie ein Hund eine Katze, die es wagte, nicht davonzurennen. Vorsichtig streckte er eine Hand aus, fuhr mit einem Finger durch den Sternenstaub. Dann blickte er sie an und hauchte: »Deine Augen …«

Sie betrachtete ihr Spiegelbild im Fensterglas. Selbst in dieser blassen Erscheinung leuchtete der Stern um ihre Pupillen. »Glaubst du mir nun?«

Er strich sich mit einer zitternden Hand durch seinen blonden Haarschopf. »Nehmen wir für einen Moment an, dass du mich hier nicht verarschst. Warum hast du es mir nicht früher verraten? Du wusstest, wie sehr mich meine Träume quälen, trotzdem hast du geschwiegen.«

»Ich durfte nicht«, antwortete sie leise. »Sie hätten dich getötet.«

»Und davon hast du dich einschüchtern lassen? Du hast dich ihnen entgegengestellt, als du Angst hattest, dass deine Familie zerbricht, aber als es um mich ging, hast du gekniffen. Wenn du meine Hilfe nicht brauchen würdest, hättest du mich weiterhin im Ungewissen gelassen.«

Sie zuckte vor seinen Anschuldigungen zurück, wollte sich verteidigen, die Vorwürfe von sich weisen, aber sie wusste, dass sie das nicht konnte. Er hatte recht. »Es tut mir leid.« Sie knetete ihre Hände. »Es war alles so viel, so überwältigend. Ich habe nicht nachgedacht.«

Er seufzte, starrte in den Wald hinaus. »Also fasse ich mal

zusammen. Du hast mich vor so einer Bestie gerettet, wurdest nun selbst zu einer Art Auserwählten der Sterne und leidest tagsüber unter einer Art Blackout. Um alles noch komplizierter zu machen, treibt eines von diesen Dingern irgendwo hier sein Unwesen, und die Ex von Raphael will dich töten. Und ich soll dir jetzt dabei helfen, tagsüber nicht wie ein Zombie herumzulaufen.«

»So könnte man sagen. Du nimmst das ziemlich gelassen auf.« Sie erinnerte sich noch genau an ihre eigene Skepsis und wie schwer es ihr gefallen war, die Existenz von Sternenseelen und -bestien zu akzeptieren.

Er zuckte mit den Schultern. »Wenn ich dir glaube, habe ich eine Erklärung für meine seltsamen Träume. Die Alternative wäre, dass ich verrückt werde oder sogar ein Psychopath bin. Da nehme ich doch die magischen Wesen.«

Sie seufzte erleichtert auf. Zumindest das war einfacher gewesen, als sie erwartet hatte. »Dann passt du morgen auf mich auf?«

»Klar, Schwesterchen.« Er boxte sie freundschaftlich gegen die Schulter. »Und was kann ich sonst noch tun?«

»Das ist mehr als genug. Ich will dich da nicht weiter reinziehen.«

»Dafür ist es bereits zu spät. Ich werde nicht tatenlos herumsitzen, während eines von diesen Dingern, die an meinem Gehirn herumgepfuscht haben, sich hier herumtreibt.«

»Samuel, bitte …« Sie hob abwehrend die Hände. »Sie sind gefährlich.«

»Genau deswegen. Je schneller ihr sie ausschaltet, desto eher sind wir wieder in Sicherheit.«

Sie seufzte ergeben. In den Monaten, die sie nun bereits unter einem Dach lebten, hatte sie ihn gut genug kennengelernt, um von seiner ausgeprägten Sturheit zu wissen. »Du kannst tagsüber die Augen offen halten, sehen, ob sich jemand auffällig verhält oder verändert. Vielleicht tust du dich mit Calista zusammen, gemeinsam könnt ihr mehr erfahren.« Dieser Vorschlag fiel ihr ausgesprochen schwer – was auch immer geschehen sein mochte, sympathisch war ihr das Mädchen nach wie vor nicht.

»Denkst du, man kann ihr vertrauen?«

»Sie hat mich gerettet.«

»Oder ist das nur Teil eines Plans der Sternenbestien, um eine von ihnen oder zumindest eine Dienerin bei euch einzuschmuggeln?«

»Wie hätten sie wissen sollen, dass ich zur Sternenseele werde?«

»Bist du dir wirklich sicher, dass sie das nicht können? Ihr wisst auch nicht, was mit Raphaels Ex geschehen ist. Und vielleicht haben sie nur schnell reagiert, als du dich gewandelt hast. Die Sternenbestien stehen doch angeblich in gedanklicher Verbindung miteinander.«

Lilly runzelte die Stirn. Die Vorstellung gefiel ihr gar nicht, aber sie musste sich eingestehen, dass sie Samuels Worte nicht einfach so beiseiteschieben konnte. »Du hast recht. Behalte sie bitte besonders sorgfältig im Auge. Ich werde mit den anderen darüber sprechen. Vielleicht machen wir uns auch nur grundlos Gedanken.« Sie schloss die Augen und seufzte erneut. Ein weiteres Problem, als gäbe es davon nicht bereits genug.

Samuel trat einen Schritt auf sie zu, zog sie in seine Arme, und sie lehnte ihren Kopf gegen seine harte Brust. Er strahlte etwas Beruhigendes aus, vermittelte ihr das Gefühl von Sicherheit, das sie das letzte Mal in den Armen ihres Vaters verspürt hatte. In all dem Chaos war er der Einzige, dem sie wirklich vertrauen konnte, der ganz hinter ihr stand und bei dem es keine ungeklärten Fragen gab. Stiefbruder oder nicht, er war ihre Familie.

41

Unsicher blickte Lilly auf den Boden, der gute sieben Meter unter ihr lag, während sie auf dem Ast der Fichte balancierte, der leicht im Wind schwankte. Mit der Wandlung zur Sternenseele war ihre Höhenangst nicht verflogen, deshalb bildete sich so hoch oben ein eisiger Klumpen in ihrem Magen, dessen Kälte in ihren ganzen Körper ausstrahlte. Sie holte tief Luft, kniff die Augen zusammen. Verdammt, sie musste mutiger werden. Nach einem letzten Blick nach unten breitete sie ihre Arme aus und nahm Anlauf, bevor sie sich mit aller Kraft zum nächsten Baum schleuderte. *Nicht nachdenken!*

Die Äste schienen nach ihr zu greifen, als sie dem Baum entgegenflog. Sie streckte die Hände aus, um einen zu fassen, der stabil genug aussah, fühlte die raue Rinde unter ihren Fingern, doch dann glitt sie ab. Sie hatte unterschätzt, mit wie viel Schwung sie aufschlagen würde, war ihre neuen Kräfte noch nicht gewohnt. Panisch griffen ihre Hände ins Leere, versuchten etwas zu packen, aber da war nichts. Zweige schlugen in ihren Rücken, rissen an ihrer Bluse, peitschten über ihre Jeans, als sie stürzte. Da! Sie prallte auf einen breiten Ast, hörte die Luft pfeifend aus ihrer Lunge entweichen, doch bevor sie abrutschen konnte, klammerte sie sich fest wie ein Schiffbrüchiger an einer Holzplanke.

Vorsichtig sah sie nach unten. Es waren nicht mehr als zwei Meter, trotzdem erfasste sie wieder ein leichter Schwindel. *Eine tolle Kriegerin bist du.* Was hatte sich Alkione nur dabei gedacht, sie auszuerwählen? Konnte es jemanden geben, der weniger geeignet war, in den Kampf zu ziehen?

Von sich selbst enttäuscht hangelte sie sich nach unten, betrachtete ihre zerschrammten Hände, die bereits verheilten, und ihre zerrissene Kleidung. Torge würde gar nicht erfreut sein, wenn er sie so sehen würde.

In der einen Woche, die sie nun als Sternenseele lebte, hatte er ihr Training intensiviert und jede Nacht mehrere Stunden mit ihr an verschiedenen Waffen trainiert. Und auch Madame Favelkap hatte ihre Lektionen nicht abgebrochen, sondern sie einfach in die Abendstunden, wenn die Sonne untergegangen war, verlegt. Dadurch hatte Lilly auch ihrer Mutter gegenüber eine gute Erklärung, warum sie erst spät aus der Schule zurückkehrte, sodass sie sich nur selten am Tag, wenn Lilly wie ein Zombie herumlief, sahen – gegen besondere Förderung in Mathematik und Physik konnte sie nur schwer Einwände erheben.

Allmählich verstand Lilly, warum Sternenhüter so wichtig waren. Nicht nur, dass sie Wissen bewahrten, sie machten auch das Leben der Sternenseelen viel einfacher. Erfanden Ausreden, gaben Erklärungen, wenn sie selbst nicht dazu in der Lage waren. So lenkte Samuel ihre Gespräche mit ihren Freundinnen stets in die richtige Richtung, und Madame Favelkap sorgte durch eine Umstellung der Stundenpläne dafür, dass ihre gemeinsamen Stunden mit Michelle und Amy fast ausschließlich in die Zeit vor oder nach Sonnenaufgang fielen. In den restlichen Stunden hatten die Lehrer die Anweisung, sie auseinanderzusetzen – angeblich wegen Lillys nachlassenden Noten. Da sie sich in ihren wachen Stunden besonders viel Mühe um ihre Freundinnen gab, fiel ihnen ihr verändertes Verhalten nicht so sehr auf. Sie vermutete, dass sie sie ohnehin für etwas seltsam hielten, da sie ja auch schon vor ihrer Wandlung kein normales Leben geführt hatte. Trotzdem fiel es Lilly weiterhin schwer, sich an den Zustand am Tag zu gewöhnen. Mittlerweile hatte sie den Eindruck, als spalte sich tatsächlich ein Teil ihres Ichs bei Sonnenaufgang von ihr ab und übernahm ihren Körper, während sie zu Alkione reiste, in seine Liebe eintauchte und den Rest des Tages das Geschehen verfolgte, ohne Einfluss nehmen zu können. Immerhin war sie inzwischen in der Lage, Gedankenimpulse zu geben, die sie unter anderem dazu veranlassten, die Richtung zu wechseln oder zu rennen, statt zu gehen. Aber von Mikaels Fähigkeiten, der ganze Gespräche führen konnte, war sie weit entfernt. Zudem erschöpften sie solche Übungen sehr, und wenn sie sich übernahm, döste sie mehrere Stunden vor sich hin und erwachte auch erst nach Sonnenuntergang aus der Benommenheit.

Sie pflückte einige Nadeln aus ihrem Haar, klopfte ihre Kleider ab und trabte dann zur Ruine, um mit ihrem Kampftraining fortzufahren. Sie genoss es, ihre Muskeln arbeiten zu spüren, ohne dass sich Ermüdung einstellte – ihr Körper funktionierte wie eine gut geölte Maschine. Wenn doch nur alles andere ebenso gut laufen würde. Sie hatte Raphael seit ihrer Wandlung nicht mehr wiedergesehen. Auch die anderen wussten nicht, wo er war, was er machte oder ob er überhaupt jemals wieder zurückkehren würde. Sie vermisste ihn und zürnte ihm zugleich. Wie hatte er sie einfach so im Stich lassen können? Ihre Beziehung aufgeben, als wäre sie nichts weiter als eine flüchtige Affäre?

Und dann war da noch Mikael. Er hielt sich zurück, wahrte immer ausreichend Abstand und berührte sie niemals. Ganz im Gegenteil. Er zuckte zurück, wann immer sich ihre Hände zu berühren drohten oder er ihr zu nahe kam. Durch dieses Verhalten stieg er nur noch mehr in ihrer Achtung.

Die Anziehung zwischen ihnen war so stark, es musste ihn viel Kraft kosten, sich zu beherrschen, und sie ahnte, dass sie ihm nicht viel entgegenzusetzen hatte, sollte er sich jemals entscheiden, sie zu verführen. Allein seine Gegenwart ließ ihre Haut kribbeln und Röte ihren Nacken hinaufkriechen.

Sie änderte die Richtung, strebte nun dem kleinen See entgegen, an dem sie mit Raphael vor einer gefühlten Ewigkeit ihre erste gemeinsame Nacht verbracht hatte – voller Liebe und Romantik.

Stumm starrte sie auf das Wasser, das wie ein schwarzer Spiegel reglos vor ihr lag. Am gegenüberliegenden Ufer sah sie den Steg, auf dem sie gelegen hatten, spürte erneut seine Lippen auf den ihren, seine Finger, die über ihre feuchte Haut strichen. Sie krümmte sich, als der Verlust sie übermannte. Er fehlte ihr so schrecklich. Stünde er in diesem Moment neben ihr, würde sie ihn anflehen, sie nicht zu verlassen, sie für immer in die Arme zu schließen.

Sie schloss die Augen, stellte sich sein Gesicht vor, seine Küsse und Zärtlichkeiten, doch etwas störte ihre Konzentration. Sie war nicht allein. Ein mulmiges Gefühl strich über die Innenseite ihrer Rippen, sammelte sich in ihrer Mitte und sank in ihre Magengrube hinab, wo es sich zusammenklumpte. War Amadea zurückgekehrt, um ihr Werk zu vollenden?

Plötzlich fühlte sie sich töricht, so allein durch den Wald zu streifen. Torge und Ras hatten sie ermahnt, nicht leichtsinnig zu werden. Menschen mochten keine Gefahr mehr für sie sein, aber einer Sternenbestie hatte sie weiterhin nichts entgegenzusetzen. Sie lauschte, wollte ihrer Angreiferin zuvorkommen, doch dann war es etwas ganz anderes, was sie hörte. Ein leises Schluchzen, das der Wind über den See trug. Sie widerstand dem ersten Impuls, zur Quelle der

Geräusche zu eilen, und kletterte stattdessen eine schmalwüchsige Birke empor, deren kahle Äste ihr zwar keinen Schutz vor suchenden Augen boten, von der aus sie jedoch einen guten Überblick über das Gelände hatte. In was für eine Welt war sie nur geraten, fragte sie sich erneut, dass sie sofort an eine Falle dachte, anstatt einem Menschen in Not zu helfen. Wollte sie so leben?

Das Weinen drang von einem abgestorbenen Baum herüber, dessen zerborstener Stamm und tote Äste von einer dicken Schicht Wintermoos bedeckt waren. Lilly kniff die Augen zusammen, um mehr erkennen zu können, nahm die vertraute Gestalt von Lea wahr. Schlagartig war alle Vorsicht vergessen. Sie sprang herunter und eilte auf das Mädchen zu. Was war geschehen, das sie so in die Verzweiflung trieb?

»Lilly«, sagte Lea, kaum dass sie vor dem verwitterten Baum stand. Das braunhaarige Mädchen saß zusammengekauert auf einem ehemals kräftigen Ast, der nun morsch und brüchig wirkte. Sie trug nichts außer einer Jeans und einem geringelten Shirt. An ihren nackten Füßen klebten schwarze Erde, modrige Tannennadeln und Blätter. »Du solltest nicht hier sein, mich nicht so sehen.«

Lilly schwang sich empor, setzte sich vor ihre Freundin und ergriff ihre Hand, die wie verloren auf dem Moospolster lag. »Was ist geschehen?«

Ihre Augen, deren Farbe an einen grünen Waldteich erinnerte, in dem sich ein regenverhangener Himmel spiegelte, füllten sich mit Tränen.

Erschrocken rutschte Lilly vor, nahm sie in die Arme und spürte ihren Körper an ihrer Schulter in trockenen Schluchzern erbeben.

»Torge … er …«

Ein kalter Windhauch strich über die Mädchen hinweg, veranlasste die feinen Härchen in Lillys Nacken, sich aufzurichten, als sie die nächsten Worte ihrer Freundin vorausahnte.

»Er altert.«

Diese Nachricht traf sie wie ein Schlag in die Magengrube. Nicht dass sie wirklich ein Recht hatte, überrascht zu sein. Torges Schicksal stand schon lange fest, aber wie mit so vielen schlimmen Dingen hatte sie versucht, es zu verdrängen. Erst recht, seit sie selbst eine Sternenseele war und sie in seinem Schicksal ihre eigene Zukunft vor sich sah. Falls keine Sternenbestie ihrem Leben ein vorzeitiges Ende bereitete, würde sie eines Tages ebenfalls rapide anfangen zu altern und innerhalb weniger Monate sterben. Es war eine Sache zu wissen, dass man eines Tages den Tod finden wird, eine andere, den genauen Zeitpunkt und die Todesart zu kennen.

Sie zog Lea enger an sich. »Das tut mir so leid. Du solltest nicht allein hier draußen sein. Die anderen müssen krank vor Sorge um dich sein.«

Lea löste sich sanft aus ihren Armen, strich über ihre feuchten Wangen und trocknete ihre Augen mit den mascaraverschmierten Ärmeln ihres Shirts. »Ich will nicht, dass er mich so sieht«, flüsterte sie. »Es ist ohnehin schon schwer für ihn. Er ist derjenige, der sterben wird. Mir steht es nicht zu, Theater zu machen.«

Nur dass du nun auch an deine eigene Sterblichkeit erinnert wirst, dachte Lilly. Im Gegensatz zu Mikael kannten Lea und Torge den genauen Tag, an dem sie von ihrem Stern auserwählt worden waren, und nun konnte Lea genau vorhersagen, wie lange sie noch zu leben hatte. Lilly hingegen konnte sich nur auf die ungefähren Berechnungen der Astronomen verlassen, für die ein Lichttag mehr oder weniger keine signifikante Bedeutung hatte. Wenn es um die eigene Lebensspanne ging, erhielten solche Werte ganz andere Dimensionen. Selbst wenn Mikael eines Tages anfangen würde zu altern, wäre es für sie kaum mehr als ein grober Anhaltspunkt, da er nicht mal das Jahr kannte. Sie schauderte bei dem Gedanken daran, von diesem Moment an jeden Tag in den Spiegel zu blicken und auf das erste Anzeichen des Verfalls zu warten. »Er wird es verstehen«, sagte sie mit mehr Zuversicht, als sie verspürte. »Aber wenn er eines nun braucht, dann ist es dich. Er wird nicht erwarten, dass es dich kaltlässt, was mit ihm geschieht. Ihr seid füreinander bestimmt.«

»Ich weiß.« Lea seufzte, schloss die Augen und lehnte sich an den Baumstamm. Eine einzelne Schneeflocke sank herab und setzte sich auf ihren Handrücken, wo sie zu einem schimmernden Fleck schmolz. »Es ist nur ... Etwas zerbrach in mir, als wir heute die erste Falte in seinem Gesicht entdeckten. Ich ertrage den Gedanken nicht, ihn zu verlieren. Es zerreißt mich innerlich. Was soll ich nur machen?«, endete sie in einem Flüstern.

Hilflos sah Lilly sie an. Was für Trost konnte man jemandem schenken, wenn die Sterne ihr Schicksal längst besiegelt hatten? Mit einem Mal erkannte sie, dass Leas tapfere Worte – sie sei dankbar für die Zeit, die ihr die Sterne geschenkt hatten – nicht mehr waren als der Versuch, sich dem Grauen, das sie erwartete, nicht zu stellen und Torge nicht merken zu lassen, wie sehr es sie in Wirklichkeit quälte. »Sei stark für ihn«, sagte sie. »Ich werde immer für dich da sein, aber ich weiß, dass du die letzte Zeit mit ihm genießen willst.«

»Wie soll ich das schaffen? Wie soll ich ihn ansehen, ohne in Tränen auszubrechen?« Sie öffnete die Augen und blickte Lilly voller Verzweiflung an.

»Das musst du nicht. Zeig ihm deinen Kummer, doch lass dich nicht davon übermannen. Sei für ihn da, denn er wird mindestens so viel Angst haben wie du, aber ihr seid␣füreiÔ nander bestimmt. Ihr werdet auch das gemeinsam überstehen. Wie alles andere. Und dann werdet ihr für immer bei eurem Stern vereint sein.«

Eine einzelne Träne rann über Leas Wange. »Danke«, sagte sie schlicht. »Ich werde es versuchen.«

42

Neidisch spähte sie in das Innere des Hauses, beobachtete die kleine Familie, die um einen Tisch saß und sich von ihrem Tag berichtete, während sie ein Blech Pizza unter sich aufteilten.

Sie fand sich immer öfter an den Fenstern fremder Häuser wieder, beobachtete die Menschen bei ihrem täglichen Treiben und wünschte sich, eine von ihnen zu sein. Das war neu. Sie wusste nicht, woher dieser Wunsch kam, aber inzwischen fragte sie sich ständig, ob sie nicht ebenso glücklich sein könnte wie diese Familie.

Wie erwartet war ihre Herrin nicht erfreut darüber gewesen, dass eine neue Sternenseele geboren worden war. Noch viel weniger angetan war sie von der Tatsache, dass sie an der Erschaffung beteiligt gewesen war. Nur eine Berührung durch die Herrin war die Strafe gewesen. Sie konnte nicht länger als eine Minute gewährt haben, aber diese Minute war ihr wie eine Ewigkeit gefüllt mit Agonie erschienen. Allein der Gedanke daran ließ neue Wellen des Schmerzes durch ihren Körper wogen.

Sie wollte sich die Konsequenzen nicht ausmalen, denen sie sich gegenübersehen würde, sollte ihre Herrin jemals hinter ihren inneren Zwiespalt kommen. Etwas an diesem Raphael ließ sie nicht los. Immer öfter erwischte sie sich dabei, ziellos durch den Wald zu irren, nur um festzustellen, dass ihre Schritte wie von unsichtbaren Fäden gezogen zu ihm führten. Was war es nur an ihm, was etwas tief in ihrer Seele, von der sie nicht geahnt hatte, dass sie existierte, berührte? Wusste er etwas über ihre Vergangenheit? Konnte er womöglich helfen, das Puzzle ihres Lebens zusammenzusetzen?

Die Mutter stand unter dem fröhlichen Gejohle ihrer Familie auf, holte ein paar Schälchen, eine Packung Vanilleeis und Schokoladensoße, über die die Kinder wie ausgehungerte Wölfe herfielen. War sie auch mal so gewesen?

Sie zog sich von dem Fenster zurück, verfiel in einen Trab, den sie während der nächsten Stunden beibehalten würde. Die Herrin hatte ihr noch kein Zuhause zugeteilt, deshalb verbrachte sie die Nächte damit, durch die Gegend zu streifen, ständig in Bewegung, damit die Kälte sie nicht einholte.

Sie spürte seine Gegenwart, jederzeit konnte sie in die Richtung deuten, in der er sich aufhielt. Sie beschleunigte ihren Schritt. Rennen, bis der Atem versagte, sie in die Schwärze stürzte. Bewusst schlug sie den Weg ein, der sie von ihm fortführte, raste über Baumstämme und Büsche hinweg, erschreckte eine Rotte Wildschweine. Ihre Muskeln erwärmten sich, aber ihre innere Kälte verschwand nicht. Schließlich blieb sie keuchend stehen, wischte eine gefrorene Träne von ihrer Wange. So konnte es nicht weitergehen. Sie würde Raphael aufsuchen, ihn zur Rede stellen, herausfinden, was er wusste. Ob er freiwillig antwortete oder nicht – sie würde ihre Antwort bekommen –, und falls notwendig würde sie ihn töten. Die Strafe für dieses Vergehen wäre immer noch harmlos im Vergleich zu dem, was ihr bevorstand, sollte die Herrin jemals die Wahrheit erfahren.

43

Torges Anblick schockierte Lilly, als sie zusammen mit Lea zur Ruine zurückkehrte. Die Mundwinkel hingen tiefer, kleine Lachfältchen hatten sich um seine Augen gebildet, sein Haar hatte von seinem Glanz eingebüßt. Er war noch weit davon entfernt, ein Greis zu sein, aber wie ein Teenager sah er nicht mehr aus.

Trotzdem fiel Lea ihm mit einem Aufschluchzen in die Arme, und Lilly beneidete sie um die bedingungslose Liebe, die sie für ihren Freund empfand. Vor wenigen Tagen hatte sie noch geglaubt, dasselbe mit Raphael zu haben, aber nun war er fort.

Betreten schaute sie die Sternenseelen an, die aus der Hütte und von der Trainingswiese zu ihnen kamen. Sie waren alle da – nur Mikael und Raphael fehlten –, und sie hatten eines gemeinsam: Sie wirkten angeschlagen und energielos. Die einen, weil einer ihrer Gefährten verschwunden und der andere vom Tod bedroht war, die Jäger, weil selbst sie Torges Schicksal nicht kaltließ, und wenn es auch nur daran lag, dass es sie an ihr eigenes erinnerte. Von einer kampfbereiten Gruppe, die es mit einer mächtigen Sternenbestie aufnehmen konnte, waren sie weit entfernt. Jeder war mit seinen eigenen Gedanken, Sorgen und Plänen beschäftigt.

Über Torges und Leas Köpfe traf sich ihr Blick mit dem von Fynn, dessen blauschwarze Augen sie mit einem undeutbaren Ausdruck musterten, bis die beiden Liebenden sich zurückzogen und eng umschlungen in der Hütte verschwanden. Niemand folgte ihnen. Sie brauchten Zeit füreinander, selbst Shiori und Felias schienen das einzusehen.

»Ich übernehme dein Training«, erklang Fynns Stimme direkt neben ihr. Sie war so in Gedanken versunken gewesen, dass sie gar nicht bemerkt hatte, wie er zu ihr trat. Der Anführer der Stargazer erwartete von ihr, dass sie mit ihnen zog, sobald sie Lucretia vernichtet oder zumindest vertrieben hatten. Mikael war zu wichtig für sein Team, um ihn aufzugeben, und ohne Lilly würde er nicht ganz bei der Sache sein. Aber es machte ihr Angst, und sie konnte sich ein Leben, in dem sie ohne Heimat umherstreifte, nur mit dem Ziel, andere zu töten – immerhin gehörten die Körper der Sternenbestien einst unschuldigen Jugendlichen –, nicht für sich vorstellen. Noch viel weniger, da es sie von Raphael wegbrachte, auch wenn das vielleicht etwas Gutes hatte. Alles zurücklassen, ihn aus ihren Erinnerungen streichen und neu anfangen.

»Heute nicht«, antwortete sie. Noch war sie nicht bereit, sich ihm zu fügen und ihn als Lehrer zu akzeptieren; es wäre nur ein weiterer Schritt weg von Raphael und hin zu einem Dasein, das sie sich nie gewünscht hatte. So ignorierte sie all seine Einwände, registrierte mit einer gewissen Genugtuung Shioris und Lukels überraschte Blicke und wandte sich dem Wald zu. Für heute hatte sie genug gesehen und wünschte sich einen Moment der Ruhe, um mit sich und ihren Gedanken in Einklang zu kommen. Die ständige Bedrohung und Zerrissenheit gaben ihr das Gefühl, den Blick für das Wesentliche einzubüßen und sich in einem Kampf, der nicht ihrer war, zu verlieren. Wann war es geschehen, dass sie sich von einem Mädchen, das alles tat, um ihren Stiefbruder zu retten, zu einer potenziellen Jägerin gewandelt hatte? Erst mit ihrer Wiedergeburt als Sternenseele, oder war es bereits vorher geschehen? Mit dem Beginn ihrer Ausbildung zur

Sternenhüterin? Als sie in Ansgar erkannte, wie gequält und doch schrecklich die Sternenbestien in Wirklichkeit waren? Wie wenig Hoffnung es für sie gab?

Gedankenverloren trabte sie durch den Wald, vorbei an Ästen, die der Nachtfrost mit schillerndem Eis bedeckte. Über die Spuren von wolligen Eichhörnchen und roten Füchsen hinweg. Die Gerüche des Waldes nach Harz und Schnee ebenso ignorierend wie die leisen Laute von Vögeln, die sie in ihrem Schlaf störte, wenn sie an ihnen vorbeieilte.

Später saß sie auf einem Stein an dem Bach, an dem sie sich so oft mit Raphael getroffen hatte, und hing weiter ihren Gedanken nach. Sollte sie ihn aufgeben, sich dem Willen der Sterne beugen und sich ihrem Zwillingsstern hingeben? Er war gegangen. Es war ihr gutes Recht, nach vorn zu sehen und ihr neues Leben so zu gestalten, wie sie es wollte, aber es fiel ihr so unendlich schwer, ihn loszulassen. Wann immer sie davon geträumt hatte, eine Sternenseele zu werden, war Raphael an ihrer Seite gewesen. Nie hatte sie Zweifel daran gehabt, dass sie ihr Leben mit ihm verbringen wollte. Und nun?

Ein Rascheln erklang zu ihrer Linken, gefolgt vom Knirschen gefrorenen Schnees. Zuerst hielt sie es für ein Tier, das in der Eiswelt des Waldes nach Nahrung suchte, doch dann tauchte Mikael aus dem Dunkeln auf. Der Sternenstaub umwogte ihn in zarten Mustern, brachte die silbernen Ringe und Ketten, die er trug, zum Funkeln. Er war unbeschreiblich schön.

Ohne ein Wort zu sagen, setzte er sich vor sie und sah ihr tief in die Augen. »Ich will nicht am Ende meines Lebens stehen und wissen, dass das Mädchen, das für mich bestimmt ist, unsere Liebe einfach weggeworfen hat, nicht ohne zumindest um sie gekämpft zu haben. Kannst du mir in die Augen sehen und mir sagen, dass du mich nicht willst?«

Sie zögerte, senkte den Blick. Sie spürte, wie ihr ganzer Körper vor Verlangen nach ihm zitterte, wie sich ihre Seele ihm zu öffnen schien, aber sie gehörte nicht ihm allein. »Raphael«, hauchte sie.

»Wo ist er denn?«, fragte er mit neuer Härte, die sie zurückzucken ließ. »Er hat dich verlassen.«

»Das würde er nicht ...« Zweifel brachten Lilly zum Verstummen. Er war fort. Wie lange durfte sie auf ihn warten? Wie lange würde Mikael warten? Warf sie ihre letzte Chance auf Glück gerade achtlos weg?

»So schlimm es für Lea und Torge ist, haben sie mir die Augen geöffnet. Was auch geschieht, sie haben einander und die gemeinsamen Erinnerungen. Was werden wir haben, wenn ich sterbe?«

Sie sah auf, ihre Blicke trafen sich. Der Stern um seine Pupillen ließ seine limonengrünen Augen erstrahlen, und eine unendliche Sehnsucht nach ihm bemächtigte sich Lillys.

»Wir sind füreinander bestimmt. Spürst du das nicht?«, flüsterte er heiser. »Wehr dich nicht dagegen.«

Während sich sein Kopf dem ihren langsam näherte, nahm die Spannung zwischen ihnen eine unerträgliche Intensität an, bis sie glaubte, es knistern zu hören und, wenn sie die Augen schloss, Funken sprühen zu sehen. Ihr Atem beschleunigte sich. Er war der perfekte Partner für sie, dennoch nagte das Wissen an ihr, dass es falsch war. Wie konnte er der Richtige sein, wenn da noch Raphael war? Der Junge, den sie geliebt hatte, bevor sich ihre ganze Welt verändert hatte. Derjenige, der sie wirklich kannte und liebte und nicht nur die Verbundenheit zweier Sterne widerspiegelte. Das zwischen Mikael und ihr war nicht echt. Es waren die Gefühle zweier anderer Wesen, die für sie so unbegreiflich waren wie der Mensch für einen Maikäfer. Und trotzdem beherrschte es ihr ganzes Sein. So schön das Sternenlied auch in ihrem Kopf klang. Sosehr sie die Liebe spürte, die es ausstrahlte, so genau wusste sie, dass ihr eigenes Herz noch immer für Raphael sang.

Dennoch brachte sie es nicht fertig zurückzuweichen, als sich Mikaels Lippen warm auf die ihren legten. Unwillkürlich schlang sie ihre Arme um seinen Nacken, spielte mit seinem weichen Haar. Ein Schauer der Erregung durchlief ihren Körper, als sich ihre Zungen trafen und sie die Süße seines Mundes schmeckte. Seine Hände strichen zart wie Schmetterlingsflügel über ihren Nacken, umfassten ihr Gesicht, bevor er sanft den Kuss beendete. »Ich wusste, dass du es ebenso spürst wie ich«, flüsterte er atemlos. »Wenn du bei mir bist, fürchte ich keine Prophezeiung. Mit dir an meiner Seite wird mich nichts besiegen.«

Sie zuckte zurück, legte ihre Hand auf seine Brust. »Ich kann dich nicht retten«, wisperte sie. Schuldgefühle übermannten sie, Tränen traten ihr in die Augen. »Ich bin die Falsche. Es tut mir leid.« Sie schluchzte auf, drehte sich um und stürmte los. Mikael versuchte noch, sie aufzuhalten, seine Finger strichen leicht wie Engelsfedern über ihre Haut, doch sie rannte weiter.

Wie sollte sie sich nur entscheiden? Gab es überhaupt eine Wahl? Es war vorherbestimmt, wen sie zu lieben hatte. Und Raphael? Empfand er noch etwas für sie? Sie wusste, dass das Auftauchen von Amadea ihn aus der Bahn geworfen hatte. War es ihr Schicksal, nie mehr wieder zusammenzufinden? Schuldbewusst dachte sie daran, dass sie sich geweigert hatte, ihm zu helfen, Amadea zu retten. Aber wie konnte er das auch von ihr erwarten?

Weil er genau dasselbe haben will, was du schon hast – seine vorherbestimmte Partnerin, flüsterte eine böse Stimme in ihrem Kopf. Es war alles erst in die Brüche gegangen, als sie sich in eine Sternenseele verwandelt hatte. Erst da waren

Zweifel in ihm hochgekommen. Und wer konnte es ihm verdenken? Seine erste große Liebe, das Mädchen, das er geglaubt hatte, verloren zu haben, lebte noch. Er musste ihr helfen. Er hatte gar keine andere Wahl. Ebenso wie sie niemals Mikael seinem Schicksal überlassen könnte. Sie lief in den Wald hinein. Ein funkelnder Schleier aus Nebel legte sich über die Bäume, bedeckte die Blätter, färbte die Rinde in tiefstem Schwarz und sickerte in ihre Kleidung.

All ihre Wünsche waren in Erfüllung gegangen, trotzdem fühlte sie sich in einem Albtraum gefangen. Gott, sie vermisste Raphael so. Sie krümmte sich vor Schmerz zusammen, als sie sich des Verlusts bewusst wurde. Sie wollte ihn neben sich wissen. Durch sein samtiges Haar fahren, seine weichen Lippen küssen, eins mit ihm werden. Seine Gedankenwelt zu ihrer werden lassen, alles mit ihm teilen, Leib und Seele. Wie hatte nur alles so furchtbar schiefgehen können?

44

Dieses Mal spürte Raphael ihre Anwesenheit, lange bevor sie sich ihm zeigte. Seit er sich auf sie konzentrierte, fühlte er sie ständig, und seine Zweifel daran, dass es sich um Amadea handelte, waren wie weggewischt. Sein Zwillingsstern war zurückgekehrt. Doch sie war nicht sie selbst. Etwas überlagerte ihren Glanz, zog sie mit tintigen, klebrigen Fäden in die Schwärze hinab.

Es lag an ihm, ihr zu helfen.

Die letzten Tage hatte er in dem alten Haus verbracht, das er als Rückzugsort für Lilly und sich gemietet hatte, lag in dem Bett, in dem sie sich zuletzt geliebt hatten, atmete ihren Duft ein, der noch immer in den Kissen haftete, träumte von ihrem süßen Gesicht.

Eines Nachts war sie dann gekommen, und er war dankbar für ihre Unerfahrenheit, die es ihm erlaubte, sich vor ihr zu verbergen und sie trotzdem zu beobachten, wie sie traurig und hilflos durch die Zimmer wanderte. Sie wirkte so verloren, dass er sie am liebsten an sich gezogen hätte. Er wollte sie wieder lachen sehen, außer Atem und zerzaust nach einem stürmischen Kuss mit geschwollenen, wunden Lippen, die nach mehr verlangten. Aber sie war nicht länger Sein. Wenn Amadea und die Verantwortung, die er ihr gegenüber empfand, nicht wären, würde er vielleicht um Lilly kämpfen. Doch wäre es etwas anderes als reiner Egoismus? Solange Mikael lebte, wäre sie im stetigen Widerstreit mit ihren Gefühlen, sollte sie sich gegen ihn entscheiden. Sie würde niemals ihm allein gehören und daran zerbrechen. Durfte er ihr das zumuten, nur um sein eigenes Glück für kurze Zeit zu finden? Sein Schicksal lag bei Amadea, wohin auch immer es ihn führen mochte.

Und so stand er am Fuße des Hangs, an dem Lilly zur Sternenseele wurde, und wartete auf ihre Mörderin. Seine Amadea.

Das erste Mal war er an diesen Ort gekommen, um zu begreifen, was geschehen war. Zuerst hatte er sie nur gespürt und dann gesehen, wie sie reglos zwischen den Bäumen verharrte. Ihre Blicke trafen sich, verschmolzen für einen Augenblick, dann war sie fort wie eine Illusion, die der Nachtwind davontrug. Doch in der nächsten Nacht kehrten sie beide zurück, näherten sich vorsichtig einander an, umkreisten sich wie zwei kampfbereite Skorpione, die Stacheln drohend erhoben.

Da war keine Liebe in ihren Augen, und seine Gefühle bestimmte ein unentwirrbares Chaos aus Erinnerungen und Schuld, die die Gegenwart erstickten.

In dieser eisigen Winternacht war es jedoch anders. Sie stand nur da, sah ihn aus dem Mondschatten einer jungen Eiche an und sprach mit zynischer Stimme: »Betrauerst du den Verlust deiner kleinen Gespielin?«

Er hatte das Gefühl, als würde er zurück in die Vergangenheit geworfen werden. Alte Gefühle wallten in ihm hoch. Kaum mehr als ein Schatten ihrer vergangenen Verbundenheit, aber immer noch stärker, als er in diesem Augenblick verkraften konnte. Ihr Gesicht war ein Spiegel seiner eigenen Verwirrtheit, doch da war noch etwas anderes. Besser gesagt: Da fehlte etwas. Kein Wiedererkennen. Kein Schock oder Zaudern. War es wirklich Amadea? Hatte sie womöglich eine Zwillingsschwester? Doch wie sehr konnten sie sich gleichen? Er sah keinen Unterschied zu dem Mädchen aus seinen Erinnerungen. Selbst das Muttermal über der linken Augenbraue, das er nie hatte küssen dürfen, war deutlich zu erkennen. Ebenso wie die kleine Narbe an ihrem Kinn. Oder täuschten ihn seine Erinnerungen? Wollte er so sehr, dass sie noch lebte? Doch warum sollte er? Als er sie das erste Mal erblickt hatte, hatte er sich mit Lilly glücklich gewähnt und eine Zukunft für sie beide gesehen. Das ergab alles keinen Sinn.

»Wo warst du all die Jahre?«, fragte er sie.

Sie runzelte die Stirn. »Du kennst mich?«

»Erinnerst du dich nicht?«

Sie zuckte zusammen und steigerte seine Verwirrung damit noch. Es war, als hätte er einen wunden Punkt getroffen.

»Sag mir, woher du mich kennst«, forderte sie kalt.

»Du bist mein Zwillingsstern. Ich dachte, du seist tot.« Er biss sich auf die Unterlippe. Hatte er zu viel verraten? Aber nein. Falls es nur ein Spiel war, dann wusste sie genau, wem sie glich, und sollte es ihr ernst sein, dann musste er ihr helfen, ihre Erinnerungen zurückzugewinnen. Und dann?, fragte er sich. Wie sollte er ihr verzeihen, was sie Lilly angetan hatte? Was wäre geschehen, wenn sie sie nicht getötet hätte? Wäre dann ein anderes Mädchen gestorben? Hätte er weiter glücklich mit ihr leben können? Oder stand Lillys Schicksal ohnehin fest und Amadea war nur ein Werkzeug irgendeiner höheren Macht?

Nicht ablenken lassen, ermahnte er sich. Philosophische Betrachtungen halfen ihm nicht weiter, auch wenn sie ihm einen Moment Zuflucht vor der Gegenwart boten.

»Das kann nicht sein«, begehrte sie auf. »Ich bin keine von euch Kreaturen. Niemals.«

Raphael prallte vor ihrer Verachtung zurück. Ihre Launen kamen und gingen wie Blitzeis. »Das bist du wahrhaft nicht. Nicht mehr. Verrate mir, was mit dir geschehen ist.«

Die Wut erlosch in ihrem Gesicht. »Sehe ich tatsächlich so aus wie sie?«

»Du gleichst ihr bis aufs Haar. Selbst die Art, wie du deinen Kopf schief legst, erinnert mich an sie.«

»Das kann nicht sein. Mein Leben besteht darin, euch zu töten.«

»Dann bist du eine Sternenbestie?«

Sie ballte die Fäuste. »Ich weiß nur, was ich nicht bin. Kein Mensch. Keine Sternenseele. Keine Bestie.«

»Ich will dir helfen.«

Sie sah ihn argwöhnisch an. »Warum solltest du das tun? Ich habe dein kleines Menschenmädchen getötet.«

»Wenn du Amadea bist, dann war ich dazu bestimmt, auf dich aufzupassen. Offensichtlich habe ich versagt, also muss ich es wiedergutmachen.«

»Amadea?«

»Dein Name.«

Sie nickte, wiederholte ihn, ließ die Silben über die Zunge rollen, als würde sie einen kostbaren Wein probieren.

»Warum bist du hergekommen?«

Sie legte den Kopf schief, zögerte. »Etwas zieht mich zu dir.«

Er glaubte, sein Innerstes würde gefrieren. Sie musste es sein. Warum sonst sollte sie die Verbindung zwischen ihnen spüren? »Komm mit mir. Lass uns gemeinsam ergründen, was geschehen ist.«

Sie zögerte. Einen Augenblick sah es so aus, als stimme sie ihm zu. »Sie werden mich töten.«

»Das werde ich nicht zulassen.« Er konnte seine Zweifel nicht verbergen. Er hatte es kaum fertiggebracht, Lilly vor den anderen Sternenseelen zu beschützen, und sie war nur ein einfacher Mensch gewesen, deren einziges Verbrechen darin bestand, zu viel gesehen zu haben. Er wollte sich nicht ausmalen, wie sie auf eine Dienerin Lucretias reagieren würden. Und über die Stargazer hatte er keine Macht. »Wir gehen fort von hier, an einen Ort, an dem wir in Sicherheit sind, bis wir mehr wissen.«

»Das würdest du tun?« So etwas wie Hoffnung spiegelte sich auf ihren Zügen wider und verlieh ihm Zuversicht, dass noch etwas von dem Menschen oder der Sternenseele in ihr steckte, dass sie nicht vollkommen vom Bösen besessen war. Er sah ihr in die moosgrünen Augen, an deren gebrochenen Blick er sich noch immer erinnerte. Nie wieder wollte er sie so sehen.

Er musste sie beschützen.

45

»Alles in Ordnung?«, flüsterte Samuel. »Bist du wieder ganz du selbst?«

Lilly fühlte sich, als würde sie aus einem verrückten Traum erwachen, in dem sie wie ein Schlafwandler durch die Schule geirrt war, eingesperrt in einem Körper, über den sie keine Kontrolle hatte. Sie schüttelte den Kopf. Waren das erneut Nachwirkungen vom Unfalltod ihres Vaters? Sollte sie nicht langsam darüber hinweg sein, anstatt immer mehr zum Freak zu mutieren? Sie blickte ihren Stiefbruder an, und für einen Moment war es, als sähe sie ihn zum ersten Mal. Seine funkelnden Augen, die selbst im Winter noch immer leicht gebräunte Haut, die wuscheligen Haare und der durchtrainierte Körper eines Sportlers. Der Traum eines jeden Mädchens.

Wie einen Stromschlag durchzuckte es sie, als die Erinnerungen zurückkehrten. Benommen strich sie sich über die Stirn. Es war jeden Tag anders, manchmal wusste sie sofort, wer sie war, und an anderen Tagen schienen alle ihre neueren Erinnerungen ausgelöscht worden zu sein, als würde ihr Gehirn sich weigern, die Unfassbarkeit ihres Todes und der darauf folgenden Wiederauferstehung zu akzeptieren. »Ich denke schon. Was habe ich verpasst?«

»Amy ist wieder da.«

»Endlich mal gute Nachrichten.«

»Findest du?« Er sah sie zweifelnd an. »Seit ich von den

Sternenbestien weiß, würde ich am liebsten allen sagen, sie sollen so schnell wie möglich von hier fliehen. Weißt du, wie beschissen es ist, seinen besten Freund nicht warnen zu können?« Er hielt inne, atmete tief durch und blickte sie zerknirscht an. »Natürlich weißt du das. Tut mir leid. Jedenfalls bist du in wenigen Minuten mit ihr verabredet, um sie auf den neuesten Stand zu bringen. Michelle traut sie wohl nicht mehr zu, als ihr den aktuellen Klatsch mitzuteilen.«

»Ist ihr etwas aufgefallen?«

Er zuckte mit den Schultern. »Schwer zu sagen. Du warst ziemlich unterkühlt, aber ich habe ihr erzählt, dass du Ärger mit Calista hattest und deswegen sauer seist. Das hat sie gleich verstanden. Jedenfalls solltest du dich in Zukunft darauf konzentrieren, besonders freundlich zu ihr zu sein.«

»Das fühlt sich so falsch an«, murrte Lilly. »Als spielte ich ihr etwas vor.«

»Das tust du doch auch.«

»Hab ich denn eine andere Wahl?«

»Das habe ich nicht behauptet, doch ehrlich bist du zu ihr nun mal nicht.«

»Ich verstehe nur nicht, warum ich mich nicht an ihre Rückkehr erinnere.« Gedanklich ließ sie den Tag Revue passieren. Die eintönigen Unterrichtsstunden. Calista, die mit Phil schäkerte. Sie verharrte. War da nicht etwas gewesen? Ja, sie hatte dem Schlagzeuger der Stargazer schöne Augen gemacht, ihn mit all ihren körperlichen Vorzügen zu verführen gesucht. »Ist dir etwas an Calista aufgefallen?«

Er fuhr sich durch die Haare. »Zickig wie immer und sie baggert weiterhin jedes männliche Wesen mit ausreichend großem Bankkonto an. Selbst auf Phil hat sie es abgesehen, da die Bodyguards sie nicht mehr ständig umschwärmen.«

»Findest du das nicht seltsam? Sie weiß doch, dass er eine Sternenseele ist.«

»Vielleicht wird er dadurch noch interessanter? Sie schmückt sich doch gerne mit dem Besonderen, und nun ist er nicht nur ein Rockstar, sondern zugleich auch ein magisches, unsterbliches Wesen.«

»Wir sind nicht unsterblich.«

»Aber dichter dran, als je ein normaler Mensch sein wird.«

Sag das mal zu Lea und Torge, dachte Lilly, schwieg jedoch.

»Du glaubst doch nicht etwa …«, fuhr Samuel fort. »Nein, warum hätte sie dich denn dann retten sollen?«

»Vielleicht war es tatsächlich nur ein Trick, um unser Vertrauen zu erschleichen. Zuerst hat sie es bei Mikael versucht, und jetzt, da sie weiß, dass sie da keine Chance hat, probiert sie ihr Glück bei Phil.«

»Wenn jedes Flittchen gleich eine Sternenbestie wäre, hätten wir alle Hände voll zu tun«, wandte Samuel ein. »Aber ich werde sie im Auge behalten.«

»Gut.« Sie konzentrierte sich erneut auf ihre Erinnerungen. Sie hatte sich noch in das Gespräch zwischen Calista und Phil einmischen wollen, um es zu unterbinden, aber sie hatte es trotz all ihrer Bemühungen nicht geschafft, ihren Körper so weit zu lenken. Vermutlich hatte sie sich dabei überanstrengt und war in den Zustand der geistigen Umnachtung versunken, und während die Stunden vergingen, war Amy zurückgekehrt. »Ich weiß nicht, ob ich das tagsüber jemals auf die Reihe bekomme«, seufzte sie.

»Madame Favelkap meint, dass du es besser hinbekommst als die meisten neugeborenen Sternenseelen.«

»Du redest mit ihr über mich?«

Verlegen legte er den Kopf schief. »Sie hat mich angesprochen und verlangt, dass ich mit der Ausbildung zum Sternenhüter anfange, sobald sie die Genehmigung hat.«

»Du? Wirklich?«

Gekränkt sah er sie an. »Traust du mir das nicht zu?«

»Doch, natürlich«, beeilte sie sich, ihm zu versichern. »Es ist einfach zu viel. Vor ein paar Monaten waren wir gewöhnliche Schüler und du mein süßer Stiefbruder. Jetzt bin ich ein magisches Wesen, und du sollst ein Sternenhüter werden. Das ist alles total verrückt.«

»Aber allemal besser als das, was vorher mit mir war. Ich will nie wieder glauben müssen, wahnsinnig zu werden. Da kämpfe ich lieber gegen Tausende Sternenbestien.«

»Sag so etwas nicht«, antwortete Lilly. »Du hast keine Ahnung, wie schrecklich sie sind.«

»Das macht es doch umso einfacher, sie zu vernichten. Keine unnötigen Gewissensbisse.«

»Ansgar hat mir das Leben gerettet und sich für mich geopfert.«

»Nachdem er zuvor Hunderte Menschen getötet hatte. Und war das nicht auch der Kerl, der dich und Raphael auseinandergebracht hat? Der diese schrecklichen Experimente durchgeführt hat?«

Sie nickte. »Trotzdem kann ich ihn verstehen. Kannst du dir vorstellen, niemals zu sterben? Wirklich niemals – was auch immer du versuchst. Und dabei gefangen in ewiger Schwärze sein nur mit dem gehässigen Geflüster unzähliger Splitter des eigenen Ichs.« Ihr lief es kalt über den Rücken. »Wir Menschen fürchten den Tod, für die Sternenbestien gibt es nichts Faszinierenderes.«

»Eine unheilvolle Konstellation.«

»Genau. Deshalb müssen wir sie bezwingen, aber das bedeutet nicht, dass ich kein Mitleid mit ihnen habe.«

Er umarmte sie kurz und zerzauste ihr brüderlich das Haar. »Mein Schwesterchen.«

Lilly lachte. »Wann muss ich denn zu Amy?«

»Ziemlich genau jetzt.«

Sie gingen gemeinsam den Gang, der aus dem Keller hinausführte, entlang. »Ich soll dir ausrichten, dass für heute erneut ein Treffen einberufen wurde. Beschränk dich also auf den wichtigsten Klatsch.«

»Seit ich eine Sternenseele bin, bekomme ich ohnehin kaum etwas mit. Den Teil wird wirklich Michelle übernehmen müssen.« Anstatt später zu der Versammlung zu gehen, würde sie lieber wieder einen Abend mit ihren Freundinnen verbringen. Die Unstimmigkeiten unter den Sternenseelen wurden immer extremer. Sie waren zu unterschiedlich in ihren Lebensweisen, und die Tatsache, dass Raphael einfach verschwunden war und sie sich nicht eindeutig für einen Jungen entschieden hatte, verschärfte die Situation noch. Ras hoffte darauf, dass sie sich für Raphael entschied und ihre Reihen verstärkte, während sich Fynn zähneknirschend mit dem Gedanken abgefunden hatte, dass eine neugeborene Sternenseele mit ihnen ziehen würde, um bei Mikael zu sein. Dabei sorgte er sich, dass die Probleme mit ihr ihn zu sehr von seiner Aufgabe ablenken könnten.

Sie waren ein zerstrittener Haufen, der stundenlang diskutierte, aber nicht einmal die Grundzüge eines Plans ausgearbeitet hatte. Wie sollten sie so Lucretia vernichten?

Unten vor dem Haupteingang verabschiedete sie sich von Samuel. Das Zimmer ihrer beiden Freundinnen lag im Mädchentrakt, zu dem Jungen keinen Zutritt hatten.

»Pass auf dich auf«, murmelte er ihr ins Ohr, als er sie zum Abschied umarmte.

»Immer doch.«

Sie eilte die Treppe nach oben, immer vier Stufen auf einmal nehmend, und stand so schon bald vor der Tür der beiden Mädchen.

Der Raum war nicht sehr groß, und durch eine breite Fensterfront fiel helles Mondlicht, dem sie geflissentlich auswich. Zu hoch war die Gefahr, dass ihren Freundinnen der silberne Stern um ihre Pupillen oder gar der schimmernde Sternenstaub, der von ihrer Haut aufstieg, auffiel. Es genügte, dass Samuel und Calista eingeweiht und damit in Gefahr waren. Da wollte sie nicht auch noch Michelles und Amys Leben riskieren. Trotzdem stimmte es sie traurig, dass sich die Distanz zwischen ihr und der Rothaarigen stetig vergrößerte. Sosehr Samuel sich auch bemühte und sie schnelle Fortschritte am Tag machte, so entging ihrer Freundin ihr verändertes Verhalten doch nicht. Mehrfach hatte sie sie darauf angesprochen, aber was sollte sie antworten? Immer wieder musste sie sich Vorwürfe anhören, dass sie sich nur noch auf Raphael konzentrierte und ihre Freundschaft vernachlässigte. Der Kummer in ihrer Stimme versetzte Lilly dabei jedes Mal einen Stich. Doch besser sie glaubte das, als dass sie die Wahrheit kannte.

Bekümmert musste Lilly sich eingestehen, dass sie sich auch von Amy entfremden würde. War das tatsächlich das Schicksal der Sternenseelen? Lebten sie deshalb so zurückgezogen?

Sie seufzte unmerklich. So viele Opfer. Und für was? Für die Unsterblichkeit, die sie von dem Jungen, den sie liebte, fortriss. Zum ersten Mal verstand sie, warum Raphael nie gewollt hatte, dass sie zu einer Sternenseele wurde.

Mit ihm zusammen wäre es ihr vermutlich noch immer wie ein wahr gewordener Traum erschienen, doch die Realität sah anders aus.

Solange Raphael lebte, würde sie Mikael niemals bedingungslos lieben können.

46

»Madame Favelkap ist sehr enttäuscht von dir.« Ras verschränkte seine Finger ineinander und sah ihn ernst an. »Und ich auch ... Was hast du dir nur dabei gedacht, einfach so zu verschwinden?«

Sie saßen sich im Gemeinschaftsraum der Hütte gegenüber, obwohl sich Raphael noch immer nicht ganz sicher war, wie er dorthin gekommen war. Einen Moment hatte er noch erwogen, mit Amadea zu fliehen, dem Wahnsinn, dem Kampf und Tod zu entkommen, und im nächsten hatte sie sich keuchend gekrümmt. »Meine Herrin ... Ich ... Sie ... Ich muss fort.« Ihre Blicke trafen sich, und er entdeckte Furcht und Verzweiflung in ihren Augen. Ein Anblick, der sich in seinem Gedächtnis einbrannte. Hatte er bisher geglaubt, ihr totes Antlitz wäre das Schlimmste gewesen, was er je gesehen hatte, so wusste er es nun besser. Das Wissen, dass sie seit Jahrhunderten litt, während er nichts ahnend durch die Welt streifte und sein Glück mit Lilly fand, bedrückte ihn.

Wie unter einem Bann war er zur Ruine zurückgekehrt. War es die Hoffnung auf Hilfe, die ihn zurückgebracht hatte? Er wollte es im Moment nicht weiter ergründen. Ihm fiel es schon schwer, sich auf Ras zu konzentrieren, der ihn direkt nach seiner Ankunft in den Raum geführt hatte. Weg von Anni, die ihm voller Freude um den Hals gefallen war, weg von Felias, der sich demonstrativ von ihm abgewandt hatte, und weg von Shiori, deren einzige Begrüßung aus einem verächtlichen Schnauben bestand. Zumindest war Lilly nicht da gewesen. Er erhoffte und fürchtete ihre Gegenwart zugleich. Wie ein Süchtiger, der um seine todbringende Abhängigkeit weiß, aber trotzdem nicht ohne seine Droge auskommt.

Sie mussten Lucretia bald stellen und vernichten, damit die Stargazer nichts mehr an diesem Ort hielt. Erst dann würde Klarheit herrschen. Erst wenn Lilly fort war, würde er versuchen können, sein Leben in den Griff zu bekommen.

Sosehr er auch nachdachte, er war sich nicht sicher, warum er zurückgekehrt war, obwohl der Gedanke, Lilly in den Armen eines anderen zu sehen, ihm das Herz zerriss. War es nur die Hoffnung, Hilfe zu finden, um Amadea zu retten? Rache an Lucretia zu nehmen? Oder wollte er doch um Lilly kämpfen?

Das Leben, das er sich nach Amadeas Verlust mühsam zurückerobert hatte, löste sich vor seinen Augen unwiderruflich auf. Alles nur wegen der Liebe zu einem Mädchen. Aber er würde nicht so einfach aufgeben. Zuerst würde er Amadea retten. Sie notfalls töten. Auf keinen Fall würde er zulassen, dass sein Zwillingsstern in den Diensten einer Bestie stand und sich weiterhin quälte. Erst dann würde er sich mit seinen Gefühlen für Lilly auseinandersetzen.

Nur, was würde geschehen, wenn er Amadea rettete? Er erzitterte innerlich bei der Vorstellung, diese grenzenlose Liebe und Verbundenheit erneut zu spüren, während er sich zugleich ob des Verrats an Lilly krümmte. Würden seine Gefühle für sie in dem Moment ausgelöscht werden? War das mit ihr geschehen? Empfand sie nichts mehr für ihn? Zitternd atmete er ein, duckte sich unter Ras' prüfendem Blick.

»Du denkst an Lilly«, stellte dieser fest. »Vergiss sie. Sie ist für einen anderen bestimmt.«

»Dann haben wir keine Wahl?«

»Wir wurden von den Sternen erwählt. Sie gaben uns ein

zweites Leben, dafür beugen wir uns ihren Forderungen. Wenn sie glauben, dass Lilly und Mikael zusammengehören, dann ist es nicht an uns, diese Verbindung zu stören.«

»Aber warum ließen sie dann zu, dass wir uns ineinander verlieben? Wie konnten sie zulassen, was mit Amadea geschah?«

»Dann hast du sie gesehen?« Ras sog scharf die Luft zwischen den Zähnen ein.

Raphael nickte bedächtig. »Ich sprach mit ihr, aber da ich nicht mehr als ein Mal davon erzählen möchte, sollten es alle hören.« Die Erinnerung an ihre Begegnung wühlte ihn noch immer auf, und er scheute davor zurück, den anderen zu offenbaren, wie sehr es ihn mitnahm. Gefühle galten in Shioris und Felias' Augen als Schwäche. Sie würden kein Verständnis haben. »Lass uns eine Versammlung abhalten.«

»Bist du dir sicher, dass sie es war?« Die Zweifel waren Ras deutlich anzusehen.

»Vollkommen. Ich verstehe nicht, was mit ihr geschehen ist, doch sie ist es.«

Ras nickte versonnen. »Es kann kein Zufall sein, dass sie hier ist. Nur wer hat seine Finger da im Spiel? Lucretia oder die Sterne? Wir werden sehen.« Er stand auf. »Auch wenn du wichtige Informationen mitbringst, entschuldigt das nicht dein Verhalten.«

»Es tut mir leid«, antwortete Raphael mit gesenktem Kopf und meinte es fast aufrichtig. Zumindest bereute er, ihnen Sorgen bereitet zu haben.

»Ich verstehe, dass du Zeit für dich brauchtest, aber du kannst nicht einfach verschwinden. Niemand wusste, ob du tot, gefangen oder für immer fort bist. Anni war krank vor Sorge und Felias unausstehlich. Wie du das mit ihm wieder in Ordnung bringen willst, weiß ich nicht. Ebenso wenig wie mit Lea. Sie wollte nicht glauben, dass du uns freiwillig verlassen hast. Ständig suchte sie nach Hinweisen auf eine Entführung oder nach deiner Leiche.«

»Ihr hättet doch gespürt, wenn mir etwas zugestoßen wäre.«

»Genau wie du, der nicht ahnte, dass sein Zwillingsstern noch immer auf dieser Welt wandelt? So wie wir Lucretias Gegenwart spüren? Nein.« Er schüttelte den Kopf. »Nichts ist mehr so, wie es einst schien. Die Regeln ändern sich. Die Welt befindet sich im Umbruch. Wir müssen alles hinterfragen.« Er ging zur Tür und öffnete diese. Bevor er jedoch hinaustrat, wandte er sich noch einmal an Raphael. »Ich freue mich, dass du wieder da bist.«

47

»Ich habe mit Amadea gesprochen.« Schlagartig breitete sich Stille im Raum aus. Raphael saß am Kopfende des großen Tischs, auf dem eine Ansammlung von Gläsern, Wasserflaschen, Limonaden und eine Schüssel mit Obst stand. Von all den erschrockenen Gesichtern nahm er nur Lillys wahr. Deutlich sah er, wie verletzt sie war. Mit welchem Recht reagierte sie so? Sie war es doch, die zu einem anderen gehörte. Er hatte sie mit Mikael gesehen. Es bestand kein Zweifel, dass sie sich zu ihm hingezogen fühlte. Hatte er nicht ebenfalls das Recht auf ein eigenes Leben, wenn sie ihn so schnell vergessen konnte? Trotzdem quälte es ihn, sie so traurig zu sehen.

»Sicher, dass sie es ist? Redest du dir da nichts ein?« Die offene Feindseligkeit, die ihm bei den Worten seines Freundes entgegenschlug, raubte ihm einen Moment den Atem. Felias war, seit sie sich kannten, schwierig und besitzergreifend gewesen, aber so heftig hatte er ihm noch nie gegrollt.

»Ich hege keinen Zweifel.«

»Das kann nur ein Trick sein«, fuhr Shiori dazwischen. »Ich hätte nicht gedacht, dass man dich so leicht übertölpeln kann.«

Bevor Raphael antworten konnte, mischte sich Fynn ein. »Du verlässt deine Gruppe, um mit einer Sternenbestie einen Plausch zu halten?«

»Sie ist keine Bestie! Ich weiß nicht, was sie ist, aber auf keinen Fall ist sie eine von ihnen.« Er suchte Torges Blick, hoffte auf seine Unterstützung, doch als sich ihre Augen trafen, zuckte er zusammen. Da waren feine Lachfältchen um seine Mundwinkel, und schimmerte da nicht das erste graue Haar an seinem Kopf? Nicht jetzt, dachte er verzweifelt. Er hätte nicht fortgehen dürfen, sondern hätte für seinen Freund da sein müssen. Was auch immer er machte, es endete nicht gut. Seinen Zwillingsstern ließ er in die Fänge der Sternenbestien geraten, ohne es auch nur zu merken. Das Mädchen, das er liebte, war unglücklich, seine Freunde hatte er im Stich gelassen. »Irgendetwas beherrscht sie zumindest teilweise.«

»Sie ist ein Mischwesen«, stellte Fynn nüchtern fest.

»Du weißt, was sie ist?«, fragte Ras mit weit aufgerissenen Augen.

»Wir hegen seit Langem die Vermutung, dass Lucretia mit Sternenseelen experimentiert. Ihr Ziel ist es, eine Verschmelzung unserer beider Arten zu erschaffen, mit welchem Ziel genau, wissen wir nicht.«

Lea sprang wutentbrannt auf. »Ihr enthaltet uns so eine Information vor? Lasst uns im Dunkeln tappen?«

»Ich hielt es nicht für nötig. Bisher waren es nur Vermutungen.«

»Wie sollen wir zusammenarbeiten, wenn ihr uns gegenüber nicht ehrlich seid?

»Was für eine Unterstützung sollt ihr für uns sein?«, spuckte Lukel aus. Der rothaarige Bassist schlug mit der flachen Hand auf den Tisch. »Der eine läuft blind vor Liebeskummer davon, der andere liegt im Sterben, seine Freundin rennt wie ein kopfloses Huhn durch die Wälder und dann noch eine Neugeborene, die mehr Arbeit macht, als dass sie eine Hilfe ist. Ihr seid Ballast.«

Felias funkelte ihn wütend an, sagte aber nichts, während

sich Ras gründlich seine nächsten Worte überlegte. Shioris gelassene Reaktion auf diese Beleidigungen überraschte Raphael jedoch. Dann fing er allerdings einen Blickwechsel zwischen ihr und Fynn auf, und plötzlich wurde ihm alles klar. Shiori würde sich den Stargazer anschließen. Spätestens wenn Lucretia tot war. Es hatte ihn schon immer gewundert, was eine so kämpferische Natur wie die kleine Asiatin dazu veranlasste, zu einer Bewahrerin zu werden. Das Dasein in einem Jagdtrupp entsprach viel mehr ihrem Naturell. Auf der einen Seite freute es ihn, dass sie damit hoffentlich ihren Platz gefunden hatte, auf der anderen bereitete ihm die Zerrissenheit in ihrer Gruppe Sorgen. Wir müssen zusammenarbeiten, dachte er. Nur wie?

»Wir werden Andromeda erwecken«, sagte Fynn, als hätte er seine Gedanken gelesen.

Ras hob abwehrend die Hände. »Auf keinen Fall. Wir sind hier, um ihren Schlaf zu bewahren, und nicht, um ihn zu stören.«

»Sie ist hier?«, stieß Lilly hervor. »Deswegen lebt ihr an diesem Ort?« Ihr Blick sprach Bände über ihre Kränkung, dass man sie bisher nicht darüber informiert hatte.

Es war Anni, die zum ersten Mal an diesem Abend die Stimme erhob und damit die unangenehme Stille durchbrach, die schwer wie eine Gewitterwolke über ihnen hing. »Nicht weit von unserem Lager entfernt befindet sich eine weitere Ruine, nur dass sie unterirdisch liegt und viel älter ist. Dort ruht Andromeda.«

»Wer hat diese Ruine errichtet? Und warum ist sie ausgerechnet hier?«

»Nicht jetzt«, würgte Fynn ihre Fragen grob ab. »Unsere Entscheidung steht fest.«

»Wenn wir sie zu früh wecken, stirbt sie womöglich«, wandte Ras ein.

»Und wenn wir sie schlafen lassen, erringen die Sternenbestien eventuell den endgültigen Sieg über uns. Wollt ihr dieses Risiko eingehen?«

»Wir wissen nicht einmal, was sie plant.«

»Was auch immer es ist, es kann nichts Gutes sein. Was glaubt ihr denn, warum sich ihre Helferin so offen zeigt, wieso es uns gelang, ihre Spur so weit zu verfolgen? Sie ist kurz davor, ihre Pläne real werden zu lassen, und wir müssen das verhindern. Wir müssen sie töten.«

»Und wir müssen Andromeda beschützen.«

Die beiden Jungen starrten sich erbittert an, keiner bereit, auch nur einen Zentimeter zurückzuweichen.

»Versucht, uns aufzuhalten«, spottete Lukel. »In zwei Tagen wird Andromeda hoch an einem sternenklaren Himmel stehen. Das sollte ihr ausreichend Kraft geben, unbeschadet zu erwachen.«

»Das könnt ihr nicht machen!«

Anni legte besänftigend eine Hand auf Ras' Arm. »Vielleicht haben sie recht. Mir gefällt nicht, was hier vor sich geht. Erst dieser Ansgar und dieses verfluchte Amulett, dann taucht Amadea als Mischwesen auf, und wir haben keine Ahnung, was Lucretia alles vermag. Wie sollen wir sie jemals besiegen, wenn alle diese Fähigkeiten erhalten? Wir müssen sie aufhalten, ganz gleich, wie hoch der Preis sein mag.«

Ras schüttelte den Kopf. »Das ist ein Fehler.«

Raphael öffnete den Mund, um ihm zuzustimmen, brachte aber keinen Ton hervor. Zu sehr war er noch immer von der Nachricht schockiert, dass Amadea ein Hybrid aus Sternenseele und Sternenbestie war. Es hatte eines magischen Amuletts und eines gewaltigen Opfers bedurft, um Samuel von der Bestie zu befreien – was war nötig, um Amadea zu retten? Zugleich ballte er voller Wut seine Hände zu Fäusten. Wie konnten die Stargazer es wagen, ihnen solche wichtigen

Informationen vorzuenthalten, als wären sie kleine Kinder, die die Wahrheit nicht ertrugen. Arrogante Bastarde.

»Andromeda verlangte, dass wir sie wecken, wenn Not herrscht«, sagte Shiori. »Wir brauchen sie, also tun wir es.«

»Ich wusste nicht, dass du jetzt die Entscheidungen triffst«, bemerkte Ras.

»Einer muss es ja tun.«

Selbst Felias zuckte bei ihren Worten zusammen. Die Kluft zwischen ihnen vergrößerte sich immer mehr.

Raphael schluckte trocken. Ein ungutes Gefühl breitete sich in ihm aus, ließ seine Kehle verdorren. Annis Worte klangen logisch, aber seine Intuition sagte ihm, dass es ein Fehler sein würde, Andromeda zu wecken. Sie würden alles nur noch schlimmer machen. »Ich stimme Ras zu. Wir sollten das nicht so leichtfertig entscheiden. Noch wissen wir gar nichts. Weder können wir auch nur erahnen, was Lucretia plant oder wie weit sie noch von einem Erfolg entfernt ist. Außerdem werden wir vielleicht auch ohne Andromedas Hilfe mit ihr fertig. Im Gegenzug riskieren wir, die mächtigste Sternenseele zu verlieren.«

»Du hast doch nur Angst, dass sie dein ehemaliges Liebchen vernichtet«, höhnte Lukel, und Raphael verspürte den unbändigen Drang, sich auf ihn zu stürzen. Fest umklammerte er die Tischplatte. Seine Worte trafen ihn umso härter, da sie ins Schwarze trafen. Andromeda war so alt, so weit vom menschlichen Leben entfernt, dass ihre Entscheidungen oft seltsam anmuteten, trotzdem ließ sie sich von einem einmal gefassten Entschluss nicht mehr abbringen. Zudem war sie stark – es gab Legenden, wie sie allein im Kampf gegen sieben Sternenbestien bestand und sie alle vernichtete –, Amadea hätte keine Chance, ihr zu entkommen, sollte sie ihren Tod wünschen. Andromeda war wie eine mächtige Waffe, die man niemals hundertprozentig kontrollieren konnte.

»Das war unnötig«, wies Fynn seinen Gefährten zurecht.
»Wir sollten abwarten«, sagte Ras.
»Wie lange denn? Noch nie waren wir ihr so dicht auf den Fersen. Wir müssen die Gelegenheit nutzen, um sie zu vernichten.«
»Wir wissen doch nicht mal, in welcher Gestalt sie sich verbirgt«, wandte Lilly ein.

Beim Klang ihrer Stimme richteten sich die Härchen in Raphaels Nacken auf. Er erinnerte sich, wie sie ihm heiße Liebesschwüre und zarte Liebkosungen ins Ohr geflüstert hatte. Wie sehr er sie vermisste!

»Samuel sammelt Hinweise«, fuhr sie fort. »Wenn wir ihm mehr Zeit geben, wird er herausfinden, wer Lucretia ist, und wir können ihr eine Falle stellen.«

»Er ist ein Mensch«, schnaubte Fynn. »Auf ihn ist kein Verlass.«

»Er soll ein Sternenhüter werden!«

»Aber noch ist er keiner, und wenn selbst Madame Favelkap keine Anhaltspunkte hat, wie soll es da dein Bruder schaffen?«

Lilly senkte den Blick, funkelte den Anführer der Stargazer aber durch halb geschlossene Lider wütend an. Auch sie schien ihre eigenen Pläne zu verfolgen wie so ziemlich jeder in diesem Raum.

48

Kaum war die Versammlung beendet, stürmte Lilly nach draußen zu ihrem vertrauten Platz am Bach. Sie hätte es keine Minute länger in der Hütte ausgehalten. Nicht in Raphaels Nähe. Sie wollte nicht hören, dass das Mädchen tatsächlich sein Zwillingsstern war, dass er sich mit ihr getroffen hatte. Brennende Eifersucht fraß sich in ihr Herz.

Sein Zwillingsstern, oder was auch immer von ihr übrig war, hatte sie getötet und ins Unglück gestürzt, dennoch sprach er von ihr, als müsse sie gerettet werden. Sie ballte die Hände. Zum ersten Mal verspürte sie kaum einen Skrupel bei dem Gedanken daran, jemanden zu töten.

Schnee fiel in einer weißen Woge von einer Tanne herab, als sich Lea ihr von hinten näherte, und tauchte die Nachtluft in ein glitzerndes Funkeln. »Alles in Ordnung?« Das Mädchen lachte bekümmert auf. »Was für eine dumme Frage! Entschuldige. Bei dir ist sicher alles genauso in Ordnung wie bei mir. Nämlich gar nicht.«

Traurig sah Lilly zu ihr auf und schämte sich für ihren Gefühlsausbruch. Was war schon ihre Eifersucht und innerliche Zerrissenheit im Vergleich zu Leas Schicksal? »Warst du schon mal in jemanden verliebt, bevor du zur Sternenseele wurdest?«

Lea kniete sich an den Bach und tauchte ihre Finger in das klare Wasser, das den Sternenstaub in feine Schlieren und Strudel riss. »Er hieß Lars.« Sie lächelte wehmütig. »Furchtbarer Name. Wir waren das Traumpaar an der Schule, seit zwei Jahren zusammen, und ich war hoffnungslos in ihn verliebt. Kein anderes Pärchen war so lange zusammen. Selbst unsere Eltern begannen bereits, Hochzeitspläne zu schmieden.«

»Und dann?«

»Ich starb und musste ihn verlassen.«

»Hättest du nicht bei ihm bleiben können, ihm die Wahrheit sagen?«

Lea schüttelte abwehrend den Kopf. »Bei mir war es nicht so wie bei dir. Ich wusste nicht, was mit mir geschah, als ich mich verwandelte. Ich hatte zu dem Zeitpunkt noch nie etwas von Sternenseelen und -bestien gehört. Ich war vollkommen allein, als ich erwachte. Ein einzelner Jäger, der ein Bruder von Fynn sein könnte, völlig ohne Mitgefühl, fand mich und drohte, jeden zu töten, den ich einweihen würde. Da habe ich mich gefügt. Ich bin nicht so eine Kämpfernatur wie du.«

Ich soll eine Kämpferin sein? Beinahe hätte Lilly gelacht, so absurd erschien ihr der Gedanke. »Und was wurde aus Lars?«

»Torge fand mich, und als ich ihn sah, wusste ich, dass er all das war, was ich immer wollte. Aber natürlich konnte ich Lars nicht ganz vergessen, doch es waren mehr Schuldgefühle, die mich dazu trieben, eines Nachts in sein Zimmer zu spähen. Ich hatte mit einem Brief Schluss mit ihm gemacht. Es muss ihn wie ein Blitzschlag aus heiterem Himmel getroffen haben. Als ich ihn jedoch vor mir sah, waren meine Gefühle für ihn nichts im Vergleich zu dem, was ich für Torge empfand und bis heute fühle.«

»Du konntest ihn einfach so vergessen?«

»Das nicht, aber wenn ich mit Torge zusammen bin, dann ist es, als schwebte ich auf Wolken.«

Genau so habe ich mich mit Raphael gefühlt, dachte Lilly.

»Die Vorstellung, ihn zu verlieren, bringt mich um.« Lea schnappte nach Luft. »Wie soll ich das ertragen?«

Lilly legte einen Arm um ihre Freundin, als diese aufschluchzte. Eine Weile saßen sie schweigend in der Dunkelheit und hingen ihren Gedanken nach. »Warum ist es bei mir und Mikael nicht so?«, durchbrach Lilly die Stille. »Ich spüre das Band zwischen uns, und wenn er mich berührt, vibriert jeder einzelne Nerv in meinem Körper, doch ich kann Raphael einfach nicht vergessen.«

Lea zuckte mit den Schultern. »Er ist ebenfalls eine Sternenseele.«

»Vielleicht sollte ich ihn niemals wiedersehen.«

»Willst du das wirklich?«

Lilly nahm einen eisverkrusteten Tannenzapfen und warf ihn in den Bach. »Er hat mich bereits aufgegeben. Ich muss über ihn hinwegkommen.« Sie schluckte den Kloß in ihrem Hals hinunter.

»Das kannst du nicht ernst meinen. Ich habe gesehen, wie er dich anblickt. Er hat dich nicht vergessen.«

»Und warum ist er dann verschwunden, redet mit dieser Amadea?«

»Was denkst du denn? Er glaubt, dich verloren zu haben. Er weiß, wie stark die Anziehungskraft zwischen Zwillingssternen ist. Es ist an dir, ihm zu zeigen, dass er dir noch nicht gleichgültig ist.«

»Was würdest du an meiner Stelle tun?«, seufzte Lilly.

»Das musst du mit deinem Herzen ausmachen. Nur du weißt, wen du wirklich liebst. Für mich ist es unvorstellbar, Torge zurückzuweisen. Das wäre, als risse ich ein Stück aus mir heraus. Doch wenn du dasselbe für Raphael empfindest ... Denk aber daran, dass du Raphael eines Tages vielleicht vergessen kannst. Mikael wird jedoch, solange er lebt, in deinen Gedanken sein – die Verbindung zwischen euch vergeht nicht.« Sie sah Lilly mitleidig an. »Ich würde nicht mit dir tauschen wollen.«

Das Knirschen von Schnee unter Schuhsohlen kündigte das Nahen einer weiteren Person an. Lilly drehte sich um und erstarrte, als Raphael zwischen den Bäumen hervortrat. Er sah sie ebenso überrascht an wie sie ihn, doch fand sie als Erste die Sprache wieder. »Was machst du denn hier?« Sie unterdrückte das Beben in ihrer Stimme, wollte um jeden Preis stark erscheinen und sich nicht anmerken lassen, wie sehr er sie verletzt hatte. Aber was machte sie sich vor? Weder war sie stark noch eine Kämpferin. Sie war die Falsche. Für jeden. Für Raphael, der einem anderen Mädchen gehörte. Für Mikael, der einen besseren Zwillingsstern verdiente. Und erst recht sollte sie keine Sternenseele sein. Sie war weder eine Kriegerin wie Shiori noch die Seele einer Gruppe wie Anni.

Lautlos stand Lea auf. »Ich lasse euch allein. Ihr habt viel zu besprechen.«

Aus den Augenwinkeln registrierte Lilly, wie ihre Freundin tiefer in den Wald hinein verschwand. Betrübt starrte sie ihr hinterher. Sie ging Torge aus dem Weg. Sosehr sie ihn auch liebte, ging sie ihm doch aus dem Weg. Sie ertrug es nicht, ihn altern zu sehen. So viel Leid. Wie sollte man da an die Liebe der Sterne glauben? Verstanden sie das Sternenlied falsch – interpretierten sie zu viel hinein?

»Ich schulde dir eine Erklärung«, sagte Raphael tonlos. »Ich hätte nicht einfach so verschwinden dürfen.«

»Was gibt es da zu erklären?«, fragte Lilly. »Dein Zwillingsstern ist zurück, und du hast dich für sie entschieden.«

Er verschränkte die Arme vor der Brust. »So siehst du das? Dass *ich* mich entschieden habe? Du bist für einen anderen bestimmt. Ich habe dich an deinem ersten Abend als Sternenseele zusammen mit Mikael gesehen.«

Unter seinem anklagenden Ton zuckte Lilly zusammen, als sie sich an Mikael Kuss erinnerte.

»Ihr gehört zueinander«, fuhr er fort. »Was soll ich mich dazwischenstellen?«

»So einfach ist es für dich? Thema abgehakt?«

Verletzt blickte er sie an. »Was für eine andere Wahl habe ich denn? Sehe ich glücklich aus? Stünde ich hier, wenn ich dich vergessen hätte?«

»Du warst bei Amadea!«, klagte sie ihn an. »Wie oft hast du dich mit ihr getroffen?«

Er wich ihrem Blick aus, und das war ihr Antwort genug. »Du hast dich entschieden. Für sie.«

»Ich will sie retten. Kannst du das nicht verstehen? Sie war einst eine Sternenseele. Wir können sie doch nicht ihrem Schicksal überlassen. Nicht nur, dass wir mit ihrer Hilfe erfahren können, was Lucretia plant, sie ist auch noch eine von uns und leidet.«

»Sie hat mich getötet!«

»Ich weiß.« Er raufte sich die Haare. »Es ist alles so kompliziert. Aber kannst du mich nicht verstehen? Du hast alles riskiert, um Samuel zu retten. Sie ist mein Zwillingsstern.«

Lillys Magen krampfte sich zusammen. »Das habe ich nicht vergessen. Wie soll es denn dann mit uns weitergehen? Was passiert, wenn du sie rettest?«

»Ich weiß es nicht.« Er senkte seine Stimme zu einem Flüstern. »Du solltest bei Mikael sein.«

»Und doch stehen wir hier.«

»Ich kann dich nicht vergessen«, hauchte er. »Wann immer ich meine Augen schließe, sehe ich dich vor mir.«

Schweigend standen sie einander gegenüber, während die Spannung sich ins Unermessliche steigerte, bis sie sich in einem Aufstöhnen entlud und sie aufeinander zutaumelten und sich in die Arme fielen.

Gierig presste er seine Lippen auf die ihren. Seine Zunge fuhr fordernd in ihren Mund, während seine Hände ihre Brüste umfassten. Sie erbebte unter seinen Berührungen und stöhnte auf. Ungeachtet der Kälte rissen sie sich die Kleider vom Leib, erschufen aus ihnen ein Bett im Schnee und sanken zu Boden. Ihre Körper drängten zueinander, strebten die vollkommene Vereinigung an, die ihren Seelen verwehrt war. Sie vergrub ihre Finger in seinem schwarzen Haar, während seine linke Hand zwischen ihren Schulterblättern lag und sie eng an sich presste. Sie spürte den Verlauf seines Rippenbogens auf ihrer Haut, roch seinen erdigen Geruch und hörte das schnelle Klopfen seines Herzens. Wie sehr hatte er ihr gefehlt!

Als er in sie eindrang, schrie sie leise auf. Tränen rannen über ihre Wange, die er fortküsste, bevor sie sich im Taumel der Liebeswonnen verloren und gemeinsam dem Sternenhimmel entgegenstrebten. Vereint im Rhythmus des Sternenliedes, das sie für diese kostbaren Augenblicke ihre Zweifel vergessen ließ.

49

Die Herrin stand ihr direkt gegenüber, trotzdem konnte Amadea unter der Kapuze, die zu einem nachtblauen Umhang gehörte, nicht erkennen, ob sie einen Mann oder eine Frau vor sich hatte. Sie wusste nur, dass die Person ein Stück größer war als sie, aber auch das konnte täuschen – hochhackige Schuhe, aufrechte Körperhaltung. Solange die Herrin sich nicht entschloss, sich ihr zu zeigen, würde sie nicht wissen, in welchem Körper sie sich verbarg.

»Du hast mir gute Dienste erwiesen.«

Demütig neigte sie den Kopf, achtete darauf, den Blick gesenkt zu halten. Zu viel Neugierde wurde bestraft.

»Bald habe ich mein Ziel erreicht. Dann kann mich nichts mehr aufhalten.«

Unwillkürlich erschauerte Amadea. Was war nur los mit ihr? Seit sie nach Aurinsbach gekommen war, verlor sie sich. Oder fand sie zu ihrem wahren Ich zurück? Konnte es wahr sein, was der Junge gesagt hatte? War sie einst eine Sternenseele gewesen? Beherrsch dich, rief sie sich selbst hart zur Ordnung und presste die Hände so fest zu einem Ballen zusammen, dass ihre Fingernägel in das empfindliche Fleisch schnitten. Brachte schon eine unbedachte Frage schwere körperliche Züchtigungen mit sich, wollte sie sich gar nicht erst ausmalen, was es bedeutete, wenn ihre Herrin erfuhr, dass sie mit diesem Raphael gesprochen hatte und … anfing, seinen Worten Glauben zu schenken.

»Hast du herausgefunden, wo die Sternenseelen leben?«

Vor Amadeas Augen tauchte das Bild eines Massengrabs auf, eine alte, verdrängte Erinnerung, aber dieses Mal war es anders. Jeder der blutbespritzten, verdrehten Körper trug dasselbe Gesicht: Raphaels.

Sie zögerte einen Moment zu lange mit ihrer Antwort. Sofort durchfuhr ihre Leibesmitte ein sengender Schmerz. Stöhnend ging sie in die Knie. Sekunden wurden zu Stunden, während sie darum flehte, dass der Schmerz nachließ. Endlich gewährte ihr die Herrin eine Atempause, die sie nutzte, um ihr jedes noch so kleine Detail über die Greutel-Ruine, in der sie sich verbargen, zu berichten.

»Sehr gut«, lobte die Herrin. »Wirklich sehr gut. Dann ist es Zeit für den nächsten Schritt.«

50

Der folgende Tag begann für Lilly ebenso katastrophal, wie die letzte Nacht geendet hatte. Anstatt Arm in Arm mit ihr zu liegen, nachdem sie sich geliebt hatten, hatte sich Raphael hastig seine Kleider übergestreift. »Es tut mir leid. Das hätte nicht geschehen dürfen«, stammelte er, während Lilly ihr Herz zersplittern hörte.

»Warte«, rief sie ihm zu, nur in ihren Pulli gehüllt, den sie rasch angezogen hatte, als er sich von ihr abwandte.

Er ging vor ihr in die Knie, umfasste ihr Kinn und sah sie traurig an. »Ich liebe dich, werde dich immer lieben, aber du bist nicht länger mein.«

»Wer entscheidet das?«

Er blickte zum Himmel empor, an dem die Sterne blass hinter einem Dunstschleier leuchteten. »Du weißt, wer.«

»Sie können nicht über alles verfügen.«

»Willst du behaupten, dass du nichts fühlst, wenn du Mikael siehst?«

Sie wandte ihren Blick ab, knetete verzweifelt ihre Hände und wusste nicht, was sie sagen sollte.

»Und damit ist es entschieden. Er wird immer zwischen uns stehen.«

»Gibst du uns wirklich so schnell auf?«

»Bleibt uns denn eine andere Wahl?«

»Wenn er weggeht und wir hierbleiben …«, setzte sie halbherzig an.

»Und was ist mit Amadea? Kannst du akzeptieren, dass ich sie retten werde?«

Erneut wich sie seinem Blick aus. Zu frisch waren die Erinnerungen an die Schläge des Mädchens, den Sturz und den Aufprall. Die Sekunden, in denen sie starb.

Müde sah er sie an, beugte sich vor und streifte ihren Mund zart mit seinen Lippen. »Lass uns reden, wenn das alles überstanden ist. Zu viele wichtige Dinge verlangen nach unserer Aufmerksamkeit.«

Die folgenden Stunden hatte sich Lilly mit dem Wissen aufrecht gehalten, dass er sie nicht endgültig verlassen hatte. Solange er noch mit ihr sprechen wollte, bestand Hoffnung, oder? Aber was würde geschehen, wenn es ihm gelang, Amadea zu retten?

Bei Tagesanbruch verdrängte sie all die offenen Fragen aus ihren Gedanken, hielt Samuels Hand umklammert, den sie kurz vor Beginn der ersten Stunde getroffen hatte, und konzentrierte sich ganz auf die Aufgaben, die sie sich für den Tag vorgenommen hatte. Nett sein zu Michelle und Amy. Calista im Auge behalten. Doch gerade als der erste Sonnenstrahl über den Wipfeln der Bäume auftauchte, ihre blasse Haut liebkoste, ertönte ein gellender Schrei aus dem Turm, in dem der Tanzsaal lag, und vernichtete all ihre Pläne. Ihre ganze Willenskraft entlud sich in dem Wunsch, dem Menschen in Not zu Hilfe zu eilen, und während sie noch spürte, wie sie losrannte, umnachtete sich ihr Geist, erschöpft von der unvermittelten Anstrengung.

Das Erste, das sie sah, als sie wieder zu sich kam, war das besorgte Gesicht von Mikael, um sogleich voller Verwunderung festzustellen, dass sie auf dem Gartenzaun ihres Elternhauses saßen. Vor Überraschung verlor sie beinahe das Gleichgewicht, fing sich dann aber noch rechtzeitig wieder.

»Was ist geschehen?«, fragte sie, während sie den Nebel ihrer Erinnerungen durchforstete.

Er ergriff ihre Hand, woraufhin ein Prickeln sie durchfuhr. »Ich habe schlechte Nachrichten. Frau Magret ist tot. Sie wurde ermordet.«

»Der Schrei ...«

»Eine Schülerin aus der Unterstufe fand sie.« Er drückte ihre Hand. »Es tut mir so leid.«

Eine Woge des Schmerzes überrollte sie. Wie konnte jemand dieser zierlichen Frau etwas antun? Zugleich stellte sie sich ganz nüchtern die Frage, wer nun den Tanzunterricht übernehmen und ob die Aufführung noch stattfinden würde. Es war, als wollte ihr Gehirn die Ungeheuerlichkeit der Tat in rationale Gedanken umwandeln, um die Trauer nicht zulassen zu müssen. Dabei scheiterte es jedoch kläglich. Heiße Tränen rannen Lilly die Wange hinunter. So viele Monate hatte sie nun mit der steten Bedrohung durch die Sternenbestien gelebt, hatte gewusst, ein Unschuldiger könnte eines Tages sein Leben lassen, dass sie es schon nicht mehr ernst genommen hatte. Nun fühlte sie sich umso schuldiger. Hätte sie mehr machen müssen? Sich nicht so von ihren persönlichen Problemen ablenken lassen? Sie war immerhin eine Sternenseele und sollte die Menschen beschützen, dennoch hatte nun einer sein Leben gelassen. Sie lehnte sich an Mikaels Brust, suchte schluchzend Zuflucht in seinen Armen. »War es Lucretia?«

»Wir wissen es nicht. Sie scheint vergiftet worden zu sein. Bisher gibt es keine Hinweise auf den Mörder, aber es ist auch nicht so, dass die Polizei uns stündlich Bericht erstattet. Alles, was ich weiß, sind die paar Dinge, die Samuel in Erfahrung bringen konnte.«

»Polizei. Das ist gar nicht gut.«

»Nein. Wir müssen verdammt aufpassen, nicht noch mehr

Aufmerksamkeit auf uns zu lenken. Madame Favelkap ist besorgt und wird vorerst weniger Kontakt zu uns halten, damit keine Fragen aufkommen.«

»Warum sollte Lucretia eine Tanzlehrerin töten? Das ergibt doch keinen Sinn.«

»Wenn sie es war, ist es höchste Zeit, dass wir ihrem Treiben ein Ende bereiten. Dass sie bereit ist, so viel Aufmerksamkeit auf sich zu ziehen, ist kein gutes Zeichen.«

»Dann steht es also fest. Ihr werdet Andromeda erwecken.«

»Selbst Ras wird dem nicht mehr viel entgegensetzen können. Wie wahrscheinlich ist es, dass sowohl Lucretia als auch ein menschlicher Mörder sein Unwesen an der Schule treiben? Sie hat ihre Finger darin – da bin ich mir sicher, auch wenn ich es nicht beweisen kann.«

»Wir sollten zu den anderen gehen. Sie warten sicher schon auf uns.«

Er nickte. »Vorher möchte ich allerdings noch eines klarstellen, bevor es in den künftigen Ereignissen untergeht.« Er ergriff ihre Hand, strich mit seinem Daumen über ihren Handrücken und betrachtete ihn, als wäre es ein kleines Wunder. »Sollte Andromeda sich täuschen und ich dieses Jahr nicht sterben, werde ich auf dich warten. Ich werde immer da sein, Lilly. Wie lange auch immer es dauern mag, sobald du frei bist, werde ich da sein. Wir sind füreinander bestimmt, und sollte mir auch nur ein Tag mit dir vergönnt sein, dann wird es doch der glücklichste meines Lebens sein.«

Sie sah ihn an, überwältigt von seinen Worten. Die letzten Wochen hatte sie seinen bevorstehenden Tod ignoriert. Sie glaubte nicht an Prophezeiungen, und selbst wenn, wäre das etwas, an dem sie nichts ändern konnte. Aber er war der festen Überzeugung, dass er schon bald sterben würde.

Sollte sie ihn da nicht glücklich machen, tun, was die Sterne offensichtlich von ihr erwarteten, und ihm das schönste letzte Jahr schenken, das er sich nur vorstellen konnte? Danach war immer noch Zeit, um zu Raphael zurückzukehren. Im selben Moment, in dem sie das dachte, fühlte sie sich wie eine Hure. Sie sollte mit dem Jungen zusammen sein, den sie aufrichtig liebte, und nicht aus Mitleid oder Angst, jemanden zu verletzen.

Doch diese Erkenntnis half ihr auch nicht weiter. Wer war ihre wahre Liebe? »Ich weiß nicht, was ... was ich sagen soll«, stammelte sie.

»Du brauchst nichts zu sagen«, erwiderte er. »Ich wollte nur, dass du weißt, ich werde auf dich warten.«

Der Anblick seines wunderschönen Gesichts, gezeichnet von Liebe, Verständnis und Trauer, schnürte ihr die Kehle zu. Sie spürte seinen Schmerz, als wäre es ihr eigener, und ihre Seele verlangte danach, dass sie ihren Gefühlen für ihn nachgab.

Er sprang vom Zaun, bot ihr seine Hand an, die sie innerlich auf das nächste Prickeln gewappnet ergriff. »Lass uns gehen.«

Sie richtete sich auf, hüpfte herunter, trat auf eine Eisplatte und rutschte seitlich ab, sodass sie gegen ihn prallte. Sanft fing er sie auf, hielt sie mit beiden Armen dicht an seinen Körper gepresst. Sie sah auf, betört von seinem Duft, fühlte sich so verletzlich und hilflos nach all den Ereignissen, dass sie nicht auswich, als sich sein Mund dem ihren näherte. Ihre Lippen berührten sich in einem flüchtigen Kuss, als Raphaels tonlose Stimme in ihrem Rücken erklang. »Ras und Fynn suchen euch. Kommt zur Ruine.«

Entsetzt riss sich Lilly von Mikael los, rannte Raphael hinterher, der bereits umgedreht war und auf den Ast einer Fichte gesprungen war. »Warte!«

Voller Zorn und Enttäuschung starrte er sie trotzig an. »Du brauchst mir nichts erklären. Ich weiß, was es bedeutet, einen Zwillingsstern zu haben.«

»Nein, so ist das nicht. Bitte!« In ihren Augen schwammen Tränen, vernebelten ihre Sicht, doch Raphael wandte sich ab und eilte davon.

»Es tut mir leid.« Mikael trat von hinten an sie heran, legte seine Hand auf ihre Schulter, doch sie riss sich los.

»Lass mich in Ruhe.« Ohne ihn eines weiteren Blickes zu würdigen, ging sie davon und ließ ihn mit hängenden Schultern stehen.

51

Als Lilly an der Ruine ankam, war Raphael schon wieder weg – allerdings mit Ras' Wissen. Sie teilten sich in drei Gruppen auf. Eine würde auf direktem Weg zu der Ruine gehen, in der Andromeda ruhte, und in die Tiefe hinabsteigen, während die anderen beiden Teams über Umwege nachkommen würden, um mögliche Verfolger in die Irre zu führen.

Mikael, Lea und Anni gehörten zum Erweckungsteam – weil Andromeda Geschlechtsgenossinnen bevorzugte und sie Mikael bereits kannte und weil die Stargazer darauf bestanden, dass auch einer von ihnen zu der Gruppe gehörte.

Zuerst wollten die anderen Lilly aufgrund ihrer mangelnden Erfahrung zurücklassen, aber da weigerte sie sich, sodass man sie schließlich dem Erweckungsteam zuteilte, da sie zumindest theoretisch am wenigsten in Gefahr schwebten.

Lea führte ihre Gruppe zielstrebig an. Es war ihre Aufgabe gewesen, alle paar Tage an der Ruine nach dem Rechten zu sehen. Am Fuße einer alten Eiche, die umzingelt von Kiefern stand, hielten sie an. Ihre Äste hingen tief, und von ihr strahlte eine Art friedlicher Trauer aus, als wüsste sie, dass sie bald vergehen würde, und freute sich auf die ewige Ruhe, der sie entgegensah.

Lea schob einige Blätter zur Seite, sodass unter der Laubschicht eine hölzerne Falltür, in die verschlungene Ornamente geritzt worden waren, auftauchte. »Darunter liegt die Ruine von Kasin'gil. Seid vorsichtig, es wird alles fremdartig erscheinen, niemand weiß, wann sie errichtet wurde oder warum.«

Ein mulmiges Gefühl beschlich Lilly, aber sie schwankte nicht in ihrem Entschluss. Irgendwann musste sie Mut beweisen.

Lea öffnete unter lautem Knarren die Tür. Dahinter kam eine Treppe zum Vorschein, die in die Tiefe führte. Sie zückten ihre Taschenlampen und leuchteten hinein. Eine dicke Schicht Staub bedeckte die Stufen, an ihren Seiten wucherten schleimige Pilze, und kleines Getier huschte vom Lichtschein erschreckt davon.

Nachdem Lea vorausgegangen war, holte Lilly tief Luft und wagte den ersten Schritt in die Finsternis hinab. Die Treppe war glitschig, und in ihr tauchten unwillkürlich Bilder auf, wie sie abrutschte und für immer die Stufen hinunterstürzte. »So ein Schwachsinn«, flüsterte sie. »Irgendwann würde ich auf den Boden treffen, dann wäre es vorbei.« Trotzdem stieg ein beklemmendes Gefühl in ihr auf, während sie tiefer und tiefer in die Dunkelheit ging und einzig der schmale Kranz der Taschenlampe ihr Helligkeit spendete.

Bereits nach wenigen Schritten verschluckte die Dunkelheit das restliche Sternenlicht. Fast zeitgleich weitete sich die Treppe, sodass sie breit genug war, um fünf Menschen nebeneinander Platz zu bieten, wobei sie wie aus einem einzigen Guss wirkte. Nach etwa zehn Minuten hielt Lilly an und schwenkte den Strahl ihrer Taschenlampe nach hinten. Der Anblick der endlosen Stufenreihen hatte etwas Bedrückendes, gab ihr das Gefühl, in einem Labyrinth gefangen zu sein. Wer mochte das wohl gebaut haben? Fast hatte sie den Eindruck, auf dem Äußeren einer kopfüber in den Boden gerammten Pyramide zu laufen. Nach einer kurzen Pause ging sie weiter, wobei das beklemmende Gefühl stärker wurde, zu dem sich die Angst zu ersticken gesellte. Manchmal wirkte es fast so, als wäre sie allein, wenn die Umrisse der anderen in der Finsternis verschwammen und nur ihr eigener Herzschlag in ihren Ohren dröhnte.

Schließlich erreichten sie einen gigantischen Gang, der in den grauen Fels hineinführte. Zögerlich folgte sie Lea hinein, auch wenn sie froh war, dass es zumindest nicht weiter in die Tiefe ging. Dafür verschlechterte sich die Luft allerdings rapide, bis es sich anfühlte, als würde sie eine zähe, modrige Masse einatmen. Sie war froh, dass sie die GPS-Uhr mitgenommen hatte, auch wenn das Signal des Satelliten sie in der Tiefe nicht erreichte. Zumindest hatte sie eine beleuchtete Uhr, die ihr versicherte, dass sie nicht bereits seit Tagen in der Tiefe unterwegs waren. Der Gang mündete in eine gewaltige Halle, die von steinernen Säulen gestützt wurde, an denen Pflanzen mit großen, fleischigen Blättern emporrankten. Lilly blieb vor einer stehen und betrachtete sie genauer. Zu ihrer Überraschung waren sie nur Skulpturen, die aus einem fast schwarzen Stein geschlagen worden waren. Sie streckte die Hand aus, um sie zu berühren, und stellte fest, dass sie warm und seidig glatt waren. Erschrocken zog sie die Hand zurück und eilte weiter.

Das Licht wurde allmählich heller, bis sie in einen etwa drei Meter hohen, kuppelförmigen Raum kamen, in dessen Boden ringförmig Muster graviert worden waren. Am höchsten Punkt der Decke schwebte eine silbrig leuchtende Kugel, die langsam zu rotieren schien und von der das Licht ausging. Doch Lilly schenkte ihr keine Beachtung, ebenso wenig den kunstvoll verzierten Wänden. Ihr Blick wurde von der zarten Gestalt, die auf einem Podest in der Mitte des Raumes lag, angezogen. Das musste Andromeda sein, auch wenn sie vollkommen anders aussah, als sie erwartet hatte. Unter einem jahrtausendealten Wesen hatte sie sich etwas Älteres und Primitiveres vorgestellt, doch vor ihr lag ein wunderschönes, asiatisches Mädchen von etwa zwölf Jahren mit porzellanartiger Haut, großen, schräg stehenden Augen und einer sepiafarbenen Tätowierung in Form einer Blüte auf der Mitte ihrer Stirn. Ihr schwarzes Haar umhüllte sie wie ein Schleier und fiel in Wogen das Podest hinab. Sie trug ein schneeweißes, ärmelloses Kleid, silberne Perlenohrringe und einen transparenten Schal.

Ratlos blieb Lilly vor ihr stehen, während Anni sie ehrfürchtig umrundete. Sie hatte irgendeine Reaktion erwartet. Ein Blitzschlag, der sie treffen würde, Fallen oder gruselige Wächter. Lebte sie überhaupt? Lilly beobachtete sie, konnte aber kein Heben oder Senken der Brust erkennen. Zaghaft streckte sie eine Hand aus, doch bevor sie sie berühren konnte, hielt Lea sie auf. »Nicht. Das ist Mikaels Aufgabe.«

Beschämt zog sie ihre Hand zurück und sah zu ihrem Zwillingsstern hinüber, auf dessen Gesicht sich widerstreitende Gefühle abzeichneten. Was mochte er gerade empfinden? Mit Andromedas Auferstehung wurde sein prophezeiter Tod für ihn sicher noch realer, doch auf der anderen Seite war er durch und durch Krieger. Vermutlich dachte er nur an die Chance, Lucretia für immer zu vernichten, die sich ihnen hier bot. Aber als sie ihn genauer studierte, bemerkte sie die Anspannung in seiner Haltung. Ganz kalt ließ ihn die Situation offensichtlich nicht. Er beugte sich vor, flüsterte der uralten Sternenseele etwas ins Ohr, das Lilly nicht verstand, bis ein Zucken durch deren Körper lief. Daraufhin folgte ein Augenblick der Stille, die Mikael nutzte, um sich auf respektvolle Distanz zurückzuziehen. Plötzlich erklang eine etwas raue, weibliche Stimme in Lillys Kopf. »Lange ist es her, dass mich jemand besuchte. Ich sehe vertraute Gesichter und eine Neugeborene.«

Lilly zuckte zurück, erwog kurzzeitig, einfach davonzurennen, aber dann zwang sie sich stehen zu bleiben. Auch wenn es gruselig war, eine fremde Stimme im Kopf zu hören, war es doch genau das, weshalb sie hierhergekommen waren.

»Warum habt ihr mich geweckt?«

Es war seltsam, mit einer reglos daliegenden Person zu sprechen, vor allem, da in der Stimme ein Alter und eine Weisheit lagen, die nicht zu dem jungen Mädchen passen wollten.

»Lucretia ist eingetroffen. Sie plant etwas. Wir sind nicht sicher, ob wir dich noch länger schützen können«, erklang Mikaels Stimme nun auch in Lillys Kopf. »Es hat den Anschein, dass sie eine Art Mischwesen aus Sternenseele und Bestie erschaffen hat.«

»Schlechte Kunde bringt ihr mir. Bist du bereit, Mikael?«

Der Junge nickte selbstsicher. »Ich habe mein Schicksal angenommen«, antwortete er fest.

»Gibt es nichts, was dich auf der Erde hält?«

Kurz sah er zu Lilly hinüber, Unsicherheit überzog seine Züge ebenso schnell, wie sie verschwand. »Nichts, was es wert wäre, meine Pflicht zu vergessen.«

»So soll es sein.« Aus der Stimme der Uralten ließen sich keine Gefühle ablesen. Es war nicht so, dass sie mitleidlos wirkte oder frei von Emotionen, aber alles schien ausgeglichen zu sein, als ob es für jedes Leid ein Äquivalent an Freude gäbe.

Wie in Zeitlupe hob das Mädchen einen ihrer feingliedrigen Arme, reckte ihn der silbrigen Kugel an der Decke entgegen, bevor sie sich langsam aufrichtete.

Aus der Kugel löste sich eine kleinere, die in hellem Licht

erstrahlte, während sie langsam hinabglitt, direkt in Andromedas ausgestreckte Hand. Sobald die Kugel ihre Haut berührte, erlosch das Licht, und eine silberne Kette kam zum Vorschein, an der eine ovale Platte aus schwarzem Stein hing. Sie legte sich die Kette um den Hals, dann stand sie auf, und sie machten sich an den beschwerlichen Weg zurück an die Oberfläche.

52

Schon von der Treppe aus hörten sie die Kampfgeräusche. Mikael hob die Hand und bedeutete ihnen, stehen zu bleiben und die Taschenlampen auszuschalten. Nur seine spendete ein wenig Helligkeit.

»Was geht da oben vor sich?«, wisperte Lea.

»Eine Falle«, vermutete Anni. »Lucretia wollte, dass wir Andromeda erwecken, und ist uns gefolgt.«

»Was auch immer«, brachte Mikael sie zum Schweigen. »Wir müssen uns schnell entscheiden, was wir tun. Helfen wir ihnen, kehren wir um und verbergen uns in der Ruine, oder ergreifen wir die Flucht nach vorn?«

»Wie kannst du das nur fragen?«, empörte sich Lilly. »Das sind unsere Freunde, die da kämpfen.«

»Und wir haben keine Zeit für eine Grundsatzdiskussion. Andromeda ist wichtiger als wir alle zusammen.« Besorgt betrachtete er das zarte Mädchen, das sich erschöpft gegen die Wand lehnte.

Lilly empfand eine leichte Enttäuschung. Das sollte die mächtige Sternenseele sein, die es mit Lucretia aufnehmen konnte? Sie hatte sie sich beeindruckender vorgestellt und irgendwie geglaubt, dass sie erwachen und alles richten würde. Und nun saßen sie in einer unterirdischen Ruine fest.

»Gemeinsam mit den anderen sind unsere Chancen am besten. Wenn sie erst hier eindringt, gibt es kein Entrinnen für uns.«

Anni strich nachdenklich über die eintätowierte Nummer an ihrem Handgelenk. »Wir sollten uns aufteilen. Mikael, Lilly, ihr flüchtet mit Andromeda. Lea und ich kämpfen.«

»Nein«, widersprach Mikael. »Wenn, dann flieht ihr.«

»Auf keinen Fall. Du bist der erfahrenste Krieger. Du musst Andromeda beschützen.«

»Dann lasst mich bei euch bleiben«, sagte Lilly. Sosehr sie den Kampf fürchtete, so wenig wollte sie auch die Flucht ergreifen.

»Das ist lieb von dir, aber du bist zu unerfahren. In dem Versuch, dich zu beschützen, würden wir anderen nur gefährdet werden. Und wenn dir etwas zustößt, was glaubst du, wie gut Mikael sich dann noch konzentrieren kann?«

Widerstrebend fügte sich Lilly. Die Diskussion war ihr lang erschienen, aber in Wirklichkeit waren nur wenige Augenblicke verstrichen.

Sie postierten sich an der Falltür. Lea und Anni voraus, gefolgt von Mikael, Andromeda und als Letzte Lilly.

Kaum war die Tür offen, flutete Mondlicht hinein und mit ihm das laute Geschrei von mindestens einem Dutzend Menschen, vermutlich aber viel mehr. Sie stürmten los, und Lilly sah aus den Augenwinkeln Schüler und Lehrer, selbst Herrn Kreul, ihren Englischlehrer, mit schwarz gefüllten Augen, die sich mit unnatürlicher Geschwindigkeit zwischen den kämpfenden Sternenseelen bewegten und diese attackierten. Sie rannte weiter, beobachtete voller Angst, wie Andromeda taumelte und geblendet vom Sternenlicht die Augen zusammenkniff. Stützend packte sie sie unterm Arm, und als Mikael das sah, ließ er sich ebenfalls zurückfallen und ergriff sie an der anderen Seite.

»Sind das alles Sternenbestien?«, rief sie voll Entsetzen über den Kampfeslärm hinweg.

»Nein«, brüllte er zurück. »Das nennt sich Schattenpest.

Die mächtigsten Sternenbestien können Menschen für kurze Zeit in willenlose, magisch verstärkte Marionetten verwandeln.«

Erschüttert beobachtete Lilly, wie Lukel einem Unterstufenschüler seine Faust ins Gesicht schmetterte, sodass seine Nase zersplitterte. Das waren unschuldige Menschen! Sie beschleunigte ihre Schritte, wollte nur noch weg. Zugleich versuchte sie, sich zu vergewissern, dass noch alle Sternenseelen am Leben waren. Erleichtert stellte sie fest, dass zumindest keine Toten auf dem Boden lagen, doch in dem Chaos war es ihr nicht möglich, sich einen Überblick zu verschaffen, und Raphael fehlte. Sie sandte ein Stoßgebet zu ihrem Stern, dass es ihm gut ginge.

Lea befand sich in der Zwischenzeit mitten im Kampfgetümmel und tauschte erbarmungslose Hiebe mit einer der Sportlehrerinnen aus. Sie waren ebenbürtige Gegnerinnen, sodass Lea nicht bemerkte, wie hinter ihr Amadea aus den Schatten trat. Lilly schrie ihr eine Warnung zu, aber sie hörte nichts. Sie wollte sich umwenden, um ihrer Freundin zu Hilfe zu eilen, aber Mikael herrschte sie an: »Lauf weiter. Du kannst ihr nicht helfen. Wenn wir Andromeda nicht in Sicherheit bringen, sind wir alle verloren.«

Hilflos sah Lilly mit an, wie Raphaels Zwillingsstern eine tückische Klinge hob und sie von hinten in den Rücken ihrer Freundin stieß. Selbst wenn sie gekonnt hätte, wäre sie niemals schnell genug gewesen, um das zu verhindern. Auf Leas Gesicht zeichnete sich eine Mischung aus Überraschung und Schmerz ab, bevor sie wie in Zeitlupe zusammenbrach.

Da erklang ein urtümlicher Schrei, und Torge stürzte sich blind vor Wut auf Amadea, vertrieb sie und die besessene Sportlehrerin von dem leblosen Körper seiner Liebsten.

Lilly nahm noch wahr, wie er Leas Leib in seine Arme zog, dann verdeckten Äste und Büsche die Sicht.

»Lauf weiter«, brüllte Mikael. »Ich sichere von hinten.«

»Aber wohin?«, fragte sie. Wenn sie ihnen zu der Ruine gefolgt waren, kannten sie sicherlich auch ihren anderen Zufluchtsort, und das Internat war ohnehin tabu. Sie konnten diese Schlacht nicht zwischen die wehrlosen Schüler und vor die Augen der Öffentlichkeit zerren.

»Weißt du keinen Ort?«

Während sie weiterrannten, überlegte Lilly fieberhaft, bis ihr endlich die rettende Idee kam. Das Haus, das Raphael für sie gemietet hatte! Sie waren so selten da gewesen, dass Lucretia wahrscheinlich nichts davon wusste.

53

Kaum erreichten sie das Häuschen, forderte Mikael sie auf, sich in dem Wipfel einer immergrünen Tanne zu verbergen, während er das Gebiet auskundschaftete. Ängstlich presste sie sich an den harzigen Stamm des Baumes, lauschte dabei dem angestrengten Atem Andromedas. Die schmalen Arme bebten vor Erschöpfung, ihre silbernen Augen waren glanzlos. Selbst so ein mächtiges Wesen wurde also vom langen Liegen geschwächt. Wie lange sie wohl geschlafen haben mochte?

Lautlos wie ein Schatten kehrte ihr Zwillingsstern zurück. Sie spürte seine Gegenwart schon, noch bevor sich seine Umrisse aus der Dunkelheit schälten. »Es ist sicher. Geht rein, macht kein Licht und verbergt euch.«

»Und was ist mit dir?«

»Ich helfe den anderen. Wir müssen uns sammeln, und sie haben keine Ahnung, wo wir sind.«

»Lass mich mit dir gehen.«

»Nein, jemand muss bei Andromeda bleiben.« An seiner Stimme erkannte sie, dass eine Diskussion aussichtslos war, also fügte sie sich und brachte die alte Sternenseele in das Wohnzimmer. Auch wenn sie kein Feuer machten, war es gemütlich genug, um es dort auszuhalten. Doch Andromeda schien ohnehin alles gleichgültig zu sein. Wie seltsam es war, so ein altes Wesen in dem Körper eines jungen Mädchens zu sehen.

Unruhig wanderte Lilly auf und ab, während sie auf die anderen wartete. Was war mit Lea? Sternenseelen heilten schnell, aber Amadeas triumphierendes Lächeln ließ sie nicht los. Das Mädchen war gut im Töten – das hatte sie am eigenen Leib erfahren. Und was war mit den anderen? Sie hatte weder Felias noch Lukel im Kampfgetümmel entdeckt. Und Raphael? Ihr Herz krampfte sich voller Angst zusammen.

Ein Kratzen an der Haustür kündigte die Ersten an. Torge und Anni, die eine leichenblasse Lea zwischen sich trugen.

»Heißes Wasser, schnell«, blaffte Anni sie an.

Lilly verstand, dass jetzt nicht der richtige Zeitpunkt für eine Diskussion war, und schaltete den Wasserkocher in der Küche an. Zusätzlich füllte sie den größten Topf, den sie finden konnte, mit Wasser und stellte ihn auf den Herd. Es würde zwar lange dauern, bis es richtig heiß war, aber dafür wäre es wenigstens genug. Sobald das Wasser im Kocher sprudelte, schnappte sie sich den Behälter und hastete in den Keller hinab, in den sie Lea gebracht hatten, um ihre Wunde im Schein der Taschenlampe zu untersuchen, ohne Aufmerksamkeit auf sich zu ziehen. Sternenseelen mochten zwar bei Nacht gut sehen können, aber in erster Linie beschränkte sich ihre Fähigkeit auf Bewegungen. Ansonsten half nur der silberne Schimmer, der von allem aufstieg. Bei der Feinarbeit, die die Versorgung einer Wunde bedeutete, reichte es jedoch nicht aus.

Beinahe wären Lilly ihre Beine weggeknickt, als sie die klaffende Wunde in Leas Rücken sah und den pulsierenden Strom Blut, der noch immer aus dem faserigen Riss schoss.

»Wir brauchen Nadel und Faden. Wenn ich die Wunde nicht verschließe, wird ihre ganze Selbstheilungskraft auf die Produktion neuen Blutes verschwendet werden, bis ihre letzte Energiereserve verbraucht ist. Bereits jetzt hat sie sicherlich das Doppelte ihres Körpergewichts an Blut verloren.«

»Kann Lucretia denn nicht der Spur folgen?«

»Wir sind ein ganzes Stück durch den Bach gelaufen und haben das Blut anschließend aufgefangen. Zumindest vorerst sollten wir sicher sein«, erläuterte Mikael.

Torge saß nur reglos neben Lea und wiegte seinen Oberkörper vor und zurück. Lilly wünschte, sie könnte ihm helfen, aber das Einzige, was ihm ein Trost sein würde, wäre, wenn sie Lea wieder gesund pflegten, also stand sie auf und suchte nach Nähzeug.

Als Anni sich an die Arbeit machte, flüchtete sie unter dem Vorwand, nach Andromeda zu sehen, nach oben. Sie hatte genug Blut und zerfetztes Fleisch für einen Abend gesehen.

Kaum hatte sie die Kellertreppe verlassen, stand sie Raphael gegenüber. Voller Entsetzen betrachtete er ihre blutgetränkten Klamotten. »Bist du verletzt?«

»Nein, aber Lea. Anni kümmert sich um sie.«

»Wird sie es schaffen?«

»Keine Ahnung. Sie hat viel Blut verloren. Deine Amadea hat ihr ein Messer in den Rücken gerammt.«

Seine Miene verhärtete sich. »Ich sehe mal, ob ich helfen kann«, erwiderte er tonlos und stieg die Kellertreppe hinab.

Erst Stunden später, Raphael hatte die Reste der versprengten Gruppe eingesammelt, trafen sie sich erneut. Lilly kochte gerade Tee, als er den Raum betrat. Sie nahm all ihren Mut zusammen und sprach ihn an. »Du, vorhin. Es war nicht so, wie es aussieht.«

Er lächelte spöttisch. »Ihr habt euch nicht geküsst?«

»Er mich. Ich wollte das nicht.«

»Hör zu, Lilly. Ich habe dich freigegeben. Du bist mir keine Rechenschaft mehr schuldig.«

»Aber ich liebe dich.«

Er sah sie gequält an. »Manchmal genügt das einfach nicht.«

»Ich gebe Mikael auf und du Amadea«, flehte sie ihn an. Jetzt, da sie kurz davor war, ihn zu verlieren, spürte sie, wie sehr sie ihn doch liebte. Niemals würde sie dasselbe für Mikael empfinden können. »Sobald das hier überstanden ist, gehen wir fort. Weit weg an einen anderen Ort und fangen neu an.«

Traurig blickte er sie an. Wie konnte sie das von ihm verlangen? Er liebte sie, aber er wusste auch, dass er weder ihr noch sich selbst jemals verzeihen würde, wenn er Amadea im Stich ließ. Die Verbindung zwischen ihnen war nur ein kurzes Aufblitzen gewesen, trotzdem hatte ihn das Gefühl dieser engen Verbundenheit, der Zusammengehörigkeit nie verlassen. Er durfte sie nicht verraten. »Es tut mir leid, Lilly«, flüsterte er. »Ich hoffe, du verstehst es eines Tages.«

Sie krümmte sich zusammen, und er spürte ihren Schmerz, als wäre es sein eigener.

»Ich ertrage das nicht«, weinte sie.

Auch ihm traten Tränen in die Augen. Wie sehr er sie liebte. Doch es musste sein. Er konnte nur darauf hoffen, dass sie noch da sein würde, wenn er die Angelegenheit mit Amadea geklärt hatte. Es fiel ihm schwer, es sich einzugestehen, aber er war der Überzeugung, dass ihre Liebe nur dann stark genug wäre, um alles andere bewältigen zu können. Noch immer übermannte ihn die Fassungslosigkeit, wenn er daran dachte, dass seine Lilly einem anderen gehörte. Dass Mikael für sie bestimmt war, dass er derjenige war, dem es zustand, ihre Lippen zu küssen und ihre Sorgen in sich aufzunehmen. Mikael – nicht er. Was für bittere Scherze das Leben doch manchmal für einen bereithielt.

»Du hast deinen Zwillingsstern«, raunte er ihr zu.

»Geht es wieder darum?« Sie sprang auf, bebte vor Zorn. »Um Mikael? Zweifelst du daran, dass wir füreinander bestimmt sind?«

»Ich weiß es nicht.« Er schüttelte den Kopf und senkte seinen Blick zu Boden. Er ertrug den Schmerz nicht, den seine Worte bei ihr auslösten. »Wenn es so wäre, warum haben die Sterne andere Partner für uns ausgewählt?« Bei ihrem entsetzten Keuchen wünschte er sich, er hätte seine Gedanken für sich behalten, aber die Zweifel nagten an ihm. Etwas war nicht so, wie es sein sollte, doch er wusste nicht, was. Was war richtig, was falsch? Hatten sie sich nur in etwas verrannt? War sie nur seiner für Menschen nahezu unbegreiflichen Schönheit und Magie erlegen? Hatten ihn Einsamkeit und Sehnsucht nach Nähe in ihre Arme getrieben, oder war es doch mehr?

Auf der anderen Seite fragte er sich, ob es fair von ihm war, von ihr zu verlangen, ihren Zwillingsstern zu verleugnen. Mikael war besser für sie geeignet, konnte sie besser beschützen. Er war stärker, mächtiger und erfahrener. War es nicht nur reiner Egoismus, der ihn dazu trieb, sie an sich zu binden? Die Schmerzen in seinem Herz raubten ihm den Atem. Für einen Moment glaubte er zu ersticken.

»Es war doch nicht meine Schuld«, schluchzte sie. »Ich habe es nicht so gewollt.« Sie sank auf den Boden und vergrub ihren Kopf in den Händen.

»Ich weiß.« Er ging neben ihr in die Knie, schlang seine Arme um sie und drückte kleine Küsse in ihr Haar. Für einen Moment war da wieder die Verbundenheit zwischen ihnen, die jeden Zweifel an der Wahrhaftigkeit ihrer Liebe vertrieb. Er genoss die Weichheit ihres Körpers, ihren blumenhaften, weiblichen Geruch und das kräftige Schlagen ihres Herzens.

»Ich liebe dich«, sagte Raphael. »So sehr, dass jeder Atemzug ohne dich schmerzt. Aber ich will, dass du glücklich bist.«

Lillys Augen füllten sich mit Tränen. »Nicht«, flüsterte sie. »Bitte.«

Er strich ihr sanft über die Wange. Ein Schauer durchlief sie bei der vertrauten Berührung.

»Ich muss dich gehen lassen. Mikael ist dein Schicksal, und ich will deinem Glück nicht im Weg stehen.« Er beugte sich vor und küsste sie auf den Mund. Voller Zärtlichkeit und Schmerz zog er sie an sich.

Lilly klammerte sich an ihn, fürchtete den Moment, an dem er sie wieder loslassen würde. Das durfte nicht ihr letzter Kuss sein. Unter ihren geschlossenen Lidern sammelten sich die Tränen, rannen ihre Wangen hinab. Unter seinen Händen verblasste Mikael zu einer Erinnerung, und sie verlor sich ganz in ihrer Liebe zu Raphael, dem Jungen, von dem sie geglaubt hatte, für ihn bestimmt zu sein.

Sanft löste er sich von ihr, doch sie war nicht bereit, ihn gehen zu lassen, und vergrub ihren Kopf in seiner Halsbeuge. »Ich liebe dich.«

»Das genügt nicht«, sagte er mit brüchiger Stimme. »Dein Schicksal liegt bei einem anderen.«

54

Allein stand sie vor dem Bett, in dem sie sich vor wenigen Tagen, die scheinbar ewig zurücklagen, geliebt hatten. Wie undankbar sie damals gewesen war, dachte sie. Sie hatte alles gehabt. Einen Freund, der sie bedingungslos verehrte, eine Familie, die sie liebte, ein Leben voller Möglichkeiten, dennoch war sie unzufrieden gewesen. Sie sank auf die Matratze, rollte sich wie ein Baby zusammen, versuchte, sich den Geruch seiner Haut, das Gefühl seiner weichen Lippen auf den ihren, den Geschmack seiner Haut in Erinnerung zu rufen, wollte es festhalten und für immer darin verweilen.

Lea starb. Daran bestand in der Zwischenzeit kein Zweifel. Anni hatte ihr Bestes gegeben, aber der Blutverlust hatte ihre Selbstheilungskräfte so sehr geschwächt, dass sie nichts mehr bewirkten. Vielleicht hätte man ihr noch in einem Krankenhaus helfen können, aber wie sollte man den Ärzten erklären, woher die Verletzung kam und warum sie dann plötzlich schlagartig wieder heilte? Und das alles ohne gültige Krankenversicherung oder irgendwelche amtlichen Papiere. Nein, wenn eine Sternenseele verletzt wurde, musste man auf einfache Mittel zurückgreifen – und manchmal versagten sie.

Ein lautes Wehklagen drang aus dem Untergeschoss, und sie wussten, dass Lea gestorben war. Sie hatten sich alle zurückgezogen, um den beiden Liebenden diese letzten gemeinsamen Minuten zu gönnen, doch nun strömten sie alle zurück in das Wohnzimmer, wo man Lea auf der breiten Ledercouch gebettet hatte. Ihre Augen waren geschlossen, und wären nicht die wächserne Blässe gewesen und die unnatürliche Reglosigkeit, hätte man glauben können, dass sie nur schlief. Selbst in dieser Situation wirkte Andromeda seltsam unbeteiligt, wie sie da im Türrahmen stand und das Szenario beobachtete. Auch sie hatte Lea nicht helfen können. Zu geschwächt war sie noch immer, und keiner wusste, wann sie wieder zu Kräften kommen würde.

Lilly sah zu Torge hinüber. Man hörte oft davon, dass ein Mensch an Trauer zerbrechen konnte, trotzdem hatte man nie eine genaue Vorstellung davon, was das bedeutete. Als Lilly Torge nun ansah, wusste sie genau, was diese Redewendung bedeutete. Über Nacht schien er geschrumpft zu sein. Aus dem einst so großen und bärenhaften Jungen war ein in sich zusammengefallenes, trauergeplagtes Wesen geworden, von dem man nicht glaubte, dass es jemals wieder lachen würde.

»Warum hat sie das nur getan?« Tränen rannen über seine Wangen.

Lilly ging zu ihm und legte einen Arm um seine Taille. Um seine Schultern zu erreichen, war er viel zu groß. »Sie hat sich geopfert, um Andromeda zu schützen, dich zu schützen. Sie hat dich mehr geliebt, als Worte erfassen können.«

Erst viel später, es war schon kurz vor der Morgendämmerung, kehrte sie nach Hause zurück und berichtete dem entsetzten Samuel von den Vorfällen. Immerhin war er nicht von dieser Schattenpest infiziert worden, von diesen winzigen Splittern einer übermächtigen Sternenbestie, die in unschuldige Menschen drangen und sie so für kurze Zeit unter ihre Kontrolle brachten. Mehr hatte sie in dieser Nacht nicht mehr erfahren. Selbst Ras und Fynn waren zu erschöpft und niedergeschlagen, um irgendwelche Pläne zu schmieden. Doch trotz ihrer Müdigkeit und Trauer beschloss sie, einen eigenmächtigen Schritt zu unternehmen. »Rede mit Calista und bitte sie um Hilfe, auch wenn es bedeutet, dass sie sich mit uns trifft.«

»Ich dachte, du misstraust ihr.«

»Ich habe sie letzte Nacht nicht gesehen, zudem müssen wir herausfinden, in welchem Körper Lucretia steckt. Wäre sie diese Nacht mit dabei gewesen …« Sie schauderte, wollte sich die Konsequenzen nicht ausmalen. »Wir brauchen jedes Augenpaar, und solange wir sie von unserem neuen Versteck fernhalten, sollten wir nichts zu befürchten haben.«

Schließlich verkroch sie sich in ihrem Zimmer, halb betäubt von seelischen Schmerzen, ließ die Rollläden herunter, sodass das beständige Schimmern von draußen nicht eindringen konnte, zündete alle Vanilleduftkerzen an, die sie hatte, und legte furchtbar traurige und zugleich romantische Musik ein. Ihr Herz war gebrochen, und der Riss schien sich durch ihren ganzen Körper bis in ihre Seele zu ziehen. Niemals würde sie wieder jemanden so lieben wie Raphael. Dessen war sie sich mit einem Mal bewusst. Ja, da waren Mikael und das Band zwischen ihnen, aber nicht sein Lächeln tauchte vor ihren Augen auf, wenn sie sich in einem Weinkrampf krümmte. Nicht seine Berührungen und Küsse vermisste sie mit einer Intensität, die sie zu zerreißen schien. Nein, es war Raphael. Warum hatte sie das erst jetzt erkannt?

55

»Wieso lebt sie noch?«, fragte die Herrin, und Amadea zuckte beim Klang ihrer unerbittlichen Stimme zusammen.

»Sie ist entkommen. Sie müssen sie mitten im Kampf an uns vorbeigeführt haben.«

»Du wirktest zögerlich.«

Amadea verkrampfte sich innerlich. Seit sie mit Raphael gesprochen hatte, war sie nicht mehr ganz bei der Sache. Ständig fragte sie sich, ob auch nur ein Funken Wahrheit in seinen Worten lag. War das die Erklärung für ihre Gedächtnislücken, ihre seltsamen Gefühle? Während des Kampfes war sie so verwirrt gewesen und zugleich besorgt, dass ihm etwas zustoßen könnte, bevor sie Gelegenheit hatte, erneut mit ihm zu sprechen, dass sie nicht bemerkt hatte, wie sie Andromeda von der Ruine fortbrachten. So ein Fehler war ihr noch nie zuvor unterlaufen. Sie sollte diesen Jungen vergessen. Er lenkte sie ab, brachte sie in Gefahr. Noch immer durchfluteten sie Wellen des Schmerzes, fühlte sie sich nicht in der Lage, von dem kalten Boden aufzustehen, auf dem sie zusammengebrochen war, nachdem die Herrin mit ihrer Bestrafung begonnen hatte.

»Ich habe dich beobachtet. Du hast jemanden gesucht.«

Amadea hielt den Atem an. Sollte die Herrin jemals von ihren wahren Gefühlen, dem Gespräch erfahren, würde sie sich einen Tod herbeisehnen.

»Und es fehlte nur einer in dieser Nacht. Raphael. Dieser Junge, dessen Freundin du in eine Sternenseele verwandelt hast.«

»Es tut mir leid, Herrin. Ich habe es nicht gewusst.«

»Dir unterlaufen viele Fehler. Zu viele. Muss ich mich nach einem Ersatz für dich umschauen?«

»Nein, Herrin.« Sie presste die Stirn auf den Steinboden, verharrte in Regungslosigkeit. »Es wird nicht wieder vorkommen.«

»Obwohl du versagt hast, herrscht nun immerhin Chaos in den Reihen der Sternenseelen, einen Zustand, den wir verstärken sollten. Ich will, dass du jemanden tötest.«

Lass es Lilly sein. Lass es Lilly sein. Amadea ließ in diesem Moment keinen anderen Gedanken zu. Das Mädchen war ihr ein Mal entwischt. Sie wollte diesen Fehler wiedergutmachen.

»Raphael. Sein Verlust wird die Bewahrer im Mark treffen. Sie sind ohnehin bereits geschwächt, und damit kommen die Jäger nicht zurecht. Sobald er tot ist, bricht die Allianz auseinander, und wir haben leichtes Spiel mit ihnen.«

Amadea hielt so lange den Atem an, bis sie sich so weit unter Kontrolle hatte, dass sie unauffällig ausatmen konnte. Nicht er. Er war die Spur zu ihrer Vergangenheit. Er löste Gefühle in ihr aus, deren Existenz sie nur erahnt hatte, wenn sie durch die erleuchteten Fenster der Häuser blickte. Es war nicht viel, nur ein schwacher Schatten im Vergleich zu dem Hass und der Wut, die sie verspürte, aber es war etwas anderes. Es fühlte sich gut an.

Doch ihr blieb keine Wahl. Sie würde ihm den Tod bringen, denn sie war noch nicht bereit dazu, ihr Leben wegzuwerfen.

56

Zunächst war Calista verärgert gewesen, als Samuel sie in der Mittagspause einfach gepackt und zu einer abgelegenen Stelle im Park gezogen hatte. Kurz hatte sie erwogen zu schreien. Sie glaubte nicht, dass sie die Anlage jemals wieder würde betreten können, ohne an den schrecklichen Anblick von Lillys zerschmetterten Körper erinnert zu werden. Bei seiner Eröffnung verflog ihre Empörung jedoch schlagartig. »Was sagst du da? Die Person, die Frau Magret getötet hat, ist die Sternenbestie?«

Samuel nickte. »Das vermuten sie zumindest.«

»Warum hat mir niemand etwas gesagt?« Sie strengte ihr Gedächtnis an. Sie übersah etwas. Aber was? Krampfhaft versuchte sie, sich an den Abend zu erinnern.

»Wahrscheinlich haben sie es nur vergessen. Sie wirken vollkommen überfordert auf mich.«

»Sie zanken wie ein Haufen Kinder. Für uralte Wesen verhalten sie sich ganz schön unreif.« Sie presste die Lippen aufeinander. Das Detail lag ihr auf der Zunge, verbarg sich in einem Winkel ihres Gehirns.

»Ich habe nie daran geglaubt, dass Reife nur am Alter liegt. Sieh dir doch manche Erwachsenen an und wie verbittert und stur sie sind. Entweder man ist vernünftig, und dann mag Erfahrung helfen, oder man ist es nicht, daran kann auch die Zeit nichts ändern.«

»Zumindest den Sternen sollte man genug Verstand zutrauen, dass sie die Richtigen auswählen. Immerhin beobachten sie uns seit Jahrtausenden.« Sie riss die Augen auf. »Das ist es! Michelle muss die Sternenbestie sein!«

»Spinnst du?« Samuel sah sie ungläubig an und versetzte sie damit regelrecht in Rage.

»Stell dir vor«, fauchte sie ihn an. »Ich weiß einfach mal mehr als du.«

Verlegen senkte er den Blick. »So war das nicht gemeint.«

»Erspar mir das.«

»Wie kannst du dir da sicher sein? Nur weil du sie nicht magst, muss sie nicht gleich ein bösartiges Monster sein.«

»Wenn dem so wäre, würde die halbe Schule aus Ungeheuern bestehen. Nein, ich habe sie gesehen. Sie war die Letzte, die mit Frau Magret sprach.«

»Woher willst du das so genau wissen?«

Calista zögerte. Sie wollte ihm nicht ihren Lieblingsplatz offenbaren. Doch dann wurde ihr bewusst, dass sie sich an diesem Ort niemals wieder so wohlfühlen würde wie zuvor. Er würde für immer mit dem Gedanken an den Mord an der Tanzlehrerin verbunden bleiben. »Frau Magret hatte um sieben Uhr einen Termin mit unserem Musiklehrer, der sich bei der Aufführung um die Musik kümmern sollte. Sie hätte dort ein Stück vorschlagen sollen, das ich ausgesucht habe. Als ich ihn danach fragte, sagte er mir, dass sie zu ihrem Treffen nicht mehr gekommen sei. Ich habe Michelle zwanzig Minuten vorher zu ihr gehen sehen, während ich in der Umkleide war, und sie ist nicht mehr herausgekommen, bis ich kurz nach sieben gegangen bin.«

»Sie könnte den Termin auch vergessen haben, und später kam jemand vorbei.«

»Für wie wahrscheinlich hältst du das?«

Er wiegte nachdenklich den Kopf. »Nicht sehr«, gab er zu. »Aber warum hast du niemandem davon erzählt?«

»Ich hatte es vollkommen vergessen und habe auch nicht weiter darüber nachgedacht. Michelle ist so ziemlich die Letzte, die ich für eine Mörderin halten würde.«

»Und darum ist sie so gefährlich. Wir müssen mit den Sternenseelen sprechen.«

»Ach, auf einmal heißt es wieder *wir*.«

Samuel seufzte. »Selbst du müsstest verstehen, warum sie so vorsichtig waren. Sollte tatsächlich Lillys beste Freundin die Sternenbestie sein, zeigt es doch nur, wie wenig man Menschen vertrauen kann.«

»Dir hat sie vertraut.«

»Weil sie keine andere Wahl hatte.«

57

Ihr Messer trug sie wie immer gut verborgen hinter ihrem Rücken. Noch wusste sie nicht, ob sie es benutzen würde. Zuerst wollte sie noch einmal mit dem Jungen sprechen.

Und dann?, fragte sie sich. Wenn er ihr weiterhalf, konnte sie ihn dann noch einfach töten? Und wenn nicht, war sie bereit, das Risiko einzugehen, niemals mehr durch ihn zu erfahren?

Doch welche Wahl hatte sie? Entweder er oder sie.

Sie wartete außerhalb des Hauses, an dem er sie das erste Mal bemerkt hatte. Sie wusste, dass die Sternenseelen da Zuflucht gesucht hatten, aber noch hatte sie ihrer Herrin nicht davon berichtet. Das würde sie erst tun, wenn sie sicher war, keine weiteren Informationen über ihre Vergangenheit bei ihnen zu finden.

»Amadea«, murmelte sie, ließ den Namen über ihre Zunge rollen. Er kam ihr bekannt vor. Trotzdem hegte sie Zweifel. Womöglich suchte sie so verzweifelt nach einer Erklärung, dass sie bereit war, alles zu glauben. Sie brauchte Gewissheit.

Außerdem sehnte sie sich nach einem Ort, an den sie gehören würde. Nicht mehr ziellos oder im Auftrag der Herrin durch die Welt streifen, sondern einen Ort haben, an den sie immer wieder zurückkehren konnte.

Wie jede Nacht verließ Raphael das Haus, das ihnen nun als Unterschlupf diente. Selbst die Stargazer schliefen nicht mehr im Internat. Seit dem Angriff vor vier Tagen war die Situation angespannt. Andromeda erholte sich zwar recht gut, erging sich aber nur in Andeutungen über ihre Funktion und die Hilfe, die sie anbieten konnte. Momentan hatte er den Eindruck, dass sie auf sich gestellt waren.

Er schlug einen leichten Trab an, der ihn zu der Ruine, ihrem alten Versteck, bringen würde. Noch immer trainierten sie nachts dort, da sie in der Nähe der Ortschaft zu viel Aufmerksamkeit auf sich ziehen würden. Selbst Torge hatte sich bereit erklärt, mit ihnen zu üben, auch wenn ihn mit Leas Tod sein Lebensmut verlassen hatte. Man sah ihm an, dass er nur noch die Tage zählte, bis der Tod ihn ereilen würde, und Raphael konnte es ihm zu gut nachfühlen. Er selbst hatte Jahrzehnte gebraucht, um über den Verlust von Amadea hinwegzukommen, dabei hatte er nur wenige Augenblicke mit ihr gehabt. Amadea. Er musste sie unbedingt wiedersehen. Er musste sie einfach retten. Es durfte nicht sein, dass er seine Beziehung zu Lilly für nichts weggeworfen hatte. Ohne sie fühlte er sich unvollständig.

Plötzlich stand sie vor ihm. Sein Zwillingsstern, dennoch wich er unwillkürlich vor ihr zurück. Sein Instinkt riet ihm, sich vor ihr zu hüten.

Neugierig und ohne Furcht musterte sie ihn. »Denkst du immer noch, dass ich dein Zwillingsstern bin?«

»Du warst es einst. Daran hege ich keinen Zweifel.«

»Und was willst du nun tun? Ich habe eine deiner kostbaren Sternenseelen getötet.«

Er presste die Lippen aufeinander. Als könnte er das vergessen. Lea. Sie hatte es nicht verdient, so zu sterben. »Das kommt ganz auf dich an.«

»Glaubst du, du kannst mich töten?«, fragte sie.

»Ich weiß es.« Überrascht stellte er fest, dass dem tatsächlich so war. All die unterdrückte Wut und Frustration füllte ihn mit Energie, die danach verlangte, freigesetzt zu werden. Alle seine Nerven lagen blank, bereit, in dem Ton zu schwingen, deren Saite man anschlug.

»Ich…« Sie zögerte. »Ich habe von dir geträumt. Wir gingen durch einen Wald, und da waren ein Schaf und noch ein Junge.«

»Tykke.«

Ihre Augen weiteten sich. »Ich erinnere mich.«

Raphael sah sie erschüttert an. Er war sich zwar sicher gewesen, dass sie es wirklich war, aber diese Bestätigung aus ihrem Mund zu hören, zog ihm dennoch den Boden unter den Füßen weg.

»Waren wir lange zusammen?«

»Wir hatten keine Gelegenheit. Du starbst, direkt nachdem du zur Sternenseele wurdest. Zumindest dachte ich das, aber damit lag ich wohl falsch.« Verbittert starrte er sie an.

Sie schüttelte den Kopf. »Das war das Erste aus meiner Vergangenheit, das zurückkehrte. Alle meine Erinnerungen verblassen nach ein paar Jahren, um dann zu verschwinden.« Sie holte ein zerfleddertes Buch aus ihrer Manteltasche. »Ich mache es wie die Menschen und führe Tagebuch, doch wenn ich es Jahre später lese, ist es, als würde ich dem Bericht eines Fremden lauschen.« Sie schlug es auf, nahm ein Lederband heraus, das ihr als Lesezeichen diente und an dem ein Holzstern baumelte, und hielt ihn ihm hin. »Das Einzige, was aus meiner Vergangenheit geblieben ist.«

Raphael schnappte nach Luft. Das war der Anhänger, den er ihr geschenkt hatte. Er streckte die Hand aus, um ihn entgegenzunehmen, doch dabei berührten sich ihre Fingerspitzen, und schlagartig spürte er sie wieder als seinen Zwillingsstern. Es war nur ein Augenblick, aber der war so überwältigend, dass er aufstöhnte. Alles war zurück. Das Band zwischen ihnen, die Zuneigung, das Vertrauen, das Wissen, dass sie füreinander bestimmt waren.

Sie keuchte auf und sank in die Knie. Sobald sich ihre Finger lösten, verblassten die Gefühle, verschwanden aber wie ein Rauschen im Hintergrund nie vollständig.

»Ich erinnere mich«, ächzte Amadea. »Ein Dorf. Vater war grob, unglücklich, eine Tochter zu haben statt einen Sohn. Ganz allein ohne Mutter. Das Schaf. Du. Ein Fremder. Träume, mit dir davonzugehen, an einen Ort, an dem ich nicht mehr frieren würde. Nie wieder Kälte. Dann Schmerzen und ein Licht. Gesang voller Liebe. Dein Schrei und schließlich erneut Schmerzen, gefolgt von einer Kälte, die sich in meine Knochen fraß, mich nie wieder verließ.«

Halb benommen hörte er ihr zu. Beobachtete dabei ihre Augen, die immer wieder ihre Farbe wechselten. Mal füllte Schwärze sie vollständig aus, dann wieder waren sie von klarem Grün. Ab und an zeichneten sich sogar die silbrigen Umrisse eines Sterns in ihnen ab, als kämpften zwei Seelen um die Vorherrschaft über sie. Er half ihr auf die Beine. »Kämpf dagegen an. Du bist eine Sternenseele.« Er spürte es wieder. Die Verbindung zwischen ihnen flackerte wie ein Feuer in einer stürmischen Nacht. Mal war es kaum zu spüren, dann überrollte es ihn nahezu in seiner ganzen Intensität.

»Was habe ich getan?«, flüsterte sie. »So viele Tote.« Ihre Augen verdunkelten sich. »Ich muss der Herrin gehorchen.«

Er packte sie an den Schultern. »Kämpf dagegen an! Du bist nicht ihre Dienerin.«

Flehentlich sah sie ihn an. »Wirst du mir helfen?«

»Ich werde immer für dich da sein. Solange du mich brauchst.«

»Versprochen?«

Er nickte. Auch wenn er Lilly dadurch endgültig verlieren würde und sich nicht sicher war, ob er Amadea ihre Taten vollständig verzeihen konnte, fühlte er sich für sie verantwortlich. Er hätte sie beschützen müssen. Stattdessen hatte er sie in den Fängen einer Sternenbestie gelassen. Trotzdem verkrampfte er sich innerlich, als er daran dachte, Lilly aufzugeben. Das Band zwischen ihm und Amadea mochte zwar existieren, aber im Vergleich zu dem, was er für Lilly empfand, war es nichts. Er wusste nicht, ob es am Einfluss der Sternenbestie lag, an ihm, an ihr, oder ob ihn einfach seine Erinnerungen täuschten, aber mit einem Mal wusste er, dass er niemals jemanden so lieben konnte wie sie. Dennoch würde er sich nicht aus seiner Verantwortung stehlen. Das war die Gelegenheit, seinem Leben ein neues Ziel zu geben, ohne sie ins Unglück zu stürzen. »Ich bleibe bei dir, solange du willst.«

»Sie wird uns jagen. Wir müssen fort.« Der silbrige Stern schimmerte um ihre Pupillen. Das Dunkel wich immer weiter aus ihr.

Plötzlich keuchte sie auf, taumelte nach vorn und wäre zu Boden gefallen, hätte er sie nicht aufgefangen, wobei er den Griff eines Messer aus ihrem Rücken ragen sah.

58

Zum ersten Mal, seit ihm sein Tod prophezeit worden war, fürchtete er diesen Tag nicht mehr, nein, wünschte ihn sogar herbei. *Ich kann nicht.* Lillys Worte verfolgten ihn mit unbarmherziger Eindringlichkeit.

Die ersten Jahrzehnte als Sternenseele hatte er nicht weiter über das Fehlen seines Zwillingssterns nachgedacht. Viel zu sehr genoss er es, sich nicht mehr um Krankheit, Alter und Tod sorgen zu müssen. Zudem versuchte er, den Gedanken an seinen Bruder, die Ungerechtigkeit des Lebens und seine eigene Schuld zu verdrängen, gab sich rauschenden Festen, willigen Mädchen und maßlosem Genuss hin, nur um keine ruhige Stunde mit den bohrenden Fragen seines Gewissens zu verbringen. Was hast du mir nur angetan?, fragte er sich. Dennoch stand er zu seinem Wort. Er würde auf sie warten und hoffte zugleich, dass sie sich für ihn entscheiden würde, bevor es zu spät war.

Selbst während des Tages verfolgte ihn dieser Gedanke. Er war kaum in der Lage, sich auf etwas anderes zu konzentrieren, vermochte es nicht mehr, seinen Körper zu kontrollieren. Fynn hatte recht. Sie tat ihm nicht gut, dabei sollte sein Zwillingsstern ihm doch Kraft geben.

Er war nach dem Unterricht im Klassenzimmer zurückgeblieben, um die Minuten bis zum Einbruch der Dunkelheit dort zu verbringen, und als er zu seinem wahren Ich zurückfand, hätte er es am liebsten wieder rückgängig gemacht.

Da öffnete sich die Tür, und dieses rothaarige Mädchen, das sich für seinen Geschmack viel zu stark schminkte, betrat den Raum. »Madame Favelkap möchte dich sprechen.«

Er nickte. »Danke. Ich gehe gleich zu ihrem Büro.« Was die Sternenhüterin nun wieder wollte? Sie vergeudeten jeden Tag unzählige Stunden mit Diskussionen über ihr weiteres Vorgehen. Seither war klar, dass die angebliche Rektorin sie nicht an der Schule haben wollte. Es zog zu viel Aufmerksamkeit auf sie und machte ihre Aufgabe, die anderen Sternenseelen zu beschützen, um ein Vielfaches schwieriger. Dabei schien sie nicht zu begreifen, dass ihr Auftrag ohnehin hinfällig war. Andromeda war erwacht, und selbst wenn sie sich wieder zur Ruhe begab, würde es an einem anderen Ort sein.

»Sie ist oben im Tanzsaal.« Sie senkte die Stimme. »Dort, wo man Frau Magret fand. Vielleicht war auch sie es, die die Lehrerin ermordet hat? Ich fand sie schon immer gruselig.«

Mikael schüttelte innerlich den Kopf über die Naivität des Mädchens. Die Sternenhüterin widmete ihr Leben, um die Menschen zu beschützen, trotzdem fürchteten sie sie. »Ich gehe gleich zu ihr. Man sieht sich«, versuchte er sie abzuwimmeln. Nervige Mädchen waren das Letzte, was er jetzt brauchen konnte, und wie sie ihn mit klimpernden Wimpern ansah, während sie kokett mit ihren Locken spielte, war eine eindeutige Botschaft.

»Ich muss auch in die Richtung. Ich begleite dich.«

Seufzend stimmte er zu, und gemeinsam gingen sie los. Er wusste, dass er kaum Erfolg haben würde, sie loszuwerden. Zumindest nicht ohne viel Geschrei. Er hatte sich schon vor Jahren, nachdem sie sich die Tarnung zugelegt hatten, an die nervigen Groupies gewöhnt.

»Magst du auch einen Schluck?« Sie holte einen Energydrink aus ihrem Rucksack.

Er hatte sich nie an den Geschmack von Limonaden und anderen Getränken gewöhnt. Jahrhunderte hatte der Mensch Wasser getrunken, aber nun schien es nicht mehr gut genug zu sein.

»Der ist ganz neu auf dem Markt – gibt es bisher nur in Frankreich.« Sie hielt ihm auffordernd die Dose hin.

Er zwang sich zu einem Lächeln, als er sie nahm, wobei seine Ringe auf dem Metall klackten, und trank einen Schluck. Es schmeckte genauso klebrig und widerwärtig, wie er erwartet hatte. Dennoch bedankte er sich höflich und gab ihr das Getränk zurück.

Schließlich erreichten sie den Tanzsaal, der allerdings leer vor ihnen lag. »Ich dachte, die Rektorin wollte mich hier sehen?« War das nur wieder ein Trick eines Fans, um mit ihm ungestört zu sein? Hoffte sie tatsächlich, dass er sie hier verführen würde?

Lächelnd wandte Michelle sich ihm zu. »Das sagte ich, ja.«

Plötzlich war ihm schwindelig, der Boden verschwamm vor seinen Augen. »Ich …« Er stützte sich am Geländer ab. »Was soll das?« Zumindest versuchte er, das zu sagen, aber mehr als ein Lallen kam nicht über seine Lippen. Er blickte die Rothaarige an. Das Letzte, das er sah, war, wie ihre Augen schwarz anliefen.

59

»Mir ist so kalt.« Ihre bläulich verfärbten Lippen bebten. »Ich habe so lange gelebt und war doch nie an einem Ort, an dem immer Sommer ist.«

Raphael schluckte schwer. »Ich hätte dir gerne meine Heimat gezeigt. Die Sommer in Maine würden dir gefallen. Grünes Licht, schwüle Hitze, die selbst in der Nacht kaum nachlässt, und Picknicks mit frischem Hummer am Strand. Du hättest es geliebt.«

»So wie dich.«

Er nickte steif, und das Wissen um das gemeinsame Glück, das ihnen versagt geblieben war, riss eine tiefe Wunde in seine Seele. Er beugte sich vor, hauchte einen Kuss auf ihren Mund, versuchte, sich sein Erschrecken über die Kälte des Todes, die er an ihr spürte, nicht anmerken zu lassen.

»Lucretia, sie … Hüte dich vor ihr … Sie …« Amadea hustete, wobei Blut aus ihrem Mund tropfte und sie gequält aufstöhnte. »Sie wandert von Körper zu Körper.«

Raphael wusste, dass diese Information wichtig für ihn sein sollte, doch in diesem Moment bestand seine Welt nur aus seinem verloren geglaubten Zwillingsstern und der Zukunft, die ihnen nun zum zweiten Mal geraubt wurde. Sanft fuhr er über ihre Stirn und wischte die Schweißperlen fort.

»So kalt«, wisperte sie, ein letzter Schwall Blut strömte aus ihrem Körper und versickerte im Schnee, dann brachen ihre Augen und blickten starr zum Sternenhimmel empor.

Raphael vergrub seinen Kopf in ihrem Haar, atmete ein letztes Mal ihren Duft ein. Er wollte nicht sehen, wie ihre Seele aufstieg, fühlte sich nicht bereit für den Abschied. Doch auch so spürte er, wie das helle Licht, das Band der Glückseligkeit, das für wenige Minuten in ihm geleuchtet hatte und ihn mit Amadea verband, verblasste. Er war wieder allein.

Er blickte auf und sah Torge mit einem Ausdruck grimmiger Genugtuung neben ihm stehen. »Wieso hast du das getan?«, schrie er ihn an.

»Sie nahm mir Lea.«

»Und dafür raubst du mir meinen Zwillingsstern? Ich war immer für dich da.«

»Sie war ein Monster.«

»Sie hat die Dunkelheit besiegt. Sie wurde wieder eine Sternenseele.«

»Ja und? Vergeben und vergessen? Nein, was ich getan habe, war das einzig Richtige. Eine Dienerin der Sternenbestie weniger, um die wir uns Gedanken machen müssen. Du hattest ja nicht die Stärke dazu. Raspelst Süßholz mir einer dieser Kreaturen …« Verächtlich spuckte er in den Schnee.

»Wie kannst du es wagen?«, brüllte Raphael halb wahnsinnig vor Schmerz. Beinahe hätte er sich auf ihn gestürzt. Er verspürte den Drang, etwas zu vernichten.

»Ich werde mich nicht dafür entschuldigen. Niemals.«

»Verschwinde, bevor ich mich vergesse.«

Torge zuckte mit den Schultern und wandte sich ab. »Wie du willst. Geh zur Seite, damit ich sie mitnehmen kann.«

Raphael griff nach dem blutverschmierten Messer und zog den erkalteten Körper enger an sich. »Fass sie nicht an.«

»Die Sternenhüter müssen sie untersuchen, um herauszufinden, was mit ihr geschehen ist.«

»Wir hätten sie fragen können, aber du hast sie umgebracht. Nun lass mich mit ihr allein. Du hast genug getan für eine Nacht.«

Das Messer zitterte in seiner Hand. Er hatte sie abermals verloren. Er verfluchte die Sterne für das Schicksal, das sie ihm bestimmt hatten. Erst schickten sie ihm einen Zwillingsstern, nur um sie gleich wieder zu nehmen. Kaum hatte er seinen Schmerz überwunden, verliebte er sich in einen Menschen, raubten sie ihm auch diesen. Als wäre das nicht genug, musste er Amadea nun ein zweites Mal verlieren. Genug war genug.

Mit einem Schulterzucken wandte Torge sich ab. »Mach, was du willst. Soll Ras sich darum kümmern.«

Er blieb noch lange so sitzen. Wie sollte es nun mit ihm weitergehen? Er hatte Amadeas Rettung zu seinem Ziel gemacht. Nun, da sie tot war, was blieb ihm da noch? Irgendwann kam Ras vorbei, aber er vertrieb ihn mit harschen Worten und Gesten. Erst Anni gelang es, mit sanften Händen und leiser Stimme ihn von dem inzwischen steifen Körper zu lösen.

Er hatte einen Entschluss gefasst.

60

»Du weißt doch, wo sie leben.« Calista lief unruhig auf und ab, während sie verächtlich die Einrichtung registrierte. Sie waren bei Samuel und Lilly zu Hause. Verschlissenes Treppengeländer, zusammengewürfelte Möbel von Ikea und billige Kunstdrucke an den Wänden. Das war nicht ihre Welt, und sie hoffte, dass sie es nie werden würde. Lukel tauchte vor ihrem geistigen Auge auf. Ein leichtes Kribbeln breitete sich in ihrem Bauch aus, aber es war nicht nur sein umwerfendes Aussehen, das dieses auslöste. Ihr blieben nur noch wenige Monate bis zum Ende der Schulzeit, und anders als ihre Mitschüler würde sie zum Abschluss keine eigene Wohnung und einen Platz an einer Eliteuni geschenkt bekommen. Alles, was sie im Leben erreichen wollte, würde sie sich selbst erkämpfen müssen. Die Freundin eines Rockstars zu sein, auch wenn es nur für kurze Zeit war, würde ihr so manche Tür öffnen und so viel Aufmerksamkeit nach sich ziehen, damit sie nicht so schnell vergessen würde. Eine Sternenseele? Auch damit konnte sie leben.

»Ich darf es dir nicht sagen.«

»Ist das dein Ernst?«

»Ich helfe euch, und du vertraust mir noch immer nicht?«

Er wand sich unter ihrem eisigen Blick, wie sie mit einer gewissen Genugtuung bemerkte. »Noch haben wir keinen Beweis, dass Michelle tatsächlich die Bestie ist. Vielleicht ist es auch nur eine Falle.«

Sie schnaubte. »Das wäre aber ziemlich umständlich. Wenn ich wirklich so mächtig wäre, könnte ich die Wahrheit nicht einfach aus dir herauspressen?«

Er zuckte mit den Schultern. »Vielleicht, aber was weiß ich schon von der ganzen Sache. Auf die paar Minuten wird es wohl nicht ankommen. Lucretia hat Michelles Körper nicht erst seit gestern.«

»Sind sie vielleicht an der Ruine? Dort war ich schon. Erinnerst du dich?«

»Kann sein. Und wenn nicht, dann irren wir nachts vergeblich durch die Dunkelheit. Hältst du das für klug?«

»Besser, als tatenlos herumzusitzen. Du hast keine Ahnung, wo Lilly steckt, und diese Nacht ist schon fast wieder vorbei.« Calista nahm ihren unruhigen Lauf wieder auf. Sie war nicht dafür geschaffen, ruhig abzuwarten, Geduld nicht ihre Stärke. Zudem wollte sie nicht erneut ausgeschlossen werden. Sobald Lilly die Informationen hatte, würde sie sie wieder zurücklassen.

No risk, no fun. Das war ihr Lebensmotto. Sie sah Samuel an. »Ich gehe zur Ruine. Allein.« Alles war besser, als tatenlos zu sein, und wenn sie dabei noch Lukel oder Mikael beeindrucken konnte, umso besser. Sie war etwas Besonderes, und das musste sie beweisen.

»Wenn einer geht, dann ich«, brauste er auf. »Ich lasse doch kein Mädchen allein im Dunkeln herumlaufen.«

»Ach ja? Und was erzähle ich deinen Eltern, wenn sie wiederkommen?«

»Zum einen habe ich nur einen Vater, Moni ist Lillys Mutter. Zum anderen ist mir das reichlich egal. Du gehst nicht allein.«

»Wegen der ganzen Verbrecher und Vergewaltiger in diesem Kaff?«, gab sie mit ätzender Stimme zurück.

»Nein, wegen der Sternenbestie und ihren Dienern.«

»Jetzt denk doch logisch. Wenn Lilly mich allein hier vorfindet, wird sie mich für einen Spion der Bestie halten. Was glaubst du, was sie mit mir machen wird? Und wer weiß, wann sie hier auftaucht? Unser Wissen ist zu wichtig, um es für uns zu behalten. Wenn sie erst im Morgengrauen zurückkommt, vergeht ein weiterer Tag, an dem sie ihr ausgeliefert sind.«

Frustriert warf Samuel sein Handy, mit dem er mehrfach versucht hatte, seine Stiefschwester anzurufen, auf die Couch. »Das ist Wahnsinn!«

»Halt mich doch auf.« Sie zwängte sich an ihm vorbei und ließ ihn mit hängenden Schultern zurück. »Ihr wisst ja, wo ihr mich findet. Wenn ich niemanden an der Ruine antreffe, komme ich zurück, und wagt es nicht, mich auszuschließen. Dieses Mal nicht!«

Kaum betrat sie den Wald, war sie sich nicht mehr sicher, ob das wirklich eine gute Idee war. Ob sie überhaupt den Weg fand? Zudem kehrten hier all die Erinnerungen an Lillys Tod und das ganze Blut zurück. Ihr lief es eiskalt über den Rücken. Trotzdem biss sie die Zähne zusammen und trabte den Weg entlang. Immerhin hatte sie heute passendere Schuhe an. Das war ihre Gelegenheit, in ihrem Leben eine neue Richtung einzuschlagen. Die würde sie sich nicht entgehen lassen.

Sie war noch nicht weit gekommen, da raschelte es neben ihr im Wald, und plötzlich sprang Michelle mit tiefschwarzen Augen vor ihr auf den Weg. Sie legte den Kopf auf reptilienhafte Weise schief.

»Na, wen haben wir denn hier? Mit dir hatte ich nicht gerechnet, aber das macht es einfacher.«

Calista wich zurück. »Verschwinde!«

»Magst du einen Schluck von meinem Energydrink?« Michelles Lächeln erinnerte an das Zähnefletschen eines tollwütigen Hundes. »Er schmeckt super.«

61

Kaum hatte sie wieder Empfang, als sich Lilly Aurinsbach näherte, da vibrierte auch schon ihr Handy. Acht verpasste Anrufe. Alle von Samuel. Das war kein gutes Zeichen. Rasch rief sie ihn an. »Was gibt es?«

»Lilly!« Sie hörte sein erleichtertes Seufzen. »Calista und ich haben Neuigkeiten. Oder hat sie dich schon gefunden?«

Sie runzelte die Stirn. »Bisher nicht. Ich bin auf dem Weg zum Unterschlupf.«

»Michelle muss Lucretia sein.«

»Was?« Das durfte nicht sein! Die Nachricht brachte sie aus dem Tritt, sodass sie beinahe gestürzt wäre. Auch wenn sie sich dabei nicht verletzt hätte, wäre ihre Kleidung bei der übermenschlichen Geschwindigkeit danach doch vollkommen zerfetzt. »Und das glaubst du ihr?«

»Das tue ich. Sie wirkt aufrichtig.«

»Aber Michelle? Du kennst sie doch.«

»Wirklich?«, fragte er. »Wie viel hatten wir denn die letzten Tage mit ihr zu tun? Du bist ihre Freundin, aber sie hatte Jahrhunderte, um zu lernen, wie man Menschen hintergeht.«

Schuldbewusst zuckte sie zusammen. Sie hätte wirklich mehr Zeit mit ihren Freundinnen verbringen müssen. Sie verlangsamte ihren Lauf, als ihre Knie unter ihr nachgaben. Nicht schon wieder ein Mensch, den sie liebte, auch wenn sie sie vermutlich nie wirklich gekannt hatte. Und dieses Mal hatte sie keinen Ansgar, kein Amulett, das sie retten konnte. Und sie bezweifelte, dass sie Michelle vor Fynn und den anderen Stargazern beschützen konnte. Zudem war sie sich nicht sicher, ob sie das mit ihrem Gewissen vereinbaren konnte. Lucretia war keine unerfahrene Sternenbestie, die den menschlichen Körper noch nicht vollständig beherrschte. Sie war eine echte Gefahr und ihre Gelegenheit, sie endgültig zu vernichten. Durfte sie diese Möglichkeit wirklich verstreichen lassen? »Wo seid ihr?«

»Ich bin zu Hause, aber Calista ist zur Ruine gegangen.«

»Du hast sie allein in den Wald gelassen?«

»Versuch du mal, sie aufzuhalten«, schnaubte Samuel. »Selbst ein Löwe würde sich ängstlich wie ein neugeborenes Kätzchen vor ihr verstecken.«

Da hatte er zwar recht, trotzdem beschlich sie ein beunruhigendes Gefühl. »Warum seid ihr nicht zum Unterschlupf gegangen?«

»Du wolltest nicht, dass sie erfährt, wo er ist.«

»Auch wieder wahr, aber dann hättest du allein gehen können.«

»Willst du jetzt wirklich mit mir diskutieren, was ich hätte tun oder lassen sollen?«, fuhr er sie an. »Was geschehen ist, kann man nicht mehr rückgängig machen.«

»Sorry«, murmelte sie. »Ich mache mir nur Sorgen um sie und Michelle.«

»Schon okay.«

»Was habt ihr ausgemacht? Kommt sie wieder zu dir zurück? Die Sternenseelen treffen sich in einer knappen Stunde im Unterschlupf. Bis dahin suche ich sie. Wenn ich zurück bin, rufe ich dich an. Sollte sie vor mir bei dir sein, geht ihr so schnell wie möglich zum Unterschlupf. Dort solltet ihr sicher sein.«

Nach einer erfolglosen Suche nach Calista stand Lilly mit wachsender Sorge im Wohnzimmer des Hauses, das Raphael für sie gemietet hatte und das nun als ihr geheimes Lager diente. Auf dem Teppich waren noch immer Blutspritzer zu sehen, die an Leas Tod erinnerten. Ihre Kehle schnürte sich bei der Erinnerung zusammen.

Bisher war das Mädchen nicht wieder aufgetaucht. Niemand hatte sie gesehen, und bei ihrem letzten Gespräch hatte Samuel sich schwere Vorwürfe gemacht, dass er es nicht ernsthaft genug versucht hatte, sie aufzuhalten.

Und auch von Mikael, Torge und Raphael fehlte jede Spur. Etwas war nicht in Ordnung. Nachdem sie noch eine halbe Stunde gewartet hatten, rief Fynn sie zusammen. Es brachte nichts, noch länger untätig zu bleiben.

Sie hatten sich gerade um den Tisch versammelt, als sich die Tür öffnete und Torge eintrat. An seiner Miene konnte sie ablesen, dass etwas nicht in Ordnung war.

»Wo ist Raphael?«, fragte sie mit belegter Stimme.

Er sah zu Boden. »Rechne nicht damit, dass er heute kommt.«

»Was ist geschehen?«, fragte Ras. »Geht es ihm gut?«

»Ich habe Amadea getötet. Ich sah sie im Wald, als ich auf dem Weg zum Training war.«

»Du hast was?« Lilly sank in ihrem Stuhl zurück, versuchte, ihre Gefühle zu ordnen. Auf der einen Seite war sie froh, dass die Gefahr ausgeschaltet war, empfand sogar Genugtuung, dass sie tot war. Teils aus Eifersucht, teils aus Rachegelüsten. Auf der anderen Seite tat es ihr unendlich leid, was Raphael jetzt durchmachen musste. Er hatte seinen Zwillingsstern nun zum zweiten Mal verloren.

»Er behauptet, dass sie wieder zu sich selbst fand, aber ich halte das für einen Trick. Ich hatte die Gelegenheit, sie zu töten, und ich habe sie ergriffen.«

Fynn nickte. »Das war richtig. Auf die Befindlichkeiten eines Einzelnen darf man im Krieg keine Rücksicht nehmen.«

Lilly sah ihn an und fragte sich, ob sie einst auch so denken würde. Brachte das das Leben als Sternenseele mit sich? Kapselte man sich irgendwann von seinen Gefühlen ab, um nicht noch länger verletzt zu werden? Oder war Fynn schon immer so gewesen? Ein Relikt aus brutaleren Zeiten?

Sie schloss die Augen und strich sich durch die Haare. War sie wirklich besser? In dieser schweren Zeit hatte sie ihm nicht beigestanden, sondern mit Vorwürfen überhäuft und von ihm verlangt, seinen Zwillingsstern zu verlassen, während sie sich in ihrer eigenen Zerrissenheit wand. Ich hätte ihm helfen müssen, dachte sie. Ihn bei allem unterstützen und darauf vertrauen, dass ihre Liebe stark genug war, um das zu überstehen, dass sie immer eine Lösung finden würden. Das war es doch, was Liebe ausmachte. Keine Bedingungen. Was für eine Närrin sie war! Sie hoffte, dass es noch nicht zu spät war und dass sie noch die Gelegenheit erhalten würde, sich bei ihm zu entschuldigen.

»Und wo ist Mikael?«, fragte sie in die betretene Stille hinein.

»Wir wissen es nicht.« Selbst auf Fynns Gesicht zeichnete sich Sorge ab. »Seit der Schule ist er verschwunden.«

»Irgendetwas scheint hier in der Luft zu sein«, murrte Shiori. »Ständig kommen und gehen alle, wie es ihnen gerade passt.«

»Soll ich Samuel anrufen?«, fragte Lilly. »Vielleicht weiß er etwas.«

»Nicht nötig«, sagte Anni. »Er ist vermutlich bei der Sternenhüterin. Michelle hat ihn gesucht, um es ihm auszurichten.«

Lilly wurde blass. »Michelle?«

»Ja? Alles in Ordnung mit dir?«

»Das ist das, worüber ich mit euch sprechen wollte. Samuel und Calista glauben, dass sie Lucretia ist. Und nun ist auch Calista verschwunden.«

»Und das sagst du erst jetzt?«, fuhr Ras sie an.

Sie zuckte mit den Schultern. »Ich wollte auf alle warten, damit wir in Ruhe gemeinsam darüber sprechen können.«

»Wie auch immer.« Fynn hob die Hand. »Das ist kein gutes Zeichen. Wir müssen unsere nächsten Schritte überlegen.«

»Da wäre noch etwas«, sagte Torge in die aufbrandende Stimmenflut hinein. »Bevor sie starb, sagte Amadea, dass Lucretia den Körper wechseln kann. Keine Ahnung, ob da etwas dran ist.« Er zuckte mit den Schultern.

»Das würde erklären, warum mir vorher nie etwas an ihr aufgefallen ist«, flüsterte Lilly.

»Aber wie kann das sein?«, fragte Shiori.

Da meldete sich zum ersten Mal Andromeda zu Wort, und ihre Stimme durchdrang sie alle, obwohl sie so leise sprach, dass es fast ein Flüstern war. »Es war immer eines ihrer Ziele, nicht mehr an einen Wirt gebunden zu sein, sondern sich frei von Mensch zu Mensch bewegen zu können. Ich hätte niemals schlafen dürfen – zu viele Dinge sind in meiner Abwesenheit geschehen.«

Fynn ging zu ihr und kniete sich vor sie, wobei er eine Hand auf ihren schmalen Oberschenkel legte. »Ihr habt das Richtige getan, Herrin.« In seinen Augen lagen eine ungewohnte Sanftheit und ein Respekt, dem er keinen anderen zollte. »Ihr dürft nicht zu viel von Euch verlangen.«

Andromeda legte den Kopf schräg und lächelte ihn mit einem undeutbaren Ausdruck an.

»Stellt euch das vor«, flüsterte Anni. »Sternenbestien, die ihre geschwächten Körper zurücklassen oder sich Wirte in bedeutenden Positionen suchen können, ohne sich selbst hocharbeiten zu müssen.«

Von da an entbrannte eine heftige Diskussion, bei der sich keine Einigkeit abzeichnete. Jeder verfolgte seine eigenen Ziele und war nicht bereit, den anderen entgegenzukommen. Shiori gelüstete es nach Blut, Anni wollte lieber erst auf Raphael warten und nach ihm sehen, Ras verlangte es nach mehr Informationen, und Fynn hätte am liebsten sofort zugeschlagen.

Das einzige Ergebnis kurz vor der Morgendämmerung war, dass man am nächsten Tag mit der Rektorin zusammenkommen würde, um das weitere Vorgehen zu besprechen. Selbst Fynn musste eingestehen, dass ihr weiteres Handeln sorgfältig geplant werden musste.

Sie wusste nicht, wie lange sie sich schon in diesem feuchten Keller befand, der nur von dem flackernden Licht einiger blanker Glühbirnen erhellt wurde. Sie wusste nicht, was schlimmer war, sich in der Gewalt einer Sternenbestie zu befinden oder mit ansehen zu müssen, wie Mikael litt. Seit sie von den Sternenseelen wusste, hatte sie sie für eine Art unbesiegbarer Wesen gehalten. Ihn nun auf ein Gitter geschnallt zu sehen, vollgepumpt mit Chemikalien, drohte sie ihren Verstand vor Angst zu verlieren.

Immer wieder fiel sein Kopf zur Seite, Schweißtropfen rannen trotz der Kälte seinen Nacken hinab.

»Bleib bei mir«, schluchzte sie. Sie hatte noch nie zuvor solche Angst gehabt. »Bitte gib nicht auf.«

Er versuchte zu lächeln. »Lass mich nur einen Augenblick schlafen, dann bin ich wieder für dich da.« Er hustete, und schwarzer Schleim quoll über seine Lippen. »Es ist nur der Tag. Keine Sorge.«

Doch sie erkannte die Lüge in seinen qualvoll geweiteten Augen. Er hatte ebenso viel Angst wie sie, nur bemühte er sich, für sie mutig zu sein.

»Sie werden uns finden. Samuel weiß, dass Michelle die Sternenbestie ist.«

»Das wird uns nicht retten«, krächzte er heiser. »Bis dahin hat sie ihr Ziel erreicht – was auch immer das sein mag. Fynn hat keine Ahnung, wo wir sind.«

Calista sah an ihren eigenen Fesseln hinab. Die Stricke schnitten blutig in ihr Fleisch, doch sie nahm den Schmerz nicht mehr wahr. »Ich hole uns hier raus. Irgendwie schaffe ich das.« Durch das Blut hatten sich die Fasern gedehnt, sodass sie nach einigen Versuchen eine Hand herauswinden konnte. Schnell hatte sie auch die andere befreit, um sogleich zur Tür zu stürmen, nur um festzustellen, dass sie verriegelt war. Frustriert rüttelte sie an ihr, ließ aber sogleich wieder davon ab, als ihr bewusst wurde, dass sie damit nur Michelles Aufmerksamkeit auf sich ziehen würde. Stattdessen eilte sie zu Mikael, falls es ihr gelang, ihn zu befreien, war er vielleicht stark genug, um sie aufzubrechen, doch ihn hatte Michelle mit langen Metallketten gefesselt, die so schwer waren, dass sie sie kaum anheben konnte.

»Das hat keinen Sinn. Du musst mich zurücklassen. Ich werde sie aufhalten. Sobald sie kommt, gibst du vor, noch gefesselt zu sein. Ich lenke sie ab und gebe dir ein Zeichen. Dann rennst du los und blickst nicht zurück. Wir haben nur diese eine Chance.«

»Ich lasse dich nicht zurück«, flüsterte sie.

»Das musst du.« Er hob einen Arm, in dem ein halbes Dutzend Schläuche und Nadeln steckte. »Mir fehlt die Kraft.«

»Das kann ich nicht.«

»Tu es für mich. Jemand muss Fynn warnen.«

»Wie hältst du es nur mit diesem Kerl aus? Er ist so …«

»… ehrlich?«, unterbrach er sie.

»… rücksichtslos, kalt«, vollendete sie ihren eigenen Satz.

»Das täuscht. Er hält nur nichts von Lügen. In seinen Augen ist es ein Zeichen von Schwäche, wenn man nicht zu seinen Taten und seinem Ich stehen kann.«

»Das ist doch vollkommener Unsinn.«

»Tatsächlich?«

Sie nickte. »Mit Ehrlichkeit kommt man nicht weit.«

»Reduzierst du alles nur auf den finanziellen Erfolg?«

»Gibt es noch etwas anderes?«

Er sah sie traurig an. »Auch wenn du versuchst, es zu verdrängen, aber es existieren noch andere Dinge. Freundschaft. Geborgenheit. Glück.«

Sie schnaubte verächtlich. »Von einem Jäger hätte ich mehr als dieses sentimentale Gelaber erwartet.«

»Tu es nicht so leichtfertig ab. Du bist noch so jung, du kannst deinem Leben noch eine andere Wendung geben.«

»Und wohin haben dich deine Werte gebracht?«

»Ich bin genau da, wo ich sein sollte.«

»Gefesselt in den Händen einer Wahnsinnigen?«

»Und der Möglichkeit, eines der schrecklichsten Monster, die je auf Erden wandelten, zu vernichten. Wenn auch nicht durch meine Hand, dann durch das Wissen, das du ihnen liefern wirst. Ich kann endlich wiedergutmachen, was ich in meiner Vergangenheit getan habe.«

»Was wird das schon Schreckliches gewesen sein?« Sein ehrenhaftes Verhalten trieb sie in den Wahnsinn. Er sprach, als wäre er schon tot, als hätte er mit seinem Leben abgeschlossen, und das wollte sie nicht akzeptieren. Er musste kämpfen. Als er ihr in den folgenden Minuten seine Geschichte erzählte, verstand sie ihn zwar besser, aber es bestärkte sie nur noch mehr in dem Entschluss, ihn nicht einfach aufzugeben. »Hat dir schon mal jemand gesagt, dass das gequirlte Kacke ist?«, fragte sie in bewusst provozierendem Tonfall.

»Nicht so.« Ein Lachen schüttelte seinen mageren Körper, das in einen quälenden Husten überging.

»Eure Sterne sind doch angeblich so super mächtig, und dann willst du mir erzählen, dass ihnen so ein Patzer unterläuft? Für mich klingt das so, als suchtest du eine Ausrede, um dich aus der Affäre zu ziehen, jetzt, da es unangenehm wird.«

»Kein Wunder, dass Fynn dich mag. Deine Offenheit steht seiner kaum nach.«

Sie schnaubte. »Davon habe ich noch nichts gemerkt.«

»Das solltest du auch nicht. Noch versteckst du dich zu sehr hinter einer Fassade.«

»Und die wäre?«

»Das Miststück.«

Dieses Mal lachte sie. »Und wenn ich das wirklich bin?«

»Das bist du auch, aber nicht nur. Du hast auch ein Herz, aber das verbirgst du besser als ein Gnom seinen Goldschatz.«

Für einen Moment dämmerte er weg. Sie schüttelte ihn, bis er die Augen erneut öffnete.

»Hey, Miststück«, flüsterte er. Seine Lippen waren trocken und rissig.

Normalerweise hätte sie diese Bezeichnung entweder verletzt oder vollkommen kaltgelassen, je nachdem, wer sie aussprach. Bei Mikael war es jedoch anders. Er sah sie, wie sie wirklich war, und akzeptierte sie einfach. Ein vollkommen neues Gefühl für sie. Konnte es wirklich einen Menschen geben, der sie um ihretwillen mochte? In Gedanken schüttelte sie den Kopf. Sie verstand Lilly nicht. Mikael war ein wunderbarer Junge. Reich, nett, gut aussehend und ihr bedingungslos verfallen. Wie konnte sie ihn nur zurückweisen?

Da erklangen Schritte auf der Treppe. Michelle kam zurück.

»Geh an deinen Platz. Lass mich einmal etwas richtig machen.«

Widerstrebend gehorchte sie. Kaum hatte sie die Fesseln locker um ihr Handgelenk gewickelt, öffnete sich auch schon die Tür, und Michelle schlenderte voll Überheblichkeit hinein. Calista schenkte sie keine Beachtung, sondern steuerte direkt auf Mikael zu. Überprüfte den Inhalt der Infusionsbeutel und grunzte zufrieden.

Er warf Calista einen Blick zu und nickte. Dann bäumte er sich mit unerwarteter Kraft auf und schlang eine der Ketten um Michelles Hals. »Lauf«, brüllte er.

Sie zögerte nur eine Sekunde, dann stürmte sie los. Das Letzte, was sie sah, bevor sie die Tür hinter sich zuwarf und den Riegel vorlegte, war Michelle, die Mikael über ihren Kopf schleuderte, wobei die Nadeln aus seinem Leib gerissen wurden.

62

Die Umnachtung um Lillys Verstand klärte sich nur allmählich. Trotzdem begriff sie genug, um froh zu sein, diesen Abend noch zu erleben.

»Michelle war heute nicht an der Schule«, sagte Samuel. »Angeblich musste sie ihre Eltern zu einer offiziellen Veranstaltung in Frankreich begleiten.«

»Das bedeutet, wir haben keine Ahnung, wo sie ist.«

Er nickte. »Wir haben weder Calista noch Mikael oder Raphael gesehen.«

»Unsere Gruppe löst sich auf. Das ist nicht gut.«

»Von Teamwork haben die Sternenseelen wohl noch nichts gehört.«

»Vermutlich sind sie für so neumodisches Zeug zu alt«, lachte sie gezwungen.

»Und irgendwann wirst du auch so sein.«

»Ich hoffe nicht.« Aber das war nicht der Zeitpunkt, um über ihre Zukunft nachzudenken. Wenn sie nicht bald etwas unternahmen, würde sie vermutlich keine mehr haben.

In diesem Moment hämmerte es gegen die Eingangstür, während die Klingel ohne Unterlass gedrückt wurde. Sie hörte, wie ihre Mutter aus der Küche kam, um zu öffnen, und dann ihren entsetzten Aufschrei. »Mädchen, was ist denn mit dir geschehen?«

Lilly spürte, wie ihr Blut aus dem Gesicht wich. War Michelle gekommen? Und Moni war unten ganz allein mit ihr.

Ohne sich Gedanken über ihre verräterische Geschwindigkeit zu machen, sprang sie auf und stürmte nach unten. Doch statt Michelle stand sie Calista gegenüber. Die ehemalige Schönheit sah furchtbar zugerichtet aus. Die Kleidung zerfetzt, blutige Handgelenke und Augen, aus denen der aufkommende Wahnsinn sprach.

»Lilly«, schluchzte sie und warf sich ihr tatsächlich in die Arme.

»Wo warst du?«

»Michelle. Sie hat Mikael. Ich konnte fliehen, aber er ist noch bei ihr.«

»Was ist hier los?«, verlangte Moni zu wissen. »Ich rufe am besten die Polizei.«

»Nein!«, riefen Lilly und Samuel gleichzeitig, der ebenfalls die Treppe hinuntergelaufen war.

Moni sah sie verwundert an. »Dann verlange ich jetzt eine Erklärung.«

»Später. Wir müssen weg. Ist sie dir gefolgt?«

Calista kam nicht mehr zu einer Antwort, als aus dem Wohnzimmer das Splittern von Glas erklang und die Terrassentür in tausend Stücke zersprang. Lilly sah, wie drei Schüler mit schwarz angelaufenen Augen auf sie zukamen. Zugleich schlug jemand mit solcher Wucht gegen die Eingangstür, dass oben ein Loch aufklaffte, durch das Michelle sie teuflisch angrinste. Es versetzte Lilly einen Stich, ihre Freundin so verändert zu sehen und nicht zu wissen, wie sie sie retten sollte.

»Gefunden!«, rief die Rothaarige, als spielten sie ein Kinderspiel.

Ohne nachzudenken, packte Lilly ihre Mutter, die die Vorgänge fassungslos beobachtete, am Arm und riss sie mit sich. Direkt auf die Jugendlichen zu, die steif wie Roboter auf sie zukamen. »Lauft«, schrie sie.

Sie ließ Moni los, um sich auf den vorderen Jungen zu stürzen. Schlug ihm gegen die Schläfe, sodass er zusammensackte. Jetzt machte sich Torges unerbittliches Training bezahlt. Sie mochte keine Kriegerin wie Shiori sein, aber Sterbliche hatten ihr nichts entgegenzusetzen. Den Zweiten schleuderte sie mit einem Tritt gegen die Wand, wo er reglos liegen blieb.

»Du weißt, wohin«, rief sie Samuel zu.

»Du kommst mit uns!«, brüllte er ihr im Vorbeilaufen zu, während er Calista stützte, die sich kaum noch auf den Beinen halten konnte.

»Um sie direkt zum Unterschlupf zu führen? Ich halte sie auf, aber Calista muss dorthin.«

Ohne auf seine Antwort zu warten, schob er sie zusammen mit ihrer entsetzten Mutter nach draußen. »Ich erkläre dir später alles. Versprochen.«

Dann wandte sie sich dem letzten Jungen zu, während Michelle die Haustür endgültig zertrümmerte und auf sie zuschlenderte. Sie lächelte sie siegessicher an.

Der Junge griff sie mit einem Schlag an, der auf ihr Kinn zielte. Sie duckte sich und versetzte ihm aus der Deckung einen Hieb gegen die Brust, der ihm pfeifend die Luft entweichen ließ, bevor er zusammensackte.

»Nicht schlecht, Kleine«, applaudierte die Sternenbestie, die den Körper ihrer Freundin in Besitz genommen hatte. »Dann komm mal her.«

»Ich denke ja gar nicht daran«, erwiderte Lilly, drehte sich um und sprang aus dem Fenster. Sie mochte zwar keine Kriegerin sein, aber sie war schnell und ausdauernd.

63

Als sie am Unterschlupf ankam, herrschte bereits ein heftiger Streit über ihr weiteres Vorgehen. Ihre Mutter kauerte zusammengesunken in einer Ecke.

Samuel stürmte ihr entgegen, sobald er sie sah, und umarmte sie. »Ich habe ihr alles erklärt, aber es war zu viel für sie.«

Lilly nickte. »Wir kümmern uns später um sie.«

Auch Anni eilte auf sie zu. »Ich habe mir solche Sorgen um dich gemacht.«

»Ich hoffe, du hast sie nicht zu uns geführt«, sagte Fynn kalt.

»Ich konnte sie abhängen. Ich mag zwar eine junge Sternenseele sein, aber unfähig bin ich deshalb noch lange nicht.«

Überrascht über ihre forsche Antwort legte er seinen Kopf schief.

»Habt ihr inzwischen etwas herausgefunden? Pläne gemacht?«

»Calista liegt oben und erholt sich«, antwortete Anni. »Wir wissen jetzt, wo sie Mikael gefangen hält.«

»Dann brechen wir auf und greifen sie an. Worauf warten wir noch?«

»Die da«, sie nickte in Richtung Fynn, »wollen allein gehen, nur mit Andromeda.«

Sie starrte die Stargazer entgeistert an. »Das ist ein Scherz.«

»Wir kämpfen seit Jahren als Team. Ihr würdet uns nur behindern.«

»Ich werde nicht zurückbleiben«, stellte Shiori fest.

»Ich ebenfalls nicht.« Beim Klang von Raphaels Stimme überflutete Lilly eine Welle der Erleichterung. Er war zurückgekommen.

»Wir haben keine Zeit für solche Kindereien«, sagte sie, und zu ihrer Überraschung hörten sie ihr tatsächlich zu. »Was wir schon an Zeit mit Streitereien verschwendet haben, ist nicht mehr zu ertragen. Statt miteinander zu arbeiten, machen wir uns Vorwürfe, misstrauen einander und verfolgen alle unser eigenes Ziel. Wir haben einen mächtigen Gegner vor uns, und nur wenn wir als Einheit arbeiten, können wir sie bezwingen.« Sie sah Fynn an. »Wenn ihr so gut als Team kämpft, könnt ihr die Vorhut übernehmen und euch um Michelle kümmern. Shiori, Ras und Torge werden Andromeda beschützen, bei was auch immer sie vorhat. Wir anderen kümmern uns um alles andere. Samuel bleibt hier und passt auf meine Mutter und Calista auf. Keine Widerrede«, fügte sie hinzu, als er protestieren wollte. »Wir können nicht auf einen Menschen aufpassen, außerdem würdest du uns zu leicht erpressbar machen.«

Stumm blickten die anderen sie an, dass sie sich fast für ihren Ausbruch geschämt hätte, aber sie hatte doch nur die Wahrheit ausgesprochen.

Ras lachte leise. »Manchmal hilft die Perspektive einer Neugeborenen.«

Mit deutlichem Widerwillen nickte Fynn. »Klingt vernünftig.«

Und auch Andromeda schien mit ihrem Plan zufrieden zu sein, auch wenn sie sich weiterhin nicht an ihren Diskussionen beteiligte. Lilly war sich gar nicht sicher, wie viel sie mitbekam, und fragte sich, wie sie ihnen helfen sollte. Sie mochte mächtig sein, aber bisher wirkte sie auf sie, als wäre sie der Welt vollkommen entfremdet.

Die nächste Stunde verbrachten sie damit, Vorbereitungen zu treffen. Waffen wurden geschärft, schützende Kleidung angezogen, Strategien besprochen. Lilly war gerade im Bad, um einen Glassplitter aus ihrem Arm zu ziehen – die Wunde würde nicht richtig heilen, solange ein Fremdkörper darin steckte –, als Raphael den Raum betrat.

»Eindrucksvolle Rede.«

Verlegen blickte sie zur Seite. »Jemand musste es ja mal sagen.«

»Du hast dich verändert. Du bist stärker geworden.«

»Ich ...«, stammelte sie. »Es tut mir leid. Ich habe alles falsch gemacht. Ich hätte nicht von dir verlangen sollen, Amadea aufzugeben. Verzeih mir.«

»Schon geschehen«, murmelte er. »Ich war ein Idiot, dich einfach zu verlassen. Du bist mein Leben. Ich werde immer für dich da sein und dich notfalls auch mit Mikael teilen, aber ich will nie wieder ohne dich sein.«

»O Raphael!«, rief sie und warf sich ihm in die Arme. Instinktiv fanden sich ihre Lippen und verschmolzen zu einem intensiven Kuss, aus dem sie beide neue Kraft schöpften. Seine Hände vergruben sich in ihrem Haar, zogen sie zu sich herab, als er sich auf den Rand der Badewanne setzte. »Wenn das alles überstanden ist, reden wir«, flüsterte er ihr ins Ohr. »Aber jetzt will ich dich nur spüren.«

64

Mühsam kämpfte Mikael sich aus einer Welt der Dunkelheit und Stille in die leiderfüllte Realität zurück. Er durfte nicht so einfach aufgeben, sich der Sternenbestie nicht fügen, die sich nun über ihn beugte. Von dem einst so hübschen Mädchen war kaum etwas übrig, stattdessen starrten ihn schwarz angelaufene Augen, aus denen der Wahnsinn sprach, an, und die roten Locken hingen in einem wirren Wust um ihren Kopf.

»Hast du tatsächlich geglaubt, dass es einen Unterschied macht, wenn das Mädchen flüchtet?« Sie deutete in die Tiefe des Raumes hinein, auf dessen anderen Seite ein sommersprossiger Junge mit rotbraunen Haaren angekettet auf einem Tisch lag und mit seinen Blicken jeder ihrer Bewegungen folgte. »Es gibt so viele von ihnen.«

Dann stand sie auf, ergriff eine schwarze Phiole, die auf einem kleinen Tisch stand, und kehrte zu ihm zurück. Sie benetzte ihre Finger mit der teerigen Flüssigkeit, die einen intensiven, stechenden Geruch ausströmte, packte seinen Kopf und strich ihm etwas davon auf die Stirn. Er versuchte, sich zu wehren, doch ihr Griff war zu stark und er zu geschwächt. »Bald ist es vorbei.«

Zuerst spürte er nur ein leichtes Prickeln, dann schien seine Stirn zu entflammen, und er keuchte auf. »Was hast du vor?«, fragte er, während er sich bemühte, die Schmerzen zu ignorieren, während er zugleich spürte, dass sich etwas in seinem Inneren veränderte. Ein Teil seines Verstandes, seines Seins, schien sich von ihm zu lösen und einem dunklen Fleck, der sich gerade außerhalb seiner Wahrnehmung befand, entgegenzustreben.

»Das ahnst du doch, so fleißig, wie ihr Informationen über mich gesammelt habt«, lachte Lucretia. »Dein Stern wird sich als Erster mit einem Splitter meines Ichs in diesem Menschen vereinen.«

Mikaels Augen weiteten sich, als er begriff. Sie waren mit ihren Vermutungen dicht dran gewesen und hatten doch so falsch gelegen. Lucretia wollte nicht andere Bestien mit Sternenseelen verschmelzen lassen, sondern Teile ihrer selbst, sodass sie sich dadurch übermächtige, ihr bedingungslos gehorchende Diener erschuf. »Das wird nicht funktionieren«, flüsterte er. »Du wirst vergehen, wenn du dich zu oft aufteilst.«

Sie strich ihm erneut etwas von der Flüssigkeit auf die Stirn, dieses Mal so viel, dass es ihm in die Augen rann, woraufhin sie so stark zu brennen anfingen, dass er glaubte, nur noch leere, ausgebrannte Höhlen vorzufinden, wenn er nach ihnen tastete. »Halt mich nicht für eine Närrin – ich stehe in Verbindung zum Ewigen und kann immer wieder neue Energie von ihm beziehen.«

Beinahe hätte er sich übergeben, als eine Vision einer Zukunft, in der die Sternenbestien sämtliche Menschen übernommen hatten, vor seinem geistigen Auge auftauchte. Die Menschheit würde vollkommen ausgelöscht werden oder nur noch zur Produktion neuer Wirtskörper dienen. Er wusste, dass die Bestien das Wesen, die Energie, von der sie abstammten, als das Ewige bezeichneten, aber er hatte nicht geahnt, dass es Lucretia möglich war, sich mit ihm zu verbinden, während sie auf der Erde weilte.

Die Bestie stand auf, zerrte den Jungen vom Tisch herunter und befahl ihm, sich neben Mikael zu legen. Ohne einen Moment zu zögern, gehorchte er und zuckte auch nicht zusammen, als sie beiden in die Innenseite ihrer Handgelenke schnitt, die blutenden Wunden aufeinanderlegte und sie mit einem breiten Band aneinanderfesselte.

Dann nahm sie eine rote Phiole und bestrich auch die Stirn des Jungen mit dieser Substanz. Während sich dessen schwarze Augen weiteten, spürte Mikael, wie etwas an seinem Verstand zerrte, versuchte, die losgelösten Teile seines Ichs von ihm fortzureißen. Er stemmte sich dagegen und erntete als Strafe Schmerzen, die er sich selbst in seiner vorangegangenen Folter nicht schlimmer hätte ausmalen können. Dennoch gab er nicht auf. Er durfte nicht versagen, seinen Bruder nicht enttäuschen. Die Bestie sollte nicht siegen.

Sie eilten durch die Dunkelheit zu dem verlassenen Hof, der nicht weit vom Madjane entfernt lag. Während Lilly in lockerem Trab dem Weg folgte, bewunderte sie Calista für ihre Kraft und dass es ihr gelungen war, Lucretia zu entkommen und so weit zu fliehen.

Äußerlich wirkten die Gebäude verlassen, aber sie spürte, dass der Eindruck täuschte. Und tatsächlich. Kaum hatten sie den Hof betreten, kamen auch schon die schattenhaften Schemen besessener Menschen auf sie zu.

»Wir kümmern uns darum«, rief Lilly den anderen zu. »Geht weiter. Bringt Andromeda zu Michelle und findet Mikael!«

Seite an Seite mit Anni, Felias und Raphael stürmte sie den Gegnern entgegen, während die anderen im Haus verschwanden. Ihre Waffe, einen langen Stab aus Metall, hielt sie fest umklammert. Einzeln waren die Jungen keine Herausforderung für sie, aber in der Masse, in der sie auf sie einströmten, standen sie schon bald Rücken an Rücken und gaben sich gegenseitig Deckung. Anfangs versuchte Lilly noch, keinen ernsthaft zu verletzen, aber nachdem sie sich immer wieder aufrappelten, wurden ihre Hiebe härter. Trotzdem hoffte sie, dass sie keinem bleibenden Schaden zufügte. Schließlich waren es unschuldige Menschen, die unter der Kontrolle einer Sternenbestie standen.

Doch obwohl sie immer rücksichtsloser kämpften, wurden es nicht weniger, und es gelang ihnen nicht, sich ausreichend Bewegungsfreiheit zu erhalten, um sich verteidigen zu können.

»Wir müssen hier weg«, brüllte Raphael. »Den anderen hinterher. Hier überrennen sie uns.«

Es war nicht einfach, sich aus dem Mob zu befreien, aber irgendwie gelang es ihnen, sich bis ins Haus vorzukämpfen und die Treppe hinunterzustürmen. In der Enge hatten sie den Vorteil, dass sie sich nie mehr als einem gleichzeitig stellen mussten. Doch als sie im Kellergewölbe ankamen, stockte Lilly der Atem. Michelle stand von wabernder Schwärze umgeben in der Mitte des Raums und hielt mit einer Hand Lukels Kehle umfasst, schleuderte ihn fast schon verächtlich gegen die Wand, an der Torge bewusstlos oder tot lag. Die anderen wehrten zugleich die Angriffe weiterer Schattenpest-Menschen ab.

Durch einen Nebel aus Schmerzen nahm Mikael die Kampfgeräusche um sich herum wahr. Eben noch war die Sternenbestie bei ihm gewesen, dann war sie verschwunden, und der Lärm hatte begonnen.

»Es ist so weit«, Andromeda beugte sich zu ihm vor, strich ihm sanft durch das blutverkrustete Haar. In ihren abgründigen Augen stand reines Mitleid. »Bist du bereit?« Sie warf einen raschen Blick nach hinten, um sich zu vergewissern, dass Michelle abgelenkt war. »Ich kann dich nicht mehr retten.« Sie deutete auf seinen Arm, der noch immer an den Jungen gebunden war, doch seit die uralte Sternenseele bei ihm war, hatte das Zerren an seiner Seele nachgelassen.

Mikael schluckte. Er hatte viel Zeit gehabt, sich mit seinem Schicksal auseinanderzusetzen. Hatte mit ihm gehadert, seine Angst in Kämpfen und Vergnügungen ertränkt und sich schließlich damit abgefunden. Zumindest hatte er sich das eingeredet. Aber war man jemals auf den eigenen Tod vorbereitet?

»Ja«, flüsterte er mit belegter Stimme, während die Furcht in ihm hochkroch. Er schloss die Augen, malte sich aus, dass sein Bruder an seiner Seite kniete, und hoffte, dass er ihm verzeihen würde, wenn er nun das Letzte opferte. Er selbst würde sich wohl niemals verzeihen. Dann sah er ein letztes Mal zu Lilly hinüber, fühlte die Liebe in sich aufwallen und den Wunsch, sie nicht verlassen zu müssen. Sein Blick wanderte weiter zu Raphael, der ihr Rückendeckung gab und keinen Schritt von ihrer Seite wich. Sie würde über seinen Tod hinwegkommen, alles würde besser werden, wenn er nicht mehr unter ihnen weilte. So traurig dieser Gedanke auch war, so fand er doch einen gewissen Trost in ihm.

Andromeda beugte sich noch weiter vor.

»Warte«, krächzte er, als eine weitere Schmerzenswelle über ihn hinwegflutete. »Sag Lilly, dass sie glücklich werden soll, und meinen Sternenbrüdern, dass ich sie liebe.«

»Sie wissen es.« Die uralte Sternenseele lächelte ihn liebevoll an, presste ihre Lippen auf seine Stirn.

Er hatte Schmerzen erwartet. Unbegreifliche Schmerzen. Aber da war nur ein Licht, das den losgelösten Teil seines Ichs in sich aufnahm, sich langsam von ihm entfernte und alles Leid mit sich nahm. Er spürte, wie sich seine Atmung verlangsamte, seine Gedanken schwerfällig wurden und er unmerklich in die Schwärze fiel, die das Licht hinterließ.

Alkione, dachte er. Nimm mich bei dir auf. Dann umhüllte ihn Finsternis.

»Nein!« Lilly schrie so laut, wie sie noch nie in ihrem Leben geschrien hatte. Etwas in ihr starb, nicht langsam, sondern in einer rasenden Spirale der Vernichtung riss es das schimmernde Band, das sie mit Mikael verband, entzwei. Die Schmerzen, die sie durchfluteten, waren nicht körperlicher Natur, nein, es war ihre Seele, die zutiefst litt.

Sie sah Andromeda, die über Mikaels leblosem Körper stand. Eine silberne Aura umhüllte ihren schmalen Körper, verlieh ihrem fremdartigen Gesicht etwas Entrücktes, und zugleich war da etwas schrecklich Vertrautes an ihr. Sie wusste nicht, warum, aber sie glaubte fast, etwas von Mikael an ihr wiederzuerkennen.

Lucretia war zu sehr mit den verbliebenen Stargazern und Wächtern beschäftigt, um die Wandlung, die mit ihrer Widersacherin vorgegangen war, zu bemerken.

Jetzt, da die Sternenbestie ihre menschliche Fassade hatte fallen lassen, gab sie sich ganz dem Kampf hin. Reinste Schwärze umwaberte sie, die aus dem Nachthimmel in einem niemals versiegenden Strom herabsank. Klebrige Fäden aus Finsternis wanden sich um Shiori, fesselten ihre Arme an den Leib, pressten das Leben aus ihr.

Ein Tentakel, von dem die Schwärze tropfte, wuchs aus dem Rücken der Sternenbestie, während ihr Gesicht zu einer teuflischen Fratze verzerrt war, in deren Züge man Michelle nur noch erahnen konnte.

In rasender Wut stürzte sich Lilly auf sie, verdrängte alle Gedanken daran, dass in dem Körper noch irgendwo ihre Freundin steckte. Sie hatte nur noch diese Möglichkeit, ansonsten würde sie weinend zusammenbrechen, an dem Verlust verzweifeln.

Doch Lucretia wehrte alle ihre Angriffe mühelos ab, spielte regelrecht mit ihr, während sie zugleich die anderen in Schach hielt.

»Lilly! Nein!«, rief Raphael voller Entsetzen.

Plötzlich war Torge da, stieß sie zur Seite und wurde statt ihrer von einem Tentakel durchbohrt, der sich von ihr unbemerkt von hinten genähert hatte. »Jetzt sind wir quitt«, sagte er mit sterbenden Augen zu Raphael, bevor er zusammenbrach.

Lenk sie ab, hörte Lilly Andromedas Stimme in ihren Gedanken. *Gib mir eine Minute und ich kann das beenden.*

Ohne nachzudenken, rief Lilly: »Ich ergebe mich. Ich will dir ebenso dienen, wie Amadea es getan hat.«

In Gedanken fragte sie Andromeda. *Was hast du mit Mikael getan?*

Lucretias Experiment war zu weit fortgeschritten, um ihm noch helfen zu können. Ich habe die Macht seines Sterns in mich aufgenommen, aber nun verzehrt mich seine Energie. Mir bleiben nur noch wenige Minuten. Du musst dich beeilen!

Michelle lachte höhnisch. »Sie war nur ein Experiment. Wärt ihr ein paar Minuten später aufgetaucht, hättet ihr mein neuestes Werk bewundern können. Die Macht einer Sternenseele unter meiner Kontrolle im Körper eines Menschen.«

»Kann eine Herrscherin jemals genug Dienerinnen haben?«, fragte Lilly und sah aus den Augenwinkeln, wie sich Andromeda der Sternenbestie von hinten näherte. »Wir werden dir alle dienen.«

»Das werdet ihr.« Ein höhnisches Lächeln umspielte ihre Lippen.

»Niemals«, brüllte Fynn.

»Doch ...«, beschwor Lilly ihn und sah ihm in die dunklen Augen, in denen Verständnis aufflackerte.

Eine Antwort blieb ihm erspart. Andromeda sprang auf Michelle zu, zog ihren Kopf zu sich herab und presste ihre Lippen auf die ihren. Ein Lichtblitz entlud sich, und als Lilly wieder etwas sehen konnte, beobachtete sie, wie ein Wirbel aus Schwärze aus Michelles Körper aufstieg, sich mit seinem weißen Gegenstück, der sich von Andromeda löste, vereinte und verging.

Zugleich brachen die besessenen Menschen ohnmächtig zusammen.

Vorsichtig ging sie zu den beiden reglosen Mädchenkörpern hinüber, legte ihre Hand an Andromedas Halsschlagader, spürte einen schwachen Puls. Da schlug die Sternenseele die Augen auf. »Ich brauche noch einmal deine Hilfe«, krächzte sie.

»Was soll ich tun?«, fragte Lilly ohne Zögern, wandte sich aber zugleich an Raphael, der sich über Michelle beugte, während Anni den toten Torge in ihren Armen wiegte. »Ist sie ...« Ihre Stimme brach. »Ist sie tot?«

»Sie lebt, aber ich befürchte, nicht mehr lange«, antwortete Raphael. »Es tut mir leid.«

»Ich kann sie retten«, verlangte Andromeda erneut nach Lillys Aufmerksamkeit. »Ergreife meine Hände und konzentriere dich auf die Menschen um uns herum. Zuerst nur in diesem Raum. Spürst du ihre Seelen?«

Sie schloss die Augen, aber da war nichts. Beinahe hätte sie verneint, doch dann war da ein silbriges Licht irgendwo in der Weite ihrer Gedanken, dem ein anderer folgte, bis sie plötzlich die Gestalt menschlicher Körper annahmen, die nach und nach die Umrisse des Raumes erhellten. »Ja«, flüsterte sie, wagte es nicht, lauter zu sprechen, aus Angst, ihre Konzentration zu stören.

»Weite deine Wahrnehmung aus, bis du alle Menschen um und im Gebäude erfasst.«

Dieser Schritt erwies sich als deutlich einfacher als der erste, und schon bald erfüllte die gesamte nähere Umgebung ihre Gedankenwelt.

»Sehr gut«, murmelte Andromeda. »Ihr müsst an euch glauben, wenn ich nicht mehr unter euch weile. Steht zueinander, nur so habt ihr eine Chance.«

»Aber«, setzte Lilly zu einem Protest an, kam jedoch nicht weiter, denn in diesem Moment durchfuhr sie eine Art elektrischer Schlag, und ein grelles Licht, das von Andromeda ausging, flutete in ihren Geist und umhüllte jeden einzelnen der menschlichen Körper. Dann erlosch es, und auch die Bilder in ihrem Kopf verblassten, bis nur noch Dunkelheit zurückblieb.

Sie öffnete die Augen und blickte direkt in die von Andromeda. »Sie sind geheilt«, wisperte die Sternenseele mit ersterbender Stimme, dann fiel ihr Kopf nach hinten, und ihr Leib erschlaffte. Sie war tot.

»Nein«, schrie eine vertraute Stimme aus dem hinteren Teil des Raumes. Mikael! Er lebte! Wie konnte das sein? Sie spürte ihn nicht mehr als ihren Zwillingsstern. Sie wandte den Kopf und sah ihn auf Fynn gestützt auf sie zugehen. Sein Gesicht war ausgemergelt, von Gram gezeichnet und mit einer schwarzen Flüssigkeit beschmiert, aber er lebte!

Mit einem Aufstöhnen sank er neben Andromeda in die Knie und strich ihr über die blasse Wange. »Sie hätte das nicht tun sollen. Wir hätten einen anderen Weg finden müssen, Lucretia zu besiegen.«

»Dafür war keine Zeit mehr«, widersprach Fynn. »Sie wusste das und hat sich geopfert, um die Energie der Sternenbestie aus Lucretia zu ziehen.«

»Ich wusste nicht, dass so etwas möglich ist«, sagte Mikael. »Welche Geheimnisse mag sie noch mit ins Grab genommen haben?«

»Das werden wir wohl nie erfahren«, meinte Lilly, wobei sie an den Rat und Madame Favelkap dachte. Sie hatte Andromeda mit der Sternenhüterin sprechen sehen – hatte sie ihr womöglich einen Teil ihrer Geheimnisse anvertraut? Dinge, von denen sie dachte, dass die anderen Sternenseelen noch nicht bereit dafür waren? »Doch was ist mit dir geschehen?«

»Sie nahm das, was mich zur Sternenseele machte und durch Lucretia bereits von dem Körper gelöst worden war, um so ausreichend Kraft zu haben, die Sternenbestie aus Michelles Körper zu reißen. Das meinte sie mit meinem größten Opfer.« Er lachte traurig und fassungslos zugleich. »Ich bin wieder ein Mensch.«

65

Die Tage nach dem Kampf lagen für Lilly nur noch in einem Nebel. Der Schock um die Verluste, die sie alle erlitten hatten, dämpfte ihre Freude über ihren Sieg, und ihr Wissen darum, Glück gehabt zu haben, dass nur so wenige gestorben waren, verschlimmerte ihre Situation noch. Einzig Raphaels Liebe vermochte es, ihr die Kraft zu geben, sich den Gegebenheiten zu stellen.

Ras hatte sich für fast eine Woche vollkommen zurückgezogen. Andromedas Tod traf ihn schwer. Er hatte geschworen, sie zu beschützen, und nun fühlte er sich als Versager – so unsinnig es in Lillys Augen auch sein mochte. Und auch die Sternenjäger waren verunsichert. Einer aus ihren Reihen fehlte nun, lebte als Mensch weiter, und sie hatten keine Ahnung, wie sie damit umgehen sollten. Vor allem Fynn, der so weit vom menschlichen Dasein entfernt war, stellte es vor große Probleme.

Doch heute sollte es ein schöner Tag werden. Der Versuch, wieder ein wenig Normalität in ihr Leben zu bringen, indem sie die Ballettaufführung, die sie zusammen mit Frau Magret geplant hatte, besuchten.

Die Kunst-AG hatte sich beim Bühnenbild selbst übertroffen. Ein Nachthimmel, vor dessen Hintergrund Tausende Glassterne funkelten, und die schattenhaften Umrisse eines Baumes, auf dem eine gelbäugige Eule kauerte, entführten die Zuschauer in eine fremde Welt. In dieser Kulisse entfaltete sich die Geschichte einer verzwickten Dreiecksbeziehung zwischen einer Fee und zwei Jungen mit tragischem Ende.

»Wie gerne wäre ich jetzt da oben«, flüsterte Lilly.

Raphael drückte tröstend ihre Hand. Es gab nichts, das er sagen konnte und das nicht schon ausgesprochen worden war, nichts, das sie nicht wusste. Sie würde für lange Zeit nicht mehr auf einer Bühne stehen, zu groß war die Gefahr, dass sie sich als unerfahrene Sternenseele vergaß und ihre übermenschlichen Fähigkeiten offenbarte. Aber auch wenn ihr diese Tür nun verschlossen war, bot das Leben so viele neue Möglichkeiten. Fürs Erste würden sie in Aurinsbach bleiben, bis der Rat ihnen eine neue Aufgabe zuteilte. Andromedas Versteck war auch ohne ihre Anwesenheit zu wertvoll, um es ungeschützt zu lassen. Trotz ihrer Wandlung wollte Lilly ihren Abschluss machen und studieren, entweder ein Fernstudium oder in Heidelberg – zumindest in den Wintersemestern, wenn die Tage kurz waren, sollte es für sie machbar sein.

Calista hatte die Hauptrolle übernommen, schwebte in einem schwarzen Tutu, dessen Saum mit silbernen Perlen besetzt war, über die Bühne. Neidlos musste sie gestehen, dass das Mädchen ihre Sache sehr gut machte. Es war eine perfekte Aufführung zu Ehren von Frau Magret.

Madame Favelkap hatte zu Beginn eine bewegende Rede gehalten, die Aula war randvoll. Selbst Schüler, die sonst wenig Begeisterung für Ballett zeigten, waren anwesend und bemühten sich, Interesse zu heucheln.

Ihr Blick fiel auf Mikael, der in der ersten Reihe saß. Seine Augen waren umschattet, aber wenn er Calista betrachtete, kehrte ein wenig Licht in sie zurück. Sie hegte schon lange den Verdacht, dass sich da etwas zwischen ihnen entspann, auch wenn es ihr für Evann leidtat. Seit Calista ihm ein wenig Freundlichkeit erwies, war er ihr hoffnungslos verfallen.

Doch bei all den guten Dingen, die sie getan hatte, blieben Lilly Zweifel an dem Mädchen. Niemand veränderte sich so radikal in derart kurzer Zeit, und Mikael brauchte gewiss keine Freundin, die ihn noch weiter aus dem Gleichgewicht brachte.

Es hatte zu viele Verluste gegeben. Lea und Torge, so jung sie auch gewesen sein mochten, waren der Puffer zwischen Shiori, Felias und Raphael gewesen. Ohne sie brandete oft Streit auf. Und dann war da noch immer Amadea. Raphael erwähnte sie niemals, und sie wagte es ebenfalls nicht, ihren Namen auszusprechen. Dennoch spürte sie, wie er mit dem abermaligen Verlust kämpfte. Das Schicksal seines Zwillingssterns hing wie eine düstere Wolke über ihrer Beziehung, die sie erst noch vertreiben mussten.

In der Pause trafen sie am Getränkestand auf Mikael.

»Ich lade euch ein«, sagte Raphael. »Was möchtet ihr trinken?«

Nachdem er verschwunden war, um ihre Getränke und eine Brezel für Lilly zu holen, standen sie sich schweigend gegenüber. Ehemals von den Sternen auserkorene Liebende. Nur, was waren sie nun? Immerhin war mittlerweile eine Art Frieden eingekehrt, auch wenn es noch viel zu verarbeiten gab. Zumindest war Raphaels Eifersucht inzwischen erloschen. Ein weiterer Beweis in ihren Augen, dass sie nie wieder etwas würde trennen können.

»Es tut mir leid«, sagte Lilly schließlich.

»Weißt du«, Mikael sah sie nachdenklich an, »vor ein paar Wochen hast du mir das Herz gebrochen. Du hast das Undenkbare getan und mich zurückgewiesen.« Er schüttelte den Kopf. »Aber das war ein anderes Leben. Ich wurde zum zweiten Mal wiedergeboren, und diese Chance möchte ich nicht ungenutzt verstreichen lassen.« Er streckte eine Hand aus und strich ihr sanft über die Wange. »Ich werde dich nie vergessen, doch es tut nicht mehr weh. Ich wünsche dir einfach nur alles Glück der Welt.«

Das drückende Gewicht auf ihrer Brust verwandelte sich in einen vor Freude taumelnden Schmetterling, und sie seufzte erleichtert auf. »Madame Favelkap sagte mir, dass du planst, zum Sternenhüter zu werden.«

Er zuckte mit den Schultern. »Was Besseres fällt mir im Moment nicht ein. Und wer wäre geeigneter für diesen Job als jemand, der Jahrhunderte als Sternenseele gelebt hat?«

»Wirst du Fynn begleiten?«

Ein Schatten flog über sein Gesicht. »Momentan ist es schwierig. Er fühlt sich irgendwie verraten. Als wäre es mein Wunsch gewesen, ihn zu verlassen …«

Sie legte ihm eine Hand auf den Arm. »Das renkt sich bestimmt wieder ein.«

Raphael kam zurück und drückte ihnen ihre Getränke in die Hände. »Es ist wirklich voll hier.« Er lächelte sie stolz an. »Das habt ihr toll gemacht.«

»Das ist in erster Linie Calistas Verdienst«, wiegelte Lilly ab.

»Sie hat viele Talente«, sagte Mikael nachdenklich, wobei Lilly den Eindruck hatte, dass er sich nicht bewusst war, die Worte soeben laut ausgesprochen zu haben. Sie lächelte wissend. Auch wenn sie Calista nicht für eine geeignete Freundin hielt, war es schön zu sehen, dass er wieder nach vorn blickte und sein Schicksal angenommen hatte.

Unvermittelt wurde sie von hinten umarmt. »Hey, Süße«, rief Michelle. »Wie geht es dir?«

»Bestens.« Sie hielt ihr ihren Becher mit Cola hin. »Möchtest du einen Schluck?«

»Nicht nötig«, grinste die Rothaarige und stellte sich neben sie. In dem Moment bemerkte Lilly Amy, die sich zurückhaltend wie immer zu ihnen gesellte.

»Amys mittlerer Bruder, Markus, ist noch hier, und er holt uns gerade etwas zu trinken.«

Amy rollte genervt mit den Augen. »Lass bloß die Finger von ihm. Er braucht nicht schon wieder ein gebrochenes Herz.«

»Schon wieder?« Sofort wurde Michelle hellhörig, zog Amy näher zu sich heran und begann, sie mit Fragen zu löchern.

Mit einem glücklichen Lächeln schmiegte sich Lilly an Raphael und beobachtete ihre Freundinnen. Michelle hatte weiterhin keine Erinnerung an das, was geschehen war. Im Gegensatz zu Samuel plagten sie auch keine schrecklichen Träume oder Visionen, und sie hoffte, dass es so bleiben würde.

Es mochte Verluste gegeben haben, aber die Siege, die sie errungen hatten, erschienen ihr dadurch nur noch viel wertvoller. Außerdem hatte sie eines über sich gelernt: Wenn es sein musste, konnte sie zur Kriegerin werden, und sie würde ihre Liebe immer verteidigen.

Danksagung

Es ist erneut an der Zeit, den üblichen Verdächtigen zu danken. Zuerst dachte ich, dass es irgendwie seltsam ist, wenn man Buch für Buch denselben Personen dankt, doch dann wurde mir bewusst, dass ich mich glücklich schätzen kann, dass es so ist. Was gibt es Schöneres, als Freunde und Familie zu haben, die einem immer zur Seite stehen?

Das Projekt Schreiben beansprucht immer größere Teile meiner Familie, weshalb ich dieses Mal nicht nur meinen Eltern, sondern auch meiner Oma Henriette, Nina, Jan, Ulrike und Harald danken möchte. Eure Unterstützung bedeutet mir viel!

Als Nächstes folgen meine »Jungs« – allen voran *Old Man* Dennis, der sich tapfer (und unter lautstarkem Wehklagen) durch Manuskripte kämpfte, die so gar nicht seinem üblichen Lesestoff entsprechen; Thomas *Digger* Dauenhauer, dessen Verrücktheiten mich mehr als einmal inspiriert haben, und Jörg, meine lebende Recherchedatenbank.

Nicht zu vergessen: Sandra, Eva und Claudia, die sich immer wieder als Betaleser zur Verfügung stellen; sowie mein Agent Bastian Schlück, meine Lektorin Nicole Geismann, das gesamte Agenturteam, die Mitarbeiter des Goldmann Verlags und Kerstin von Dobschütz, mit der die Zusammenarbeit eine wahre Freude ist.

An erster Stelle möchte allerdings Euch danken, meinen

Lesern – Eure Briefe, Mails, tolle Ideen und vor allem auch der Kontakt über Facebook sind immer wieder ein großer Ansporn für mich!
    Euch allen ein herzlicher Dank!

Kerstin Pflieger

lernte schon früh durch Reisen an die Küsten Europas, Afrikas und Asiens unterschiedliche Kulturen und Denkweisen kennen und entdeckte so auch ihre Liebe zum Schreiben. Für ihren Roman »Die Alchemie der Unsterblichkeit« wurde sie in der Kategorie »Bestes deutschsprachiges Debüt« mit dem Deutschen Phantastik Preis ausgezeichnet. Kerstin Pflieger lebt mit ihren Hunden im Landkreis Heilbronn. Weitere Informationen unter: www.kerstin-pflieger.net.

Außerdem von Kerstin Pflieger bei Goldmann erschienen:

Die Alchemie der Unsterblichkeit. Roman
Der Krähenturm. Roman
Wenn die Nacht beginnt. Sternenseelen 1. Roman
(Alle Romane sind auch als E-Book erhältlich.)

Alyson Noël
Vom Schicksal bestimmt

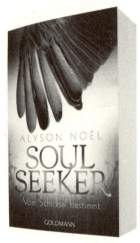

448 Seiten
ISBN 978-3-442-48036-4
auch als E-Book erhältlich

Plötzlich ist im Leben der 16-jährigen Daire Santos nichts mehr so, wie es war. Schlagartig hat sie schreckliche Visionen, Krähen und Geister verfolgen sie, während die Zeit still zu stehen scheint. In ihren Träumen wird sie heimgesucht von einem Jungen mit wunderschönen blauen Augen. Dann erfährt sie, dass sie eine Seelensucherin ist, die zwischen den Welten der Lebenden und der Toten wandeln kann. Als sie dem Jungen mit den blauen Augen in der Wirklichkeit trifft, wird ihr plötzlich klar, in welcher Gefahr sie sich befindet …

www.goldmann-verlag.de
www.facebook.com/goldmannverlag

GOLDMANN
Lesen erleben